HENNING AHRENS

Mitgift

GOLDMANN

Buch

Seit Jahren richtet Gerda Derking die Toten des Dorfes her, doch in jenem August 1962 würde sie die Tür am liebsten gleich wieder schließen. Denn vor ihr steht Wilhelm Leeb, der als überzeugter Nazi in den Krieg zog und erst nach Jahren der Kriegsgefangenschaft aus Polen zurückkehrte. Der gegen Frau und Kinder hart wurde, obwohl sie jahrelang geschuftet hatten, um Hof und Leben zu verteidigen. Doch nun zeichnet sich auf seinem Gesicht ein Schmerz ab, der über das Erträgliche hinausgeht. Und Gerda Derking ahnt: Dieser Tragödie sind die Leebs ohne sie nicht gewachsen.

In seiner epischen Familienchronik rückt Henning Ahrens den Verwundungen des vergangenen Jahrhunderts auf den Leib und erzählt ebenso mitreißend wie empathisch vom Verhängnis einer Familie.

Autor

Henning Ahrens, 1964 in Niedersachsen geboren, lebt als Schriftsteller und Übersetzer in Frankfurt. Er übertrug unter anderem die Werke von Jonathan Safran Foer, Colson Whitehead, Meg Wolitzer und Richard Powers ins Deutsche. Sein Roman »Mitgift« war für den Deutschen Buchpreis nominiert.

Henning Ahrens

Mitgift

Roman

GOLDMANN

MIX
Papier | Fördert
gute Waldnutzung
FSC® C014496

Penguin Random House Verlagsgruppe FSC® N001967

Taschenbuchausgabe Mai 2023
Wilhelm Goldmann Verlag, München,
in der Penguin Random House Verlagsgruppe GmbH,
Neumarkter Straße 28, 81673 München

Umschlaggestaltung: UNO nach einem Entwurf von
Anzinger und Rasp/Klett-Cotta unter Verwendung eines Bildes von
Getty Images/Merche Portu/Flying stork
KN · Herstellung: ik
Satz: GGP Media GmbH, Pößneck
Druck und Bindung: GGP Media GmbH, Pößneck
Printed in Germany
ISBN: 978-3-442-49385-2

www.goldmann-verlag.de

Für meinen Vater
Heinrich Ahrens
(1931–1989)

August 1962 – Die Totenfrau

Der Garten liegt noch im Schatten des Hauses, als Gerda Derking ihr Frühstück auf die Terrasse trägt. Nur ganz hinten, vor dem Hühnerstall, glitzert das taufeuchte Gras in der Vormittagssonne, funkeln die Rosen.

Sie stellt das Tablett mit den zwei Kaffeestreifen und der Kanne, die sich unter einer wattierten Haube verbirgt, auf die Wachstuchdecke, nimmt am Gartentisch Platz, schenkt sich Kaffee ein. Die Tasse, eines der wenigen Erbstücke, die sie als Tochter Zugewanderter besitzt, gehört zu einem Rosenthal-Service, das ihre Mutter Stück für Stück erwarb. Ihr Vater war Walzwerker, ihre Familie nie wohlhabend; jedes Luxusgut, so auch dieses Service, wurde mit Gewissensbissen erkauft. Gerda tunkt einen Kaffeestreifen in die Tasse und beobachtet, wie sich der Zuckerguss auflöst, lässt dann den ersten herbsüßen Happen auf ihrer Zunge zergehen. Mit diesem Ritual beginnt sie jeden Tag; und sie bedauert täglich, dass Kaffeestreifen nur auf einer Seite glasiert sind.

Da horcht sie auf. Ihr Kater, der graugetigerte Kämpe, streckt sich mit einem fauchenden Gähnen. Sie hat ihn Heini getauft, nach ihrem Verlobten, der 1918 fiel; seit dem Tod ihrer Eltern ist er ihr einziger Hausgenosse, mit seinen fünfzehn Katzenjahren obendrein älter als sie selbst. Gerda geht mit dem Jahrhundert.

Sie trinkt einen Schluck, tunkt den Streifen wieder ein. »Kannst du mir verraten, warum nicht beide Seiten glasiert sind, Heini?«, fragt sie. »Wäre noch leckerer, der Kaffee noch süßer. Ich vergesse jedes Mal, mich beim Bäcker danach zu erkundigen. Glaubst du, ich werde vergesslich?«

Heini trottet auf den Rasen und beginnt, sich zu säubern.

Gerdas Garten, der nicht breiter ist als drei aneinandergelegte Leinenlaken, wird rechts von der Kornscheune des Haarstickschen Hofes und links vom Wohnhaus des Leebschen Hofes flankiert, zu dem auch ihr kleines Grundstück gehört. Wilhelm Leeb senior hat ihr lebenslanges Wohnrecht zugesichert, und sie weiß, er wird Wort halten, in dieser Hinsicht ist er korrekt. Hätte sie Besitz in die Ehe einbringen können, dann hätte er sie damals, vor über dreißig Jahren, wohl auch geheiratet. Er war ihre zweite Liebe, sie jedoch eine Arbeitertochter, also nicht standesgemäß, und als er zu guter Letzt Käthe, die Hoferbin, zur Frau nahm, beschloss Gerda, allein zu bleiben – allein, aber selbstbestimmt. Das hat sie nie bereut. Der Mensch vermag nur ein gewisses Maß an Enttäuschungen zu ertragen.

Wie nichts im Übermaß erträglich ist. Ihre Arbeit als Deputatfrau, die sie bei den Leebs und ein, zwei anderen Landwirten ausübt, ist mit dem Alter beschwerlicher geworden, aber auszuhalten. Ihrer anderen Tätigkeit fühlt sie sich jedoch nicht mehr gewachsen: Sie ist die Totenfrau, so ihr Titel im Dorf. Wenn jemand gestorben ist, wird sie geholt; fast jede Familie stand vor ihrer Tür, Gerda betrat fast jedes Haus, und sie hat alle gesehen, ob jung oder alt, im Sterbebett oder dort, wo ein Leben sein Ende gefunden hatte, in der Stube, auf der Diele, im Stall. Sie hat die Verstorbenen gewaschen, frisiert, manikürt und gekleidet wie von den Angehörigen gewünscht, und sie hat sich manches anhören müssen, Kummer und Klagen, sogar Zorn.

Ja, sie hat alle gesehen, sie hat zu viele gesehen, es reicht. Sie ist bald Mitte sechzig, ihr eigenes Ende rückt näher, warum weiter Tote herrichten? Früher hatte kaum jemand Telefon, man besaß nur Kutsche, Fahrrad oder Schusters Rappen, holte also die Totenfrau, um sich nicht zum Bestatter in die Kreisstadt bemühen zu müssen. Inzwischen nimmt die Zahl der Autos stetig zu, sie fahren rund um die Uhr durchs Dorf, und nicht nur Zuckerrübenbarone besitzen eines, nein, auch die Arbeiter sind vielfach motorisiert.

Deshalb hat Gerda beschlossen, ihre Tätigkeit zu beenden. Sie lächelt, während sie am Kaffeestreifen knabbert. Ab jetzt wird sie sich den Lebenden widmen, vor allem ihren Freundinnen, mit denen sie oft und gern an diesem Tisch sitzt. Und sie wird noch mehr lesen als zuvor.

»Heini«, sagt sie zu ihrem Kater, der im Gras liegt und den Garten beobachtet, »ist das nicht herrlich?«

Er lässt wie als Antwort den Schwanz tanzen; in Wahrheit hat er ein Eichhörnchen im Visier, das durch den Haselnussstrauch turnt. Im Laufe seines Katzenlebens hat er unzählige Mäuse und leider auch manche Vögel erbeutet, ein Eichhörnchen aber nie, die flinken Tiere sind ihm über.

Hinter Gerdas Hühnerstall sind die Bäume im Obstgarten der Haarsticks zu sehen. Zwetschgen und Renekloden sind bald reif, ebenso Äpfel und Birnen. Annemarie Haarstick, ihre Nachbarin, weckt das Obst ein, verarbeitet es zu Marmelade und Mus und kocht vorzügliche Kaltschalen, die sie Gerda gelegentlich über den Zaun reicht; auch sie sitzt oft an diesem Tisch. Zu dieser Stunde ist Gerda jedoch nur in Gesellschaft Heinis, einer Amsel, die auf einem Zaunpfahl sitzt, und einiger Kohlmeisen, die sich im Flieder balgen. Das Eichhörnchen ist davongesprungen.

Nachdem Gerda den Kaffee ausgetrunken hat, steht sie auf, holt den Sack mit Hühnerfutter aus der Waschküche und tauscht ihre Schlappen gegen Lederschuhe mit Stahlkappen ein, die ihr Vater im Walzwerk trug. Sie hat seine Größe geerbt, 42, ein Nachteil, weil sie kaum Schuhe findet; andererseits trägt sie im Gegensatz zu Annemarie nie Trittchen, sondern begnügt sich mit Zweckmäßigem.

Während sie mit dem Futtersack in der Hand über die lange, schmale Rasenfläche geht, mustert sie die Blumenbeete und Rabatten auf beiden Seiten. Ihre Stockrosen sind verblüht, im Gemüsebeet dagegen, das sie vor dem Hühnerstall angelegt hat, gedeiht alles, und die Kartoffeln, deren Kraut zu welken beginnt, kann sie bald ernten. Als sie die Pforte im Maschendrahtzaun aufklinkt, laufen ihre Hühner gackernd auf sie zu, sieben rote Rhodeländer und ein Hahn. Der liebgewonnene muffige Geruch nach Staub und Kot steigt ihr in die Nase.

»Putt-putt-putt-putt«, ruft sie, greift in den Sack und streut den Hafer mit der schwungvollen Geste einer erfahrenen Säerin aus. Heini will ins Gehege schlüpfen, doch sie wirft die Pforte mit einem Fußtritt zu. »Du bleibst draußen«, sagt sie. »Zwischen dem Federvieh hast du nichts zu suchen, da kommst du nur auf dumme Gedanken.« Während ihre Hühner die Körner aufpicken, geht sie in den Stall und schaut nach Eiern.

Am Ende transportiert Gerda fünf Stück in der Tasche ihrer Kittelschürze. Sie wechselt die Schuhe, nimmt das Tablett und geht in die Küche, dämmerig wie alle Zimmer ihres Hauses, das im Schatten zweier Höfe liegt. Sie spült gerade die Tasse, als es klingelt. Bevor sie öffnet, trocknet sie die Hände am Geschirrhandtuch ab.

Zu ihrer Überraschung steht Wilhelm Leeb senior vor der Tür, in Schaftstiefeln, Reithose und Arbeitsjacke. Seine graublonden Haare sind zerzaust, sein Mund, sonst bleistiftschmal, ist ein verwackelter Strich. Den Hut hat er abgesetzt und knetet ihn mit beiden Händen.

»Gerda …«, sagt er und sieht sie hilfeheischend an.

Ihre Überraschung wird nicht geringer: Das ist untypisch für Wilhelm Leeb, diesen stolzen, oft hochmütigen Mann; das ist nicht der »General«, wie er im Dorf wegen seines Geltungsdrangs bissig genannt wird, nein, das ist der Soldat einer besiegten Armee.

»Was ist denn los, Wilhelm?«, fragt sie. »Du siehst ja furchtbar aus. Möchtest du einen Kaffee?«

Wilhelm Leeb, ein gestandener Mann, druckst herum, auch untypisch für ihn, weicht sogar ihrem Blick aus.

Hinter ihm, auf der anderen Straßenseite, äugt die Siedentoppsche durch einen Gardinenspalt, und Gerda sagt: »Komm doch rein.«

Leeb senior schüttelt den Kopf. »Danke. Nein.« Er klingt brüchig. »Gerda«, wiederholt er, »… wir brauchen dich.«

Sie erstarrt, denn es kann sich nur um eines handeln. Nach kurzem Zaudern erklärt sie: »Ich mache das nicht mehr, Wilhelm. Du rufst besser den Peiner Bestatter.« Während sie dies ausspricht, überlegt sie, wer gestorben sein könnte – gewiss Magda, Wilhelms fünfundachtzigjährige Mutter, was sein Verhalten erklären würde; er hat sie immer sehr verehrt.

»Gerda«, sagt er, »das kannst nur du. Ich will keine Fremden im Haus haben. Um der alten Zeiten willen? Bitte.«

Nun muss sie stutzen – so kleinlaut hat sie ihn noch nie erlebt, und ihr dämmert, dass es doch nicht um Magda geht. »Was ist denn passiert?«, will sie erneut wissen. »Gab es einen Unfall?« Und sie fügt in ihrer Sorge schroff hinzu: »Welche alten Zeiten? Was uns verbunden hat, das hast du damals weggeworfen – einfach so.«

Wilhelm Leeb räuspert sich; in seinem Blick erwacht der alte Stolz, und er entgegnet: »Das ist ewig lange her, Gerda, das ist ja wohl verjährt. Willst du nun helfen oder nicht?«

Sie steht da wie vor den Kopf gestoßen, dann knallt sie ihm die Tür vor der Nase zu. Im dunklen Hausflur versucht sie, ihre Beherrschung zurückzuerlangen. Sie holt Luft, schaut unwillkürlich in den Garderobenspiegel – eine gealterte Frau blickt ihr entgegen, die grauen Haare zum Dutt gebunden. Wilhelm hat recht, denkt sie schließlich, es ist ewig lange her. Wie jung und unverbraucht wir damals waren … Nach kurzem Nachdenken besinnt sie sich anders: Sie wird ihn jetzt nicht im Stich lassen, das wäre kleinlich. Noch dieser Freundschaftsdienst. Ein letztes Mal. Danach wird die Totenfrau Geschichte sein.

Als sie die Tür wieder öffnet, steht Wilhelm Leeb senior noch da. Er schwenkt fahrig und wie zur Entschuldigung eine Hand, schaut sie stumm an.

»Gut«, sagt Gerda. »Ich komme. Aber was ist denn passiert?«

Sie wird aschfahl, während sie seiner knappen, stockend vorgebrachten Erklärung lauscht. Anschließend ergänzt er: »Ich lasse dich holen, wenn es so weit ist.« Und als er sich zum Gehen wendet: »Danke, Gerda.«

Dann entfernt er sich gesenkten Kopfes, die Hände hinter dem Rücken verschränkt.

Gerda weicht in den Flur zurück und schließt ihre Tür.

April 1945 – Kacke am Dampfen

Sie haben Telefon, denn im Haus ist das SA-Büro, früher geleitet von Reitersturmführer und Jungbauer Ernst August Martin Wilhelm Leeb, bis 1933 Vorsitzender des lokalen Reit- und Fahrvereins sowie des Jungniedersachsenbundes »Holt Fast«, nun Sonderführer im Leutnantsrang oder wieder schlichter Soldat, wer kann das schon wissen, geht ja alles in die Binsen, und die Feldpost bleibt aus.

Sie haben also Telefon, aber an diesem grauen Morgen des neunten April ist die Leitung tot, und niemand weiß Genaues. Der Amerikaner kommt, so viel ist immerhin klar, denn in aller Frühe, Bäuerin Käthe Leeb stellte gerade die Milchkannen vor das Tor, rumpelte Vornefett, der Lumpensammler, mit dem Fuhrwerk durchs Dorf, trieb seinen Klepper, den sogar der Barras verschmäht hatte, mit Hieben und Flüchen an und rief Käthe zu, der Ami sei da, die Panzer stünden direktemang vor Peine, sie solle man besser alles verrammeln, denn der Feind, der werde nicht lange fackeln, der sei ganz wild auf alles, was glitzert und glänzt, und Korn und Schnaps solle sie am besten ihm zur Aufbewahrung geben, damit die »Alljierten« nicht alles aussaufen, wäre doch ein Jammer.

»Verkriech dich, Frau«, rief Vornefett, als er merkte, dass nur Milch zu holen war, »sonst geh'n sie dir an die blütenweiße

Wäsche!« Und er fuhr die ansteigende Kopfsteinpflasterstraße hinauf. Er warnte auch Albrecht Kühne, den Schmied, mit schrillen Rufen und bot an, Wertsachen und Schnaps in Verwahrung zu nehmen, aber Kühne lachte nur.

Käthe sah dem Fuhrwerk nach, bis es hinter der Kuppe verschwand. Ihre Arme schmerzten vom Schleppen der zentnerschweren Last, als sie den Blick auf die Kannen senkte und sich fragte, ob man die Milch überhaupt abholen würde. Gegenüber, auf dem Siedentoppschen Hofe, wurde eine Tür zugeknallt, und Nachbarin Liselotte schrie ihren Mann an, der in Russland ein Bein verloren hatte. Eine Klitsche, der Hof, und Liselotte, diese mäkelnde Person, sprach schlecht über alle und jeden; Käthe Leeb beschränkte sich deshalb meist auf Gruß und Nicken.

Sie kehrte auf den Hof zurück, ging durch den kleinen Vorgarten, vorbei an den Obstbäumen, noch bleich vom Kalk, der im Herbst aufgetragen worden war, und trat durch die Tür des Vierständerhauses, zog Botten und Mantel aus. Im Flur roch es nach Muckefuck, eine Plörre, aber Bohnenkaffee war nur noch Erinnerung. Wie gut, in diesen Zeiten einen Hof zu haben, da hatte man wenigstens etwas zu essen, und natürlich schlachteten sie auch heimlich. Fleisch kam vor dem Vaterland, und alle schwiegen stille, denn jeder erhielt seinen Teil an Wurst und Brühe.

Nun schlurft sie in Puschen durch den Flur. Aus der Küche fällt Licht auf den Steinfußboden, und als sie eintritt, erblickt sie ihre vierundsiebzigjährige Mutter, Herta Kruse, die im Schlafrock am Tisch sitzt; sie macht stets das Frühstück, obwohl sie wackelig auf den Beinen ist, und hat schon für die ganze Familie gedeckt, sogar Eierbecher hingestellt.

»Wer war das auf der Straße?«

»Vornefett.« Käthe nimmt die Emailkanne vom Herd, in dem die Eierkohle glüht, und schenkt sich ein.

»Ach, so? Was wollte er denn?«

»Schnaps wollte er.«

»Na, das ist doch wohl …! Und sonst?«

Käthe Leeb nippt am Kaffeeersatz. Sie wird die Neuigkeit für sich behalten, bis alle anderen da sind. »Den Kühne hat er auch gefragt«, sagt sie nur.

»Diese Mannsleute«, murrt ihre Mutter. »Ist immer dasselbe mit denen.«

»Ja, ja«, sagt Käthe Leeb und setzt sich. Durchs Fenster sieht sie Beerensträucher, die schon wieder treiben, ach, das Obst, die viele Arbeit. Gewiss, da ist Josef, der Knecht, aber Frauenarbeiten sind unter seiner Würde, und es gibt Martin, den Franzosen, und Pawel, den Polen, die mit den anderen Kriegsgefangenen über Nacht im Dorfkrug eingesperrt werden. Die müssen ran, aber auch sie sind ungern im Garten zugange, streiten außerdem oft. Ihr alter Vater liegt siech im Bett, und ihr Sohn Wilhelm ist noch jung; sie weiß, dass er zu viel Verantwortung trägt, aber was bleibt ihr übrig? Sein Vater zog nach dem Frankreichfeldzug wieder in den Krieg – Geltung und Ansehen, ja das ist ihm wichtig. Er ist ehrgeizig, und sie bewundert ihn dafür, war auch stets stolz, wenn er eine Rede hielt oder mit dem Jungniedersachsenbund im Dorfkrug ein Theaterstück auf die Bühne brachte. Die Männer ihrer Schwestern und Freundinnen sind da kein Vergleich. Brave Kerle, ja, aber Armleuchter, wie ihr Wilhelm gern sagte, wenn ihm ein paar lütte Lagen die Zunge gelockert hatten. Dann musste sie lachen und nahm ihn in den Arm. Und nun … Sie hätte auf ihre Schwester hören sollen, die vor der Verlobung schrieb: *Wenn man wüsste, dass Dein Kavalier das*

Versprechen, das er Dir gegeben hat, treu und ehrlich hielte, wäre er ein feiner Mann. Man muss aber warten und prüfen, liebe Käthe, prüfe, prüfe, sage ich Dir. Das leichte Blut fließt einmal in seinen Adern, und da kann man nicht vorsichtig genug sein.

»Das leichte Blut« – eine Anspielung auf ihren Schwiegervater und dessen Vater, Schwerenöter alle beide, jedenfalls in jüngeren Jahren.

»Ah, Willem«, sagt ihre Mutter. »Morgen, mein Junge.«

Da steht Käthes Ältester, blond und schmal und mit der ausladenden Stirn ihres Vaters, des alten Kruse. Er trägt einen Bademantel über dem Nachthemd, die langen Füße stecken in Wollsocken und Puschen, die blauen Augen sind schlaftrübe. Käthe steht auf und schenkt ihm Muckefuck ein, holt anschließend das Glas mit Zwetschgenmus aus dem Schrank, das sie für ihn aufgespart hat.

»Setz dich man erstmal, Willem, und iss was«, sagt sie.

»Immer so schmal, der Junge. Du musst essen, Willem, du willst doch groß und stark werden«, mahnt ihre Mutter.

»Aber ich bin doch stark«, sagt Wilhelm.

»Ja, zum Glück kannst du helfen, denn dein Vater muss Gott-weiß-wo gegen den Russen kämpfen.«

Wilhelm, der seinen Vater während der letzten sechs Jahre immer nur kurz erlebt hat, nickt. »Wir siegen«, erklärt er mit vollem Mund. »Der Führer wird unsere Feinde in Grund und Boden bomben, er wartet nur den rechten Zeitpunkt ab, sagt Otto.«

Und der Amerikaner steht vor Peine, denkt Käthe Leeb, sagt es aber nicht laut. Otto Grotewohl, Willems Freund in der Hitlerjugend, tönt gern rum. Sie mag ihn nicht; er hat seinen Vater angeschwärzt, weil der den Führer als böhmischen Gefreiten geschmäht hatte, und nun sitzt Grotewohl senior im Wolfenbütteler Gefängnis. Wie kann man den eigenen Vater einsperren lassen? Da ist ihr Wilhelm anders, der tut so was nicht, aber Otto imponiert ihm, und jetzt verbringen die beiden noch mehr Zeit miteinander, weil sie »Kohleferien« haben. Komisches Wort, denkt Käthe, denn man könnte meinen, die Kohle hätte Ferien oder man bekäme frei, um sie zu schippen oder zu holen. Tatsächlich ist Heizmaterial Mangelware, und in den Schulen ist es zu kalt fürs Lernen.

»Ja, Willem«, erwidert sie untypisch spitz. »Wir werden uns noch wundern, wenn die Wunderwaffen kommen.«

Da ertönen Stimmen im Flur, ihre Schwiegermutter naht, Magda Leeb, gefolgt von den beiden Ukrainerinnen, die der Hausherr beim letzten Fronturlaub mitgebracht hat, weil er sie in Sicherheit wissen wollte. Käthe kann ihre Eifersucht nicht unterdrücken, als sie die Mädchen erblickt, jung und drall, mit roten Wangen: *das leichte Blut*. Aber sie packen wenigstens mit an. Ihre Schwiegermutter, wie üblich in Schwarz, die Brille mit den runden Gläsern auf der Nase, zerzaust Willems Haare und begrüßt alle, schaut nach dem Feuer und weist eine Ukrainerin an, Eierkohlen nachzulegen. So ist sie, die Achtundsechzigjährige, sie hat das Heft in der Hand, das war auch in ihrer Ehe so, denn Willi, ihr verstorbener Mann, war nicht der beflissenste Landwirt und obendrein durch eine Verwundung beeinträchtigt, die er 1916 in der Schlacht am Naratsch-See erlitten hatte. Damals hatten die Russen eine Offensive begonnen, um das Blatt doch noch zu wenden.

»Vornefett ist mit seiner Schindmähre durchs Dorf gebollert, als säße ihm der Deibel im Nacken«, berichtet Magda Leeb, »und hat wirres Zeug geschrien. War wohl wieder besoffen, der alte Hallodri.«

»Ja, das hat Käthe schon erzählt. Eine Schande, sich so gehen zu lassen«, schimpft Herta Kruse. »Gut, dass mein Mann da anders ist.«

Magda Leeb schürzt die schmalen Lippen, denn sie hat Vorbehalte gegen die Familie Kruse. Die pütscherige Herta hat nie zugepackt, jammert auch zu oft, aber so geht das nicht, nee, man beißt die Zähne zusammen und macht weiter, beklagen kann man sich beim lieben Gott. Und Gustav, ihr Mann, der mit Grippe im Bett liegt, hat sich auch nicht krummgelegt. Wie soll man da was werden? Ihre Schwiegertochter wiederum ist brav und fleißig, hat aber etwas von ihrer Mutter – so was Weiches, Zerfließendes. Magda Leeb nimmt am Küchentisch Platz und schenkt sich Muckefuck ein. Ihre runden Brillengläser blitzen, als sie den Blick über die vier Frauen und ihren Enkel gleiten lässt, der ein Marmeladenbrot futtert.

Und als wollte Käthe die Vorbehalte ihrer Schwiegermutter entkräften, erklärt sie ebenso unvermittelt wie entschieden: »Der Ami steht vor der Tür. Kurz vor Peine.«

»Wer erzählt das?«, fragt Magda Leeb verblüfft.

»Vornefett.«

Ihre Schwiegermutter schnaubt verächtlich. »Der hat einen großen Prott, der Kerl, der schneidet bloß auf.«

»Warum sollte er das tun? Wir wissen doch alle, dass es bald so weit ist.«

»Pah!«

»Wenn der Amerikaner kommt«, fährt Käthe beharrlich fort, »und Wilhelms Jagdgewehre hier findet, dann kann das böse enden.«

»Die stellen uns alle an die Wand!«, klagt ihre Mutter.

»Nu mach mal halblang, Herta«, erwidert Magda Leeb. »So schnell wird keiner an die Wand gestellt. Und die Gewehre meines Sohnes, die kommen nicht weg, auf keinen Fall, die braucht er, wenn er zurück ist.«

»Wilhelm ist schon vor dem Krieg nicht mehr auf die Jagd gegangen. Die Flinten müssen weg. Auch die Pistolen. All der Kram im SA-Büro …« Käthe Leeb bleibt hart, denn sie bangt um ihre Kinder, den vierzehnjährigen Wilhelm, die zehnjährige Grete und den sechsjährigen Bruno. Sie holt die Flasche Klosterfrau Melissengeist aus dem Schrank, träufelt etwas auf den Zuckerwürfel, den sie auf einem Esslöffel balanciert, und schiebt ihn sich in den Mund. Sie atmet auf und wiederholt: »Muss alles weg. Zur Sicherheit. Denkt an die Kinder.«

Magda Leeb nippt grimmig am Muckefuck. Die Sachen ihres Sohnes? Alles, was ihm lieb und teuer ist, die Waffen, die Unterlagen, die Bilder? Die Fotoalben, auch das vom Reichsparteitag? Er wäre außer sich, nein, unmöglich, und sie erwidert: »Das geht nicht, Käthe. Das sind Wilhelms Sachen, da können wir uns nicht dran vergreifen.«

»Sie was verstecken.« Das schlägt Larissa vor, eine der Ukrainerinnen, die stumm gelauscht haben. »Im Garten begraben.«

»Das finden sie«, entgegnet Käthe. »Und dann wäre es noch schlimmer. Nein, das Zeug muss weg.«

Der junge Wilhelm blickt seine Mutter an. »Stimmt es, dass der Ami da ist?«, fragt er leise.

»Ja, Willem«, sagt sie, »das stimmt.«

»Besser der Ami als der Russe«, murmelt ihre Mutter.

Die Frauen in der Küche und der Vierzehnjährige versinken in Schweigen. Schon wieder April, denkt Käthe Leeb. Ja, es ist der immer gleiche Jahreslauf, und das seit Menschengedenken, und damit verbunden die immer gleichen Arbeiten, denen sie trotz aller Widrigkeiten nachgegangen sind. Der

Krieg tobte in der Ferne und war bislang kaum zu spüren. Die hiesige Industrie – Peiner Stahlwerk und Ilseder Hütte – wurde nicht bombardiert, nur in den Wiesen hinterm Hof sind mal Bomben gefallen, warum, weiß keiner. Zu Schaden kam niemand, und die Kinder lasen später Schrapnells auf, als wären es Donnerkeile, das war's.

Und nun soll alles anders werden? Das ist schwer vorstellbar, da spielt die Fantasie nicht mit. Larissa und Tanja, die Ukrainerinnen, ahnen jedoch, was ihnen bevorstünde, falls man sie zurückschickte, und sitzen voller Angst und Bangen da.

Die Standuhr in der guten Stube schlägt Klocke sieben.

»Nee, nee«, murmelt Magda Leeb. Dann sieht sie ihren Enkelsohn an, dem der Appetit vergangen zu sein scheint, und denkt: Ach, je, die Kinder ... Wirkt doch alles so solide, der rotbraune Fliesenboden, der Tisch, an dem schon Generationen saßen, und in der Ecke der Spinnstuhl mit Anno 1751 auf der Lehne, dazu ein geschnitztes Herz mit den Initialen der Ururgroßmutter ihres Enkels; da ist der Schrank mit dem Alltagsgeschirr, da der Herd, darüber die Regale mit Töpfen und Schüsseln, die Eierkohlen glühen, zum Glück haben sie noch genug. Alles wie gewohnt, und nun? Sie spürt den besorgten Blick ihrer Schwiegertochter. Käthe scheint zu hoffen, dass sie das Heft in die Hand nimmt, und das schmeichelt ihr, denn jawohl: Sie fackelt nicht lange, im Gegensatz zu Herta, und dann gewinnt ihr Pragmatismus die Oberhand. Sie tippt wie als Schlusspunkt ihrer Überlegungen mit dem Zeigefinger auf den Tisch und sagt: »Na, denn ... Wenn der Ami wirklich da ist, wie Vornefett, der Schluckspecht, behauptet ... dann müssen wir wohl aufräumen. Der Ami ist unser Feind, und bevor wir uns Ärger einhandeln – weg mit dem Krempel.«

»Jetzt gleich?«, fragt Herta Kruse entgeistert.

»Wann denn sonst, Herta? Willst du warten, bis die Panzer in deine Stube schießen?«

»Aber wohin damit, Magda?«

Magda Leeb denkt kurz nach. Dann sagt sie: »Jauchegrube. Alles in die Jauchegrube.«

»Wilhelm hat die Grube im letzten Jahr leergefahren, im April, während seines Urlaubs«, gibt ihre Schwiegertochter zu bedenken. »Ist sie denn voll genug?«

»Die Tiere fressen, die Tiere kacken«, antwortet Magda Leeb. »Wenn man auf irgendwas zählen kann, dann darauf. Der Kram kommt in die Jauchegrube. Wer guckt da schon nach?«

Ihr Enkel sieht aus, als müsste er gleich heulen. Aber es ist beschlossene Sache.

Pawel und Martin werden aus dem Kuhstall geholt, Josef, der Knecht, muss das Striegeln der Pferde unterbrechen, und sobald alle im Hausflur versammelt sind, baut sich Magda Leeb vor Familie und Gesinde auf.

»Alle mal herhören«, sagt sie. »Der Feind rückt an, und wir müssen hier reinen Tisch machen, denn wer weiß, was in den Köpfen dieser fremdländischen Soldaten vor sich geht. Es kann zu Missverständnissen kommen, und wir sind im Krieg, da wird bekanntlich geschossen. Und ihr beide …« – sie zeigt mit einem rheumatischen Finger auf den Franzosen und den Polen – »… kommt mir bloß nicht auf dumme Gedanken! Wir müssen alle an einem Strang ziehen. Also: Martin und Pawel, ihr öffnet schon mal die Luke der Jauchegrube. Josef, du stellst dich ans Tor und hältst Ausschau, und wenn der Amerikaner kommt, sagst du uns sofort Bescheid, verstanden?«

Josef nickt, obwohl er nicht weiß, wie er aussieht, der Amerikaner, denn er ist in seinem Leben nie über die Kleinstadt Peine hinauskommen, der Rest der Welt ist ihm unbekannt, und der Rest der Welt ist ziemlich groß. Er fragt also: »Und woran erkenne ich diese Amerikaner?«

Da muss sogar Magda Leeb überlegen.

»Sie haben Sterne auf den Panzern«, erklärt ihr Enkelsohn mit bebender Stimme. »Und manche Soldaten sind schwarz wie Kohle.«

»Der mit den Sternen«, ächzt Oma Kruse, »das ist doch der Bolschewik.«

»Der Ami hat auch Sterne«, beharrt Willem. »Nur sind die nicht rot, sondern weiß.«

»Da steig einer durch!«

Magda Leeb nimmt Josef ins Visier und fragt: »Verstanden? Weißer Stern, schwarze Soldaten.«

»Jawoll, Chefin«, sagt Josef, der Schwarze nur von Zigarettensammelbildern kennt. »Ich stelle mich vors Tor. Mit einer Grepe.«

»Wozu denn das?«

»Ich muss mich doch wehren können.«

»Niemand wehrt sich, sonst werden wir tatsächlich alle erschossen! Du lässt die Grepe gefälligst im Stall. Du kannst ja ein Taschenmesser einstecken.«

Josef nickt. Er hat stets ein Messer in der Tasche.

»Alle anderen«, fährt Magda Leeb fort, »sammeln ein, was weg muss. Ich hole Wilhelms Gewehre.«

»Und die Pistolen?«, fragt Käthe, ihre Schwiegertochter.

»Ja, die auch. Wo ist der Schlüssel für den Schrank im SA-Büro?«

»Da.« Käthe zeigt auf das Schlüsselbord neben der Küchentür. »Soll ich das machen?«

»Nein. Du gehst mit den beiden Mädchen durchs Haus, ihr sammelt alles mit Hakenkreuz ein, auch die Bilder des Führers. Wenn der Ami kommt, muss es aussehen, als hätte es das nie gegeben.«

Der junge Wilhelm blickt auf. »Das Koppel will ich aber behalten«, sagt er flehentlich. »Das darf nicht in die Jauche.«

»Muss auch weg«, blafft seine Großmutter.

»Vielleicht kann man das Emblem auf dem Schloss entfernen«, meint seine Mutter.

»Das ist Hitlerjugend-Kram, das kommt weg. Wenn schon, denn schon. Dein Großvater«, sagt Magda Leeb, an ihren Enkel gewandt, »der hat den Führer nie gemocht, Willem, der wäre stolz auf dich, wenn du das Zeug wegwirfst.«

»Vater hat oft gesagt, Großvater sei von gestern«, murmelt Willem mit gesenktem Kopf.

Seine Großmutter schnaubt; dann klatscht sie in die Hände und ruft: »Und nun los! Ab mit euch! An die Arbeit.«

Alle gehorchen. Sie selbst pflückt den Schrankschlüssel vom Bord und geht zum SA-Büro, untergebracht in einer der Kammern, die die lange Diele säumen. Dort wird selten geputzt, die Aktenschränke und der Schrank mit Rolljalousie sind staubig, ebenso der Schreibtisch, auf dem Papiere liegen, von ihrem Sohn säuberlich geordnet, und an den Hufen des Bronzepferds, das sich neben Tintenfass und Stiftablage aufbäumt, haben Spinnen ihre Fäden gewoben. Sie entdeckt eine leere Kiste, die sie vor den Schrank mit den Waffen stellt, und schließt auf. Da sind sie, die Jagdflinten, dazu Schachteln mit Schrotpatronen und Pistolenmunition, sogar Karabinergeschosse, und die zwei Pistolen, eingefettet, in Lappen gehüllt. Nun, da es zur Sache geht, zaudert sie. Was wird ihr Sohn sagen, wenn er heimkehrt? Er wird toben, ja, aber der Ami naht, und sie ahnt, diese Welt geht unter, und wie viel wird zu guter Letzt noch aus den Fluten ragen? Es geht darum, davonzukommen, da muss jeder Opfer bringen, auch ihr stolzer Sohn.

Sie lehnt die Gewehre gegen die Wand, bettet die Munition vorsichtig in die Holzkiste und legt eine Pistole daneben. Bei der zweiten zögert sie jedoch und denkt: Eine kann man behalten, die kann man verstecken, und der Ami, na, der wird das Haus gewiss nicht komplett auf den Kopf stellen, der ist nicht so gründlich. Und dann hat sie eine Idee – da gibt es diese Nische in der Speisekammerwand, hinter dem Vorratsschrank, die niemand kennt.

Und so verbirgt Magda Leeb, während ihre Schwiegertochter und die Ukrainerinnen alles einsammeln, was in den Augen des Feindes belastend sein könnte, nicht nur die Pistole nebst Holster und gefülltem Magazin in der Nische, sondern auch den Offiziersdolch und den SA-Dolch ihres Sohnes, das Album mit den Reichsparteitagsfotos und anderes mehr. Käthe Leeb wiederum tut ihrem Sohn einen Gefallen, indem sie Martin bittet, das Emblem vom Schloss des HJ-Koppels zu entfernen, und der Franzose erfüllt ihre Bitte gern, ist ja ein Klacks: ein Ruck mit der Kneifzange, fertig. Der junge Willem ist nicht froh, kann das Koppel aber wenigstens tragen. Und während Josef paffend am Tor steht, nervös sein Taschenmesser befummelt und sich fragt, aus welcher Richtung die schwarzen Soldaten mit dem weißen Stern wohl kommen, ob aus Peine, also von links, oder aus Groß Ilsede, also von rechts, schleppt man alles, was weg muss, durch die Durchfahrt zur Jauchegrube. Schließlich, der ganze Krempel ist da und der komplette Haushalt hat Aufstellung genommen, befiehlt Magda Leeb: »Rein damit!«

Sie lässt zuerst die Jagdgewehre in die Grube fallen. Dumpfes Platschen, kurzes Dümpeln, dann versinken die Waffen, mit denen ihr Sohn Hasen und Rehe schoss, in der stinkenden, zähen Masse. Alle schweigen beklommen, nur Pawel kann seine Genugtuung nicht verhehlen, als die Hitlerbilder, mit der Führer-Büste aus dem SA-Büro beschwert, in Scheiße und Pisse absaufen. Er grinst hämisch und murmelt etwas auf Polnisch, gut, dass ihn keiner versteht, nicht mal die Ukrainerinnen, die doch wahrhaftig Tränen in den Augen haben. Martin dagegen ist zu höflich, um sich etwas anmerken zu lassen, er sieht zum grauen Himmel auf, lässt den Blick danach über die Bäume im Obstgarten schweifen.

»Die Fahnen verbrennen wir«, sagt Magda Leeb, nachdem alles versenkt wurde. »Und wenn jemand noch was findet – weg damit.« Halb beschämt und halb triumphierend denkt sie an ihr Versteck in der Wand. Mit der Zeit wird sie die Sachen vergessen, denn es geschieht viel, und sie haben viel um die Ohren, und Magdas Gedanken gelten meist ihrem Sohn, der in polnischer Kriegsgefangenschaft ist, vier ganze Jahre werden es am Ende sein.

Die Luke der Jauchegrube fällt zu.

An diesem grauen neunten April bleiben die Amerikaner aus. Die Stadt Peine, drei Kilometer nördlich, wird erst am folgenden Tag übergeben, kampflos und unzerstört, dies aufgrund des Mutes und der Besonnenheit der Stadtoberen, aber auch durch ein Quäntchen Glück, denn am Morgen des zehnten April ist es nebelig, und so entgeht den alliierten Aufklärungsfliegern eine auf der Autobahn anrollende deutsche Panzertruppe; man kann ihren Kommandanten zur Umkehr überreden.

Der Amerikaner rückt erst in den folgenden Tagen in das

Dorf Klein Ilsede ein, zur großen Überraschung von Bruno, Willems Bruder, der nicht nur die Angewohnheit hat, ein Zicklein an der Leine zu führen, sondern auch die, seine Geschäfte auf dem Misthaufen zu verrichten, umschmeichelt von warmen, würzigen Düften. Als er eines Mittags den gewissen Drang verspürt – er ist gerade heimgekehrt, denn er hat mit seiner Schwester einige Zeit bei der Tante verbracht –, bindet er die Ziege hinten auf dem Hof an einen Ackerwagen und erklimmt den Misthaufen, um sich ganz oben zu erleichtern, mit Blick auf den Obstgarten, die Eisenbahngleise, die Wiesen und natürlich auf sein Zicklein, das neben dem großen Ackerwagenrad steht und meckert. Er hockt versonnen da, die Ellbogen auf die Knie, das Gesicht auf die Hände gestützt, als es vorn auf dem Hof laut wird, Rufe und Motorenlärm, aber der kleine Bruno ist jetzt hochkonzentriert, er blendet die ganze Welt aus, und so kommt es, dass er fast vom Misthaufen purzelt, als ein Auto im Bogen über den Hinterhof braust. Das Zicklein sucht Zuflucht unter dem Ackerwagen, und dann hält der Jeep mit dem weißen Stern auf der Kühlerhaube, und ein helles und ein dunkles Gesicht, bekrönt von olivgrünen Stahlhelmen, richten die Augen auf den kleinen Kerl, dessen Tun selbst für Menschen von einem anderen Kontinent offensichtlich ist. Beide Soldaten brechen in schallendes Gelächter aus, rufen ihm Worte zu, die er nicht versteht, schwenken gar Gewehr und Maschinenpistole. Da könnte man vor Schreck glatt Dünnpfiff kriegen, aber die Arbeit ist ja schon getan, und der strohblonde Bruno schlittert vom Misthaufen, den Hosenbund in beiden Händen und steht vor dem Auto und den Männern, die immer noch lachen und ihm irgendwas hinhalten, aber man hat Bruno eingebläut, von Fremden nichts anzunehmen. Deshalb muss erst sein großer Bruder kommen, der ihm die Hosenträger über die Schultern legt und akzeptiert, was die fremden Soldaten offerieren, Drops und Schokolade. Und dann fahren sie wieder ab, vorbei an der Jauchegrube, die sie keines Blickes würdigen, nicht ahnend, was sich in den braunen Tiefen verbirgt.

März 1944 – Feind vor der Tür

Furchtbares Schneetreiben, so geht das schon den ganzen Monat. Jede Fahrt ist ein Wagnis, überall hohe Verwehungen, es sieht wüst aus, genau wie die Lage an der Front. Immerhin macht das Wetter den russischen Fliegern einen Strich durch die Rechnung. Das Auto, eine SIS-Limousine, kommt nur im Schneckentempo voran, Gott sei Dank haben sie Schneeketten, der Wischer schrappt hektisch über die Windschutzscheibe, und Alex, der ukrainische Fahrer, sitzt fluchend und verkrampft am Steuer, weil er die Straße im Gestöber kaum erkennen kann. Hoffentlich gibt der Wagen nicht wieder den Geist auf; sie müssten dann mit Pferden abgeschleppt werden, was bei diesem Wetter gewiss kein Zuckerschlecken wäre.

Wilhelm Leeb, als Landwirtschaftsführer der Zuckerzentrale zugeteilt, ist viel unterwegs. Er unternimmt Kontrollfahrten, inspiziert Zuckerfabriken und besucht Kreislandwirte im besetzten Gebiet, genauer im Umkreis des ukrainischen Chmelnyzkyj, nordöstlich von Czernowitz, am Südlichen Bug. Trotz Mantel und Handschuhen ist es eisig, der Wind pfeift durch jede Ritze des Autos, das ebenso zivil ist wie Leeb selbst. Er hat zwar den Rang eines Leutnants und trägt die entsprechende Uniform, doch sobald seine Tätigkeit endet, muss er sie ablegen, und das könnte rascher geschehen, als ihm lieb ist, weil der Feind vor der Tür steht. Vor drei Tagen musste er mit ansehen, wie man auf einer Kolchose das Vieh verteilte, um es vor den Russen zu retten.

Das erlebt er nun zum zweiten Mal. Seine erste Station, die Stadt Pyrjatyn im Oblast Poltawa, wurde schon im letzten Herbst von den Russen erobert. So hat er sich das im April 1942, als er von zu Hause aufbrach und im Windschatten der kämpfenden Truppe gut zweieinhalbtausend Kilometer zurücklegte, um als Landwirtschaftsführer eingesetzt zu werden, nicht gedacht, und bei manchen Gelegenheiten, so auch in dieser Schneehölle, fragt er sich, was ihn geritten hat, als er Frau und drei Kinder, Eltern und Schwiegereltern zurückließ, zumal er nach dem Frankreichfeldzug demobilisiert worden war, als Landwirt gar zu Hause hätte bleiben können. Doch er glaubte fest daran, dass Deutschland auch im Osten siegen würde; er wollte seinen Teil dazu beitragen, nach dem Sieg auch gern etwas abbekommen, am besten einen fetten Batzen fruchtbaren ukrainischen Bodens. Auf der Jungfernfahrt nach Osten war er euphorisch. Ob zerbombte Städte, niedergebrannte Dörfer, Panzerwracks oder Tote, nichts konnte seine Stimmung trüben, denn er sah sich als Teil eines gewaltigen historischen Ereignisses – die Wehrmacht bahnte ihm den Weg, sie trieb den Gegner vor sich her und kesselte ihn ein, sie zahlte es den Sowjets heim, deren deutsche Schergen, diese Sauhunde von Kommunisten, ihn 1924, bei der Rückkehr vom Deutschen Tag in Hannover, niedergeschlagen und seiner Fahne beraubt hatten. Wo gehobelt wird, fallen Späne, und im Krieg sind das Menschen, so ist das nun mal, auch er hat damals, als Artillerist in Belgien und Frankreich, Kameraden sterben sehen. Man tut, was getan werden muss, und sie müssen siegen, denn es wäre furchtbar, wenn alles umsonst gewesen wäre.

Draußen schemenhafte Bäume, alle schwer mit Schnee beladen. Sie waren gerade in Kamjanez-Podilskyj, dort hat Leeb zwanzig Liter Wodka besorgt und sich nach der Lage erkundigt. »Heikel«, hieß es. Das 120 Kilometer weiter östlich gelegene Winnyzja, eine Stadt, die er oft besucht hat, wurde schon vor Tagen erobert, und der Russe stößt weiter vor, nun ist er es, der die deutschen Truppen vor sich hertreibt. Alles deutet darauf hin, dass sie ihre Zelte bald abbrechen müssen.

»Gleich da, Herr Leutnant«, sagt Alex über die Schulter, als erste militärische Hinweisschilder und schließlich die Häuser Chmelnyzkyjs auftauchen. Er spricht gebrochen Deutsch, ist aber zuverlässig und ein erstklassiger Mechaniker, dieser Bursche mit der Russenmütze über dem verschmitzten Gesicht, und das ist eine weitere Sorge, die Leeb plagt: Was wird aus seinen Getreuen, wenn er abrückt? Man wird sie als Kollaborateure erschießen. Er sollte Alex mitnehmen, denkt er, ebenso Larissa, seine Dolmetscherin. Das Kriegsglück wird sich bald wieder zugunsten der Wehrmacht wenden, und dann braucht er die beiden; notfalls könnte er sie auf seinem Hof unterbringen, denn dort werden Arbeitskräfte benötigt; Käthe beklagt in ihren Briefen immer wieder, dass sie überlastet sei.

Mitten in Chmelnyzkyj lichtet sich das Schneegestöber ein wenig, graues Zwielicht sickert durch die Wolkendecke. Keine Zivilisten auf der Straße, obwohl es früher Nachmittag ist. Nur Landser, die die in die Stadt gespülten Panzer und Fahrzeuge bewachen, und anderes Militär. Bomben sind noch nicht gefallen; die Häuserruinen, die es gibt, stammen aus dem Juli 1941, als die Stadt von der Wehrmacht eingenommen wurde. Leeb lässt Alex vor der Kommandantur halten, die im Haus eines jüdischen Kaufmanns untergebracht ist.

Die Juden sind alle verschwunden; Leeb weiß sehr wohl, was mit ihnen passiert ist. Er hat Berichte von Kameraden gehört, wurde auf seinen Fahrten auch Zeuge von Erschießungen und Deportationen, verschwendet aber keinen Gedanken daran, denn er hat andere Sorgen, nun die Frage nach der Lage, und so geht er zur Kommandantur. In den Schreibstuben ist man schon damit beschäftigt, Akten einzupacken oder zu vernichten, alle flitzen hektisch herum, und trotzdem verstellt ihm ein Gefreiter den Weg, mit Helm und Karabiner, und verlangt die Parole.

»Kenne ich nicht«, sagt Leeb. »Ich will nur kurz Major Bunzlau sprechen.«

»Die Parole«, wiederholt der Gefreite, ein kleiner, untersetzter Kerl.

Da tritt der Major aus seinem Zimmer, die Arme voller Dokumente und eine Maschinenpistole auf dem Rücken. Beim Anblick Leebs ruft er: »Wir haben Abmarschbefehl. Der Russe stößt im Bogen auf Czernowitz vor und schneidet uns den Weg nach Westen ab. Wir müssen weg.« Er lässt die Dokumente vor der Tür in eine Blechtonne fallen, in der schon Unterlagen brennen, und wirft die Zigarette hinterher.

»Jawohl«, antwortet Leeb, wie immer auf Haltung bedacht, und salutiert.

»Tja, Schluss mit lustig, Leeb«, sagt der Major, indem er eine Zigarette aus der Schachtel zieht. »Wir weichen nach Süden aus, nach Rumänien. Dort ist es ruhig. Hier flutschen die Russen durch wie Scheiße durch die Gans. Alles ist in Auflösung.«

Wilhelm Leeb eilt zum Auto. Sobald er sitzt, sagt er zu seinem Fahrer: »Wir rücken ab, Alex. Ich nehme euch mit, dich und Larissa. Holt eure Sachen und kommt danach mit dem Auto zu mir.«

Alex nickt erleichtert. Er setzt seinen Chef vor dessen Unterkunft ab und fährt weiter, um Larissa zu informieren.

Die Sachen sind rasch in die Holztruhe gepackt, darin hat Leeb inzwischen Übung. Er ist penibel, aber nicht übermäßig akkurat, legt auch gern Listen seiner Kleider und Habseligkeiten an und hält vieles schriftlich fest. Nun setzt er sich an den Tisch, holt seinen Kalender hervor, »Sonderausgabe für die besetzten Ostgebiete«, und trägt unter dem Datum des Tages mit Bleistift – sein Füller ist futsch – ein paar Sätze ein. Anschließend liest er ein Buch, eine Zigarette nach der anderen rauchend, und gönnt sich dabei ein Glas Wodka, denn Alex und Larissa lassen auf sich warten.

Seine Stube ist schmuddelig, doch er hat in schlimmeren Löchern gehaust, musste nach dem Rückzug aus Pyrjatyn, im September letzten Jahres, oft genug im Wagen oder auf dem Fußboden übernachten; drei Monate, dann hatte sich endlich alles wieder eingependelt. Hier, in Chmelnyzkyj, wird es nun lauter, man belädt Fahrzeuge und bereitet sie auf den Abmarsch vor, Rufe und Gebrüll dringen trotz des heulenden Windes zum Fenster herein, in Abständen wird probehalber ein Motor gestartet, das Dröhnen der Panzer ist unverkennbar. Die Front ist nicht zu hören, auch Bomben fallen nicht, dem lausigen Wetter sei Dank. Wenn es so bleibt, denkt Leeb, haben sie eine reelle Chance, den Russen zu entwischen.

Er tigert hin und her, denn die Zeit drängt. Wo bleiben Alex und Larissa? Dann horcht er auf, weil er meint, eine Detonation gehört zu haben, doch als er an das Fenster tritt, kann er nichts sehen; der Schneefall trübt die Sicht, und das Weiß, das alles bedeckt, verwandelt die nicht gerade kleine, aber triste Stadt … in ein Märchenland, wie Wilhelm Leeb denkt, in ein Reich weitab des Krieges. Er erinnert sich an die

Jagden im Umland Pyrjatyns, die Strecke der Hasen, Rehe und Wildschweine auf der Schneedecke. Sechzehn Monate hat er dort verbracht, und damals schien alles so stabil, so dauerhaft zu sein. Er richtete eine künstliche Brutanstalt für 60 000 Eier ein, ließ in großem Maßstab Gemüse anbauen, bestellte in Kiew 175 000 Fischsetzlinge für die Teiche, beaufsichtigte obendrein den Getreideanbau auf 80 000 Hektar Land. Dazu Obstbaumplantagen und Viehzucht, sogar ein Gestüt für Orloff-Traber, für ihn ein Traum, denn Pferde liebt er über alles. Das war eine Dimension, die nicht mal ostelbische Junker kannten – von ihm selbst ganz zu schweigen, denn er bewirtschaftet daheim nur sechzig Morgen –, und trotz vieler Rückschläge ging es voran: Er konnte seinen Auftrag erfüllen und Heimat und Wehrmacht beliefern.

Alles vorbei, wer weiß, was nun kommt. Leeb neigt jedoch nicht zu düsteren Gedanken, noch nicht, er denkt bloß wehmütig an die Zeit, als alles im Lot war. Damals lebte es sich gut, wie oft feierte er mit den Pyrjatyner Kameraden. Da wurde gebechert und gelacht, da tanzten junge Ukrainerinnen halbnackt auf dem Tisch – nicht ganz freiwillig, wohl wahr, denn eine vorgehaltene Maschinenpistole half ihnen auf die Sprünge, aber: was für ein Vergnügen. All das ist nun gefährdet, die Fülle, die Erfolge, die Macht, dazu die drohende Schande, als Verlierer dazustehen. Es nagt und bohrt in Wilhelm Leeb, irgendwas quält ihn, vielleicht die Erschütterung dessen, woran er geglaubt hat, vielleicht die Schreckensbilder, die er in sich verschließt: die Erschießungen, die Hatz auf Partisanen, die Toten, die unzähligen Toten, die sinnlos niedergemähten Zivilisten, und nun erneut das Chaos eines überstürzten Rückzugs. Daran könnte man verzweifeln, aber – er drückt seine Zigarette energisch im Aschenbecher aus – das wird er sich nicht gestatten. Nie und nimmer. Was auch geschieht, er wird Haltung bewahren.

Gegen Abend, es dunkelt schon und draußen ist weiter der Lärm der Abmarschvorbereitungen zu hören, erscheint Alex endlich. Larissa, sagt er, wolle eine Freundin mitnehmen, Tanja, sei das möglich? Sie habe für einen anderen Sonderführer gearbeitet, einen Ingenieur, der überstürzt geflohen sei.

Leeb überlegt kurz, dann willigt er ein. Ob schon Truppen abgerückt seien, will er wissen, und Alex antwortet: Nein, noch nicht, er habe aber gehört, es gehe bald los, in Kolonne. Außerdem sei jetzt Gefechtslärm zu hören, und man habe ihm berichtet, dass russische Reiterei und Panzer anrückten. Er lässt seine Mütze in beiden Händen kreisen, hat offenbar Angst, und auch Wilhelm Leeb wird von einer leisen Furcht beschlichen, baut aber auf sein Glück, das ihn bislang nie im Stich gelassen hat. Er steht auf, zieht ein letztes Mal an der Zigarette, drückt sie aus und sagt: »Gut. Wir setzen uns schon mal ins Auto. Haben wir genug Sprit?«

Alex nickt. Er hat noch ein paar Kanister aufgetrieben, dafür hat er ein Händchen, das Schlitzohr. Sie tragen die olivgrün lackierte Holztruhe nach unten, und Leeb verabschiedet sich von seiner Hauswirtin, einer ergrauten Ukrainerin, die seine Hand mit feuchten Händen umschließt. »Ach, Herr Leutnant, was wird nun aus uns?«, fragt sie in gebrochenem Deutsch.

»Das liegt in Gottes Hand«, erwidert Leeb, der diesen Worten, obwohl er nicht gläubig ist, einen überzeugenden Ton zu verleihen vermag und obendrein militärische Haltung annimmt. Seine Hauswirtin nickt mit Tränen in den Augen und bekreuzigt sich, dann schaut sie zu, wie ihr Logiergast die Truhe mit Hilfe von Alex im Kofferraum verstaut, der schon das Gepäck der jungen Frauen sowie zwei Ersatzkanister mit Benzin und natürlich den Wodka enthält.

Es schneit noch, die Straßen sind nicht beleuchtet, und die Fahrzeuge, die sich zur Kolonne zu ordnen versuchen, fahren mit Standlicht. Man bemüht sich, das Durcheinander zu organisieren, das Befehlsgebrüll übertönt selbst die Motoren, zu Handgreiflichkeiten kommt es auch, denn die Nerven aller sind bis zum Zerreißen gespannt, jeder denkt nur an sich selbst, und so dauert es quälend lange, bis sich die ersten Fahrzeuge in Bewegung setzen. Alex lässt den Motor an, und sie brechen auf in die schneedurchtoste Dunkelheit, die zwei Männer und die beiden Frauen, eingeklemmt zwischen einem Panzerwagen und einem Lkw.

Chmelnyzkyj wird geräumt. Man schreibt den 23. März, es ist zwanzig Uhr dreißig.

August 1962 – Die Totenfrau

Wilhelm ist gegangen, er erwartet die Polizei und den Peiner Arzt, Doktor Fröbe. Gerda Derking sitzt an ihrem Küchentisch und versucht, den Schock zu verdauen. Sie erlebt dergleichen nicht zum ersten Mal, aber wer gewöhnt sich an so was? Da müsste man ja aus Stein sein, denkt sie, und wer aus Stein ist, der ist auch tot, ein wandelnder, brabbelnder Leichnam sozusagen. Die Küche ist schummerig, sie ist immer schummerig, egal wie hell die Sonne scheint, denn das Leebsche Wohnhaus nimmt ihr das Licht.

Gerda hat nur die Dorfschule besucht, so war das nun mal, denn man musste arbeiten gehen oder im Haushalt helfen, sich darauf vorbereiten, später eine gute Ehefrau zu sein. Wie oft pochte ihr Vater darauf, dass Klugheit nichts mit Rang oder Stand zu tun hat und dass auch Geld niemanden klüger macht. Entscheidend, erklärte er stets, sei die Klugheit des Herzens, und wenn er das sagte, legte er einen Arm um die Taille seiner Frau und sah sie liebevoll an, und Gerdas Mutter meinte dann: »Nu lass mal das Gedöns, Herbert«, aber lächeln musste sie trotzdem.

Und Gerda liest, auch das hat sie von ihren Eltern. Sie tut es heimlich, denn im Dorf ist Lesen verdächtig. Wer liest, der hat erstens nichts Besseres zu tun, ist also faul, und zweitens hält er sich für was Besseres, das hat Gerda oft gehört, sie hat noch den schnaubenden Ton der Empörung im Ohr, und insgeheim musste sie immer lachen, denn genau das will hier doch jeder: was Besseres sein, aber wehe, jemand anderer maßt sich das an! Lesen, das darf nur der Lehrer, muss er ja auch, und natürlich der Pastor, muss er ja auch, alle anderen haben das gefälligst zu unterlassen, die sollen Mist fahren oder Fußböden schrubben, damit sie nicht auf dumme Gedanken kommen oder sich irgendwas einbilden auf ihre Neunmalklugheit.

Gerda liest trotzdem. Wenn sie mal in Peine ist, geht sie in die Bücherei in der Werderstraße. Der Bibliothekar, Herr Mattenroth, kennt sie inzwischen, und er sagt jedes Mal: »Fräulein Derking, ich habe da was für Sie!«, und dann empfiehlt er ein Buch, und das leiht sie aus. Herr Mattenroth war im Krieg, zuletzt im Westen, und wenn sie allein sind, schimpft er auf die Nazis, hat auch manchmal Tränen in den Augen. »Sie ahnen ja nicht, was ich da alles erleben musste, Fräulein Derking«, sagt er bei diesen Gelegenheiten gepresst, »so viel Rohheit und Brutalität und vor allem so viel Dummheit. Alle hatten Augen, aber keiner hat sie aufgemacht, und wenn, dann hat der Blick nur bis zur nächsten Mahlzeit gereicht. Da verliert man wahrhaftig den Glauben an die Menschheit.«

Gerda nickt verständnisvoll, und er sieht sie dankbar an, das ergraute Fräulein mit Kopftuch und Kittelkleid, mit den groben Lederschuhen und der Segeltuchtasche, in die sie das Buch steckt.

»Schön, dass wir so offen sprechen können«, sagt sie aufrichtig erfreut.

Und der Bibliothekar erwidert: »Ja, das finde ich auch.« Er rückt seine Brille zurecht. »Gut, dass es Leserinnen wie Sie gibt«, sagt er und gibt ihr die Hand. »Und Menschen wie Sie, Fräulein Derking.«

Zu Hause liest sie dann. Das letzte Buch war kurz, das hatte ein Pastor geschrieben, ein Mann namens Albrecht Goes, es heißt *Unruhige Nacht*. »Das müssen Sie unbedingt lesen, Fräulein Derking«, hatte Herr Mattenroth gesagt, »das ist ein Guter!« Ja, nu – mit Pastoren hat sie es zwar nicht so, aber man hin.

Und wahrhaftig: Die Hauptperson, ein Feldseelsorger im Krieg, im Osten, der redet ihr oft zu geschwollen. Gerda hat das Buch trotzdem gern gelesen; sie litt mit dem jungen Soldaten, der zum Tode verurteilt worden war, obwohl er sich nur nach menschlicher Wärme und Liebe gesehnt hatte, und für so was wurde man erschossen, in einer Kiesgrube, gefesselt und mit verbundenen Augen vor einem Pfahl stehend. Der Einzige, der den armen Kerl verstand, das war der Feldseelsorger, aber der konnte auch nicht helfen, außer mit Verständnis und guten Worten, und er musste mit ansehen, wie man den Jungen mit Kugeln durchsiebte.

Aber da war noch etwas, das sie aufmerken ließ, und zwar ein Name: Chmelnyzkyj. Wilhelm Leeb hatte diesen Ortsnamen manchmal genannt, wenn er von seiner Zeit als Sonderführer erzählt und geprahlt hatte, er habe ein Gebiet verwaltet, »dreimal so groß wie Niedersachsen«. Viel mehr hatte er nie preisgegeben, sondern lieber über die Kriegsgefangenschaft geklagt, in der er so hatte darben müssen, dass er, von der Fron auf den Feldern heimkehrend, Kartoffelscheiben zwischen den Pobacken versteckt hatte, um sie in der Unterkunft zu braten.

Sicher, dachte Gerda, das war ja man schrecklich, aber warum hatte er sich auch mit den Nazis gemein gemacht und war obendrein in den Krieg gezogen? Hatte er sich doch alles selbst eingebrockt, der Mann, und hinterher wurde gejammert? Nee, nee. Und dann las sie, es war ein Gedanke des Feldseelsorgers: »Seit die Politik der Landausbeutung sich in ihrer ganzen Skrupellosigkeit durchgesetzt hatte und alles Gerede von Befreiung entlarvt war als Lüge und Gewäsch, hatten die Partisanen ihr Handwerk begonnen.« Sie dachte über diesen Satz nach, in ihrer Stube im Ohrensessel sitzend und ihren schlafenden Kater betrachtend. Schließlich fiel der Groschen: Das hatte er getan, der Wilhelm, er hatte das Land ausgebeutet, bis die Einheimischen irgendwann zu den Waffen gegriffen hatten, um sich zu wehren. Wilhelm behauptete gern, niemandem etwas zuleide getan zu haben, aber Ausbeutung war auch eine Form von Gewalt. Er hatte allen Menschen, denen er Äcker und Essen genommen hatte, etwas zuleide getan, das lag auf der Hand.

Der alte Heuchler, dachte sie.

Dann stand sie auf und ging in die Küche, um ein Glas Zwetschgenmus zu öffnen.

Vielleicht, ging es ihr durch den Kopf, während sie das Mus löffelte und den herbsüßen Geschmack genoss, ist es ganz gut, dass er Käthe geheiratet hat und nicht mich. Wir wären wie Hund und Katze gewesen.

Nun sitzt sie in eben dieser Küche, die Arme auf dem Tisch verschränkt, und starrt durchs Fenster auf die Mauer des Leebschen Hauses, verdrängt jedoch die Gedanken an das, was sich dahinter abspielt: eine Tragödie, deren Hintergründe und Vorgeschichte ihr unbekannt sind.

Leeb senior, das immerhin weiß sie, hat sich an der glühenden Liebe seiner Mutter verbrannt. Diese, Magda Leeb, ist nun Mitte achtzig, aber noch rüstig, und lässt sich regelmäßig durch die Feldmark kutschieren, um nach Zuckerrüben und

Getreide zu schauen. In der Familie wird sie ehrerbietig »Feldwebel« genannt. Die alte Magda und ihr Sohn waren unzertrennlich, schon im ersten Krieg, als der Vater an der Front war, aber auch danach, weil der alte Willi aufgrund einer Kriegsverletzung nicht mehr richtig mit anpacken konnte. Oder wollte, wie Gerda schmunzelnd denkt, denn sie weiß noch, dass sie ihn mehrmals beim Lesen eines Buches ertappte – er war, von ihren Eltern abgesehen, der Einzige, der sie dazu ermunterte –, und trotzdem war er im Dorf beliebt, denn im Gegensatz zu seinem Sohn, mit dem er oft im Klinsch lag, hatte er keine Allüren.

Sie ringt die Hände auf der rot-weißen Decke und ist froh, als Heini maunzend in die Küche schleicht. Noch lebt er, der alte Kämpe, und hat Appetit, da kann er froh sein, und sie ist auch froh, dass sie ihn noch hat, eine lebende Seele in ihrem Häuschen, von den sommerlichen Fliegen und herbstlichen Mäusen einmal abgesehen.

Gerda stellt dem Kater eine Schale Milch hin. Sie hätte nie gedacht, dass sie noch mal ran muss, aber es stimmt schon: Sie kann Wilhelm jetzt nicht im Stich lassen. Sie seufzt und zieht die Schuhe an, um Lisbeth Bohlweg zu holen, die ihr oft zur Hand gegangen ist. Tote, das weiß Gerda aus jahrzehntelanger Erfahrung, sind schwer.

Mai 1940 – Kind in der Krippe

Der neunjährige Wilhelm Leeb, von Mutter und Großmüttern Willem genannt, weil das weicher klingt und flotter von der Zunge geht, steht in der Schlafstube und lauscht dem Geschrei. Grete, seine vier Jahre jüngere Schwester, sitzt in einer Ecke und spielt mit ihren Puppen. Sie trägt ein Kleidchen, das auf Brust und Ärmeln abwechselnd mit Kreisen und Rauten bestickt ist, diese mit dem christlichen Kreuz darin, jene mit dem Hakenkreuz. Das in der Küche ertönende Quäken scheint sie nicht zu stören, doch ihr großer Bruder zieht eine Grimasse, hält sich die Ohren zu und schimpft: »Ich kann das nicht mehr hören! Das soll aufhören! Aufhören!«

An diesem Tag im Mai schüttet es wie aus Kübeln, die Tropfen schlagen Blasen auf dem Kopfsteinpflaster, das Wasser rauscht vom Nachbardach, weil die Regenrinne durchgerostet ist, und prasselt auf den schmalen Streifen, der die Grundstücke trennt, auf Brennnesselgestrüpp und Holunder. Wilhelms Vater regt sich oft darüber auf. Das tue in den Augen weh, schimpft er dann, es sei eine Schande, keine Ordnung zu halten, und er lässt die Nachbarn seine Verachtung spüren, aber die Derkings bleiben höflich und grüßen stets. Wilhelms Vater behauptet auch, der alte Derking sei ein Kommunist, angeschwärzt hat er ihn aber nie.

Ja, es regnet, Wilhelm kann also nicht draußen spielen, und

im Haus ist es unerträglich laut. Wenn er die Schlafstubentür öffnet und seine Ohren spitzt, hört er seine Mutter und Oma Kruse, sie gurren, säuseln, flöten, und das findet er noch quälender als den Lärm, den sein kleiner Bruder veranstaltet.

»Er hat Aua«, sagt die kleine Grete und richtet die grauen Augen auf ihren Bruder. »Wenn man Aua hat, weint man. Ich weine dann auch. Du nicht?«

»Natürlich nicht«, entgegnet Wilhelm gereizt. »Ich bin doch keine Heulsuse.« Er hält sich die Ohren zu.

»Ich bin auch keine Heulsuse«, protestiert Grete. »Aber Aua tut weh.«

»Dann geh doch hin und tröste ihn«, blökt Wilhelm und stopft die Hände in die Hosentaschen. Seine Finger spielen mit dem Taschenmesser, denn dreierlei muss man laut seinem Vater immer dabeihaben: Messer, Bindfaden, Streichhölzer. Wilhelm hat Klinge und Faden, aber keine Hölzer, denn Feuer ist für kleine Kinder nicht (Schere und Messer schon). Der Himmel ist nun tintenschwarz, in der Ferne grollt ein Gewitter, und unten in der Küche heult, jault und schreit Bruno, sein einjähriger Bruder. Man veranstaltet einen Affenzirkus um diesen strohblonden Zwerg, als wäre er der Mittelpunkt der Welt oder gar des Deutschen Reiches, das immer größer wird. Neulich brachte der Briefträger einen Umschlag, rot bedruckt und mit dem Reichsadler darauf: die *Einberufung*. Die, wie man dem Jungen erklärte, bedeutete, dass sein Vater als Soldat für den Führer kämpfen würde, ein Gedanke, der Wilhelm mit Stolz erfüllte. In zwei Jahren kommt er zur Hitlerjugend, dann trägt auch er Uniform; einerseits freut er sich darauf, andererseits hat er bei der Vorstellung ein etwas mulmiges Gefühl.

Ein Blitz zerreißt den Himmel, kurz darauf ertönt ein fernes Krachen. Der Regen rauscht weiter vom Hausdach der Derkings, die Brennnesseln sind schon alle platt.

»Ich gehe zu Mutter«, sagt Grete, nimmt eine Puppe und huscht aus der Schlafstube. Sie lässt die Tür offen, und Willem vernimmt wieder die Frauen, die den Kleinen umschwirren wie Wespen ein Hefestück. Er geht mit großen Schritten zur Tür und knallt sie zu, setzt sich danach auf sein Bett und drückt die Hände auf die Ohren. In seinem Inneren rumort es, und er flüstert: »Ich bin keine Heulsuse!«, kann aber nicht verhindern, dass eine Träne über seine Wange kullert, dann noch eine und noch eine. Er fühlt sich hier oben, in seiner Schlafstube, auf einmal mutterseelenallein.

Wenn ich tot wäre, würden Mutter und die Omas bestimmt um mich weinen, geht es ihm durch den Kopf. Weiter kann er nicht denken, aber der Gedanke ist tröstlich, er löst einen wohligen Schmerz aus, und in diesem Schmerz ist er ganz bei sich, weit fort von seinem plärrenden Brüderchen, mit dem die Mutter ständig beschäftigt ist, weit fort von der Schwester, die stets an seinem Hemdzipfel hängt, weit fort von seinem Vater, der in der Ilseder Mühle Frühschoppen macht und missmutig heimkehren wird, weil er sich mal wieder über jemanden geärgert hat, und deshalb legt sich Wilhelm aufs Bett und kauert sich zusammen, als wollte er das Gefühl an sich drücken. Draußen donnert es, dass die Fensterscheiben klirren. Danach ist nur noch das Prasseln des Regens zu hören, und Wilhelm merkt erst mit Verspätung, dass Bruno, dieser Schreihals, endlich still ist.

Tatsächlich sitzt Bruno wie vom Donner gerührt in seinem Stühlchen am Küchentisch. Sein Blick fliegt hin und her, und als es blitzt, fängt er wieder an zu plärren, nun vor Angst, und mit dieser Angst steht er nicht allein da. Er schreit, dass ihm fast die Luft wegbleibt, und dann stürmt Magda Leeb zur Küchentür herein, kreidebleich, hinter den runden Brillengläsern flackern ihre Augen.

»Oh Gott«, ruft die sonst unerschütterliche Frau, »oh Gott, ein Gewitter!« Ihr Vater sagte gern: Land hat Bestand bei Krieg und Brand, und das mag ja auch so sein, aber dies ist ein Haus, ein altes noch dazu, und wenn der Blitz in das Dach einschlüge oder die Scheune in Brand setzte oder den Stall mit dem Vieh darin – sie mag gar nicht daran denken, da platzt ihr der Schädel, und alle wissen, was nun kommt, ob man will oder nicht, denn ihre Angst ist ansteckend, und so gehorcht man, als sie mit schriller Stimme befiehlt: »Alle auf die Diele! Aber sofort!«

Man pflückt Bruno vom Stühlchen, und Käthe Leeb flitzt die Stiege hinauf, um Willem zu holen, der schluchzend auf dem Bett liegt, sie packt ihre Tochter Grete beim Schlafittchen, und dann eilt der ganze Haushalt, drei Kinder, die Mutter, die zwei Großmütter und zwei Großväter, Willi Leeb und Gustav Kruse, sowie Josef, der Knecht, aus der Küche über den Flur auf die große Diele. Dort herrscht Zwielicht, denn es gibt nur eine Funzel, die bei jedem Donnerschlag flackert. Der Boden ist nicht gerade blitzblank, und dennoch sinken alle auf die Knie und bilden einen Kreis um die alte Magda. Die hockt im schwarzen Kittelkleid da, und während es über ihren Köpfen kracht, betet sie mit gesenktem Kopf: »Lieber Herrgott, verschone dieses Haus und die Menschen darin. Lass das Gewitter vorüberziehen, lass die Blitze in Bäume einschlagen, auf dass niemand zu Schaden komme. Steh uns bei, lieber Herrgott, ich flehe dich an, halte deine schützende Hand über unser Dach, wir haben nichts Unrechtes getan, unsere Sünden sind lässlich …«

Bei diesen Worten stutzt Käthe Leeb. Sie fragt sich, welche »Sünden« ihre Schwiegermutter meint, aber dann kracht es wieder, dass Staub von den Deckenbalken rieselt, im Stall wiehern die Pferde. Je lauter es donnert und je greller es blitzt, desto inbrünstiger betet Magda Leeb, sie wiederholt bestimmte Wendungen, sie ringt die Hände, ihre Stirn berührt fast den Boden. Ihre gemurmelten Bitten an höhere Mächte, untermalt vom Lärm des Unwetters, lullen Bruno ein, und schließlich schlummert er tief und fest, der Kleine.

Sie hocken alle da, während das Gewitter tobt und den Regen über Haus und Hof und Dorf peitscht, und nach einer Weile fühlt sich jeder blümerant. Sogar die Opas sind gegen die Panik nicht immun – kein Blitz, der Wohnhaus, Stall oder Scheune in Brand setzte, aber der Funke, den die im Mittelpunkt der Runde hockende Frau schlägt, entfacht in allen ein loderndes Feuer der Furcht, und so sitzen sie da, ob arthritische Knie oder nicht, die Hände gefaltet, und beten, dass der Zorn des Himmels rasch verrauchen möge.

Wilhelm äugt manchmal zu seinem Bruder, der in den Armen der Mutter schläft, und verzieht verdrossen den Mund, nur um beim nächsten Krachen daran erinnert zu werden, dass Unheil über ihren Köpfen dräut.

Schließlich scheint das Unwetter abzuflauen, aber man weiß ja nie. Die Feuchtigkeit sorgt dafür, dass es auf der großen Diele noch intensiver riecht, nach Streu und alten Balken und natürlich nach den Pferden im angrenzenden Stall, die unruhig wiehern und mit den Hufen gegen den Holzverschlag bollern. Wilhelm horcht auf die Tiere, denn obwohl er erst neun ist, weiß er, dass sie ein feines Gespür haben; wenn sie sich beruhigen, zieht das Gewitter weiter. Er hört Bubi, den Apfelschimmel, prusten und schnauben, und ihm fallen die zwei Ochsen im großen Stall ein – wenn sie Angst bekämen und durchdrehten ... Sie sind bannig stark, ziehen große Fuder mit Getreide und Rüben, könnten gewiss das Stalltor durchbrechen und auf die Straße rennen. Das ist ein unheimlicher Gedanke, und Wilhelm malt sich aus, wie die zwei mächtigen Ochsen im Dorf die Gärten verwüsten, die Zäune niederwalzen oder Türen einrammen, sodass die Leute in heller Panik aus den Häusern fliehen, und vielleicht würden sie auch Kinder zertrampeln, zumal die Kleinen. Er schielt zu seinem Brüderchen, und ihn beschleicht wieder der wohlige Schmerz: Wenn jetzt der Blitz einschlüge und das Dach einbräche, wären sie alle auf einen Schlag tot, und selbst sein Vater, der selten lacht und niemals weint, würde wohl eine Träne vergießen.

Dann tritt sein angesäuselter, regennasser Vater tatsächlich auf die große Diele und mustert alle der Reihe nach. Sein Blick bleibt an seiner Mutter haften, und man kann ihm ansehen, dass er sich nur ihr zuliebe zügelt; für ihn ist sie über jede Kritik erhaben, und deshalb richtet er Zorn und Geringschätzung gegen den Vater. Dieser, ein stämmiger Siebzigjähriger mit Schnurrbart und stahlgrauen, sauber gekämmten, seitengescheitelten Haaren, hadert mit der neuen Zeit und verehrt bis heute die Welfen, obwohl das Königreich Hannover bei Langensalza sang- und klanglos unterging, und das vor über sieben Jahrzehnten, da war er noch gar nicht auf der Welt. Es gibt oft Streit zwischen Sohn und Vater, zumal dieser inzwischen lieber in Bücher schaut, als auf das Feld zu gehen, und wenn er das doch mal tut, reißt er bloß Witze, sodass die Frauen, die Zuckerrüben verziehen oder Kartoffeln ernten sollen, über das Lachen die Arbeit vergessen.

»Was hockst du da, Vater?«, blafft Wilhelm Leeb. »Das ist

doch würdelos, das gehört sich nicht für einen Mann. Ist doch bloß ein Gewitter, meine Güte, und wir haben einen Blitzableiter, wisst ihr nicht mehr?«

Seine alte Mutter scheint aus einer Trance zu erwachen und sieht ihren Sohn rügend an. Vielleicht schlägt doch noch ein verirrter Blitz ein, wer weiß?

Josef, der Knecht, kommt verlegen auf die Beine und murmelt, er wolle nach den Pferden sehen.

Und Wilhelm Leeb, der sich über den Blick seiner Mutter ärgert und gereizt ist, weil Bauer Heinrich Haarstick beim Frühschoppen hinterlistig fragte, wieso er sich nicht freiwillig zur Wehrmacht gemeldet, sondern erst eine Einladung gebraucht habe, was die anderen Gäste, diese Brinksitzer, die keine Ochsen, ja nicht mal Pferde besitzen, sondern Kühe anspannen, um ihre paar Morgen Land zu bestellen, laut lachen ließ, stapft zornig zu seinem älteren Sohn, reißt ihn hoch und fährt ihn an: »Was hockst du da, Willem, was soll der Unsinn, hast du nichts Besseres zu tun als zu beten wie ein Waschweib? Gott, der hilft uns nicht, das müssen wir schon selbst tun!« Der Vater ragt über seinem Sohn auf, der den Kopf einzieht, als würde er eine Ohrfeige erwarten. Die bleibt aus. Stattdessen faucht der Vater: »Du bist doch ein Leeb, also reiß dich zusammen! Was willst du denn machen, wenn du in der Hitlerjugend bist? Da nimmt man dich hart ran. Meinst du denn, du könntest dich ewig unter Rockschößen verkriechen? Hockst hier auf der Diele und faltest die Hände, nur weil es mal donnert und blitzt! Die sollen zupacken, die Hände, nicht beten.«

Er brüllt so laut, dass der kleine Bruno erwacht und wieder quäkt, und Wilhelm steht da wie ein begossener Pudel, Tränen in den Augen, weil er nicht weiß, wie ihm geschieht. Er hat keine Angst vor Donner und Blitz! Oma Leeb macht das immer so bei Gewitter, und dann muss er mit. Sein Vater, der sein Schweigen als Verstocktheit missversteht, liest ihm die Leviten, aber Willem hört das wie durch Watte; er sieht, wie seine Mutter einschreiten will, von seinem Vater aber brüsk abgewiesen wird; er sieht, wie sie Oma Kruse den plärrenden Bruno abnimmt und ins Haus geht. Warum sagt man seinem Vater nicht, dass er ein tapferer Junge ist, der nicht heult, wenn er sich schneidet oder ein Knie aufschrammt? Und warum ist sein Vater ausgerechnet wütend auf ihn, wo doch alle auf die große Diele gegangen sind, auch die Erwachsenen?

Die sich nun davonstehlen. Opa Leeb streicht seinem Enkel übers Haar und sagt etwas. Daraufhin blafft Willems Vater den eigenen Vater an, der bloß mit den Achseln zuckt, seinem Enkel zuzwinkert und auch verschwindet.

»Hast du mich verstanden?«, schreit der Vater.

Sein Sohn nickt, obwohl er nichts mehr mitbekommen hat.

Sein Vater zieht die Jacke straff, sieht Willem noch einmal strafend an und lässt ihn dann allein.

Das Gewitter grollt und grummelt, es ist vorübergezogen, ohne Schaden anzurichten. Josef redet den Pferden gut zu, vielleicht wirft er ihnen Hafer hin; Äpfel und Möhren sind alle, man muss bis zur nächsten Ernte warten. Der junge Wilhelm schnieft, dann schlurft er los. Er verlässt die Diele auf der anderen Seite, durch die in das große Tor eingesetzte Tür, und trabt im Regen über den Hof zum Kuhstall, den Blick auf die schmutzigen Knie gesenkt, wütend auf seinen ungerechten Vater. Da will ich lieber tot sein, denkt er, dann würde ich den Eltern weder Kummer noch Verdruss bereiten. Dieser Gedanke treibt ihm Tränen in die Augen.

Er klinkt die Kuhstalltür auf und wird vom säuerlichen Milchdunst eingehüllt. Fliegen surren im Stall, erste Schwalben sausen durch Lüftungslöcher zu ihren Nestern, die an den Deckenträgern kleben. Die Kühe sind still, viele haben sich ins Stroh gebettet und käuen wieder. Sie richten ihre Untertassenaugen auf den vorbeihuschenden Jungen; sie kennen ihn und wissen, dass er ein harmloser kleiner Kerl ist.

Willem geht schnurstracks in den angrenzenden Stall, in dem die Ochsen stehen, von Opa Leeb auf Kastor und Pollux getauft. Er bleibt vor dem Gatter stehen und betrachtet die zwei mächtigen Tiere, die mit den Ohren zucken und mit den Schwänzen peitschen, um Fliegen zu vertreiben; beide haben hellbraunes Fell und weiße Ringe um die Augen, und beide sehen gütig aus, findet Wilhelm, aber er will ja tot sein, also sollen sie ihn auffressen. Das fällt ihnen bestimmt nicht schwer, denn sie haben große Mäuler und Zähne und dicke Bäuche, in die er problemlos hineinpasst. Seine Eltern werden sich fragen, wo er steckt, sie werden ihn suchen, sie werden weinen, sich die Haare raufen und darum flehen, ihren braven, guten Sohn zurückzubekommen, nur steckt der dann längst im Bauch eines Ochsen wie Jona in dem des Walfisches.

Also legt sich der Junge in die halbrunde Krippe aus dunkel glasiertem Steingut, auf Heu und Sauerblattreste. Anfangs tut sich nichts. Er liegt da wie erstarrt, lang ausgestreckt, die Augen fest geschlossen. Die Geräusche im Stall sind jetzt deutlich zu hören: das Fiepen der Schwalben, das gelegentliche Prusten der Kühe, im Stall nebenan gackern Hühner; Wilhelm wird schläfrig, doch als ihm ein muffiger-warmer Atem ins Gesicht schlägt, reißt er die Augen auf. Dicht über ihm hängt eine riesige, rosige Schnauze, die ihn beschnüffelt, und er kneift die Augen wieder zu, denn nun geht es los, jetzt wird er gefressen. Der Ochse, es ist Kastor, der mit den Locken zwischen den Hörnern, stößt die feuchte, weiche Schnauze gegen Wilhelms Gesicht, er muss erstmal gucken, ob das, was da in der Krippe liegt, auch schmeckt, ist ja klar, und dann spürt der Junge die raue, feuchte Zunge auf der Stirn und auf den Wangen. Er beißt die Zähne zusammen, seine auf der Brust liegenden Hände verkrampfen sich, und er bekommt es mit der Angst, hoffentlich tut das nicht weh, aber alles ist besser, als das Geschrei seines Brüderchens und seines Vaters zu hören, und seiner Mutter ist er sowieso egal. Also fügt er sich in sein Schicksal und harrt des Maules, das ihn verschlingen wird.

Nichts tut sich. Wilhelm spürt Kastors Atem, aber dann wendet sich der Ochse leise schnaubend ab, seine Hufe rascheln durchs Stroh, und Pollux, sein Kompagnon, ist offenbar pappsatt, denn er macht sich gar nicht erst auf den Weg zur Krippe. Wilhelm ist traurig, er könnte sofort wieder losheulen; draußen pladdert der Regen auf Hinterhof und Miste, und Kastor und Pollux liegen da und glotzen blöde. Der Junge wedelt eine Fliege weg, die sich am Ochsensabber auf seinem Gesicht labt, dann zerrt ihn die innere Schwere in den Schlaf, und während er in der Futterkrippe schlummert, wuchtet sich hin und wieder einer der Ochsen hoch und trottet zu ihm, als wollte er nachsehen, wie es dem Menschlein geht.

Er wird tatsächlich gesucht, und als man ihn beim abendlichen Füttern entdeckt, gibt es ein großes Hallo: Opa Leeb lacht sich kringelig, Oma Leeb nennt ihn einen Tunichtgut, sein Vater sieht ihn grimmig an, und seine Mutter ermahnt ihn, ja nie wieder so einen Schabernack zu treiben. Als Willem sich schließlich aus dem Stall trollt, fühlt er sich gekränkt, denn man hackt auf ihm herum, als hätte er sich aufgeführt wie ein dummer August. Kann er etwas dafür, dass die Ochsen keinen Appetit auf ihn hatten? Die Erwachsenen ahnen ja nicht, wie ernst ihm das war.

Draußen dämmert es schon. Im letzten Licht der Abendsonne zeichnen sich versprengte Wolken ab, Nachzügler des Gewitters. Als Wilhelm die lange Diele betritt, denkt er: Beim nächsten Mal lege ich mich in einen Schweinetrog. Schweine sind klüger als Ochsen. Das klappt dann bestimmt. Und er schließt die Hand um das Messer, das in seiner Hosentasche steckt.

April 1944 – Hundertfünfzig Störche

Gerade noch über den Dnjestr geschafft, nachdem sie zuvor nur im Schneckentempo vorangekommen waren. Kurz darauf schoss der Russe die Brücke zu Klump. Das Chaos, das auf dem Südufer herrschte, hatte Leeb in diesem Ausmaß nicht einmal beim Rückzug aus Pyrjatyn erlebt: Zivilisten und Militär in kopfloser, geradezu panischer Flucht. Larissa und Tanja drückten sich ängstlich auf der Rückbank aneinander, während Alex einen Weg für den SIS suchte; das russische Auto, das oft gestreikt hatte, fuhr bisher einwandfrei, und da sie einige Flaschen Wodka gegen zwei Benzinkanister hatten eintauschen können, waren sie mit Brennstoff wohlversorgt.

Auf rumänischem Boden kamen sie Gott sei Dank flotter voran. Über dem fernen Czernowitz hing ein rötlicher Schein, die Stadt lag unter Beschuss, war offenbar in Brand geraten. Sie fuhren weiter in Richtung Süden, zunächst bis Bacău und von dort nach Adjud, zuletzt im Schlepp, weil doch noch die Kupplung streikte. Leeb beschloss, in dem Städtchen zu rasten, ein Fehler, denn der SIS wurde umgehend vom rumänischen Militär requiriert, und sie saßen in einer zugigen Unterkunft fest, während draußen weiter der Winter tobte. Nach einer Weile wurden sie auch noch von Läusen befallen.

Dann begann es zu tauen; der April war angebrochen. Leeb

ging durch das Städtchen Adjud, wo zahllose Einheiten gestrandet waren, die meisten versprengt, dezimiert und ohne Peilung. Leeb hatte seine Schaftstiefel poliert und Sporen angelegt, seine Uniform war gewaschen und gebügelt, der Schirm seiner Offiziersmütze glänzte in der Sonne, wenn diese durch die Wolken lugte. Er ging strammen Schrittes, das Pistolenholster am Koppel, löste die hinter dem Rücken verschränkten Hände nur, um die Zigarette aus dem Mund zu nehmen und Rauch in die kalte Luft zu pusten: ein Musterbeispiel für Akkuratesse, was ihm zu seiner Zufriedenheit stets bewusst wurde, wenn er die anderen Soldaten sah, stoppelbärtig, schmutzig und ausstaffiert wie Freischärler, mit dunklen Rändern unter geröteten Augen, erschöpft an ihren Fahrzeugen lehnend, ein Anblick, bei dem er verächtlich die Lippen schürzte: Haltung und Durchhalten bedingten einander. Man musste seinen Stolz wahren, auch wenn man ganz tief in der Scheiße saß, und sie hatten ja noch Glück gehabt, denn sie waren den Russen entwischt. Das spöttische Grinsen, das ihm galt, bemerkte er genauso wenig wie die Verhöhnung »Etappenhengst!«, die ihm ein übel gelaunter Spieß hinterherzischte.

Leeb hatte die Holzhütte verlassen, in der sie untergekommen waren, um eine Transportmöglichkeit zu organisieren; er hatte vor, über die Karpaten ins Generalgouvernement zu gelangen, und steuerte das kleine Bahnhofsgebäude an, in dem sich die eilends eingerichtete Kommandantur befand.

Kurz vor dem Ziel ließ ihn etwas aufmerken, und als er sich umschaute, erblickte er einen Vogelzug: Weißstörche, die parallel zu den Karpaten nach Norden flogen, ein majestätisches Bild. Er begann, die Vögel zu zählen, alles andere vergessend, zückte sogar Notizbuch und Stift, um die Vögel auf römische

Art abzuhaken; ein Fünferblock nach dem anderen, am Ende kam er auf hundertfünfzig.

Sagenhaft, dachte er und sah den Störchen nach, die auf jene Landstriche zustrebten, die die Wehrmacht überstürzt geräumt hatte. Schwer zu sagen, wo sie nisteten, vielleicht in der Ukraine oder in Weißrussland, aber so war sie eben, die Natur, als Landwirt wusste er das natürlich am besten, ihr Kreislauf wurde durch den Krieg nicht unterbrochen: Die Vögel brachen in Afrika auf und überquerten die Levante, die Türkei und Griechenland, um zu ihren Nistplätzen zu gelangen.

»Ha!«, entfuhr es ihm, als er das Notizbuch einsteckte und, nach einem weiteren Blick auf die Gipfel der Karpaten, die Kommandantur betrat, festen Schrittes, mit durchgedrücktem Rücken und entschlossen, für seine Leute und sich selbst eine Möglichkeit zu finden, dieses verlauste rumänische Nest zu verlassen. Der Posten an der Eingangstür war klar überfordert, denn im Bahnhofsgebäude herrschte ein enormes Gedränge orientierungsloser Soldaten aller Dienstgrade, die auf Anweisungen und Befehle oder Verpflegung hofften. Zigarettenrauch hing wie Nebel im Flur, es stank nach Schmutz und Schweiß und Ungeduld.

Hier, in einer der bürokratischen Schaltstellen des Militärs, vermochte er durch Haltung und Leutnantsuniform aber durchaus Eindruck zu schinden, zumal man die Details, die ihn als Sonderführer kennzeichneten, oft übersah. Der Unteroffizier in der Adjutantur war angetan, als Leeb vor ihm stand, atmete sogar merklich auf, als er feststellte, dass er es nicht wieder mit einem gereizten Brüllaffen zu tun hatte, sondern mit einer gefassten, würdevollen Person.

»Tja, Herr Leutnant«, sagte er, mit dem Bleistift auf den

Schreibtisch tippend, »der Herr Hauptmann kann Sie jetzt nicht empfangen, denn er konferiert. Sie wissen ja, wie es ist, alles steht kopf, aber gut – ich schaue mal, was sich machen lässt. In den nächsten Tagen soll ein Zug nach Norden gehen, Richtung Krakau.«

»Ich muss meine Leute mitnehmen«, sagte Leeb ruhig, aber bestimmt. »Sie sind für meine Arbeit unverzichtbar.«

»Deutsche?«

»Nein, drei Ukrainer.«

»Hm.« Der Unteroffizier runzelte die Stirn. »Schwierig.« Er schichtete ein paar Papiere um. »Insgesamt vier Plätze? Ja, Mensch, wie soll das gehen? Der Zug ist rappelvoll, da kann ich Sie nicht bevorzugt behandeln.«

»Das sind tüchtige Leute. Eins-a-Gesinnung. Wir sind aufeinander eingespielt, und bitte bedenken Sie …« – Leeb beugte sich vor, die Hände hinter dem Rücken verschränkt – »… dass ich den Auftrag habe, Heimat und Wehrmacht mit Grundnahrungsmitteln zu versorgen, also Kampfkraft und Moral zu wahren. Das ist eine ebenso wichtige wie anspruchsvolle Aufgabe, die ich nur mit fähigem Beistand erfüllen kann, und den leisten meine Leute.« Leeb richtete sich auf und sah den Unteroffizier, der beinahe zwanzig Jahre jünger war, fest an. »Ich erwarte, im Generalgouvernement sofort wieder eingesetzt zu werden.« Er verschwieg zunächst, dass zwei seiner Leute Frauen waren. »Zigarette?«, fragte er und bot die Schachtel an.

Sie rauchten stumm. Irgendjemand hämmerte gegen die Tür und brüllte etwas, und der Unteroffizier schrie: »Maul halten da draußen! Immer der Reihe nach, verflucht!« Er griff nach einem Formular und begann, es auszufüllen. »Sie sind mal ein vernünftiger Mensch«, sagte er zu Leeb. »Hier kommen Schwachköpfe rein, das können Sie sich gar nicht vorstellen, die führen sich so blöde auf, dass ich ihnen am liebsten die Schnauze polieren würde. Und das ist die schneidige Wehrmacht.« Er schnaubte. »Sie kriegen die vier Scheine, Herr Leutnant. Ihre Leute müssen sich dann irgendwo hinquetschen, ist ja kein D-Zug in die Sommerfrische. Übermorgen, also am achten, geht's los, die Abfahrt ist für 21 Uhr 30 anvisiert. Wie heißen Ihre Mitarbeiter?«

Leeb nannte die Namen. Als der Unteroffizier die Formulare stempelte, sagte er grinsend: »Damenbegleitung! Das lob ich mir, ja, die sind nicht zu verachten, die Frauen der angeblichen Untermenschen.« Er hielt inne und sah erschrocken auf. Nun war es an Leeb zu grinsen, denn nach diesem Fauxpas waren ihm die Fahrtpapiere hundertprozentig sicher.

»Ganz meine Meinung«, sagte er und ergänzte, um zu signalisieren, dass er die Worte überginge: »Noch eine Zigarette?«

Wieder das Pochen an der Tür. Leeb nahm die ordnungsgemäß ausgefüllten und gestempelten Papiere entgegen. »Ich danke Ihnen«, sagte er.

»Keine Ursache. Wenn Sie mir einen Gefallen tun möchten, dann treten Sie dem Arschloch, das gegen die Tür bollert, beim Rausgehen ordentlich gegen das Schienbein.«

Während der zehntägigen Fahrt nach Krakau, die sie über die Karpaten, durch Nordost-Ungarn und die Slowakei führte, schwelgte Leeb in dem Gefühl, den Störchen zu folgen. Larissa bemalte anlässlich des Osterfestes Eier mit ukrainischen Mustern, beäugt von Soldaten, die ihr Avancen machten; Leeb musste dann den Leutnant rauskehren, und Alex hätte sich fast mit einem bayerischen Gefreiten geprügelt, der die zarte Tanja belästigt hatte. Diese Fahrt war gewiss kein Zuckerschlecken, aber, dachte Leeb, zurückgelehnt im Waggon sitzend und die gestiefelten Beine übereinandergeschlagen, immerhin hatte er die zwei jungen Frauen vor der Rache der Russen gerettet. Welcher Kamerad hätte das getan? Sie waren alle abgehauen. Er dagegen … Leeb lächelte, hochzufrieden mit sich selbst. Und was die geilen Böcke betraf, nun – Larissa war tatsächlich eine Augenweide mit den blonden, geflochtenen Zöpfen und der üppigen Figur. So was konnte man doch nicht den Russen zum Fraß vorwerfen! Nein, er hatte richtig gehandelt, das war sehr anständig von ihm, wirklich anständig, jawohl, ritterlich sogar.

In Krakau, wo er die taktischen Zeichen aller Einheiten wiedersah, die zuvor in Poltawa gestanden hatten, hieß es, man habe noch keine Verwendung für ihn, und so ergab sich die Gelegenheit, Alex, Tanja und Larissa in Sicherheit zu bringen. Leeb wurde im Bedarfsfall eingesetzt; er handelte auf Anweisung, war aber nicht dem Militär unterstellt, musste auch selbst zusehen, wie er den Sold erhielt, ein mühsames Unterfangen, denn die Wehrmachtsverwaltung war ein gigantischer papierener Popanz, was er jetzt, bei der Beschaffung der Dokumente, darunter Durchlassscheine und großer Wehrmachtsfahrschein, zum x-ten Mal erleben musste.

Nach einer strapaziösen Odyssee durch vier Länder, Ukraine und Deutsches Reich nicht mitgezählt, und Tausenden von Kilometern, trifft er am fünfundzwanzigsten April, gut vier Wochen nach der Flucht aus Chmelnyzkyj, endlich wieder zu Hause ein. Wie immer, wenn er in sein Dorf zurückkehrt, erfüllen ihn widersprüchliche Gefühle: Freude und Befremden und eine gewisse Unzufriedenheit, denn hier wirkt alles so klein und so eng, auch das alte Haus, vor dem die Familie Spalier steht, um ihn zu begrüßen, alle im Sonntagsstaat, obwohl es ein Alltag ist. Die Kinder sind gewachsen, vor allem sein Ältester, Wilhelm, 1931 geboren, in wirtschaftlich schwierigen Zeiten. Der Junge ist groß für sein Alter und schlägt, wie sein Vater verdrossen feststellt, nach dem Großvater mütterlicherseits, Gustav Kruse: blonder Bollerkopp und hohe Stirn; ja, der Junge ist äußerlich ein Kruse, eine Familie, die er im Stillen verachtet, denn niemand reicht an die Leebs heran. Aber gut, der Junge hat sich zur Feier des Tages immerhin in die HJ-Uniform geschmissen.

Er schüttelt Gustav Kruses Hand und sagt trotz aller Vorbehalte: »Gut, dich wiederzusehen, Schwiegervater.« Er gibt seiner strahlenden Frau einen Kuss, tätschelt die Köpfe Gretes und Wilhelms und nimmt den fünfjährigen Bruno auf den Arm. Das Ganze gleicht einem Staatsempfang, und anschließend geht es in die gute Stube.

Umschwirrt von diensteifrigen Frauen, nimmt er am Kopfende des Tisches Platz, auf dem eine feine, reich bestickte Leinendecke liegt; Sonntagsgeschirr und Silberbesteck, es duftet nach Bohnenkaffee, eine Seltenheit, und man serviert Sahnetorten und Hefekuchen, weil alle satt werden sollen, auch die drei Gäste aus der Ukraine, die schüchtern dasitzen. Der Kachelofen heizt, es ist fast zu warm, und dann wird eingeschenkt und aufgetan, und Leeb isst und trinkt unter den stolzen Augen seiner alten Mutter. Die Kinder erweisen sich als manierlich; Bruno, auf dem Schoß Käthe Leebs sitzend, starrt seinen Vater so verwundert an, als wäre dieser der mit Rute und Präsenten hereingeschneite Nikolaus, von dem sein großer Bruder erzählt hat. Zwischen den Happen berichtet der Hausherr von Flucht und Fahrt, wiederholt seine drei Begleiter anschauend, die zustimmend nicken; Alex und Tanja, die, anders als Larissa, nur gebrochen Deutsch sprechen, sehen sich verstohlen in der Stube um.

»Das klingt aber gar nicht gut«, sagt der alte Gustav Kruse. »Nun musstest du zum zweiten Mal fliehen. Ob das noch was wird, im Osten …«

»Natürlich«, erwidert sein Schwiegersohn. »Wir sind doch nicht am Ende. Wir stellen uns bloß neu auf. Und dann drehen wir den Spieß um. Am Jahresende bin ich wieder auf meinem Posten in Pyrjatyn, warte nur ab.«

Seine Schwiegermutter blickt ihn bekümmert an. »Aber du solltest bleiben, Wilhelm, du hast hier immerhin Hof und Familie. Der Kleine da …« – sie nickt in Richtung Brunos, der mit dem Löffel in einem Tortenstück herumfuhrwerkt – »… der muss doch auch was von seinem Vater haben, der kennt dich gar nicht, Wilhelm, der sieht dich an, als wärst du ein Fremder, und deine Frau, ja, die braucht dich auch.«

Das ärgert ihren Schwiegersohn, der sich ungern etwas sagen lässt, und der besorgte Dackelblick seiner Schwiegermutter weckt erneut die Verachtung, die er für sie und ihren Mann hegt. Er streicht über seine Uniformbrust, dekoriert mit Verwundetenabzeichen und Kriegsverdienstkreuz, und erwidert: »Du vergisst, dass wir im Krieg sind, Schwiegermutter, und da muss ich meine Pflicht erfüllen. Ich bin Soldat, und ich kehre zurück an die Front.«

»Na, na, mein Junge«, wirft sein Vater, Willi Leeb ein, der bislang stumm war, »du bist in der Etappe. An der Front, da kämpfen andere. Damals, im großen Krieg, als ich in Weißrussland mit meinem Geschütz …«

»Sei doch still, du!«, faucht Wilhelm Leeb.

Sein Vater bläst Zigarrenrauch aus; er lässt sich nicht leicht erschüttern, auch nicht vom missbilligenden Blick seiner

Frau. »Das ist eine Tatsache«, sagt er im Bewusstsein seiner Lebenserfahrung. »Du warst seit Jahren nicht mehr an der Front, mein Junge. Und Herta hat recht, wenn sie sagt, dass du hier gebraucht wirst. Im Osten bricht sowieso bald alles zusammen, und das weißt du. Warum hättest du deine Leute sonst mitgebracht?« Er tippt Asche in die gekappte Messingkartusche, ein Souvenir aus seiner Zeit als Fußartillerist. »Man muss nur eins und eins addieren, Sohnemann.« Und er ergänzt auf Platt: »Oder liegt es daran, dass die zwei jungen Frauen so hübsch sind?«

Sein Sohn bekommt rote Ohren. »Larissa ist meine Dolmetscherin«, erklärt er, »Tanja hat für einen anderen Sonderführer gearbeitet, der sich feige aus dem Staub gemacht hat, und Alex ist mein Fahrer. Sie wären alle von den Russen erschossen worden. Ich lasse …« – er drückt den Rücken durch – »… doch keine Leute im Stich, die mir treu gedient haben, das wäre unanständig.«

»Hm …« Der alte Leeb schiebt den Schnurrbart mit Daumen und Zeigefinger zusammen, streicht ihn wieder glatt. »Anstand, tja, das ist ein großes Wort. Unser erster Kaiser hatte den, vielleicht auch der Friedrich, sein Sohn, aber sonst? Da fällt mir keiner ein.«

Entsetztes Schweigen in der Runde, die älteren Kinder eingeschlossen. Alle wissen, so etwas darf man nicht sagen, manch einer ist schon für weniger verschwunden und nie wieder aufgetaucht.

Larissa, Alex und Tanja, denen diese Untertöne entgehen, haben ihre Scheu abgelegt und futtern wie die Scheunendrescher, schauen zwischendurch glücklich auf, denn sie begreifen, dass sie in Sicherheit sind und genug zu essen bekommen, der Herr Leutnant ist offenbar reich: So ein schöner großer Tisch mit kostbarer Leinendecke; das edle Porzellangeschirr und das Silberbesteck; die üppig gemusterte Tapete und der Teppich; ein Rauchtisch mit Messingplatte, umringt von Lehnstühlen – und alles blitzblank, da haben sie es gut getroffen. Larissa greift unwillkürlich nach der linken Hand ihres Gönners. »Sie haben uns gerettet, *barin*«, sagt sie bewegt. »Sie sind ein guter Mann. *Spassiba*.«

Alex nickt mit vollem Mund, und Tanja auch, obwohl sie wenig versteht.

Wilhelm Leeb, der den eifersüchtigen Blick seiner Frau bemerkt, entzieht Larissa die Hand, erwidert aber: »Das versteht sich von selbst, das gehört sich ja wohl so.« Er sieht seinen Vater auftrumpfend an. »Wie gut, dass wir nach der langen Reise wohlbehalten zu Hause angelangt sind.«

Der alte Leeb zieht die Augenbrauen hoch und pustet wieder Rauch aus, den Blick zur Decke gerichtet. Sein Sohn ist ihm manchmal unheimlich; der Junge ist hundertprozentig von sich überzeugt, was sicher nicht verkehrt ist, nur sorgt das für Scheuklappen, kann sogar blind machen, und dieser Krieg, das spürt er in seinen alten Knochen, der wird böse enden. Sein Sohn, der Parteigenosse, will das nicht wahrhaben, und was ihn selbst betrifft, so ist er vierundsiebzig und hinkt, wie er zugeben muss, der Zeit hinterher. Seine Frau dagegen – er sieht zu Magda – steht bombenfest zu ihrem Sohn, die zwei sind zusammengeschirrt wie ein Pferdegespann. Wie oft hat er sich ihre Mäkeleien und Vorwürfe anhören müssen. Sie titulieren ihn als »der Lateiner«; der spöttische Unterton entgeht ihm nicht, aber gut, das juckt ihn wenig, weil er mit sich im Reinen ist. Hätte er die Wahl gehabt, dann wäre er kein Bauer geworden, aber er musste in die Fußstapfen der Vorväter treten, so war es nun mal. Wehrdienst und Krieg sorgten immerhin für Abwechslung, da kam er in der Weltgeschichte rum, ob Ostpreußen, Polen, Baltikum oder Weißrussland. So hat alles sein Gutes.

»Wenn du in den Krieg musst, Wilhelm«, sagt Magda Leeb ebenso stolz wie entschieden, »dann musst du in den Krieg. Es gibt Wichtigeres als Feld und Garten. Wir schaffen das, obwohl es manchen gibt, der die Hände lieber in den Schoß legt.« Sie wirft ihrem Mann einen kühlen Blick zu.

»Wohl wahr«, ergänzt ihr Sohn, sein Kriegsverdienstkreuz betastend. »Du hast keinen Grund, das große Wort zu führen, Vater.« Er lehnt sich auf seinem Stuhl zurück, die Zigarette lässig zwischen Zeigefinger und Mittelfinger. »Du hast den Karren nicht aus dem Dreck gezogen. Das waren Mutter und ich, wir haben geschuftet, um die Schulden des Hofes zu tilgen. Du hast bloß Löcher in die Luft gestarrt.«

Der alte Leeb winkt ab. Er hat das so oft gehört, dass es ihm schnurzpiepegal ist. Außerdem erhielt er nach seiner schweren Verwundung das Eiserne Kreuz zweiter Klasse, sein Sohn dagegen trägt nur dieses alberne Stück Blech auf der Brust und lässt sich in einer Limousine durch die Etappe chauffieren, na, prost Mahlzeit. Er hält jedoch den Mund, denn Aufrechnen hat noch nie etwas gebracht. Er betrachtet den Sohn, der sich in der Mutterliebe und im eigenen Glanz sonnt, bloß amüsiert – soll er das letzte Wort behalten, wenn ihn das besser schlafen lässt.

Gustav Kruse, stets auf Ausgleich bedacht, schwenkt begütigend die Hände. »Der Wilhelm ist da, gesund und wohlbehalten, das ist doch Grund zur Freude, nicht wahr? Das wollen wir feiern.«

»Ganz richtig«, ergänzt seine Frau. »Und ich finde, er sollte bleiben.«

»Es stimmt nicht, dass Opa nur Löcher in die Luft gestarrt hat«, wendet der dreizehnjährige Wilhelm ein, der bislang still am Tisch saß. »Er hilft mir bei den Schulaufgaben, und er füttert die Hühner, und er …«

»Du bist still!«, fährt ihn sein Vater an. »Wenn die Erwachsenen reden, hast du den Mund zu halten, verstanden?«

Der Sohn wird rot und senkt den Blick.

»Aber Wilhelm …«, sagt seine Frau.

»Kein ›aber‹! Ich dulde keine Widerworte. Hier wird gespurt.« Wilhelm Leeb mustert seine Frau. »Und kauf dir mal ein neues Kleid, Käthe, dieses ist viel zu trutschig, das trägt man heute nicht mehr, das ist ja geradezu hinterwäldlerisch.«

Käthe Leeb senkt den Blick auf ihr dunkles, hochgeschlossenes Kleid mit Rankenmuster und spitzenbesetztem Kragen. Es ist ihr bestes, sie hat es extra zu diesem Anlass angezogen, und sie hat ein bitteres Gefühl: Sie ist es doch, die den Hof seit Jahren führt, während sich ihr Mann irgendwo im Osten herumtreibt, mit diesen Flittchen an seiner Seite. Sie hofft inständig, dass der schreckliche Krieg bald vorbei ist.

»Sobald es wieder Ware gibt, bekommst du ein neues, elegantes Kleid«, sagt ihre Mutter. »Das …« – sie sieht ihren Schwiegersohn vorwurfsvoll an – »… hast du dir redlich verdient, Mädchen.«

»Ich zeige meinen Leuten den Hof.« Wilhelm Leeb leert die Kaffeetasse und stellt sie ab, dass die Untertasse klappert. Dann erhebt er sich, die Zigarette im Mund, und verlässt die gute Stube, gefolgt von seinen ukrainischen Begleitern.

Seine Frau sitzt stumm da, nachdem die Tür zugefallen ist.

»Wohin geht der Nikolaus?«, fragt der kleine, immer noch auf ihrem Schoß sitzende Bruno, dessen Mund mit Sahne verschmiert ist.

Grete lacht.

»Das ist nicht der Nikolaus, du Blödian, das ist unser Vater«, erwidert sein Bruder. »Der Nikolaus kommt noch lange nicht.«

Bruno sieht ihn groß an und mampft dann weiter.

»Wenn mein Sohn wieder in den Krieg muss, dann muss er in den Krieg«, wiederholt Magda Leeb. »Wir schaffen das schon.« Sie kneift den schmalen Mund zu, reckt das Kinn.

»Ja«, sagt ihr Mann, »wir schaffen das. Aber dieser Krieg, der nimmt kein gutes Ende.« Er sieht den alten Gustav Kruse an. »Da stimme ich dir zu.«

»Das darfst du nicht sagen, Opa«, rügt ihn sein Enkel, »das ist defätistisch.«

Der alte Leeb zieht schmunzelnd an der Zigarre. »Oho«, brummt er in den Rauch, *»defätistisch*. Lernt ihr solche Wörter bei der HJ?« Er streicht dem Jungen über das Haar. »Na«, meint er dann, »wir werden ja sehen.«

Die Schwiegereltern, Gustav und Herta Kruse, stehen wortlos von der Kaffeetafel auf und gehen. Käthe, die sich ebenfalls erhebt und Bruno auf den Stuhl setzt, holt die Flasche Klosterfrau Melissengeist aus dem Büfett und träufelt etwas auf einen Zuckerwürfel, den sie sich mit einem Teelöffel in den Mund schiebt. »Nervennahrung«, murmelt sie entschuldigend, als könnte man sie rügen. Tatsächlich fühlt sie sich gleich unbeschwerter. Sie stellt die Flasche auf den Esstisch, wischt über ihre Lippen und beginnt abzuräumen: das gute Porzellan, das Silberbesteck mit dem Monogramm ihres Mannes, die Leinenservietten mit ihrem Monogramm, dazu die eigenhändig bestickte Tischdecke, hübsch, wenn auch etwas ungelenk; ja, sie ist nicht so geschickt mit Nadel und Zwirn, sie hat ihre Mängel, das weiß sie, aber rechtfertigt das die Gehässigkeit ihres Mannes? Während Magda Leeb mit der Kaffeekanne samt Haube in der Küche verschwindet, gönnt sie sich einen zweiten Zuckerwürfel, nun mit einem kräftigeren Schuss Melissengeist.

»Ich auch«, sagt Bruno, dessen Nase gerade eben über die Tischkante reicht.

Sie gibt ihm einen Zuckerwürfel. »Mama muss abräumen, Bruno. Bleib schön sitzen, ich bin gleich wieder da.« Als sie mit dem Tablett hinausgehen will, streicht ihr Schwiegervater über ihren Rücken und sagt: »Nimm dir das nicht so zu Herzen, Käthe, du kennst ja den Wilhelm, der blafft immer gleich los.«

Sie dreht sich zu ihm um, Tränen in den Augen, die sie nicht wegwischen kann, weil sie beide Hände voll hat.

Wilhelm, der Krawatte, Koppel und kurze Hose trägt und die Strümpfe vorschriftsmäßig umgekrempelt hat, huscht dem Vater hinterher, der die drei Gäste aus dem Osten über den Hof führt. Er bleibt stets in Deckung, wie bei den Geländeübungen gelernt, während er der Gruppe durch Scheunen und Ställe bis auf den Hinterhof mit der Jauchegrube folgt. Sein Vater zeigt auf den Pfeiler mit den Initialen, W.L. und dem Baujahr, 1937, und die Frauen und der Mann mit der komischen spitzen Mütze nicken ehrfürchtig, denn diese Schwemmentmistung ist wahrhaft fortschrittlich. Anschließend beschreibt sein Vater, was er nach dem Krieg zu bauen gedenkt, zuvorderst einen modernen Schweinestall, und nach einem Schlenker durch die Gärten geht es weiter zu den geliebten Pferden; er dirigiert die blonde Frau, indem er ihr eine Hand auf den Popo legt. »*Konjuschnja*«, sagt er, und sie lacht sonderbar schrill.

Das veranlasst den jungen Wilhelm, am Rand des Gartens zu verharren. Hinter den Stachelbeersträuchern hockend, den Duft feuchter Erde in der Nase, bemüht er sich, seine innere Unruhe in den Griff zu bekommen: Er hat die dunkle Ahnung, dass etwas nicht stimmt; diese Geste – die Hand seines Vaters auf dem Po der Frau – kommt ihm ungehörig vor. Er hockt da, während Regentropfen die Blätter vor seiner Nase wippen lassen; neben ihm hüpft eine Amsel durch das Gras, und Ohrenkneifer krabbeln über seine Schuhe. Opa Leeb redet manchmal komisches Zeug, das stimmt, aber Wilhelm versteht nicht, warum sein Vater oft so barsch ist, auch zur Mutter. Nach dem Erhalt des Telegramms, das die Ankunftszeit ankündigte, standen die Frauen stundenlang in der Küche, um zu kochen und zu backen. Er selbst zog die Bretter mit dem Kuchenteig auf dem Bollerwagen zu Bäcker Kricke, in dessen Backstube alles in den großen Ofen geschoben wurde. Die ganze Familie war aufgeregt, sogar Bruno, der die Großväter mit »Papa« anredet und ihren Vater für den Nikolaus hält.

Nun führt der Vater die drei Fremden über den Hof, obwohl Wilhelm ihm gern die Holzgewehre zeigen würde, die er an der Werkbank baut. Dafür scheint es aber keine Zeit zu geben, und eine Frage hat sein Vater auch nicht an ihn gerichtet, keine einzige, und Grete und Bruno hat er genauso wenig beachtet. All das bedrückt Wilhelm. Besser, ich wäre gar nicht da, geht es ihm durch den Kopf, und er spürt wieder jenen wohligen Schmerz, der ihn vor Jahren veranlasste, sich in die Krippe der Ochsen zu legen. Für solche Dönikens ist er natürlich zu groß, und trotzdem: Sein Vater kümmert sich um die Fremden, wahrscheinlich sind sie jetzt auf der großen Diele bei den Pferden, um seine Kinder aber nicht. Wilhelm hat das

Gefühl, von aller Welt vergessen zu sein, sogar von der Mutter, selbst von den Großeltern. Während er im Garten kauert, bemerkt er das Storchennest, das Opa Leeb vor einigen Jahren auf dem Giebel des Scheunendaches anbringen ließ: ein Ackerwagenrad mit Flechtwerkrand. Noch haben sich dort keine Störche niedergelassen, aber vielleicht ist es in diesem Jahr so weit, vielleicht brütet doch noch ein Adebar auf ihrem Hof, zieht Junge groß und klappert mit dem Schnabel. Diese Vorstellung entlockt Wilhelm trotz allem ein Lächeln. Er federt hoch, kommt hinter dem Stachelbeerstrauch hervor und trabt ins Haus, um die Uniform auszuziehen.

Acht Tage später, Anstellung und Unterbringung von Larissa, Alex und Tanja wurden amtlich geregelt, bricht der Vater nach Krakau auf. Einmal wird er noch heimkehren, Ende September, weil sein Vater, der alte Willi Leeb, im Sterben liegt. Danach werden fünf Jahre verstreichen, bis er seinen Hof wieder betritt, und währenddessen wird der junge Wilhelm in jedem Frühjahr hoffen, dass endlich Störche auf der Scheune nisten.

Doch die Schreitvögel in den Reichsfarben bleiben aus.

August 1962 – Die Totenfrau

Gerda Derking nimmt das Fahrrad, denn Lisbeth, ihre langjährige Helferin und Freundin, wohnt in der Siedlung am Ostrand des Dorfes, in der Königsberger Straße, und sie hat kein Telefon. Bis vor ein paar Jahren waren alle Grundstücke durchnummeriert: je kleiner die Zahl, desto älter das Anwesen, aber weil das Dorf durch die Flüchtlinge stark gewachsen ist, musste man die Straßen benennen, und Leeb senior redete selbstverständlich mit, denn er saß im Ortsrat. Er verkaufte auch Land für den Bau der Siedlung, wenngleich sie ihm zugutehalten muss, dass er das Geld nicht verprasste, sondern in neues Ackerland investierte; und in einen Mähdrescher, der erste im Dorf. Das war zwar fortschrittlich, aber schlecht für alle Frauen, die mit der Feldarbeit das Haushaltsgeld aufbesserten, das ihre Männer ihnen zugestanden, denn je mehr Maschinen, desto weniger Handarbeit.

Gerda fährt das schwarze Fahrrad mit der grünen Bespannung auf beiden Seiten des Hinterrades seit fast zwanzig Jahren, nur dass es jetzt keine Vollgummireifen mehr hat, sondern solche zum Aufpumpen. Als sie in die Pedale tritt, quietscht und knarzt es, die Kette muss geölt werden. Sie äugt zum Leebschen Haus, scheu, als wäre das ungehörig, aber da regt sich nichts, die Gardinen sind zu, alles ist still, wirkt verlassen und irgendwie unnahbar, fast wie eine Festung.

Ihr Kopftuch flattert im Wind, als sie auf der Breiten Straße dahinrollt, herrlich, das Radeln, obwohl sich die linke Hüfte beschwert, aber das wird schon wieder, Bewegung ist besser als alle Pillen und Salben, die Doktor Fröbe verschreibt. Gerda radelt an mehreren Höfen vorbei und biegt dann rechts zur Siedlung ab. Klarer Himmel, milde Spätsommersonne und ein Hauch von Stoppelfeldern und Erde, der schon jetzt den Herbst erahnen lässt. Ihr wird erneut bewusst, warum sie unterwegs ist, und ihre Kehle ist wie zugeschnürt. Der Tod hat an eine Tür geklopft, und sie braucht Unterstützung, um mit seiner Hinterlassenschaft fertig zu werden.

Der Bollerwagen, den Lisbeth zur Heißmangel zieht, wo sie zwei Tage pro Woche arbeitet, steht vor der Treppe des Siedlungshäuschens, sie ist also da. Gerda lehnt ihr Fahrrad an die Ligusterhecke. Nur Neubauten in dieser Straße, benannt nach einer Stadt, die gar nicht mehr zu Deutschland gehört. Kokolores, denkt Gerda, genau wie die Wappen der Ostgebiete, die im Foyer der neuen Grundschule hängen, denn weg ist weg und vorbei ist vorbei. Hätten damals nicht alle den braunen Verbrechern zugejubelt, dann wären diese Gebiete nie verloren gegangen, und was heißt das überhaupt, »verlorene Ostgebiete«? Sind die auf der Flucht vom Pferdekarren gefallen und in den Straßengraben gepurzelt? Aber Vorsicht, das darf sie nicht laut sagen, zumal gegenüber Lisbeth, die aus Westpreußen stammt.

Dann wird die Tür geöffnet, und da steht ihre Freundin, klein und kräftig, die grauen Haare zum Dutt gebunden, mit geblümter Schürze und einer Brille auf der Nase.

»Gerda«, sagt sie. »Komm rein. Trude und Fräulein Bernhard sind auch da.«

Ihre Besucherin tritt aus alter Gewohnheit den nicht vorhandenen Dreck von den Schuhen, dann folgt sie Lisbeth durch den Flur ins Wohnzimmer. Das ist klein, aber Lisbeth ist akkurat, und sie weiß sich wohnlich einzurichten: selbstgehäkelte Deckchen und Porzellanfiguren, meist Pferde, an der Wand ein Foto ihres Mannes in Uniform und eines, das ihren Hof in Westpreußen zeigt, mit schmiedeeisernem Tor und großem Haus; das stellt sogar Wilhelm Leeb und Heinrich Haarstick, die größten Bauern vor Ort, in den Schatten.

Trude Bajonzak und Fräulein Bernhard sitzen am Tisch und laben sich an Kaffee und Streuselkuchen. Trude ist Masurin; sie hat ordentlich was auf den Rippen, die Gute, und stets rote Wangen. Auch sie stammt von einem Hof, nur war der winzig und der Boden sandig. Fräulein Bernhard – sie besteht auf dieser Anrede und dem »Sie« – ist das Gegenteil, denn sie ist klein und zart und städtisch gekleidet. Aufgewachsen ist sie in Stettin, wo ihr Vater das erste Bekleidungshaus am Platz führte. Sie grämt sich über den Verlust all dessen, was ihre Familie besaß, erzählt oft von der Villa, den Bediensteten und der Limousine ihres Vaters. Außerdem behauptet sie, Männer wollten nachts in ihre Wohnung eindringen, und sie tut kein Auge zu, weil sie in ihrer Furcht auf verdächtige Geräusche horcht. Gerda hat Mitleid mit ihr; die Bernard war nie verheiratet, und wer weiß, was ihr bei Kriegsende in Pommern widerfahren ist? Ihre Ängste sitzen jedenfalls tief, und sie wappnet sich mit Schick und Förmlichkeit, als wäre die Etikette ein Abwehrzauber. Andererseits ist sie die einzige Person im Dorf, mit der Gerda über ihre Lektüren reden kann, denn auch die Bernhard liest gern, hat gar ein Lyzeum besucht.

Fräulein Bernhards Augen leuchten, als sie Gerda erblickt. »Fräulein Derking!«, ruft sie. »Ach, wie schön.«

Gerda wird mit Kaffee und Kuchen versorgt. Sie verschweigt ihr Anliegen zunächst, klönt stattdessen und wartet auf eine Gelegenheit. Da sich so rasch keine ergibt, erklärt sie vage: »Lisbeth, ich brauche deine Hilfe. Ich muss doch noch mal ran.«

»Eijeichen!« Trude bläst die Wangen auf. »Es hat gar nicht geläutet. Wer ist denn tot?«

Fräulein Bernhard sitzt da, die Hände im Schoß, und starrt Gerda an. Sie trägt ihre goldene Kette, neben dem Ring mit dem Mondstein das Einzige, was sie aus Stettin hat retten können. Sie findet es unheimlich, dass Gerda Leichen zurechtmacht, bei aller Sympathie, und sie kneift ihren faltigen Mund zusammen.

Lisbeth senkt ihren Blick bekümmert auf das halb verspeiste Stück Streuselkuchen. »Und ich dachte, das hätten wir endlich hinter uns«, murmelt sie.

Fragende Blicke, und Gerda fühlt sich genötigt, eine Antwort zu geben. »Es ist der Leeb …«, sagt sie zögernd. »Wilhelm Leeb.«

»Ach? Wie alt ist er gleich?«, meint Trude. »Um die sechzig? Aber gut, er qualmt natürlich wie ein Schlot. Na«, ergänzt sie, »da wird sich der Haarstick die Hände reiben.«

»Also wirklich, Frau Bajonzak«, sagt Fräulein Bernhard, »so redet man nicht, das ist unschicklich.«

»Seien Sie nicht so etepetete«, entgegnet Trude. »Das sind nun mal die nackten Tatsachen. Der eine gönnt dem anderen nichts. Die beiden sind sich spinnefeind.«

Gerda Derking schweigt dazu. Sollen sie ruhig glauben, es wäre der Senior.

»Sie sind unmöglich, Frau Bajonzak«, schimpft das Fräulein. Sie drückt den Rücken durch und sieht ihrer masurischen Freundin in die blauen Augen. »Herr Leeb ist ein feiner

Mann. Er wird nicht umsonst ›General‹ genannt. Er ist immer adrett und stets höflich und engagiert sich für das Gemeinwohl. Mit Ihrem Gerede tun Sie einem guten Mann unrecht, und unchristlich ist es obendrein.« Und die sie ergänzt: »Seien Sie nicht immer so vulgär. Nackte Tatsachen – dass ich nicht lache.«

Trude ist verblüfft, denn so kennt sie die Bernhard nicht. »Ja … nu …«, erwidert sie, »ich sage ja bloß, was alle wissen, das sind nun mal die …« Sie verstummt. »Der Leeb ist ein Prahlhans«, erklärt sie dann, »fragen Sie mal den Wirt der Mühle! Der hört jeden Sonntag, wie Wilhelm Leeb, Ihr feiner Mann, alle anderen beim Frühschoppen als Armleuchter abkanzelt. Sie haben ja keinen Schimmer, Frollein, Sie hocken ja bloß in Ihrer Bude, machen Spitzenstickereien oder schmökern sich mit Büchern blind.« Trude senkt ihr Kinn in majestätische Speckfalten.

Fräulein Bernhard wird zuerst puterrot, dann kreidebleich. »Sie … Sie …«, presst sie hervor. »Eine Kröte sind Sie, Frau Bajonzak, eine giftige Kröte, eine ganz dumme und vulgäre Person, und wissen Sie was?« Sie stemmt sich aus dem Sessel und greift mit einer Hand nach der Goldkette. »An Dummköpfen wie Ihnen ist dieses Land zugrunde gegangen. Leuten wie Ihnen ist es zu verdanken, dass meine Familie alles verloren hat, und das – das ist eine splitternackte Tatsache.« Sie schreitet würdevoll, wenn auch etwas wackelig, zur Tür. »Ich empfehle mich, meine Damen«, sagt sie über die Schulter, und dann ist sie weg.

Lisbeth folgt ihr, kehrt aber unverrichteter Dinge zurück. »Menschenskinders, Trude«, sagt sie, als sie sich setzt. »Da hast du den Bogen überspannt. Iss den Kuchen auf, und dann gehst du auch. Ich muss mit Gerda reden.«

Die pikierte Trude mümmelt den Streuselkuchen und spült mit Kaffee nach. »Na, denn«, sagt sie. »Aber eines sollte sie wissen, die Bernhard …« – sie reckt das Kinn – »… ich habe keine Schuld an gar nichts. Ich habe ja selbst alles verloren, den schönen Hof bei Ortelsburg. Nicht mal Möbel oder Silber hab ich mehr, keine Familienfotos, alles weg. Und an mir ist was zugrunde gegangen? Die hat sie ja nicht mehr alle, die Bernhard.«

Gerda sieht Lisbeth an, ihr Blick bedeutet: Lass man. Dann sagt sie: »Tja, Trude, jeder hat sein Päckchen zu tragen, so ist das. Nimm dir das nicht zu Herzen, das war gewiss nicht so gemeint.«

Da schnaubt Trude nur. Im Gehen verkündet sie, nun gefasster: »Wenn ich meine Zeitschriften durchhabe, Lisbeth, tue ich sie wie üblich in deinen Briefkasten.«

»Danke«, erwidert ihre Gastgeberin. »Die ›Praline‹ muss aber nicht sein.«

Sobald sie zu zweit sind, fragt Gerda schmunzelnd: »Trude liest die ›Praline‹? Pikant.«

Lisbeth zuckt mit den Schultern. »Vielleicht ist das Blatt für ihren Hubert. Oder für ihren Sohn.« Sie lächelt in sich hinein, während sie Kaffee nachschenkt, wird aber gleich wieder ernst. »So«, sagt sie, »nun klär mich mal auf.«

Gerda bewundert noch einmal die Einrichtung des Zimmers. Lisbeth hat lange auf all diese hübschen Dinge gespart, sie sind ihr wichtig. Gerda ist da eher pragmatisch. Sie möchte nicht zu viel Krimskrams besitzen, denn wer sollte das erben? Sie hat schließlich keine Kinder. Ein Mauerblümchen war sie trotzdem nicht, im Gegenteil, sie hatte ihren Spaß, und von diesen Erinnerungen, die sie nicht einmal mit Freundinnen teilt, zehrt sie im Stillen, im Ohrensessel sitzend, den Kater im

Schoß, auf dem Beistelltisch ein Glas Holunderlikör, auf der Lehne das Buch. Wenn die Zeilen verschwimmen, tun sich die Räume ihrer Erinnerungen auf, die sie nacheinander durchstreift; dann gleicht ihr Gedächtnis einem Haus mit vielen Zimmern, und in den meisten fühlt sie sich wohl, Gott sei Dank, denn was wäre schlimmer, als rückblickend zu hadern?

Sie schüttelt diese Gedanken ab. »Ach, Lisbeth«, sagt sie, »es tut mir ja so leid, dich nochmal zu belästigen.«

»Woran ist er denn gestorben, der Leeb? Herzinfarkt?«

»Der alte Leeb ist quicklebendig«, sagt sie, den Blick auf ihr Stück Streuselkuchen gesenkt.

Lisbeth sieht sie betroffen an. »Oh … Was ist das nur für eine Welt.« Sie schließt die bebenden Lippen.

»Wir müssen ran. Das habe ich dem alten Wilhelm versprechen müssen.«

»Aber wie …« Lisbeth sieht sie immer noch an. »War es ein Unfall?«

Gerda bringt es nicht heraus, trotz all der Verstorbenen, die sie hergerichtet hat. Tod ist nicht gleich Tod, und nicht jeder sieht selig aus, wenn er im Sarg liegt. Loslassen lautet das Gebot, aber welcher Mensch lässt schon gern die ganze Welt fahren?

»Ach, Lisbeth …«, murmelt sie nur.

Die scheint zu begreifen, denn ihr Kummer verwandelt sich in Entsetzen, und sie senkt kopfschüttelnd den Blick. »Ich räume noch ab«, sagt sie, »danach können wir los.«

Während Lisbeth in der Küche ist, trinkt Gerda den Kaffee aus. Dann greift sie nach dem Kopftuch und bindet es unter ihrem Kinn zusammen, zieht den Knoten so straff, dass es schmerzt.

Frühjahr 1946 – Blutiger Boden

Der junge Wilhelm Leeb hat große Füße, aber die Schuhe, während des Krieges Mangelware, waren stets zu eng, und so sind mit der Zeit zwei Zehen seines rechten Fußes zusammengewachsen. Die müssen nun getrennt werden, und dazu schickt ihn die Mutter nach Peine, im Sonntagsstaat, mit einem Beutel, der Butterbrote, Geld und eine Bügelflasche mit Himbeersaft enthält. »Pass gut auf dich auf«, schärft sie dem Fünfzehnjährigen ein, »in der Stadt treibt sich viel Gesindel rum. Lass dir das Geld ja nicht stehlen, Willem, und sei tapfer beim Arzt.« Sie gibt ihm einen Kuss auf die Stirn und einen Klaps auf den Po, und ab geht's, die Straße runter, der Bahnhof ist nicht weit vom Hof entfernt, die Gleise trennen das Dorf von den Wiesen.

Vor der Station warten mehrere Leute, obwohl es früher Nachmittag ist, überwiegend Flüchtlinge, die in der Kreisstadt Papierkram erledigen oder Kleider und Nahrungsmittel organisieren wollen. Wilhelm kennt sie nur vom Sehen. Er wünscht einen guten Tag, so hat er das gelernt, hält sich aber abseits, den Beutel fest unter den Arm geklemmt. Vom Bahnsteig kann er die Dächer des elterlichen Hofes sehen, die Wetterfahne in Gestalt des Niedersachsenrosses auf dem Scheunendach und auch das Storchennest – vielleicht lässt sich endlich ein Paar darin nieder, wer weiß –, und wäre am liebsten wieder zu

Hause, denn beim Gedanken an den Arzt wird ihm mulmig; so schlimm ist das nun auch wieder nicht mit den Zehen, sie schmerzen bloß manchmal beim Abrollen, aber die Mutter meint, das sei widernatürlich, denn der Mensch habe nun mal fünf Zehen, keine vier, und Oma Leeb ergänzte: »Du bist bald fünfzehn, dann wirst du konfirmiert und bist fast erwachsen, Willem. Das muss in Ordnung gebracht werden. Du willst doch richtig laufen können, vor allem bei der Arbeit.«

Bei der Vorstellung, wie Doktor Fröbe, ein Gemütsmensch mit Bierbauch und Halbglatze, ein Skalpell zückt, um die Zehen auseinanderzuschneiden, hat Wilhelm ein flaues Gefühl im Magen, und er murmelt unwillkürlich: »Zäh wie Leder, hart wie Kruppstahl.«

»Schnauze«, schimpft ein hagerer Mann. »Leder und Stahl – dass ich nicht lache! Was hat uns der Blödsinn denn gebracht? Die Zeiten haben sich geändert, Kleiner, lass den Hitlerjugend-Stuss.« Er mustert Wilhelm. »Du bist von dem Hof da, oder?«, sagte er dann. »Ja, ihr Bauern, ihr lebt wie die Maden im Speck, das war schon während des Krieges so, ihr wart immer satt, aber unsereiner …« Er verzieht das Gesicht. »Kriegsgewinnler«, knurrt er, »das seid ihr. Hortet Würste, Kartoffeln und Eingemachtes, während wir nichts zu beißen haben.« Mit diesen Worten wendet er sich ab, fischt eine halbe Zigarette aus der Brusttasche und bittet den neben ihm stehenden Mann um Feuer.

»Feiste Bauernschnösel«, zischt er noch, und der Mann, der ein Streichholz für ihn anreißt, lacht gehässig.

Der Junge ist geknickt, rafft sich dann aber auf und erklärt nicht ohne Stolz: »Mein Vater ist in Kriegsgefangenschaft.«

»Umso besser«, brummt der Mann, ohne sich umzudrehen. »Ich hoffe, da bleibt er.«

Wilhelm starrt den Rücken des Unbekannten an. Einer der beiden Knöpfe hinten auf der Jacke ist lose, der Hut speckig, und die Schuhe sehen aus wie durch die Mangel gedreht; so würde sein Vater nie herumlaufen, das wäre unter seiner Würde. Blödmann, denkt er. Wer ist der Kerl denn schon? Bloß ein Flüchtling, der sich auf einem der Höfe eingenistet hat wie ein Kuckuck, einer der Habenichtse, wie Oma Leeb sie nennt, die sich bei anderen durchfressen. Und der beleidigt die Bauern, die seit Menschengedenken in diesem Dorf ansässig sind? Sein Vater hätte diesem Kerl den Marsch geblasen, aber der Vater ist nicht da, und die Mutter ist zu nett, sie versorgt diese Leute nicht bloß mit Lebensmitteln, sondern würde ihnen am liebsten noch die Wäsche machen, und Oma Kruse tickt genauso. Opa Kruse fragte mal: »Wie würdest du dich fühlen, Willem, wenn du alles verloren hättest und auf der Flucht gewesen wärst, um dem Tod zu entrinnen, und dann irgendwo in der Fremde säßest, wo dich niemand haben will? Stell dir das mal vor, das wäre doch schrecklich, nicht wahr?« Da wurde Wilhelm nachdenklich. »Ja«, sagte er, »das wäre furchtbar.« Andererseits ist es nun mal nicht so, und jetzt muss er unters Messer; er wackelt mit den Zehen – bei den zusammengewachsenen klappt das nicht gut, ist schon ein komisches Gefühl, wenn sie sich gleichzeitig heben – und auf einmal ist ihm zum Heulen. Er vermisst seinen Vater, den er seit über anderthalb Jahren nicht gesehen hat; er kann sich nicht an die Stimme erinnern, und wenn er sich das väterliche Gesicht vorstellt, hat er nur das Foto in der Stube vor Augen. Bruno, sein kleiner Bruder, weiß gar nicht mehr, wer der Vater ist, und glaubt, das wäre Onkel Heinrich, der bei Salzgitter einen Hof hat und gern von Windsbraut erzählt, dem Pferd, das er als Husar im ersten großen Krieg ritt: Er sprang über die Gräben mitten ins Getümmel, den Säbel in der Hand, und dann: zack-zack! Tolle Geschichten, ja, der Onkel war ein Draufgänger, und er wäre wohl ein guter Vater, aber sie haben schon einen, nur dass dieser jetzt als Kriegsgefangener in einer polnischen Eisenhütte schuftet.

Wilhelm kann im Süden die Trafostation, das runde Pumpenhäuschen und in der Ferne den Förderturm des Eisenerzbergwerks erkennen, doch der Zug ist nicht in Sicht. Stattdessen entdeckt er erste Kiebitze, die mit »Kiwitt« über die Wiesen taumeln.

Alle wünschen sich, dass der Vater bald heimkehrt, vor allem die Mutter. Der Krieg ist seit einem Jahr vorbei, und keiner begreift, warum man die Männer noch festhält. Sein Vater hat im Osten als Landwirt gearbeitet, genau wie hier, so hat er das jedenfalls oft erzählt, und zum Schluss wurde er nochmal Soldat. Warum wird er dafür bestraft? Kämpfen mussten schließlich alle.

»Ist doch Mist«, murmelt Wilhelm halblaut, und der neben ihm stehende Mann, der mit dem losen Knopf auf der Jacke, ranzt ihn wieder an.

»Hältst du jetzt endlich das Maul, Bauernbengel? Soll dein Vater man vermodern, wer weiß, wen er im Krieg massakriert hat, ich kenne solche Kerle, und weißt du was? Die gehören eingesperrt, für immer und ewig, und wenn sie bloß mitgelaufen sind, Kleiner.« Er speit die Worte aus, die Zigarette zittert im Mundwinkel. Die Umstehenden starren ihn an, manche verdattert, andere missbilligend. Der Mann, der ihm Feuer gegeben hat, legt ihm eine Hand auf die Schulter.

»Lass gut sein, Werner«, sagt er. »Das haben wir hinter uns. Vergiss es. In Peine trinken wir erstmal einen.«

Sein Begleiter wirft die Kippe auf die Gleise, und da naht

endlich der Zug, genau genommen eine Bimmelbahn, die zwischen zwei Orten pendelt.

»Mensch, der ist rappelvoll!«, ruft eine Frau.

Und wirklich: Die Leute hocken sogar auf dem Dach, und da Wilhelm keinen Platz findet, setzt er sich rittlings auf einen Puffer des letzten Waggons. Er hält sich krampfhaft fest und betrachtet die Gleise und Schwellen, die sich unter ihm ausrollen. Hof und Dorf bleiben zurück, und als der Zug vor dem Hafen am Mittellandkanal in die Kurve geht, sind sie wie verschluckt. Am Ziel wartet das Messer, und Wilhelm hat das beklemmende Gefühl, auch ein Flüchtling zu sein, sein Zuhause für immer verlassen zu müssen: eine Bahnfahrt von vier Kilometern, und schon hat er Heimweh.

Zwei Wochen später steht er in aller Frühe auf einem Feld, Vorm Holze genannt, weil es direkt vor dem Wald des Dorfes liegt. Es ist frisch, der Himmel grau, das flache Land rollt sich ringsumher aus, nur aufgelockert durch den hundertelf Meter hohen Lahberg mit dem Bismarckturm auf der Kuppe. Ringsumher sind Industrieanlagen zu sehen, wundersamerweise alle intakt: im Norden das Peiner Stahlwerk, im Süden die Ilseder Hütte und der Schacht Emilie, und in der Ferne ragen die Schornsteine der Reichswerke in Salzgitter auf, aber die sind kalt, weil man die Anlagen demontiert hat. Die Hochspannungsleitungen, deren Tragmasten die Feldmark sprenkeln, knistern in der feuchten Luft.

Da schnaubt eines der beiden Pferde, und Wilhelm besinnt sich auf seine Aufgabe: Pflügen soll er. Für die Mutter wäre das zu anstrengend, von den Omas und Opa Kruse ganz zu schweigen; Josef, der Knecht, hat auf dem Hof zu tun, und Pawel und Martin sind längst heimgekehrt, ebenso Alex, Larissa und Tanja, wenn auch widerwillig. Die Mutter setzte sich für sie ein, doch die Briten blieben hart, und seither haben sie von den dreien nichts mehr gehört. Also muss der junge Wilhelm ran; er packt die Griffe des Pflugs, schnalzt mit der Zunge, und als sich die Pferde in Bewegung setzen, drückt er das Schar in den Boden, bis die Erde aufreißt, dunkel und durchsetzt von den Wurzeln der letztjährigen Gerste. Das lockt Krähen und Möwen an, die kreischend über das Feld sausen, um dann in sicherer Entfernung zu landen und Würmer und Engerlinge aus der frisch aufgeworfenen Erde zu picken.

Opa Kruse, der seinen Enkel in Abwesenheit des Vaters anleitet, erklärte, man pflüge nicht, wie ein Ochse im Galopp pisse, und Wilhelm achtet auf eine gerade Furche. Vor dem Waldrand mit den kahlen Buchen und Ahornen lenkt er die Pferde nach links, um die Vorwand zu pflügen, und schwenkt anschließend wieder auf den Acker, nun in entgegengesetzter Richtung. So geht das immer im Kreis. Er stemmt sich auf das Pflugschar, und obwohl es kühl ist, rinnt der Schweiß; zuerst schmerzen die Oberarme, dann der Rücken, doch er arbeitet weiter und gerät bald in eine Trance: Alle Gedanken zerfasern wie der aus den Schloten von Stahlwerk und Hütte quellende Rauch; das Denken schaltet sich ab, er ist nur noch Physis, arbeitet automatisch und hat zugleich alles im Blick. In Abständen schnauben die Pferde, und manchmal rammt das Schar einen der Steine, die aufwärts treiben, als wäre die Erde ein Meer: Vermächtnisse der Eiszeit, die alles planierte und der Gegend ihr heutiges Gesicht verlieh.

Es sind vier Morgen, und nach dem ersten verschnauft er; die Pferde dampfen schon. »Brav«, sagt Wilhelm liebevoll, klopft Bubi, dem Apfelschimmel, auf den Hals, streichelt die

Nüstern Tereks, des Rappen, und sie schauen ihn aus dunklen Augen an, gütig, wie ihm scheint, aber wer weiß, was in einem Gaul vor sich geht, genau genommen geben die Augen nichts preis. Er schüttelt die Arme aus und drückt den Rücken durch, er bückt sich, lässt seine Fingerspitzen auf die Stiefelkuppen federn und merkt erst bei dieser Dehnübung, dass auch die Zehen wehtun, der Schmerz schießt bis in den Knöchel. Wilhelm holt zischend Luft – es ist der rechte Fuß, dessen Zehen operiert wurden. Vier Wochen schonen, riet Doktor Fröbe, aber das ist unmöglich, denn die Arbeit erledigt sich nicht von allein, und die Frühjahrsbestellung steht an, er kann also weder die Hände in den Schoß noch die Füße auf den Tisch legen, sondern muss ran. Er ist sogar vorzeitig von der Schule abgegangen, um auf dem Hof helfen zu können.

Er sackt am Feldrain auf den Hintern und zerrt den Stiefel vom Fuß. Der Strumpf ist vorne feucht, und auch den zieht er aus. Die Mullverbände sind von Blut durchtränkt, das über den Spann läuft und auf den Acker tropft, in der Erde versickert, und auf einmal tut es höllisch weh. Wilhelms Blick flimmert, und er unterdrückt einen Schrei. Er sinkt auf den Rücken und hebt das ausgestreckte Bein, spürt die kühle Brise auf den Wunden. Er hat noch drei Morgen vor sich, es dauert also noch, bis er heimkehren kann, um die Pferde zu versorgen und selbst etwas zu essen, die Uhr zeigt erst halb zehn. Er trommelt mit den Fäusten auf den Boden, dann gibt er sich einen Ruck und setzt sich aufrecht hin, holt mehrmals tief Luft.

»Schiete«, zischt er. Kramt das Klappmesser aus der Hosentasche, zieht das Unterhemd aus dem Bund und schneidet einen Streifen ab, den er anschließend teilt, um die Zehen einzeln verbinden zu können. Er benutzt den Strumpf, um das Blut vom Fuß zu wischen, dann schlüpft er wieder in die Stiefel, von Opa Leeb geerbt, alt und abgewetzt, aber mit breiten, bequemen Kappen. Am Ende steht er wackelig da und belastet die Zehen. Sie schmerzen, aber was hilft's? »Du bist jetzt der Bauer«, sagte Oma Leeb neulich. »Wenn dein Vater aus der Kriegsgefangenschaft zurückkehrt, wird er stolz auf dich sein.«

Ja, Vater wird stolz auf mich sein, denkt Wilhelm. Dieser Gedanke verleiht ihm Kraft, und er humpelt zum Pflug. »Weiter geht's!«, sagt er und schnalzt mit der Zunge. Terek und Bubi legen sich ins Geschirr, ein Ruck geht durch den Pflug, und Wilhelm drückt, weit nach vorn gebeugt, bis sich die Erde wieder teilt. Hin und wieder rutscht sein rechter Fuß in die benachbarte Furche, dann blitzt der Schmerz in den Zehen auf, aber Denken und Empfinden stumpfen bald ab, und er versinkt im Stupor der Anstrengung, während er Runde um Runde dreht – ein schmaler, langer Junge, der sich in Richtung Dorf bewegt. Er holpert, er stolpert, und je weiter er sich vom Wald entfernt, desto kleiner wird er, ist bald nur noch an der grünen Drillichjacke und seinem wirren Blondschopf zu erkennen, ist schließlich klein wie ein Spatz und schlussendlich winzig wie ein Wurm, eine leichte Beute für alle Jäger.

November 1895 – Eine Frage des Kleides

Nachdem er das Adleremblem poliert und die Kugel auf die Oberseite geschraubt hat, legt er den Artilleriehelm in den Schrank, schiebt ihn unter die graublaue Uniform, akkurat am Bügel hängend, neben Koppel, Patronentaschen, Seitengewehr. All das dürstet wieder nach Walkenrieder Lederfett, und er würde die blau-gelbe Blechbüchse nur zu gern aus der Kammer holen, aber er hat Besseres zu tun, und obendrein sitzen ihm die Frauensleute im Nacken, genauer seine Braut und beide Mütter. Sie wuseln wie aufgescheuchte Hühner durchs Haus, denn am neunundzwanzigsten dieses Monats wird Hochzeit gefeiert, dann ehelicht er, Carl Wilhelm Leeb, auch Willi genannt, die sieben Jahre jüngere Magda, Tochter Traugott Niebuhrs. Der alte Traugott sieht aus wie ein Sauerkrautfass auf Geschützrohren, die jedoch auf mehr Morgen stehen, als im Dorf irgendjemand sonst besitzt. Das Land erbt natürlich Albert, Traugotts Sohn, doch Magda hat eine üppige Mitgift zu erwarten: Silber, Linnen, Porzellan, Weiberkram also, dazu ein hübsches Sümmchen.

All das interessiert Carl Wilhelm nicht die Bohne, obwohl sie ihre Schulden bei der Hermannsburger Mission abbezahlen müssen, der sein Onkel den Hof vermachte. Sein Vater Ludwig meinte, zu seinen Lebzeiten gelänge das nicht mehr, und es vergeht kein Tag, an dem er seinen Halbbruder nicht verflucht. Er weigert sich, dessen Grab zu besuchen, hat seinen Angehörigen gar verboten, es zu pflegen, aber da spielt die Mutter nicht mit, denn sie befürchtet Gerede. Im nächsten Jahr wird die Grabstätte eingeebnet, dann hat sich die Sache sowieso erledigt, dann wird es sein, als hätte der »Betbruder«, wie sein Vater ätzt, nie existiert.

Nun also die Heirat – unfassbar. Er würde sich lieber noch die Hörner abstoßen, muss aber vor den Traualtar, da ist nichts zu machen. Als er sich an den Tisch in seiner Schlafstube setzt, das Heft öffnet und zur Feder greift, denkt er wehmütig an seine Wehrdienstzeit in Straßburg, die vor einem Jahr zu Ende ging. Das waren herrliche Jahre, die elsässischen Mädchen eine Wucht. Er war mit Karoline verbandelt, Tochter eines Weingroßhändlers, und hätte er sich mit ihr verlobt, dann säße er nicht hier, sondern wäre ein Bürger Straßburgs, ein freier Mensch. Er angelt die Feldflasche, die neben dem Tisch an der Wand hängt, ein Abschiedsgeschenk seiner Kameraden, und betrachtet die gläserne Rückseite, die den Blick auf die innen befestigte Fotografie einer jungen Schönheit mit Blümchenkleid und einem Hut in Gestalt eines Parasols freigibt. Er spitzt die Lippen unterm Schnurrbart zum Kuss und stellt die Feldflasche weg – ach, ja! Am Ende ließ er sich von den Briefen der Mutter erweichen: Als einziger Sohn – seine Schwester ist schon verheiratet – ist er Hofnachfolger, ob es ihm passt oder nicht. Niemand fragt ihn nach seinen Wünschen oder Interessen, schon gar nicht sein Vater.

Willi Leeb schaut aus dem Fenster in den herbstlichen Vorgarten, ein trister Anblick, der Himmel ist grau wie Pulverdampf. Sein Traum wäre es, Lehrer zu werden, gern für Latein; ihn faszinieren die klaren Regeln dieser Sprache, seit Dorflehrer Müller seine Eleven in der Abschlussklasse mit Caesars

De bello Gallico traktierte. Seine Mitschüler stöhnten, für ihn war die kurze Beschäftigung mit dieser Sprache, die einen Blick auf eine ferne Epoche bot, jedoch eine Offenbarung; damals ahnte er zum ersten Mal, wie weit die Welt war und wie klein sein Daseinskreis. In Straßburg wurde ihm dies in aller Deutlichkeit vor Augen geführt, und die französische Sprache, wenn auch tabu, also selten zu hören, hat es ihm ebenfalls angetan.

Er reißt sich zusammen, taucht die Feder ins Tintenfässchen und notiert kurz entschlossen die Überschrift:

Die erste Exerzierstunde

Unteroffizier Rumstig

Er wird eine kleine Szene verfassen, zur Erheiterung seiner Freunde und Kameraden, mit denen er am Samstag seinen Abschied aus dem Junggesellenstand feiert. Nicht jeder hat wie er im Niedersächsischen Fußartillerie-Regiment Nr. 10 gedient, aber fast alle sind Reservisten, kennen die bärbeißigen Unteroffiziere, die Frischlinge schleifen, mithin aus eigener Erfahrung, und diesen Typus will er durch den Kakao ziehen. Seine Augen funkeln, als er die Feder ansetzt, und während draußen ein Fuhrwerk mit Rübenblatt über das Kopfsteinpflaster rumpelt, schreibt er einen Satz nach dem anderen, ohne einen Gedanken an Hof oder Braut zu vergeuden. Er hat den Exerzierplatz seiner Kaserne vor Augen, als er Unteroffizier Rumstig poltern lässt: *Kerls, das merkt euch ein für alle Mal: Mich gebt ihr nie die Hand, derweil ich so hoch über euch stehe wie die Sonne über der alten Schirmlampe in der Schlafstube eurer Großmutter!* Seine Freunde werden sich auf die Schenkel klopfen, wenn er dies vorträgt. *Donnerwetter, Kerle*, schreibt er flugs weiter, *ich habe zwei Stunden vor Paris im Schnellfeuer gestanden und den Kopf nicht verloren, aber jetzt komme ich bald aus dem*

Concepte. Zurück, Mensch, oder ich zermalme ihn wie eine Kammerzofe ein Küchenheimchen! Auf einmal befindet er sich wieder in Straßburg, wo die Störche im Stadtpark nisten, sieht sich in schnieker Uniform in einem Café an der Ill sitzen.

Seine Feder fliegt über die Seiten des linierten Heftes, als könnte er die verhasste Gegenwart durch das Schreiben hinter sich lassen.

Zwei Monate zuvor, an einem ebenso grauen Tage, erntete er mit dem Vater Futterrüben. Am Waldrand hing Frühdunst zwischen den Bäumen, deren Laub zu gilben begann, Krähen hoppelten über das Feld. Sein Vater, vierundsechzig, aber gut beieinander, köpfte das Blatt von den Rüben, die Willi mit der zweizinkigen Gabel aus dem Boden hebelte, eine nach der anderen, Stunde um Stunde. Das Fuhrwerk mit dem Ochsen, das Kummet auf der breiten Stirn, stand zum Aufladen am Feldrain bereit.

Irgendwann, sie verschnauften, holte der Vater ein emailliertes Fläschchen aus der Rocktasche, drückte den Bügelverschluss auf und bot es Willi an. Der schnupperte – hochprozentiger Inhalt – und trank einen Schluck. Sein Vater tat es ihm gleich. Anschließend musterte er den Sohn aus graublauen Augen. »Carl Wilhelm«, erklärte er, »die Mutter hat mich gebeten, ein Wörtchen mit dir zu reden.«

Diese förmliche Anrede ließ Willi aufhorchen, denn sie verhieß nichts Gutes. Da war er nun beim Militär gewesen und hatte sich als Mann erwiesen, aber gegenüber den Eltern schrumpfte er stets zum Kind, das war zum Heulen, wahrhaftig. Er nahm das angeschlagene Fläschchen nochmals entgegen und trank einen weiteren Schluck, obwohl auch dies nichts Gutes verhieß, denn wenn er sich erstmal stärken musste, drohte starker Tobak. Er reichte es schweigend zurück. Der Vater steckte es ein und fuhr fort: »Ich war weiß Gott kein Kind von Traurigkeit, im Gegenteil. Dein Onkel, der olle Betbruder, der hat mich stets dafür gehasst, aber das lag wohl daran, dass er Junggeselle war.«

Willi überlief es heiß und kalt, denn ihm schwante, worum es ging. »Aha?«, fragte er ausweichend. »Und wieso?«

Sein Vater lüpfte die Mütze und kratzte sich am Kopf. »Tja, er wollte dem lieben Herrgott dienen. Er hatte natürlich eine Zugehfrau, Dorothee Thies, eine Witwe, und wer weiß... Na, jedenfalls ...« – er räusperte sich und hakte den Daumen der rechten Hand in die Westentasche mit der Uhr – »... meint die Mutter, ich müsse mit dir reden. Wegen der Magda.«

Willis Blick zuckte unwillkürlich über das Feld. Bleiche Futterrüben auf dunkler Erde, grünes Blatt und schwarze Krähen, im aufgewühlten Boden pickend. So kündigte sich der Herbst an, bevor sich das Laub rot und golden verfärbt. Er strich über seinen Schnurrbart, trat voller Unbehagen von einem Fuß auf den anderen. Jeder blaffende Unteroffizier wäre ihm jetzt lieber gewesen als sein Vater mit dem stechenden Blick und der wuchtigen Kinnlade, die ihm stets etwas Grimmiges verlieh.

Ludwig Leeb fing den Blick seines Sohnes auf. »Auch das Vergnügen bleibt nicht folgenlos«, mahnte er. »Du bist in der Pflicht, Carl Wilhelm. Was gedenkst du zu tun?«

Wiederum vier Monate zuvor. Ein strahlend schöner Juni. Willi Leeb, seit einem guten halben Jahr zu Hause, war immer noch durch die Wehrdienstzeit beflügelt. Er schritt aufrecht durchs Dorf; seine Stiefel waren poliert, die Kleider geplättet und gestärkt, sein Schnurrbart akkurat gestutzt. Die Mädchen sahen ihm nach, und er warf ihnen kecke Blicke zu, führte sogar eine Liste, auf der er die lokale Weiblichkeit nach Vorzügen sortierte. Echte Schönheiten waren hier selten, anders als in der elsässischen Stadt, und doch gab es verlockende Geschöpfe, allen voran Hermine, die aber schon vergeben war, ein Jammer, denn ihre Reize waren schwer zu überbieten, und dumm war sie auch nicht, unter ihren brünetten Wellen hatte sie durchaus was im Kopf. Willi schmachtete sie an, aber ihr Verlobter, ein Tischlergeselle, hütete sie wie seinen Augapfel. Da war also nix zu machen, doch es gab die Numero zwo, Magda Niebuhr, erst siebzehn, schlank, blond und forsch, mit grauen, verführerisch funkelnden Augen. Willi glaubte, sie hätte eines dieser Augen auf seine Person geworfen, und weil es der Anstand verbot, Hermine Avancen zu machen, richtete er alles, was er an Charme und Witz zu mobilisieren vermochte, auf Magda. Nicht, dass er sich viel dabei gedacht hätte; er hätte nicht mal sagen können, ob er verliebt war. Er strotzte nach den Jahren in Uniform vor Selbstbewusstsein und wusste vieles zu erzählen, was junge Frauen auf dem Dorf staunen ließ.

So auch Magda. Willi wickelte sie um den Finger. Die junge Frau lauschte hingerissen, wenn er von den Straßburger Damen erzählte, mondän und elegant, mit einem Offizier an ihrer Seite, von Weinstuben, Straßencafés und Tanzvergnügen. Das war eine andere Welt als das Land, wo man Kopftuch und Schürze trug, Frauen und Männer durch den Mittelgang getrennt in der Kirche saßen und jeder Tag aus harter Arbeit bestand. Magda hing an seinen Lippen, und der entflammte Willi lauerte darauf, zum Zuge zu kommen. Natürlich blieb es im Dorf nicht unbemerkt, dass er Magda umwarb. Es wurde getuschelt, wenn auch gutmütig, und als die Eltern Wind davon bekamen, griffen sie, auf die Erziehung ihrer Sprösslinge bauend, zunächst nicht ein; sie waren schließlich auch mal jung gewesen, und eine Verbindung wäre standesgemäß: Der Hof der Niebuhrs mochte größer sein, aber beide Familien waren alteingesessen. Man ließ den Kindern also die lange Leine.

Ja, im Juni des Jahres 1895 herrschte Kaiserwetter, das Getreide stand gut, man hoffte auf eine ertragreiche Ernte. An einem Spätnachmittag, das Vieh war gefüttert, und bis zum Abendessen blieb noch Zeit, lud Willi Magda zu einem Spaziergang durch die Wiesen ein. Sie eilte ins Haus, das ihr Vater vor drei Jahren hatte errichten lassen, eine Rübenburg aus rotem Backstein, mit repräsentativer Eingangstreppe, einer Auslucht zur Straße und einem Türmchen mit Wetterfahne, um ihre Arbeitskleidung gegen ein adrettes Leinenkleid einzutauschen. Dann gingen beide züchtig durchs Dorf, Willi kerzengerade, die Hände hinterm Rücken verschränkt; wenn sie jemandem begegneten, senkte Magda den Blick, ihr Kavalier dagegen grüßte stets leutselig.

Als sie die Gleise überquerten, funkelte das Laub der Erlen, Eschen und Weiden im honiggelben Schein der Sonne, die sich anschickte, im Westen hinter dem Nachbardorf zu versinken. Kühe lagen wiederkäuend auf den Weiden, Schwalben waren auf Jagd; nach Anbruch der Dämmerung würden sie den Fledermäusen weichen.

»Herrlich, nicht wahr?«, sagte Willi. »Ein Bild des Friedens.« Ihm platzte fast die Brust vor Wohligkeit, und er schielte zu Magda. Sein Blick ruhte auf ihrem Profil, streifte ihren Busen, der das helle Kleid wölbte, und senkte sich schließlich auf ihre Füße. Die steckten in derben Lederschuhen, aber sie hatte diesen famosen Gang, zugleich energisch und elegant.

Da konnte selbst Hermine nicht mithalten; die war zwar üppiger gebaut, hatte aber diesen Watschelgang. Magda dagegen hatte Feuer, davon zeugte jede Bewegung. Willi konnte den Blick nicht von ihr lassen. War er am Ende doch verliebt?

»Großmutter meint, ich soll mich vor dir in Acht nehmen«, sagte Magda. Unter ihren Sohlen knirschten Steinchen, sie riss zerstreut eine weiße Kerbelblüte ab.

»Ach, was! Du weißt doch, wie schüchtern ich bin«, entgegnete Willi, und sie lachte.

»Sie sagt, dein Vater war früher ein Filou. Und …« – sie errötete – »… dass er überall Bastarde ausgesät hat.«

»Davon weiß ich nichts«, meinte Willi. »Mein alter Herr war sicher kein Kostverächter, aber das heißt ja nicht, dass ich in jedem Winkel des Reiches Halbgeschwister hätte, die mir mein Erbe streitig machen könnten.«

Sie kamen an drei Kastanien vorbei, die dicht an den Gleisen standen. Magda zeigte darauf und sagte: »Wie eine Familie. Mutter, Vater, Kind.«

»Hm«, brummte Willi. Ihm war plötzlich heiß. Eine Dampflok, die Pfannen voll rotglühenden Roheisens auf Flachwagen zum Peiner Stahlwerk zog, schnaufte vorbei. Sie wurden in Schwefeldampf gehüllt, der für einen pelzigen Geschmack auf der Zunge sorgte; der Lokführer lehnte sich aus dem Fenster und pfiff Magda auf zwei Fingern nach.

»So ein Flegel!«, knurrte Willi.

Magda lachte, dann setzten sie ihren Weg fort, der im Karree durch die Wiesen führte. Ihr Gespräch versandete. Willi schielte wiederholt nach Magda, die mit gesenktem Blick einherschritt, musterte ihr Profil – edler Schnitt …, ging es ihm durch den Kopf – und verzehrte sich danach, sie zu berühren. Das Dorf war nun weit weg; der Kirchturm, zwischen Eschen sichtbar, glühte im Abendsonnenschein, und ein Kaisermantel, der ihnen vorangeflattert war, als wollte er sie führen, ließ sich auf der Blüte eines Spitzwegerichs nieder. Magda blieb stehen. »So ein hübscher Schmetterling.«

Willi wischte über seine Stirn. Sie standen neben dem Wehr eines Entwässerungsgrabens, der parallel zum Weg verlief. Der Wind raschelte im Laub zweier Erlen, deren Schatten auf die Seite eines Viehverschlags fielen; die Weide war kahlgefressen und von Kuhfladen bedeckt, auf denen Schmeißfliegen wuselten. Romantisch war das nicht; kein Vergleich mit den Stelldicheins in Straßburg – er in Uniform, Karoline mit Rüschenrock und Bluse, einen breiten Hut auf dem pechschwarzen Haar; so waren sie am Fluss flaniert, hatten in feinen Cafés gesessen. Mit Magda stand er zwischen Kraut und Kot, umschwirrt von Insekten, im Westen glühte die Sonne, dazu die Befürchtung, von jemandem gesehen zu werden, der tratschte oder sich das Maul zerriss. Willi sah sich um, doch die Wiesen waren verwaist. Im nächsten Augenblick spürte er eine Berührung und fuhr herum – Magda hatte seine rechte Hand ergriffen und sah scheu zu ihm auf.

»Wenn du magst«, sagte sie, »darfst du mir einen Kuss geben.«

»Ja?«, erwiderte er verwirrt, gewann sein Selbstvertrauen aber gleich wieder, schlang einen Arm um ihre Taille und küsste sie innig. Als sie sich voneinander lösten, standen ihre grauen Augen weit offen. Sie küssten sich nochmals und abermals und taumelten auf den ausrangierten Bahnschwellen, die den Graben überbrückten, eng umschlungen in den Erlenschatten, danach in den Verschlag. Und dort, im Halbschatten und fernab der Welt, den Duft altbackener Kuhfladen in der Nase, gaben sie sich einander hin.

»Was gedenkst du zu tun?«

Willi starrte den Vater an, der wie üblich die dunkle, flache Schirmmütze trug; ein stämmiger Mann, ergraut, aber gut bei Kräften. Sein Blick glitt über den Acker mit den bleichen Futterrüben, über den Waldrand, über die von rauchenden Industrieschloten umzingelte Feldmark. Das wäre nun seine Welt! Bis an das Lebensende. Das Techtelmechtel mit Magda Niebuhr war der letzte Nagel in der Tür, die ihn hier einsperrte – er war zum Ackern verdammt, er war zur Heirat verdammt, er war zu einem Leben verdammt, das nicht übel wäre, nein, und dennoch begehrte er dagegen auf: Es konnte ja wohl nicht angehen, dass man ihm keine Wahl ließ! Sein alter Herr setzte voraus, dass er ihm nachfolgte, als wäre das schicksalhaft. Willi funkelte den Vater an. Dann entfuhr es ihm: »Ich will kein Bauer sein. Ich will entweder Soldat oder Lehrer werden.«

Ludwig Leeb blieb gelassen. Er entgegnete, den Daumen in die Westentasche gehakt: »Das sind doch Hirngespinste. Dein Platz ist hier – auf diesem Hof, in diesem Dorf.«

»Ich will Lateinlehrer werden.«

»Und am Hungertuch nagen? Vergiss die Magda nicht!«

»Warum muss ich den Hof übernehmen? Vielleicht tauge ich gar nicht zum Bauern.«

»Unsere Familie bestellt diese Äcker seit Jahrhunderten, und ich schufte mir seit Jahrzehnten den Buckel krumm, um die Dummheit deines Onkels auszubügeln. Das tue ich auch für dich. Damit du den Hof wieder dein Eigen nennen kannst.« Die Züge des Vaters wirkten nun, als wären sie aus einem Holzklotz gehauen.

»Ich will nicht«, sagte Willi trotzig.

»Es geht nicht darum, was du willst. Du stehst in der Pflicht, und die Pflicht, die wird schlussendlich zur Freude, mein

Sohn. Wie auch …« – er sah Willi listig an – »… die Freude zur Pflicht wird. Nicht wahr?«

Willi kochte innerlich. Er fühlte sich machtlos, verfluchte die Tändelei mit Magda in den Wiesen. »Du bist nicht besser als dein Halbbruder!«, brach es aus ihm heraus. »Der war vielleicht zu fromm, aber du bist genauso stur wie er, Vater. Genauso vernagelt und von Anno dazumal.« Er griff nach der Gabel und stapfte davon, absichtlich Rübenblatt zertrampelnd. Er spürte den Blick seines Vaters im Rücken und ahnte, wie er dreinschaute – halb verärgert, halb amüsiert. Der Alte gab sich der Gewissheit hin, dass sein Sohn am Ende spurte, und dafür hasste Willi ihn, hasste auch sich selbst, weil er ahnte, dass er tatsächlich spuren würde. Er hätte vor Wut fast geheult; er trat auf den Sporn der zweizinkigen Gabel und hievte eine Rübe nach der anderen aus der vermaledeiten Erde, die an seinen Stiefeln klebte wie ein Verhängnis, während sein Vater, eine Zigarre paffend, den Sohn belustigt beobachtete.

»Ihr könnt mich alle mal!«, zischte Willi durch zusammengebissene Zähne und rammte die Gabel in den Boden. »Ich war in Straßburg! Ich bin Reservist. Und wenn es Krieg gibt, nehme ich meinen Helm und adieu!« Er schleuderte eine weitere Rübe über die Schulter. »Adieu, alter Bock! Adieu, Weib und Balg! Adieu, adieu, adieu!«

Die Krähen, durch die umherfliegenden Rüben erschreckt, flatterten auf. Ihr Geschrei klang wie heiseres Gelächter.

Kerle, das sage ich euch ein für alle Mal zur Warnung, lässt Willi seinen Unteroffizier Rumstig schnarren. *Das Jahr hat vier Zeiten, das menschliche Leben hat vier Alter, aber der Soldat, der hat nur drei Stände: Leben, Gericht und Tod. Das Leben ist bei der*

Flinte, das Gericht ist beim geringsten Vergehen, und der Tod ist vor dem Kriegsgerichte oder vor dem Feind in Ehren. Wer einmal malproper ist, der bleibt malproper, deshalb seid immer proper. Er schmunzelt, als er dies schreibt, senkt dann die Feder und schaut aus dem Fenster. Nun rollt der Klapperwagen die Steigung hinab, auf dem Bock hockt der greise Jordan, den Hut tief in der Stirn, die Schultern bis zu den Ohren hochgezogen; er kauft den Leuten Hausrat ab, doch an diesem trüben Tage ist seine Ladefläche bis auf ein paar Stühle leer. Sein Gaul, mit einem Rücken wie ein Sichelblatt, setzt die Hufe vorsichtig auf das Kopfsteinpflaster.

Proper, jawohl, das muss man sein, denkt Willi. Ob als Soldat oder Zivilist, und dennoch weiß er im tiefsten Inneren, dass er nicht dafür geschaffen ist, Bauer zu werden, sondern dazu verurteilt. In einer anderen Welt, zu einer anderen Zeit, könnte er das Joch vielleicht abschütteln, aber nicht im Hier und Jetzt, nicht mit seinem sturen alten Herrn im Nacken.

»Willi! Komm mal runter!«

Er stöhnt enerviert. Das ist die Mutter. »Ja, ja, ich komme gleich«, brüllt er. Steht auf und zieht die Stiefel an – Holzpantinen trägt er nie –, poltert danach die Stiege hinunter. »Wo seid ihr?«, ruft er.

»In der Stube.« Das ist die Stimme seiner baldigen Schwiegermutter, Helene Niebuhr, zierlich, aber streng, die ihm die Leviten las, nachdem ihre Tochter die Schwangerschaft gebeichtet hatte. Sie stammt aus dem Hildesheimischen, und dort, erklärte sie spitz, seien die Mannsbilder »ritterlich« und stünden zu ihrer Verantwortung.

»Tue ich doch«, brummte er.

Und sie erwiderte: »Gewiss. Aber erst nach einem Tritt in den Allerwertesten.«

Er zögert, bevor er die Stubentür öffnet, holt tief Luft, um sich zu sammeln. Dann tritt er ein. Mutter Niebuhr funkelt ihn an; seine eigene Mutter kniet vor der Braut, die ein Hochzeitskleid anprobiert. Magda lächelt ihren Zukünftigen unsicher an, und Willi errötet – sie sieht prachtvoll aus in dem weißen Kleid, mit Rüschen besetzt und bis auf die Füße fallend, die allerdings in grauen Schlappen stecken. Willi stutzt. Dann fragt er: »Wo hast du deine Schuhe?«

»Die sind nicht das Problem«, faucht die Brautmutter. »Es geht um das Kleid. Wir wollen ja nicht, dass man vor dem Traualtar ihren Bauch bemerkt, der dank deines selbstlosen Einsatzes bald kugelrund ist, Carl Wilhelm.« Sie betont seine Vornamen mit spöttischem Nachdruck.

»Ja, nu«, ächzt seine Mutter, die schwerfällig auf die Beine kommt, »das wird schon, Helene. Das Kleid fällt doch exzellent. Man sieht kaum was, oder?« Sie tritt einen Schritt zurück, die Hände auf die Hüften gestemmt, und betrachtet Magda. »So eine schöne Braut«, murmelt sie selig.

»*Exzellent!*« Helene Niebuhr schnaubt. »Das ist das vierte Kleid, das sie anprobiert. Für das Geld könnte ich so manche Nacht im besten Bad Harzburger Hotel verleben.«

»Ja, ja«, sagt Mutter Leeb, »aber wir wollen dann doch mal festhalten, dass du es bist, die mit nichts zufrieden ist.« Sie dreht sich zur Brautmutter um. »Bei allem gebotenen Respekt, Helene.«

»Komm mir ja nicht mit Respekt, Elisabeth«, entgegnet die spitz. »Den hätte dein Sohn aufbringen sollen. Wir wissen wohl alle, wie diese Jungfrau zum Kinde gekommen ist.«

Willi, ihrem Blick ausweichend, geht zum Kachelofen, um nach dem Feuer zu schauen. Er sieht, wie Magda die Augen verdreht und ihm dann zuzwinkert, und als er Holz nachlegt, ist ihm leichter ums Herz. Um Zeit zu schinden, stochert er mit dem Schürhaken in der Glut, dem Wortwechsel der Mütter lauschend. Proper, er muss proper sein, so gehört es sich für einen Mann und Reservist; es gilt Haltung zu bewahren, ob es nun Kugeln und Granaten hagelt oder Vorwürfe und Mäkeleien. Wenn er schon dazu verdammt ist, Bauer, Gatte und Vater zu sein, dann sollte er wenigstens das Heft in die Hand nehmen, Jammern hilft da auch nichts.

»Wie bitte?« Helene Niebuhr fährt zu ihm herum.

Willi zuckt zusammen – er hat die letzten Worte laut ausgesprochen. Er richtet sich auf, stellt den Schürhaken weg und wiederholt: »Jammern hilft nichts, Schwiegermutter.« Sie kommt ihm plötzlich klein vor, zart wie ein Vögelchen, wenn auch eines, das gern mal mit dem Schnabel hackt. »Die ollen Möbel hier«, sagt er dann, überrumpelt von seinen Worten, denn wie er auf das Mobiliar kommt, weiß er selbst nicht, »die kriegt der Jordan, und dann wird endlich was Neues angeschafft. Diese Stube soll schön sein, wenn das Kind da ist. Ich gehe gleich morgen zu Tischler Jürries.«

»Das ist doch jetzt wohl ganz egal«, murrt Helene Niebuhr. »Wir müssen ein züchtiges Kleid finden.«

Willi tritt neben seine Braut und legt ihr einen Arm um die Taille. »Dieses Kleid«, sagt er, »wird es sein, nicht wahr?« Er schaut Magda an. Sie nickt zustimmend. »Na, also.« Er gibt ihr einen Kuss auf die Wange und schickt sich an, die Stube zu verlassen. In der Tür stehend, ergänzt er: »Schwanger zu sein ist keine Schande. Freu dich, Schwiegermutter, immerhin ist es dein erstes Enkelkind.«

»Ich habe schon zwei von meiner Tochter«, murmelt seine Mutter mit verschämtem Stolz.

Nach einem letzten Blick auf Magda schließt Willi die Tür

und geht. Das ist geklärt, nun weiter im Text für den Junggesellenabschied: *Immer proper!* Er ist die Stiege fast hinauf, da schlurft sein Vater unten durch den Flur. Ihre Blicke treffen sich. Die Augen des Alten glitzern unergründlich, und sein Sohn huscht die letzten Stufen hinauf, als hätte er etwas ausgefressen.

Sommer 1944 – Grummet

Im Dämmerlicht der großen Diele, im Winkel zwischen Tor und Pferdestall, arbeitet der dreizehnjährige Wilhelm am Schraubstock. Hier, in diesem weiten, hohen Raum, ist es herrlich kühl; hin und wieder schnaubt ein Pferd im Stall, davon abgesehen herrscht Stille, weil fast alle in den Wiesen sind.

Über der Werkbank hängen Schränke, spinnwebumkränzt und angeschlagen, die Schrauben, Nägel, Hämmer, Zangen und dergleichen mehr enthalten, alles durcheinander, teils rostig, teils schmierfettig. Wilhelms Bruder ist der Einzige, der hier Ordnung schafft – der Fünfjährige klettert auf die Bank, um den Inhalt der Schränke zu sortieren, eine Tätigkeit, der er so versunken nachgeht wie er mit Holztieren oder Zinnsoldaten spielt, nur weilt er gerade bei der Tante, um die Mutter zu entlasten, zum Glück, denn er kann eine Plage sein, der Pöks. Auf dem Lehmboden vor der Werkbank trummelte auch viel Plunder herum, und Wilhelm musste es Bruno gleichtun und erstmal aufräumen.

Er legt das Ziehmesser weg und tritt zurück, um seine Arbeit zu begutachten: ein hölzerner Vorderlader. Opa Kruse hat davon erzählt und sogar ein Bajonett seines Großvaters hervorgeholt. Wilhelm nahm das Relikt mit der dreieckigen Klinge und der Tülle zur Befestigung am Lauf fast ehrfürchtig zur Hand.

»Fast alle mussten dienen, und viele mussten in den Krieg, zu allen Zeiten, in jeder Generation«, sagte Opa Kruse, der in seiner Stube auf dem Sofa lag. Er hob mahnend den Zeigefinger. »Lass dir bei der HJ keinen Unsinn erzählen, Willem. Krieg ist weder ruhmreich noch heldenhaft, sondern bedeutet Angst und Tod und Verstümmelung. Wer da mitkämpft, ist fürs Leben gezeichnet. Ein Bajonett mag faszinierend sein, dient aber dem Töten, vergiss das nie.« Er wirkte sehr ernst, der alte Mann mit der ausladenden Stirn, unter der blassblaue Augen schimmerten. Gustav Kruse, ein in sich gekehrter Mensch, war weder im Krieg gewesen noch ein Freund des Militärs; er hatte seinen Willen, setzte ihn aber auf stille Art durch, etwa im Falle des Altenteilervertrages, den er mit seinem Schwiegersohn, Wilhelms Vater, ausgehandelt hatte – bis zum letzten Wurstzipfel, der ihm und seiner Frau zustand.

Der Enkel nickte. Anschließend begann er, aus einem Brett einen Vorderlader zu bauen. Er hätte gern das Bajonett daraufgesetzt, um bei Geländespielen damit loszustürmen, aber das würde Opa Kruse nicht dulden. Sein Gegenpart, Opa Leeb, ist da anders, der sagt stets: »Jeder nach seiner Façon.«

Wilhelm beginnt, den Lauf abzuschmirgeln, um sich später keine Splitter in den Finger zu reißen, und denkt währenddessen über den Abzug nach: Nagel und Krampe wären ideal. Er hat eine Schachtel mit Krampen gesehen, aber vielleicht ist sie leer; das wäre Pech, denn vieles ist knapp oder rationiert, Nachschub also schwer zu bekommen. Er unterbricht seine Arbeit, um in der Abstellkammer nachzuschauen, als er die Mutter hört.

»Wilhelm! Wo steckst du?«

Er geht durch die Diele zur Tür und steckt den Kopf in den Flur.

»Hier, Mama. Ich baue ein Gewehr.«

»Zieh dir was an, Junge, wir müssen ins Heu.« Ihre Stimme ertönt in der kleinen Stube.

Wilhelm seufzt. Er hat keine Lust, aber im Gegensatz zu seiner Schwester, die zetert und bockt, bis alle verdrossen abwinken, mag er sich nicht weigern. Seine Mutter hat schon genug zu tun, und er will ihr das Leben nicht weiter erschweren. Grete dagegen, die partout nicht helfen will, schmollt wie üblich in der Schlafstube; sie hat mit ihrem Dickkopf sogar die Anschaffung eines Klaviers durchgesetzt, weil sie lernen will, wie man spielt. Die Großeltern fanden das hanebüchen. Man solle das Geld besser in Nützliches stecken, meinten sie, zumal in diesen Zeiten, aber seine Schwester blieb stur, und nun steht das Klavier in der guten Stube und wartet darauf, dass ihm Töne entlockt werden.

Er zwängt die Füße in die kneifenden Schuhe und zieht das Oberhemd an, auf dem die Mutter besteht. Ein Unterhemd hätte bei der Wärme sicher gereicht, doch er fügt sich. Dann geht er in die Stube, in die kleine, denn die große wird nur zu besonderen Anlässen genutzt. Seine Mutter steht vor dem dunkel gebeizten Eichenbüfett, die Flasche Klosterfrau Melissengeist in der Hand. Sie legt einen Zuckerwürfel auf den Esslöffel, träufelt Flüssigkeit darauf und lässt das Ganze im Mund herumgehen. Im Frühjahr ist Wilhelm in die Stube gepirscht, um auch mal zu kosten, denn allein das Wort »Geist« fasziniert ihn, aber der Geruch, der aus der Flasche drang, war so scharf, dass er am Ende doch nichts trank.

Die Mutter senkt den Kopf. »Warum ist dein Vater bloß in diesen furchtbaren Krieg gezogen?«, klagt sie. »Er fehlt.« Wie üblich weicht ihre Verärgerung sofort der Betrübtheit, und sie leckt den letzten Hauch Geist von ihren Lippen.

Der Blick ihres Sohnes schweift durch die Stube, über den Rauchtisch vor dem Sofa, den Kachelofen und die Netzgardinen, Blumentapete, Esstisch, Stühle. Er ist mit den Gedanken bei seinem Gewehr.

Die Mutter zerzaust seinen blonden Schopf. »Wir müssen los, mein Junge«, sagt sie und geht mit schlurfenden Schritten aus der Stube, bindet sich im Gehen das Kopftuch um. Wilhelm folgt ihr; der Flur mit dem bräunlichen Steinfußboden kommt ihm heute ungewöhnlich eng und finster vor. Sie holt den Beutel mit Broten und Kaffee aus der Küche, draußen greifen beide nach einem Rechen. Wilhelm nimmt die Mutter bei der Hand, und dann verlassen sie den Hof.

Schwalben sausen kreuz und quer am Himmel dahin, und als sie die Gleise neben dem kleinen Bahnhof überqueren, kommen die Salweiden an den Ufern der Fuhse in Sicht, die die Flur des Dorfes im Westen begrenzt. Wilhelm geht auf dem krautigen Mittelstreifen des Weges, seine Mutter in einer Furche. Links und rechts verlaufen Gräben, zwischen Gras und Kerbel ragen zylinderförmige Brunnen auf, denn die nahe Ilseder Hütte zieht zur Kühlung der Öfen Grundwasser ab. Vor Eisenerzabbau und Stahlindustrie, im vergangenen Jahrhundert, waren die Wiesen moorig, da stach man Torf, fischte mit Reusen und fing, wie Opa Leeb erzählt, Aale mit der bloßen Hand, eine Vorstellung, die Wilhelm fasziniert, nur gibt es weder Aale noch andere Fische mehr; die Fuhse wurde begradigt, ihr Bett ist voller Algen, und im Winter dampft das Wasser.

Als sie die Wiese erreichen, steigt Martin gerade vom Heuwender. Wilhelms Mutter geht auf ihn zu, beide verstehen sich gut. Die Kriegsgefangenen sind unverzichtbar, ohne sie wäre der Hof nicht zu bewirtschaften; man muss sie also gut behandeln, und das tut Käthe Leeb: Sie sitzen mit der Familie am Tisch und bekommen dasselbe Essen. Andere Bauern halten sich an das Verbot, geizen auch mit Fleisch, obwohl die Gefangenen die Schwerstarbeit erledigen. Die Fürsorge der Mutter hat aber noch einen Grund: Sollte ihr Mann in Gefangenschaft geraten, dann wird man ihn hoffentlich genauso gut versorgen. Sie baut vor, für den Fall der Fälle, obwohl er stets glücklich davongekommen ist.

Vorn auf der Wiese steht der Wagen, vor den man Kastor, den Ochsen, gespannt hat; er vertreibt Mücken und Bremsen mit Schwanzschlägen. Forken stecken im Boden, daneben liegen Fahrräder. Überall auf der Wiese wird das Heu zusammengeharkt. Beide Großmütter sind da, in Kittelschürzen und mit breitkrempigen Schlunterhüten. Larissa und Tanja helfen auch, ebenso Pawel und Josef, der Knecht, der sich in Abwesenheit des Chefs gern als dessen Stellvertreter aufspielt, was den beiden Kriegsgefangenen missfällt. Martin ruft ihn oft spöttisch »le nain«, in Wilhelms Ohren klingt das wie »Linnen«.

Die Mutter stellt den Beutel mit Proviant unter den Wagen, und ihr Sohn springt über die Heuhaufen zu Opa Leeb, weil der immer was zu erzählen hat.

»Mensch, Wilhelm, nicht so stürmisch!«, ruft Gerda Derking, die für ein paar Groschen hilft. »Dass du mir das Heu ja nicht wieder verstreust!«

»Nee, nee«, sagt Wilhelm, und dann steht er neben seinem Großvater, der ihn erstmal an sich drückt. Opa Leeb riecht nach Zigarren, Schweiß und Hühnerstall, irgendwie muffig, aber vertraut. Er ist stämmiger als Opa Kruse, der weiter oben auf der Wiese zugange ist, und rings um den Schnauzer rot im Gesicht; er müsste nicht helfen, es sind genug Leute da, aber seine Anwesenheit hat einen Grund, den er seinem Enkel sogleich verrät.

»Na, mein Junge?«, sagt er und wischt sich Schweiß von der Stirn. »Herrlich, wie? Nichts geht über den Duft von Heu!« Er stützt sich schnaufend auf den Rechen, in seinen Runzeln hat sich Dreck gesammelt. »Kennst du das Hohelied? *Deine Lippen, meine Braut, sind wie triefender Honigseim, Honig und Milch ist unter deiner Zunge, und deiner Kleider Geruch ist wie der Geruch Libanons*. Aber Heu«, setzt er hinzu, »das riecht noch besser, nicht wahr, Wilhelm?«

»Und wie riecht der Libanon?« Sein Enkel, der nicht gestehen mag, dass ihm dieses Lied unbekannt ist, fragt sich, wo es steht; sicher nicht in der Bibel, denn es klingt irgendwie ungehörig.

Opa Leeb kratzt mit dem Rechen ein paar Halme zusammen. »Der Libanon liegt oberhalb des Heiligen Landes, also riecht er wohl nach Nektar und Ambrosia«, sagt er augenzwinkernd, verzieht dann aber das Gesicht und muss japsen. »Diese Hitze. Dieser Staub.« Er holt mehrmals tief Luft und klopft sich auf die Brust, scheint sich nach einer Weile aber wieder zu fangen. »Na, dann«, meint er, »das Heu soll heute rein, da müssen wir uns ranhalten.« Und er harkt gemächlich weiter.

Sein Enkel bleibt an seiner Seite. Inzwischen ist er dankbar für das Hemd, krempelt zum Schutz vor Mücken und Bremsen sogar die Ärmel runter, auf den Beinen hat er schon Stiche. Oben auf der Wiese, wo die Omas arbeiten, wirbelt der Wind eine Säule aus Heu in die Höhe, die um die eigene Achse rotiert und dann in sich zusammenfällt, die Halme segeln in alle Richtungen. Der Opa hat recht, im Heu ist es wirklich schön, und Wilhelm liebt die Wiesen: Wenn der Wind durch die Silberpappeln fährt, funkeln die Blätter wie Diamanten, und der Anblick der Salweiden an den Flussufern, mit ihren mächtigen Kronen und klaffenden Stämmen, in denen man sich verstecken kann, weckt ein Gefühl der Geborgenheit. Die Schwalben sind unermüdlich auf Jagd, im fernen Winkel der Wiesen kann er Kiebitze sehen. Störche sind rar; wenn alles verwaist ist, sieht man sie manchmal über gemähte Wiesen staksen, aber sie nisten weiter nördlich, wo es keine Industrie gibt.

Wilhelm versucht, beim Harken möglichst keinen Halm zu übersehen; er freut sich schon darauf, dass ihm Opa Leeb auf die Schulter klopft und wie bei früheren Gelegenheiten sagt: »Gut gemacht, Junge.« Als er aufblickt, ist sein Opa puterrot, auf seiner Stirn glitzert Schweiß. Opa Kruse, der mit Pawel im Gleichtakt harkt, wirkt flinker, obwohl er ein Jahr älter ist.

Die Sonne steht hoch, als sie alles zu Haufen geharkt haben. Sie versammeln sich im Schatten des Ackerwagens; Josef wirft dem Ochsen Heu hin, und der beginnt sogleich zu fressen, wobei eines seiner Hörner so heftig gegen die Zinkwanne stößt, dass das Wasser überschwappt. Käthe Leeb klaubt den Proviantbeutel unter dem Wagen hervor, verteilt die Brote und schenkt den Helfern kalten Kaffee ein. Sie essen und trinken schweigend. Opa Leeb, im Sitzen gegen ein Wagenrad gelehnt, pafft zwischen den Happen an einer Zigarre, deren Rauch durch die Luft flattert, als wollte er möglichst rasch entwischen.

»Immer die ollen Stumpen«, murrt Magda, zügelt sich aber, denn ihr Mann packt ja mit an. Opa Kruse tupft seine Stirn mit dem Taschentuch ab, Martin benutzt zu diesem Zweck einen Hemdzipfel, Pawel macht es mit einer Handvoll Heu, das er anschließend dem Ochsen vorwirft, was ihm einen erzürnten Blick Josefs einbringt. Josef ist für die Ochsen zuständig, und er ist stolz darauf, denn ohne Zugtiere ginge gar nichts, und wenn dieser Pole dem braven Kastor nochmal schweißnasses Heu hinwirft, dann soll er das Fuder auf seinem Buckel zum Hof schleppen.

Magda Leeb, die den Rest Kaffee aus dem Emailbecher auf den Grasstoppel kippt, als wollte sie den Geistern von Weiden und Wiesen ein Opfer darbringen, ergreift das Wort.

»So, nun sind wir alle satt und zufrieden, aber wir müssen noch aufladen, und dafür brauchen wir nicht so viele Leute. Mancher …« – sie sieht ihre Schwiegertochter scharf an – »… hat sich ja ohnehin erfolgreich gedrückt.«

Wilhelm merkt, dass seine Mutter von diesem Seitenhieb kalt erwischt wird. Wenn die Oma wüsste, wie bockig Grete war, dann würde sie nicht so reden.

»Geh man nach Hause, Herta«, fährt Oma Leeb fort, »und du auch, Gustav, du kannst später das Vieh füttern. Wenn du willst, kannst du auch gehen, Käthe, irgendjemand muss ja was kochen, heute Abend haben sicher alle einen Bärenhunger. Wir laden auf.«

Also verschwinden die drei. Opa Kruse schiebt sein Fahrrad, um Frau und Tochter nicht davonzufahren, er ist ein höflicher Mensch.

»Na, kannst du noch, Wilhelm?«, fragt Oma Leeb.

Ihr Enkel nickt.

»Hier, nimm die Scheibe Brot.« Sie gibt ihm die letzte, mit Butter, Salz und Schnittlauch, und schenkt den restlichen Kaffee aus. Opa Leeb drückt die Zigarre am Wagenrad aus und kommt ächzend auf die Beine. Da steht er nun in seinem

Alter auf der Wiese und harkt Heu, ein Gedanke, der ihm ein Schmunzeln entlockt. Er gibt seinem Enkel einen Klaps auf den Rücken und sagt: »Dann mal ran, Willem. Im Krieg war es schlimmer, das kann ich dir sagen. Als meine Stellung am Naratsch-See bei der Offensive der Russen den Treffer kassiert hat, da flogen die Fetzen und nicht nur die, nee, nee, beileibe nicht nur die.«

»Wurdest du damals verwundet, Opa?« Wilhelm greift nach einer Forke.

»Ja, da wurde ich verwundet. Schrapnell in die Seite, Junge, tat teuflisch weh und ist nie ganz verheilt.« Er presst die Hand auf die Stelle. »Ich lag monatelang im Lazarett, zuletzt in Berlin, und habe die Konfirmation deines Vaters verpasst. Er hat mir einen Brief geschrieben, in dem er alle Geschenke aufgezählt hat.« Opa Leeb lehnt sich schwerfällig auf den Rechen; trotz der Pause ist seine Röte nicht abgeflaut.

Wilhelm schweigt. Er kann sich den Vater nicht als Konfirmanden vorstellen, als Kind sowieso nicht: Eltern sind erwachsen und Großeltern alt, so ist das, und so wird das bleiben, und wenn er sich den Opa im Krieg ausmalt, als Sergeant, dann ebenso korpulent wie jetzt, mit grauem Schnauzer, Runzeln und Falten und silbrigen Bartstoppeln auf dem Kinn.

Josef zerrt am Strick des Ochsen, und Kastor setzt sich in Bewegung. Die Räder knarren, als der Wagen in die Kurve geht und auf die Wiese rollt. Gerda Derking klettert auf die Ladefläche, um das Heu, das die anderen mit der Forke hinaufwerfen, so zu ordnen, dass nichts hinunterfällt, und Opa Leeb harkt zusammen, was der Wind weggewirbelt hat. Man vergeudet nichts, das gilt auch fürs Essen: Reste werden wiederverwendet oder landen notfalls im Schweinetrog.

Die Sonne beginnt zu sinken, während die nunmehr vier

Frauen und fünf Männer Heuhaufen um Heuhaufen auf den Wagen wuchten. Pawel versucht, mit den Ukrainerinnen zu flirten, oder streitet sich mit Josef; Martin, der die Heuernte aus der heimischen Normandie kennt, arbeitet stumm und effizient und hält nur inne, um die Kappe zu richten, die er auf dem schmalen Schädel trägt, oder einen abgerutschten Hosenträger auf die Schulter zu ziehen. Alle greifen sich in den Nacken, um Halme herauszufischen, fegen sie aus dem Gesicht, wischen Dreck aus den Augen. Wilhelm hält wacker mit; er ist schon recht lang, kann also gut laden, nur schmerzt irgendwann sein Rücken, und er hat Durst. Er weiß jedoch, dass er sich keine Blöße geben darf, sondern Kraft und Ausdauer beweisen muss, und so schwingt er das Heu mit der Forke zur Nachbarin Gerda hinauf, die ihn ermutigend anlächelt. Beim Anblick der Großeltern, die trotz ihres Alters helfen, und dem Pawels und Martins, die für Fremde arbeiten müssen, obwohl sie wohl lieber bei ihren Familien wären – Martin hat eine Frau und drei Kinder, von denen er manchmal in gebrochenem Deutsch erzählt –, wird auch er zornig, weil der Vater nicht für Hof und Familie sorgt, sondern im Krieg ist, und er reicht das Heu schneller hinauf. Wie bei der Mutter schlägt sein Zorn aber rasch in Bedrückung um; er sehnt sich erneut nach der Holzflinte, nach den Freunden und dem Buch von Karl May, in das er sich allabendlich vertieft.

Da zieht Josef den Ochsen weiter. Wilhelm setzt sich in Bewegung, trabt zum nächsten Heuhaufen. Der Wagen ruckt an, und Gerda kippt rücklings ins Heu, aus dem sie sich lachend erhebt, die Haare voller Halme. Ja, sie ist eine Fröhliche, die Gerda, obwohl sie die Totenfrau ist. Wilhelm findet das gespenstisch, aber im Dorf genießt sie Respekt. Als er sich umsieht – Heinrich Haarstick lädt auf der großen Wiese nahe der Fuhsebrücke ebenfalls Heu –, fällt ihm auf, dass Opa Leeb schon wieder verschnauft, buchstäblich, denn er prustet, als hätte sich Zigarrenrauch in seinen Lungen gestaut; er wischt sich fahrig über die Stirn, und als er den Rechen packen will, greift er daneben und stolpert beinahe über die eigenen Füße. Dann zwinkert er seinem Enkel zu, winkt lachend ab – alles halb so wild –, und nimmt die Arbeit wieder auf.

Wilhelm schwingt die schmerzenden Arme auf und ab, sein Rücken tut jetzt furchtbar weh, und die Bremsen fliegen Angriffe, als wäre sein Körper Feindesland. Die Wiesen flimmern zwischen Fluss und Gleisen, Salweiden und Pappeln recken sich in den Himmel, und das ist herrlich, doch der Dreizehnjährige ist Tränen der Erschöpfung nahe, die er aber unterdrückt, denn schlappmachen gilt nicht. Er hört Josef und Pawel keifen; er sieht, wie Larissa, die dicht neben Martin harkt, in Abständen innehält, um ihre blonden Haare durch beide Hände fließen zu lassen, wobei sich ihr Busen zwischen den angewinkelten Armen wölbt; er nimmt den verstohlenen Blick wahr, den sie dem Franzosen zuwirft; hört Oma Leeb stöhnen und Gerda Derking lachen. Seine Beine jucken wie verrückt, aber ja nicht kratzen, sonst suppen die Stiche. Das Fuder ist bald voll, doch die Arbeit ist noch nicht getan, der zweite Wagen steht schon bereit.

Alle fahren herum, als zwischen Josef und Pawel ein Streit entbrennt. Der Pole hat doch wahrhaftig gewagt, Kastor auszuschirren und vor den nächsten Wagen zu spannen, eigentlich Josefs Aufgabe, der das Vorrecht auf seine Ochsen mit Klauen und Zähnen verteidigt: Wieso wollen diese Fremden nicht kapieren, dass er über ihnen steht? Die beiden haben nichts zu melden. Er beginnt, Pawel auf Plattdeutsch anzuschreien, der wiederum brüllt auf Polnisch, weil er kaum Deutsch, geschweige denn Platt spricht, sie bekämpfen einander mit Worten, die der andere nicht versteht, aber Tonfall, Lautstärke, Gesten und Mimik sprechen Bände. Pawel, ein stämmiger Bursche mit cholerischer Ader, lässt sich so leicht nichts bieten und fuchtelt drohend mit der Forke. Josef tut es ihm gleich, es sieht aus, als wollten sie einander aufspießen. Larissa und Tanja kichern hinter vorgehaltener Hand, während sich Martin, der den Ochsen beruhigt, bereithält, um die Streithähne im Notfall zu trennen. Der ängstlich zurückweichende Wilhelm bemerkt aus den Augenwinkeln, wie Oma Leeb zum Ort des Zwistes eilt. Kleid und Kittelschürze bauschen sich unter ihren strammen Schritten, der leinene Nackenschutz des Schlunterhutes flattert, ihre Lippen sind noch schmaler als sonst. Sie rammt ihre Forke in den Boden, baut sich zwischen den beiden auf und stemmt die Hände auf die Hüften, sieht erst Josef und dann Pawel mit blitzenden Augen an.

»Seid ihr noch bei Trost, ihr zwei?«, faucht sie. »Ein großer Krieg reicht wohl, wir brauchen hier nicht auch noch einen kleinen. Ihr haltet jetzt das Maul, denn hier wird gearbeitet. Das Heu muss rein, und ihr macht weiter, aber dalli, und wenn ich noch ein Wort höre, egal in welcher babylonischen Zunge, dann melde ich das den Behörden, kapiert?« Bei diesen Worten sieht sie Pawel an.

Josef, Herr über Zugtier und Fuhrwerk, steht neben seinem Kastor und grinst, weil die Rangordnung wieder stimmt: Der Pole ist hier nur geduldet, der soll sich bloß vorsehen, sonst blüht ihm Übles.

Pawel nickt gehorsam, obwohl er innerlich brodelt. Er hat erfahren, dass die Alliierten in Frankreich gelandet sind, in der Heimat Martins, der hier brav malocht und sich bei der

Chefin einschleimt. Nicht mehr lange, dann sind die Briten und Amerikaner hier, dann werden die Deutschen endlich büßen, dann wird er es ihnen heimzahlen, die werden sich noch umgucken. Bis dahin muss er gehorchen. Also senkt er die Forke und holt eine der Zigaretten hervor, die er eifersüchtig hortet. Alle starren ihn an, als wäre er schuld am Streit; er nimmt zur Beruhigung einen tiefen Zug und zuckt mit den Schultern, als wollte er sagen: *Leckt mich doch*.

Nachdem Kastor vor den zweiten Wagen gespannt wurde, klettert Gerda Derking wieder auf die Ladefläche. »Auf ein Neues, und nun friedlich!«, ruft sie und wirft einen Blick in die Runde.

Die Sonne sinkt, ihr Licht wird schwerer. Ein gutes Drittel des Heus liegt noch auf der Wiese, und Wilhelm drückt den Rücken durch und sieht in der Hoffnung zur Oma, dass sie ihn gehen lässt, aber Pustekuchen.

Da ruft Gerda Derking: »Oh, Gott, der Willi!«

Wilhelm reißt den Kopf herum – über Arbeit und Trara hat er seinen Opa ganz vergessen. Gerda springt auf der anderen Seite vom Wagen und flitzt los. Alle rennen ihr nach, ohne zu wissen, was passiert ist, jeder mit mulmigem Gefühl. Als Wilhelm den Wagen umrundet, erblickt er auf der abgeernteten Wiese einen dunklen Haufen und weiß sofort: Das ist der Opa. Gerda kniet schon neben ihm, und als Oma Leeb japsend hinter ihr anlangt, sagt sie: »Er ist bewusstlos. Vielleicht ein Infarkt, vielleicht auch der Schlag. Er muss nach Hause. Und irgendjemand muss den Arzt rufen.« Bei den letzten Worten sieht sie Wilhelm an, der nur nickt und sofort losrennt.

Während er heimwärts hetzt, dreht er sich mehrmals um. Man hat den leeren Wagen neben Opa Leeb bugsiert, der von

Josef, Martin, Pawel und Gerda auf die Ladefläche gehoben wird. Als Wilhelm den Bahnübergang erreicht, sieht er noch, wie der von Josef geführte Kastor zum Weg strebt, dann eilt er auf Puddingbeinen weiter. Sein Denken ist wie ausgeknipst, und er flüstert unaufhörlich vor sich hin: »Dass der Opa bloß nicht stirbt – der Opa darf nicht sterben – bitte, bitte nicht.«

August 1962 – Die Totenfrau

»Dass wir man ja nichts vergessen«, sagt Gerda und geht ins Schlafzimmer, um die Tasche zu holen, die sie zuletzt vor zwei Monaten benutzt hat, nach dem Tod Lise Beckers, die auf der Kellertreppe über einen Eimer Kartoffeln gestolpert und böse gestürzt war; mit ihren achtundsiebzig hatte sie das nicht überlebt. Die Menschen wechseln auf den verrücktesten Wegen ins Jenseits.

Lisbeth, in der dunklen Küche wartend, mag ihrer Freundin eigentlich nicht mehr zur Hand gehen, aber sie hat sich noch einmal dazu durchgerungen, schließlich geht es um die Leebs, bei denen sie oft ausgeholfen hat. Der Fliegenfänger an der Lampe ist voller Insekten; eine Stubenfliege lebt noch, Lisbeth hört das Tier panisch summen. Sie hat Mitleid, obwohl die Viecher natürlich alles mit ihrem Kot verdrecken. Dann kehrt Gerda mit der Arzttasche zurück, die sie auf dem Küchentisch öffnet, um nachzuprüfen, ob der Inhalt vollständig ist.

»Weißt du noch, damals bei den Ermlings?«, fragt sie. »Die stumpfe, rostige Nagelschere? Die scheinen ihre Nägel abzukauen. Im Falle der Fußnägel wäre das natürlich eine akrobatische Leistung.«

Lisbeth nickt, ihr ist nicht nach Lachen zumute, und horcht, während ihre Freundin in der Tasche kramt, auf das ermattende Surren der Fliege. »Furchtbar«, sagt sie leise.

»Ja, ja.« Gerda hält inne, eine Puderdose in der Hand, »das ist furchtbar, und wenn wir dort sind, wird es noch furchtbarer sein, aber da müssen wir durch, Lisbeth.« Sie schließt die abgewetzte Ledertasche. Nach einer Weile fragt sie: »Schnaps?«

»Was hast du denn?«

»Holunderlikör. Habe ich im letzten Jahr selbst angesetzt, mit einem richtig guten Klaren.«

»Mein Bauch fühlt sich bleischwer an.«

»Dann brauchst du einen«, sagt Gerda und holt die Bügelflasche unter der Spüle hervor. Sie schenkt zwei Gläser ein. »Prosit«, sagt sie beim Anstoßen.

Beide Frauen schütteln sich beim Schlucken.

»Na, komm.« Gerda schenkt nochmal ein. »Auf einem Bein kann man nicht stehen.« Jetzt nippen sie nur.

Lisbeth hat ihre geblümte Schürze gegen dunkle Kleidung eingetauscht und schwarze Schuhe angezogen. Sie sieht zu Gerda auf, die sie um einen Kopf überragt, und sagt: »Mein Gott – dieses Mal habe ich wirklich Angst.«

»Ich mag auch nicht mehr«, erwidert Gerda. »Je näher mein eigener Tod rückt, desto unheimlicher wird es.«

»Oh …«, stöhnt Lisbeth, »sag nicht so was.«

»Was willst du? Jeder muss sterben. Besser, du findest dich damit ab.« Gerda nippt, der Likör lässt ihre Kehle glühen. »Weißt du, was schlimmer ist als der Tod? Unzufriedenheit. Wenn ich sterbe, will ich zufrieden auf mein Leben zurückblicken, nicht hadernd oder verbittert. Andernfalls hätte ich umsonst gelebt, und das wäre entsetzlich.«

Lisbeth starrt in ihr Glas. »Meinst du wirklich?«

»Ich habe so viele Verstorbene zurechtgemacht. Irgendwas muss ich dabei wohl gelernt haben. Denk an Tischler Jürries. Der hat bis zum letzten Atemzug mit allen gestritten, sogar mit Frau und Kindern, und sich selbst und anderen das Leben zur Hölle gemacht. Willst du so enden? Ich nicht.« Gerda leert das Glas und greift nach ihrem Kopftuch. »Gehen wir?«

Ihre Freundin sackt auf einen Stuhl. »Ach, Gerda …«

»Ich schaffe das nicht allein. Ich brauche dich.«

»Wenn es anders wäre … aber so …« Lisbeth starrt ihre im Schoß verschränkten Hände an.

Gerda sieht auf den grauen Dutt ihrer langjährigen Helferin hinab. Dann setzt sie sich auch und greift nach Lisbeths altersfleckiger Hand. »Glaubst du, für mich wäre das kein Angang? Aber ich kann den alten Wilhelm nicht im Stich lassen. Ich bitte dich – komm mit.«

»Die Fliege ist tot.«

»Was?«

»Ausgerechnet dein Wilhelm«, entfährt es Lisbeth. »Der dich abserviert hat, ohne mit der Wimper zu zucken, sobald er sich Käthe schnappen konnte.«

»Er ist nicht ›mein‹ Wilhelm, und ich habe meinen Frieden mit ihm gemacht.«

»Tatsächlich?«

Gerda schweigt, dann schenkt sie wieder ein. »Soweit das eben geht«, sagt sie. »Lass uns nochmal anstoßen. Ein allerletztes Gläschen, dann brechen wir auf, ja?«

Lisbeth scheint zu zaudern, dann wird ihr Blick entschlossener, und sie hebt das Glas. »Ich seh dich«, sagt sie.

»Ich seh dich im Glase, Lisbeth«, erwidert Gerda.

Beide leeren den Likör auf einen Zug.

Ein Torflügel des Leebschen Hofes steht offen, und die beiden Frauen betreten den Hof, dessen Ausmaß Gerda stets von Neuem überrascht. Hinten das alte Haus mit langer Diele, links und rechts die Nebengebäude. Der neue Schweinestall, den Leeb senior vier Jahre nach seiner Heimkehr aus polnischer Kriegsgefangenschaft erbauen ließ, ragt hinter dem Wohnhaus auf; er wurde mehrmals von Berufskollegen besichtigt, so hochmodern sind die Borstenviecher untergebracht.

»Wo stecken die denn alle?«, flüstert Lisbeth, die in Gerdas Windschatten bleibt.

Diese äugt zur Durchfahrt, die auf den Hinterhof mit Miste und Jauchegrube führt, aber auch dort regt sich nichts. Vielleicht sind sie zu früh dran, hätten besser gewartet, bis man sie holt. Gerda zuckt mit den Schultern und geht weiter zum Haus mit dem Ziergarten vor der Tür. Sie will die Gartenpforte öffnen, als die Haustür aufgestoßen wird. Lisbeth entweicht ein Keuchen.

Die alte Magda Leeb steht in der Tür, auf einen Stock mit Gumminoppen gestützt, ihre runden Brillengläser glitzern im Sonnenschein. Mit ihren dunklen Kleidern und der ewigen Kittelschürze erinnert sie Gerda an die greisen Griechinnen auf den Fotos in einem Buch über die Insel Kreta, das Herr Mattenroth ihr empfahl. »Reisen Sie auf Erhart Kästners Spuren mal dorthin«, sagte er. »Oder wollen Sie bis zum Sankt-Nimmerleins-Tag auf dem Dorf hocken?« Sie fragte: »Waren Sie mal dort?«, und er erwiderte mit bitterem Lachen: »Ich bin mit Stahlhelm, Knobelbechern und Karabiner vier Jahre durch Europa getingelt, Fräulein Derking.«

Magda Leeb geht durch den Vorgarten auf Gerda und Lisbeth zu. Trotz ihres Alters schreitet sie fest und sicher aus. Kurz vor der Pforte bleibt sie stehen und blafft: »Was wollt ihr?«

Gerda ist verdattert. Sie schließt die zweite Hand um den Griff der Arzttasche, zieht sie vor den Schoß. »Wilhelm hat mich hergebeten«, sagt sie.

»Wilhelm?«

»Dein Sohn, Magda«, wirft Lisbeth zaghaft ein.

»Aaskrähen seid ihr«, faucht die Alte. »Leichenfledderer. Ihr habt hier nichts zu suchen. Verschwindet.« Sie weist mit dem Stock zum Tor. Ihr Gesicht ist eine Maske, der schmale Mund zusammengepresst. »Verschwindet!«, wiederholt sie.

Gerda wird von einem Gefühl der Unwirklichkeit erfasst – hat sie geträumt, dass Wilhelm vor ihrer Tür stand? Ist das alles nur Einbildung? Vielleicht liegt ein Missverständnis vor. Das wäre natürlich peinlich, aber wunderbar. Ihr Blick gleitet über die Bäume und Blumenrabatten des Ziergartens und das mit rotem Backstein ausgemauerte Fachwerk des Hauses, alles im hellen Sonnenschein liegend, und dann sieht sie einen braun-weiß gescheckten Hund um die Hausecke lugen – ein Haustier auf diesem Hof? Das ist ihr neu. Sie bemerkt, wie Lisbeth den Kopf schüttelt, und als sie sich der alten Magda zuwendet, deren Kinn zuckt, deren Lippen beben, die den Gumminoppen ihres schwarzen Stocks ungeduldig auf den Weg stößt, wird ihr klar, dass kein Missverständnis vorliegt – das Leben hat nicht gesiegt, wie auch, am Ende verliert es immer. Sie überwindet sich und sagt: »Wir wollen ja nur helfen, Magda. Ihr braucht uns.«

Die Fünfundachtzigjährige verharrt wie versteinert an einem Fleck. »Wir brauchen euch nicht«, zischt sie. »Haut ab.«

Die zwei Frauen tauschen einen Blick.

»Magda«, sagt Gerda. »Ich habe schon deinen Mann zurechtgemacht. Ich weiß, wie schmerzhaft und schwer das ist, aber bitte lass uns rein.«

»Du weißt nichts«, erwidert die alte Frau, »gar nichts. Diese vermaledeiten Kriege! Diese dummen Mannsleute. Die Welt wäre besser dran, wenn wir Frauen das Kommando hätten. Ich wünschte …« Sie verstummt, gibt den Weg aber nicht frei.

»Verlasst meinen Hof«, fährt sie dann herrisch fort. »Ihr bringt Unheil über jedes Haus!« Sie fuchtelt mit dem Stock, als wollte sie Geister bannen. »Weg mit euch!«

Lisbeth schüttelt wieder den Kopf, nun beleidigt – da hat sie sich dazu durchgerungen, noch einmal zu helfen, und nun dies. Sie macht abrupt kehrt und marschiert zum Tor.

»Warte … warte doch«, ruft Gerda, deren Blick zwischen ihrer Freundin und der alten Frau hin und her fliegt. »Du kannst uns nicht vom Hof scheuchen wie Bettlerinnen«, fährt sie Magda Leeb an. »Du weißt, wie respektvoll ich mit den Verstorbenen …«

Der Blick der Alten bringt sie zum Verstummen. Sie kennt den Zorn, der hinter den Brillengläsern funkelt. Es ist der Zorn, der die Verzweiflung dämpft und die erste Trauer erträglicher macht. Sie hat den Impuls zu rufen: »Was kann ich dafür?«, beherrscht sich aber. »Gut«, sagt sie stattdessen, »dann seht zu.« Sie verharrt kurz, als könnte Leeb senior in letzter Sekunde auftauchen und sie hereinrufen, doch er lässt sich nicht blicken, und Magda Leeb steht weiter da wie ein Fels, der Pforte und Weg versperrt. Gerda bleibt nichts anderes übrig, als Lisbeth zu folgen. Als sie im Tor über die Schulter schaut, ist die alte Magda weg, der Hof verwaist; im Stall brüllt nicht mal ein Rind.

Zu Hause wirft Gerda die Arzttasche auf ihr Bett. Sie kann es nicht fassen – sie wurde des Hofes verwiesen! Sie kommt sich nutzlos vor, ein Gefühl, das sie nur erfüllt, wenn sie sich ausmalt, wie es wäre, Kinder zu haben, aber dieses Glück war ihr nicht vergönnt. Ja, die dummen Mannsleute, ja, die vermaledeiten Kriege, Magda hat ganz recht. Da pirscht ihr Kater in die Küche, er reibt sich schnurrend am Türrahmen, und Gerda geht zum Herd, um kalten Kartoffelbrei in den Fressnapf zu füllen. Während Heini frisst, streichelt sie seine Flanke und flüstert: »Du bist Gott sei Dank noch da, alter Halunke.« Er dreht sich um, dann frisst er weiter. Gerda öffnet den Küchenschrank und holt die Packung Juno heraus, die sie gekauft hat, um Handwerkern oder Gästen Zigaretten anbieten zu können; anschließend klaubt sie die Streichhölzer vom Herd und geht in ihr Gärtchen.

Dort sitzt Lisbeth schon am Tisch, die Arme unter dem Busen verschränkt, die Unterlippe halb trotzig, halb pikiert geschürzt. »Die alte Hexe«, knurrt sie, als sich Gerda setzt.

»Sie steht wohl unter Schock.«

»Magda Leeb? Ach, wo! Die wird nicht umsonst Feldwebel genannt, die führt das Kommando.«

Gerda zündet schweigend eine Zigarette an.

»Du rauchst?«, fragt Lisbeth entsetzt.

»Ab und zu«, sagt Gerda und streckt das linke Bein aus, weil die Hüfte schmerzt. »Die Zeit, in der die ›deutsche Frau‹ auf Tabak und Schminke verzichten musste, ist vorbei. Und was soll das Gerede vom ›Feldwebel‹?«, setzt sie hinzu. »Oder auch vom ›General‹? Ist unser Dorf eine Garnison? Denkt ihr denn immer noch in Uniformen?«

Lisbeth ist verdutzt, denn so redet Gerda selten. »Nun hab dich man nicht so. Man kann doch nicht jedes Wort auf die Goldwaage legen. Sind ja bloß Spitznamen, Gerda.«

Die pustet Rauch aus, der in der Luft wabert und träge zerfasert. Dieser Augusttag ist windstill und warm, über dem Rasen tanzen Mücken. »Das sind nicht bloß Spitznamen, Lisbeth, sondern Bezeichnungen, in denen ein Denken zum Ausdruck kommt.«

»Ach, Gottchen«, murmelt Lisbeth und verdreht die Augen. »Wer überlegt sich denn jedes Wort?«

Gerda schweigt und raucht. Manchmal verzweifelt sie an ihren Mitmenschen; diskutieren kann sie nur mit Herrn Mattenroth. Hier im Dorf sind die meisten Oberstübchen wahrhaftig Stuben, die obendrein nie gelüftet werden. Die sollten lesen, die Leute, denn Bücher sind wie offene Fenster oder Türen. Im nächsten Moment schämt sich Gerda für diese Gedanken. Sie äugt zu Lisbeth, die stumm dasitzt, die abgearbeiteten Hände im Schoß, und mit ihrem fast zahnlosen Unterkiefer mahlt; ein Gebiss kann sie sich nicht leisten. Gerda erwägt, sich zu entschuldigen, unterlässt es aber. Sie schnippt Asche ins Gras und sagt: »Ich ärgere mich genauso über Magda wie du.«

»Mein Hermann«, sagt Lisbeth, »der hätte ihr die Meinung gegeigt.« Sie sieht Gerda an. »Ob er vielleicht doch noch heimkehrt?«

»Hermann kehrt nicht heim, Lisbeth. Nicht nach siebzehn Jahren.«

Lisbeth holt tief Luft. »Ja, ich muss mich wohl damit abfinden«, sagt sie. »Aber du ahnst nicht, wie es ist, alles zu verlieren. Wenn ich wenigstens wüsste, wo er begraben ist … Dann könnte ich ihn besuchen.«

Gerda zündet eine zweite Juno an. Dies ist der Tag der Laster und der unguten Überraschungen. »Was ist das mit den Leebs?«, fragt sie dann. »Woher diese herrische Art? Sind alle anderen bloß Befehlsempfänger und Hornochsen?«

»Ach, ja«, sagt Lisbeth. Das klingt zustimmend, aber vielleicht hat sie nur mit halbem Ohr zugehört.

»Woher kommt das?« Gerda verlagert ihr Gewicht auf dem Holzstuhl, um die Hüfte zu entlasten. »Wir sind doch nicht so, oder?«

Lisbeth schüttelt den Kopf.

»Der alte Willi, der war auch anders. Meine Güte – ich weiß noch, wie er damals im Heu den Herzinfarkt erlitt. Sein Enkel hat sich die Augen aus dem Kopf geheult, weil der Opa wie ein Vater für ihn war. Und nun …«

»Die Missetaten der Väter rächen sich bis ins vierte Glied«, erklärt Lisbeth. »Die Sünden der Väter sind auch die Sünden der Kinder. So steht es im Buch Mose.«

Gerda kennt die Bibel kaum. Ihre Eltern waren Kirchengegner und hielten ihre Tochter von den Pfaffen fern. »Meinst du wirklich?«, fragt sie.

»Was die Väter anstellen, müssen die Nachkommen ausbaden«, erwidert ihre Freundin. »Das setzt sich fort, das ist sozusagen ansteckend. Wie die Grippe.«

»Gilt das auch für Mütter?«

»In der Bibel ist nur von Vätern die Rede.«

»Dann sind wir Frauen ja fein raus«, sagt Gerda. »Wir können nach Herzenslust sündigen.«

Da muss Lisbeth doch leise lachen.

»Besser, wir warten, denn vielleicht besinnt sich Magda anders. Sie brauchen uns schließlich.« Gerda steht auf. »Ich koche uns einen Kaffee.«

»Vielleicht rufen sie Grotewohl.«

»Den Bestatter? Nein. Das bezweifle ich.«

»Für meinswegen können wir warten«, meint Lisbeth schulterzuckend. »Tote laufen nicht weg.«

Gerda setzt in der Küche Wasser auf. Sie steckt einen Filter in den Porzellantrichter und löffelt Kaffeepulver hinein, mit dem sie nicht knausert, weil der Holunderlikör nachhallt. Ihr Kater hat sich neben den Herd gekuschelt. »Heini, alter Bursche«, sagt Gerda, »du verschläfst noch deinen Lebensabend.« Sie schnuppert, während sie kochendes Wasser in den

Filter gießt. Ein herrlicher Duft, ein Glück, dass es wieder Bohnenkaffee gibt. Der Geschmack von Muckefuck ist für sie mit der Vergangenheit verbunden; sie kann ihn nicht trinken, ohne an die Zeit der braunen Banditen erinnert zu werden, an die Blutbäder, die sie angerichtet haben, an all ihre Verbrechen. Der bittere Nachgeschmack jener Jahre, das ist Muckefuck. Gerda stellt Kaffeekanne, Tassen, Teelöffel, Sahne und Zucker auf ein Tablett und kehrt in den Garten zurück.

»Weißt du, Lisbeth«, sagt sie, als sie das Tablett auf den Gartentisch stellt, wie als Nachgedanke, »wenn Gott die Missetaten der Väter an den Kindern rächen würde, dann wäre er ein Tyrann wie der Irre-Führer.«

Lisbeth starrt den Hühnerstall an. Nach einer Weile dreht sie sich zur Leebschen Scheune um, die ihren Schatten in den Garten wirft. Schwer zu sagen, ob sie beleidigt ist. Sie ist gläubig, hält den protestantischen Glauben jedenfalls hoch, denn das, so ihre Begründung, ist sie sowohl Familie und Vorfahren als auch ihrem Preußenland schuldig, gegen das Gerda immer wieder ätzt. Bei Lisbeth stößt das jedoch auf taube Ohren. Sie hängt nun mal an ihrer alten Heimat, und so wird es bleiben, bis sie in die Grube sinkt.

Gerda wiederum mag nicht groß rumgekommen sein, ahnt aber, dass alles immerfort in Bewegung ist. Welche Familie ist schon seit Anbeginn der Zeit immer an einem Ort geblieben? Ihr Vater malochte im Ruhrpott unter Tage, bis er in diese Gegend zog, seine Vorfahren stammten aus dem Hunsrück: Man wandert, weil man einen Ort sucht, an dem man sein Brot verdienen oder unbehelligt leben kann.

»Wenn man Blut vergossen hat«, orakelt Lisbeth nach einer Weile, »muss man auch andere Blut vergießen lassen.«

»Wieso?« Gerda setzt sich und schenkt Kaffee ein.

»Es ist beruhigend, wenn man nicht mehr der einzige Mörder ist.«

»Hm …« Gerda nippt am Bohnenkaffee. »Mag sein. Aber weißt du, ob der alte Wilhelm Blut vergossen hat?«

»Er war im Krieg.«

»Dein Mann doch auch.«

»Ja, aber mein Hermann, der ist brav und bibelfest, der könnte keinen umbringen.«

Gerda bezweifelt das, sagt aber nichts. Im Beet wuchert Wegerich zwischen den Astern. Der sollte weg, und der Rasen müsste auch wieder gemäht werden. Sie freut sich schon darauf, denn sie liebt den Duft des Grases. »Ja, ja«, sagt sie nachdenklich, »mag sein.«

Da wird gegen die Haustür gebollert. Beide Frauen zucken zusammen, sie tauschen einen Blick.

»Ich gehe«, sagt Gerda.

Als sie sich auf den Weg ins Haus macht, bleibt Lisbeth wie erstarrt sitzen, den Blick in ihren Schoß gesenkt. Gerda holt im Flur tief Luft und glättet vor dem Öffnen ihr Kleid. Sie hat Wilhelm erwartet, und weil er für seine Generation groß ist, hebt sie den Blick, aber der geht ins Leere. Sie stutzt, die Hand auf der Klinke, und denkt an einen Kinderstreich, erblickt dann aber Josef, den Knecht der Leebs, ein Endfünfziger mit lichtem Haar. Er knetet seine Schirmmütze mit beiden Händen, seine Gummistiefel sind verdreckt.

»Josef«, sagt Gerda. »Was gibt's denn?«

Er antwortet: »Der Chef schickt mich. Ich soll dir sagen, dass der Doktor da ist. Und wir müssen noch auf die Polizei warten …« Bei diesen Worten windet er sich, als befürchtete er, verhaftet zu werden. Er ergänzt: »Ich hole dich, wenn es so weit ist.« Er steht bedröppelt da, weiß offenbar nicht, was er noch sagen soll.

»Ist gut, Josef.« Gerda lächelt. »Danke, dass du Bescheid sagst. Dann warten wir auf dich.«

Er nickt, macht kehrt und geht davon, hinkend, weil er von einem Ochsen, der mit dem Hinterhuf auskeilte, am linken Knie erwischt wurde. Die Ochsen sind inzwischen einem Trecker gewichen, aber das Knie ist kaputt.

Gerda schließt die Tür, und als sie sich anschickt, wieder in den Garten zu gehen, herrscht Grabesstille im Haus.

Februar 1755 – Gott zu Gefallen

Zweihundert Jahre und sechs Generationen zuvor glänzt der Schnee, der den Hof der Leebs bedeckt, bläulich im Abenddunkel. Es ist so bitterkalt, dass der Misthaufen nicht mehr dampft. In dieser stillen Zeit nach dem Dreikönigstag muss Kothsass Hans Wilhelm Leeb nur seine Kühe und die im Stall überwinternden Schafe füttern; Handdienste für den Grafen sind erst wieder zu leisten, wenn im Gräwig der Holzeinschlag beginnt.

Hans Wilhelm Leeb hat also Muße, aber weil er die Hände nicht in den Schoß legen mag, hat er sich eine Arbeit gesucht, um dem Herrn seine Treue und seinen Glauben zu beweisen. Er sagt zu seiner Frau Catharina Sophie, die in der Küche zugange ist: »Ich gehe nochmal in die Stube.«

»Ja, ja, mach man«, erwidert sie und streicht über ihren Bauch; sie ist schwanger mit dem dritten Kind, für ihren siebzehn Jahre älteren Mann bereits das siebte, denn er ist in zweiter Ehe mit ihr verheiratet. Anna Margarete, seine erste Frau, starb vor Jahren im Kindbett, zwei der vier Kinder sind auch tot. Das passiert oft, da kann man nichts tun außer beten, wie schon die Vorfahren in dem langen Krieg, von dem bis heute erzählt wird, als alle darbten und die Wölfe vorm Dorf heulten und fouragierende Landsknechte wie böse Dämonen über die Leute herfielen, um Geld abzupressen, Vieh zu rauben, Scheunen und Häuser zu plündern, zu schänden und zu morden, eine Zeit, die den Menschen immer noch in den Knochen steckt. Ihr Großvater sprach gern beschwörende Verse, die er von seinem Vater gelernt hatte: *Christi Blut gibt uns Mut wider alle Teufelsbrut.*

Catharina Sophie streichelt nochmal ihren Bauch, über dem sich Leinenkleid und Schürze spannen, »hoffentlich geht alles gut«, denkt sie. Und hoffentlich ist es nach den zwei Mädchen, die oben schlafen, dieses Mal ein Junge. Sie putzt den Topf mit einem Büschel Besenheide, danach muss sie spinnen, denn das Kind, das im März zur Welt kommt, braucht warme Sachen.

Ihr Mann betritt derweil die dunkle Stube. Im Ofen brennt Torf, und die Eichenbalken, aus Stämmen gesägt, die sie mit gnädiger Erlaubnis des Herrn Cammerherrn August Wilhelm, Reichsgraf von Schwicheldt und Erbmarschall des Fürstentums Hildesheim, im Wald gefällt haben, verströmen noch ihren herben Duft. Hans Wilhelm Leeb hat dieses Haus vor zwei Jahren erbauen lassen, mit Wohntrakt und langer Diele, gesäumt von Ställen und Kammern. Der Vorgängerbau, aus einer Zeit jenseits der Erinnerung stammend, war marode gewesen; beim Abriss hatten sie festgestellt, dass manche Ständer fast durchgefault waren – beim nächsten Herbststurm wäre das Haus über ihren Köpfen zusammengebrochen.

Er zieht einen Kienspan aus der Kiepe neben dem Ofen, öffnet die Klappe und hält den Span in die Flammen, um damit die Talglichter auf dem Tisch zu entfachen. Ihr Schein taucht die Stube in ein Schummerlicht; da steht der wuchtige Eichenschrank, in dem er Geld und Unterlagen aufbewahrt, ein Schrank, den er mit Ornamenten bemalt hat: Auf jeder Tür prangt die aus einem Topf sprießende Blütenpflanze,

Symbol für Glück und Gedeihen. Für dieses Geschick ist er im Dorf bekannt und wird oft gebeten, Möbel oder Wände zu verzieren. Er hat gerade neue Pigmente gekauft, darunter Bleiweiß und Berliner Blau.

Bevor er seine Arbeit fortsetzt, senkt er den Kopf vor dem Kreuz, das an der Wand hängt, faltet die Hände und spricht ein Gebet. Das Kreuz ist eine Gabe von Pastor Bevern, denn in dieser Stube halten sie Hausversammlungen ab, sie beten, singen und preisen den Herrn, bekennen sich zu ihrem Glauben und zu ihren Sünden und beten zur Buße umso inbrünstiger. Hier im Dorfe ist man fromm, frommer als in den umliegenden Ortschaften, frommer, als es der Kirche gefällt, die Oberen haben sie wiederholt gerügt. Vor Jahren entbrannte gar ein Streit, ausgefochten mit Schriften und Gegenschriften, aber die Patronatsherrin hielt ihre schützende Hand über den von ihr eingesetzten Pastor. Dieser bewahrt die Druckwerke im Pfarrhaus auf, und Hans Wilhelm Leeb, der sich durch tiefe Frömmigkeit hervortut, hat sie gelesen. Auch seine Kinder sollen lesen können; sie lernen es in der Dorfschule, bei Opfermann Niewehrt, und er hilft nach, wann immer er Zeit erübrigen kann, und beugt sich mit ihnen über Bibel und Katechismen: *Was soll eines Menschen vornehmste Sorge sein hier in diesem Leben? Dass er suche, selig zu werden.*

Er setzt sich an den Tisch und schlägt das Büchlein auf, das er mit eben jenen Worten begonnen hat, ein christliches Lehrbuch für seine Nachkommen, vor allem für die beiden Mädchen aus erster Ehe, die in diesem Frühjahr konfirmiert werden. Er arbeitet mit drei Tinten, rot, grün und schwarz, malt die Buchstaben eher, als dass er sie schriebe, und schmückt die Seiten mit Ornamenten, die er auch bei der Bemalung von Möbeln verwendet: Blätter, Blumen, Ranken. Manche Sprüche fasst er in Rahmen, teils aus Säulen, teils aus Pflanzen, und er versinkt in seiner Arbeit, die er nur unterbricht, um die Feder ins Fässchen zu tunken oder seines Herrn und Erlösers zu gedenken. Auf das Alphabet ist er besonders stolz, die Buchstaben sind so groß, dass nur zwei auf eine Seite passen, und er hat sie reich verziert, es ist eine Augenweide. Die Kinder sind begeistert.

Nun taucht er die Feder ein, verharrt kurz und holt tief Luft, denn er zeichnet zum Abschluss seine Töchter, die schmale Eleonore und die dralle Karoline, in jener Tracht, die sie an ihrem großen Tag tragen werden: reich bestickte Bluse mit halblangen, ausgestellten Ärmeln, ebenso reich bestickter, glockenförmiger Rock, die Schärpe, die Stiefel mit spitzen Kappen; dazu das Kopftuch mit Blütenkrone, die Ohranhänger. Jedes Mädchen hält eine Blume in der einen Hand, in der anderen ein Herz mit einem Spruch darin, und unter ihren Füßen hat er das Wörtchen *Virgo* notiert, das lateinische Wort für Jungfrau, wie er von Pastor Bevern weiß. Der Mensch, in den Stand der Unschuld geboren, sündigt, und so erzieht er seine Kinder mit gebotener Strenge zu Gehorsam und Frömmigkeit.

Er greift nach der feinen Feder, um zwei Glockenblumen in das große Herz zu zeichnen, das er zwischen die Mädchen gesetzt hat, darin die Worte: *Wer auf mich trauet, wird das Land erben*, Jesaja 57:13, ein Satz, der ihm als Bauer besonders gut gefällt. Die Talglichter flackern, Rauch kräuselt zur Decke. Das Vieh ist ruhig, im Dorf bellt nicht mal ein Hund, und die Hähne halten bei dieser Kälte auch den Schnabel. Catharina sitzt sicher am Spinnrad. Er betet, sie möge einen Jungen zur Welt bringen, der ihm als Bauer nachfolgt, denn seine Söhne aus der ersten Ehe sind tot, einer starb gleich nach der Geburt, der andere mit fünf an einem Fieber, das niemand heilen oder lindern konnte, auch nicht die alte Siedentoppsche, deren Kräuterwickel oft Wunder wirken. Der Junge siechte dahin, löste sich förmlich in Schweiß auf und befand sich schon in einer anderen Welt, da hatte sein Herz noch gar nicht aufgehört zu schlagen. Es war eine Qual, das mit anzusehen, vor allem für Anna Margareta, seine erste Frau, aber auch für ihn. *Auch weiß der Mensch seine Zeit nicht; sondern wie die Fische gefangen werden mit einem schädlichen Hamen, und wie die Vögel mit einem Strick gefangen werden, so werden auch die Menschen berücket zur bösen Zeit, wenn sie plötzlich über sie fällt.* Das steht im Alten Testament, Prediger 9:12, und auch dies hat er in sein Lehrbuch kopiert, unter dem Worte *Mors*, einem Totenschädel und gekreuzten Knochen, denn wer weiß, was seine Kinder oder Kindeskinder dereinst befällt; der Tod ist ein steter Begleiter, er gleicht dem Schatten, den man in der Sonne wirft.

Er ist noch damit beschäftigt, die Glockenblume zu vollenden, da knarrt die Stubentür in den Angeln, und als er sich umdreht, verärgert über die Störung, erblickt er seine Tochter Eleonore, im Nachthemd und mit offenen Haaren. Als sie eintritt, herrscht er sie an: »Warum bist du im Nachthemd? Du wirst dich erkälten, und dann bekommst du Fieber wie dein Bruder, und du weißt ja, was ihm widerfahren ist.«

Eleonore sieht ihm in die Augen. Sie ist sein Sorgenkind. Nicht, weil sie faul oder dumm wäre, nein, sondern weil sie einen Dickschädel hat, und das ziemt sich nicht, nicht vor Gott, und schon gar nicht als Frau. Hübsch ist sie auch, blond und zart, mit graublauen Augen, aber der Vater verhärtet sein Herz, denn seine Tochter will erzogen werden, sie muss sich in Gehorsam üben, sonst sinkt sie in den Stand der Sünde, und dann wird man sie nicht verheiraten können.

»Mir ist aber warm, Vater«, sagt sie, obwohl sie die Arme vor der Brust überkreuzt und die Hände auf die Schultern gelegt hat. »Ich kann nicht schlafen. Darf ich dir beim Malen zusehen?«

Hans Wilhelm Leeb schaut sie grimmig an. Er duldet keinen Vorwitz, und er ist hitzköpfig, war es jedenfalls in jüngeren Jahren. Inzwischen kann er sich beherrschen, zumal er weiß, dass man sich versündigt, wenn man wider andere wütet, doch ihr Erscheinen bringt sein Blut in Wallung, denn es unterbricht eine gottgefällige Arbeit, die er noch dazu für sie und ihre Schwestern unternimmt; außerdem wurmt es ihn, dass die Mädchen leben, die Jungen aber tot sind. Gott hat sie zu sich geholt, es war Sein Wille, sie sind im Himmelreich, und trotzdem hätte er sie gern bei sich, hier auf dem Hof, in dieser Welt, so beschwerlich sie auch sein mag, und nun, da seine hübsche, kluge Tochter vor ihm steht, die fast so gut malen kann wie er, lodert der seit Jahren schwelende Schmerz auf, und er sagt mit mühsam verhaltenem Zorn: »Du gehst auf der Stelle wieder ins Bett, Eleonore!«

»Ich kann aber nicht schlafen«, wiederholt die Vierzehnjährige trotzig und tritt von einem Fuß auf den anderen. »Und ich will zusehen, wie du malst, das ist so schön.«

Ihr Vater knirscht mit den Zähnen. Legt die Feder ab, zieht die Weste straff und senkt, um sich zu sammeln, den Blick auf seine Holzpantinen, an denen noch kotiges Stroh aus dem Schafstall klebt. Seine Tochter schaut ihn bittend an, und er denkt: Das ist keck, das geht ja man gar nicht, nein, das Mädchen muss gehorchen.

Eleonore wiederum, die angeblich nicht friert, beginnt zu zittern, als sie den Blick ihres Vaters bemerkt. Sie hat seine grauen Augen oft aufblitzen sehen und weiß, da braut sich ein Donnerwetter zusammen, aber was tun? Zur Stiefmutter laufen? Sie mag sie, liebt sie aber nicht, wie sie ihre Mutter geliebt hat, die sie zur Welt brachte, stillte, wiegte und in den Schlaf sang, nur wäre das feige, und noch feiger wäre es, in die Kammer im Obergeschoss zu fliehen, wo sie mit ihren Schwestern schläft. Also bleibt sie stehen. Vielleicht hat der Vater ja ein Einsehen, denn sie malt selbst so gern und liest eifriger in der Bibel als ihre Schwester Karoline, weiß auch viel mehr auswendig.

»Herr Vater«, sagt sie ehrerbietig und presst die Arme fester gegen ihre Brust, »ich möchte doch nur zusehen, um zu lernen.« Und sie setzt hinzu: »Bitte.«

Die Talglichter flackern und rußen, der Eisenofen glüht, doch die Steinfliesen, Zeugnis bescheidenen Wohlstands – in den meisten Häusern besteht der Boden aus gestampftem Lehm – sind kalt, und darunter verbirgt sich so dunkle Erde wie jene, in der ihre Mutter und ihre Brüder ruhen, und nun kriecht die Kälte durch die Wollsocken in ihre Füße und bis in die Knöchel. Ihr Vater ist ein guter, fleißiger Mann, und sie liebt ihn, aber sein Zorn ist fürchterlich, das musste sie oft erfahren. Dann tobt er, hat dem Schäfer in seiner Wut sogar mal eine Grepe nachgeworfen, die dessen Wade durchbohrte. Das hat er damals mit Geld vergütet, denn im Nachhinein ist er stets tief zerknirscht und fleht den Herrn um Vergebung an. Eleonore ist überzeugt, dass der liebe Gott ihm diese gewährt, wie Er auch ihr verzeihen wird, falls sie sich gerade versündigt, nur fragt sie sich: wogegen? Sie begreift nicht, was ihr Vater hat.

Der steht nun auf, stämmig wie er ist, mit der Joppe aus Schaffell über der roten Weste, darunter das weiße Leinenhemd; mit der hellen, bis knapp über die Waden reichenden

Hose, in Wollsocken und Holzpantinen, die der greise Burmann schnitzt, einst Schweinehirt des Dorfes. Ihr Vater tut einen Schritt auf sie zu; die Lichter hat er im Rücken, sein Gesicht liegt im Dunkeln, und er kommt ihr vor wie einer der Riesen, die auf ihrem Weg über Land den Sand aus ihren Schuhen kippten und so den Lahberg aufschütteten, die höchste Erhebung weit und breit, das jedenfalls hat Opfermann Niewehrt in der Schule erzählt, und auch er musste daraufhin ein Donnerwetter von Eleonores Vater über sich ergehen lassen, weil dieser den »unchristlichen, abergläubischen Kokolores, mit dem er die Kinder traktieret«, missbilligte. Ja, wie ein Riese ragt ihr Vater vor ihr auf. Sie zittert noch stärker und zieht die Schultern hoch, und dann fliegt ihr Kopf zur Seite, die linke Wange beginnt zu brennen, und ihre Augen werden feucht.

»Auf die Knie«, befiehlt ihr Vater. »Hände falten.«

Eleonore tut wie geheißen. Sie kann das Schluchzen nicht unterdrücken, ihre Schultern beben. Jetzt ja keine Widerworte, das würde die Sache nur schlimmer machen. Ihr Vater kniet sich auch hin, und dann beten sie gemeinsam, die Worte verirren sich im Zwielicht der Stube. Danach erhebt er sich, während sie weiter auf den kalten Fliesen knien muss, tritt an den Tisch und greift nach der dicken Bibel mit den vielen herrlichen Bildern, die noch aus der Zeit des ebenso langen wie lange zurückliegenden Krieges stammt, und trägt zur Belehrung aus der Schöpfungsgeschichte vor: der Garten Eden, die sündige Eva (*so eine Dumme*, denkt Eleonore oft, *ich wäre gewiss nicht auf die Schlange hereingefallen*). Ihr Vater liest: »Und zum Weibe sprach er: Ich will dir viele Schmerzen schaffen, wenn du schwanger wirst; du sollst mit Schmerzen Kinder gebären; und dein Wille soll deinem Manne unterworfen sein, und er soll dein Herr sein.« Das Weiß seiner Augen leuchtet, als er seine Tochter mahnend ansieht, und dann klappt er die Bibel zu und sagt abschließend: »Du sollst Vater und Mutter ehren.«

»Das tue ich doch«, entfährt es seiner Tochter leise.

Daraufhin zieht ihr Vater sie am Ohr auf die Beine, was ihr wieder Tränen in den Augen treibt.

»Sei fromm und befolge getreulich Gottes Gebote, das ist der Weg zur Seligkeit«, sagt er. »Du wirst bald konfirmiert, bedenke, was das heißt!« Und dann muss sie gehen, ohne ein liebes Wort, ohne dass der Vater über ihr Haar gestrichen hätte. Sie schlurft mit gesenktem Kopf aus der Stube und schließt die Tür hinter sich. Im Flur sieht sie, dass in der Küche noch ein Licht brennt, hört das Spinnrad klappern und surren, ihre Stiefmutter ist fleißig, doch sie geht nicht zu ihr, denn das Gefühl, ungerecht behandelt worden zu sein, hat ihren Trotz geweckt. Auf der Stiege murmelt sie: »Ich habe doch gar nichts getan.« Sie wischt sich die Tränen von den Wangen und legt sich wieder zu ihrer Schwester ins Bett.

Hans Wilhelm Leeb steht derweil am Tisch. Sein Zorn verraucht, während er die Porträts der beiden Mädchen betrachtet. Ja, das wird jetzt ein Junge, denkt er. So Gott will, wird er leben, und dann erziehe ich ihn zu einem frommen, tüchtigen Bauern, der mir nachfolgt, wie ich meinem Vater nachgefolgt bin.

Er setzt sich wieder, tunkt die Feder ein und ergänzt die Glockenblume um ein letztes Blatt. Er betrachtet es lange und spürt, er kann nichts mehr hinzufügen, das Lehrbuch ist vollendet. Soll er zum Abschluss Namen und Datum notieren? Er ringt mit sich, denn er hat dies Werk nicht allein zur Erbauung seiner Töchter geschaffen, sondern vor allem zum

Lob Gottes, und deshalb wäre es wohl ein Dünkel, vielleicht sogar ein Frevel, als sündiger Mensch seinen Namen darunterzusetzen. Er lehnt sich zurück und legt die Feder sachte auf das Tintenfass. Ein Talglicht erlischt, die Flamme des anderen ringt darum, noch etwas länger zu leben.

In Haus und Hof herrscht weiter Stille. Leeb betet erneut, nun darum, dass Gott ihm verzeihen möge, seine Tochter gezüchtigt zu haben, aber die Gebote der heiligen Schrift stehen über allem; der Mensch ist ein Wurm, er muss mühsam über die Erde kriechen, wird oft genug zertreten und kann seine Seele nur durch Gehorsam und die Liebe zu Jesus Christus retten, der sein Blut gab, um die Menschen zu erlösen. Amen.

Als auch das zweite Talglicht erlischt, erfüllt ihn tiefe Ruhe. Der Torf zischelt im Eisenofen, die Ritzen der Klappe sind glühende Striche. Wie gut, ein Dach über dem Kopf zu haben, ein braves Weib, das emsig spinnt, und vier gesunde Kinder, wenngleich Mädchen, die später eine Mitgift brauchen. Ja, dieses Mal wird es ein Sohn, dessen ist er gewiss. Er greift zur Feder und beschließt das Buch aller gebotenen Demut zum Trotz mit den Worten:

Hans Wilhelm Leeb, ein ewiges Geschöpf zur ewigen Seligkeit, in Kleinen Ilsede, den siebenten Februar 1755.

Mai 1945 – Kot auf den Schuhen

Wilhelm Leeb wurde ausgeplündert, er hat nicht mal mehr Zigaretten. Einer der Schufte entriss ihm das Etui aus 800er Silber, ein anderer die Reitstiefel, seine Gepäckstücke wurden buchstäblich geschlachtet. Zum Glück konnte er Halbschuhe ergattern, zu klein, aber ein Segen, denn die Klos der Schule im nordböhmischen Lomnitz, in der man sie eingepfercht hat, sind knöchelhoch vollgeschissen.

Er kauert in einem Klassenraum zwischen Schicksalsgenossen, teils Zivilisten, darunter klagende Frauen und Mädchen, teils Soldaten, manche übel zugerichtet, denn während des Spießrutenlaufs, den sie bis zur Schule absolvieren mussten, prügelte man sie grün und blau, ein Feldwebel und ein Hauptmann wurden direkt nach der Gefangennahme erschossen. Leeb ahnt, dass sie nicht die letzten Toten bleiben werden, gut möglich, dass auch er dran glauben muss.

Mittwoch, der neunte Mai, draußen dämmert der Abend. Seit dem späten Vormittag, als man ihn und seine Begleiter auf dem Lomnitzer Marktplatz vom Lkw zerrte, ist Leeb ein Gefangener. Er musste sich mit seinen Kameraden barfuß zwischen einem Brunnen und einem Denkmal für Jan Hus aufstellen, im Rücken den Lkw mit der weißen Fahne, zwischen geöffneten Gepäckstücken und im Dreck liegender Wäsche, umzingelt von Freischärlern, die mit Pistolen und

Karabinern und Maschinenpistolen ballerten, zum Glück in die Luft, dazu gellten Beschimpfungen aus Lautsprechern: »Sie haben Frauen und Kinder erschossen!« Ein ärgerer Krach als an der Front. Leeb hatte nie so gebangt, nicht einmal bei den Rückzügen aus Pyrjatyn und Chmelnyzkyj, obwohl ihnen damals der Russe im Nacken saß.

Er musterte seine Häscher trotzdem mit einem leisen Hochmut. Hier, dachte er, hatte wahrhaftig der Bodensatz der Menschheit Oberwasser erhalten: Partisanen, darunter viele Frauen, oft mit dem roten Stern, nationale Tschechen, ehemalige Häftlinge und so fort, mit Feuerwehrhelmen, Hüten, Mützen, Lederkombinationen, Kniehosen, SA-Blusen und anderen erbeuteten Uniformteilen ausstaffiert, die Szenerie eines gespenstischen Maskenballs, nur dass jeder bewaffnet war und Mordlust in den Augen hatte. Leeb reckt das Kinn: Er selbst, er ganz persönlich, hatte sich nichts vorzuwerfen und ebenso wenig die Männer, zwischen denen er stand – wohlweislich in der Mitte –, genau wie die zwei Toten, deren Blut auf dem Marktplatz Lachen bildete.

Schließlich trieb man sie in Rotten durch die Stadt, wobei es Kolbenhiebe, Hohn und Spott hagelte und Bürger mit meterlangen Stangen auf sie eindroschen. Auf dem Schulhof zog man ein Dutzend Männer heraus, darunter ihn, riss seine Schulterstücke ab, verprügelte ihn zum wiederholten Mal, und der Häuptling der Meute stopfte ihm den Taschenkamm in den Mund und befahl: »Friss!«

Ein Hexenkessel, dem Wilhelm Leeb noch nicht entronnen ist, denn nun sitzt er zwischen angsterfüllten Menschen in diesem nach Schweiß, Kot und Pisse stinkenden Klassenraum; das Brot, das man ihnen vorsetzt, trieft von Petroleum und Öl. Er tastet mit der Zunge nach dem Zahn, der nach einem Pistolenhieb wackelt; nicht als einziger, denn auf dem Schulhof rammte man ihm einen Karabinerlauf in den Hals; er schmeckt Schmauch und Metall, sein Speichel ist blutig. Er fühlt sich wie benebelt, und die Zuversicht droht ihn zu verlassen. Die Frauen sind verstummt; manchmal ein Stöhnen, gelegentlich ein Winseln, manche schnarchen gar, von Erschöpfung übermannt. Leeb hockt da, hundemüde, aber unfähig einzuschlafen.

Bis die Tür aufgestoßen wird. Licht schwappt in den Raum, und der Anführer der Freischärler tritt mit einigen Männern ein. Sie ergreifen mehrere Frauen und Männer, auch Leebs Kamerad Verweyen, dann fällt die Tür wieder zu. Atemlose Stille. Finsternis. Draußen Schreie. Johlen und Gebrüll. Der Feuerstoß einer Maschinenpistole, danach ein zweiter und dritter, vierter und fünfter. Gelächter und Schüsse. Leeb hört die Frauen winseln und flehen. Er ahnt, dass sein Kamerad erschossen wurde, ahnt auch, was den Frauen bevorsteht, schiebt diese Gedanken jedoch beiseite. Immerhin hat man ihn verschont; er war noch nicht fällig. Er dreht den Ehering, der ihm erstaunlicherweise geblieben ist, und versucht, sich Frau und Kinder vor Augen zu rufen – vergeblich.

»Heute ist Himmelfahrt«, raunt ein neben ihm hockender Unteroffizier.

»Kann es werden«, murmelt Leeb.

Er kann noch immer nicht fassen, dass er ein Gefangener ist.

Tags zuvor, am achten Mai, strahlte die Sonne über Nordböhmen. Längs der Straßen blühten die Kirschbäume, eine wahre Pracht, gute Böden gab es offenbar auch, man hatte Feinsämereien, Futterrüben und Gemüse ausgesät. Herrlich, dachte Leeb, auf dem Bock eines Zweispänners sitzend.

Frühmorgens im Städtchen Braunau aufgebrochen, steuerte er Trautenau an, setzte sich also nach Westen ab, weil der Russe im Norden des Riesengebirges auf Waldenburg vorstieß. Sein Gepäck lag hinten auf der Kutsche, er hatte wie üblich alles aufgelistet: Wäschebeutel, Aktentasche, fünfunddreißig Kilo Zucker, fünfunddreißig Kilo Mehl, zwanzig Kilo bulgarischer Tabak in gepressten Blättern, tausend Zigaretten, vierzig Zigarren, zwei neue Paar Halbschuhe, Reitstiefel, Kamelhaarschuhe, Hausschuhe aus Fischhaut, vier frische Oberhemden, vier Dauerwürste, zwei Stück Butter, Speck, Reis, Büchsen mit Brühwürfeln und Puddingpulver, Leder, Zwirn, drei Zigarettenmaschinen; außerdem eine Ersatzuniform samt Reithose mit Wildlederbesatz, alles aus italienischer Produktion, Glanzstärke, Kakaowürfel, ein halbes Dutzend Flaschen Schnaps und anderes mehr. Er hatte sich ordentlich eingedeckt, für alle Fälle. Angeblich war der Krieg bald aus, aber an diesem Dienstag hatte er noch nichts weiter gehört.

Die Straßen waren erstaunlich leer für einen Rückzug. Leeb schnalzte mit der Zunge, um das Pferd anzuspornen, und tastete nach dem Holster mit der Sauer; die Maschinenpistole, eine französische MAS-38 mit zweihundert Schuss Munition, lag griffbereit hinter dem Bock, ein beruhigendes Gefühl, denn hier trieben Partisanen ihr Unwesen, und nun, da alles zu Ende zu gehen schien, wurden sie immer dreister. Die berittenen Kalmücken, die man eingesetzt hatte, um diese Banditen in den polnischen Wäldern zur Strecke zu bringen, gab es nicht mehr, sie wurden jetzt andernorts eingesetzt, falls sie nicht längst an den russischen Panzern zerschellt waren.

Auf Höhe der Adersbacher Felsen überholte ihn ein Sonderführer mit kräftigeren Pferden, und sie fuhren gemeinsam weiter, legten in Adersbach eine Rast ein und hörten im Radio, dass die Waffen ab Mitternacht schweigen sollen. Die Soldaten, die sich vor dem Apparat zusammengerottet hatten, meist im Ort einquartierte Pioniere, wirkten teils betroffen, teils ungläubig.

»Das war's dann.« Der Sonderführerkamerad, ein Westfale namens Verweyen, zuständig für Straßenbau, ergriff das Wort. »Musste ja so kommen. Der Führer tot, Berlin gefallen, Dönitz bei den Fischköppen. Wir sind am Ende der Fahnenstange, Leute.« Er säbelte ein Stück Wurst ab und schob es sich in den Mund. »Hoffentlich schnappt uns der Ami, der steht ja angeblich im Westen«, sagte er heiter und zwinkerte Leeb kumpelhaft zu.

Der tat zwar das Gebotene, handelte also pragmatisch, sträubte sich im Stillen aber gegen den Gedanken, dass der Waffenstillstand und damit auch die Niederlage besiegelte Sache waren: Das war schlicht undenkbar. Die Heeresgruppe Mitte hatte in Böhmen riesige Mengen Proviant, Material und Waffen gebunkert, und all das umsonst? Doch er sagte nur: »Ja, das hoffe ich auch.«

Im späteren Verlauf des Tages wurde er dann mit der Realität konfrontiert. Trautenau lag hinter ihnen, als die Luft von Detonationen zerrissen wurde. Leeb konnte die scheuenden Pferde gerade noch zügeln, hinten flog das Gepäck durcheinander; er wollte schon die Pistole ziehen, als ihm dämmerte, dass man nicht kämpfte, sondern Material unbrauchbar machte: Rauchsäulen wogten vor den Kuppen des Riesengebirges, und als Leeb die Pferde um eine Biegung lenkte, erblickte er brennende Panzer und Halbkettenfahrzeuge, Lkw und Pkw, sah Wehrmachtskolonnen auf sich zukommen. Ja, sind die denn …, ging es ihm durch den Kopf. Wieso marschieren die nach Osten, das ist doch Irrsinn! Der Weg war versperrt;

er musste sein Gespann wenden und in Begleitung des Sonderführerkameraden nach Trautenau zurückkehren. Dort herrschte das gewohnte Rückzugschaos, irrwitzigste Gerüchte und Parolen kursierten, die Stimmung drohte ins Hysterische zu kippen, und Leeb begriff endgültig, dass es nur noch darum ging, die eigene Haut zu retten. Sein Schimmel blähte die Nüstern, als würde er den Angstschweiß wittern, den Panik und Furcht aus allen Poren trieben, und warf schnaubend den Kopf hin und her. Leeb tätschelte seinen Hals.

»So geht's nicht weiter«, sagte er zu Verweyen. »Wir sollten uns eine Kolonne suchen und mit einem Lkw fahren, das wäre sicherer.«

Sie brachen noch am gleichen Abend gegen dreiundzwanzig Uhr in Richtung Prag auf. Die Nacht war kalt und nebelig, und der Lkw kam nur im Schneckentempo voran, weil wiederholt Soldaten und Flüchtlinge den Weg blockierten. Die zusammengewürfelte Truppe, die sich hinten auf dem Lkw drängte, war hochnervös, und Leeb gewann den Eindruck, dass der Fahrer ein orientierungsloser Idiot war. »Der fährt doch falsch, wir müssen uns stärkeren Wehrmachtskolonnen anschließen, sonst landen wir hinter Stacheldraht«, erklärte er der Schar von Männern, deren Atem weiß im Dunkel wölkte. Hände in Fäustlingen umklammerten Karabinerläufe, einer trug eine Pelzmütze mit Ohrenklappen, ziemlich undiszipliniert, wie Leeb fand.

»Sicher, nur wie?«, erwiderte ein unrasierter Spieß. »Uns bleibt keine Wahl, Mann. Setzen Sie sich doch ans Steuer, wenn Sie alles besser wissen.« Er drückte ein Nasenloch zu und rotzte auf die Ladefläche.

Leeb schwieg. Bückte sich und wischte mit dem Fingerhandschuh Schmutz von einem Reitstiefel. Der Lkw stand wieder, und der Marschtritt einer größeren Kolonne übertönte das Tuckern des Motors, begleitet von metallischem Waffenklirren und Rufen. Eine Einheit zog in umgekehrter Richtung an ihnen vorbei, SS, wie Leeb durch den Spalt der Plane zu erkennen meinte, gefolgt von mehreren Kübelwagen und Panzerspähwagen.

Bald darauf gerieten sie in einen Flüchtlingstreck, kamen also wieder kaum voran, und als der Morgen graute, tauchten im dunstigen Zwielicht erste Freischärler auf. Leeb, der vorn auf der Ladefläche saß, erschrak bei ihrem Anblick. Er gab seinem dösenden Nachbarmann einen Ellbogenstoß. Im nächsten Augenblick waren alle hellwach und starrten die am Straßenrand lauernden, bis an die Zähne bewaffneten Gestalten an. Noch hatte man sie nicht gestoppt, und der Hauptmann, ranghöchster Offizier unter ihnen, sagte halblaut: »Ist schwer zu kapieren, Leute, ich weiß, aber es ist vorbei. Wir können hier keinen Kleinkrieg führen. Wir müssen unsere Waffen loswerden, sonst schießen die uns umstandslos über den Haufen. Die Papiere sollten wir auch vernichten.« Er holte seine Pistole aus dem Holster und zwängte sie durch den Spalt zwischen Plane und Seitenwand. Leeb griff schweren Herzens nach der Maschinenpistole; er hatte seine Waffen, obwohl selten benutzt, liebgewonnen, aber die Vernunft riet ihm, den Vorschlag zu befolgen. Also warf er MPi und Pistole über Bord, zerriss seine Papiere, auch den Wehrpass, und ließ die Fetzen auf die Straße regnen, schmiss sogar das Kriegsverdienstkreuz weg. Danach fühlte er sich nackt und bloß.

Wie sich zeigte, war es die richtige Entscheidung gewesen, denn kurz darauf hielt man sie an. Freischärler enterten die Ladefläche und durchsuchten sie nach Waffen. Danach fuhren sie, bewacht von Kämpfern, die auf erbeuteten Krafträdern saßen und tschechische, polnische und sowjetische Fahnen schwenkten, bis zum nächsten Ort. Sie hatten während der neunstündigen nächtlichen Fahrt nur vierzig Kilometer geschafft, und das nicht in südlicher Richtung, nach Prag, sondern nach Westen: Auf dem Marktplatz von Lomnitz an der Popelka ging der Krieg für Wilhelm Leeb endgültig zu Ende.

Er versteht nicht, wie die Leute schlafen können. Draußen feiern die Tschechen den Sieg, sie grölen, johlen und ballern, was das Zeug hält, ein Radau, der Wilhelm Leeb schmerzhaft deutlich vor Augen führt, dass sich die Rollen verkehrt haben, und das offenbar endgültig. Seine Uniform ist zerschlissen, die Schuhe sind kotig und die Taschen so leer wie sein Magen, während man draußen feiert und säuft. Leeb schwant Böses – nachmittags sah er Freischärler mit einem SMG hantieren. Wenn man sie hier, in Lomnitz, niedermähen würde, gälte er als vermisst, dann hätte seine Familie nie Gewissheit. Dann läge er in einem Massengrab, und er weiß genau, was das heißt, denn während seiner Tätigkeit in der Ukraine wurde er auf den Fahrten über Land mehrfach Zeuge von Aktionen, die man besser für sich behielt.

Seine Zungenspitze gleitet zum losen Schneidezahn, und plötzlich tut alles weh, ihm ist zum Heulen: Was für ein Absturz. Das ist die Hölle. Er streicht die Haare mit dreckigen Fingern zurück. Ein Reich in Trümmern, das Land am Boden, mein Gott, wer hätte das gedacht.

Da wird die Tür des Klassenraums noch einmal aufgerissen. Er zittert, kalter Schweiß tritt ihm auf die Stirn, er kauert sich zusammen und zieht den Kopf ein, doch der Anführer der Meute, sternhagelvoll und mit einem Nagant-Revolver fuchtelnd, will bloß weitere Frauen, hat offenbar noch Pulver zu verschießen. Seine Schergen trampeln zwischen den ausgelaugten, benommenen Menschen umher und reißen zwei, drei Mädchen hoch, eines sicher noch keine vierzehn; sie wehren sich nicht, sondern wirken apathisch und bleiben selbst dann stumm, als die Tür hinter ihnen zufällt.

Schwein gehabt, denkt Leeb.

»Die armen Mädels«, murmelt der neben ihm liegende Unteroffizier. »Aber besser, der Mann bumst, als dass er ballert.«

Alle schweigen, erfüllt von lähmender Angst, kaum jemand denkt an das Schicksal der blutjungen Frauen, und wenn doch, verdrängt man Mitleid und Skrupel. Hauptsache, man atmet noch, Hauptsache, das Herz schlägt weiter. Wenn sie diese Nacht überleben, ist das Schlimmste ausgestanden.

Leeb hat plötzlich seinen Vater vor Augen, den er im September letzten Jahres begrub, sieht ihn auf dem Sterbebett, mit grauem Schnauzer, vom Herzinfarkt gezeichnet, aber klar im Kopf. »Was haben wir doch für schöne Abende miteinander verlebt, mein Junge«, sagte er, und sein Sohn, auf Fronturlaub daheim, war plötzlich mit dem Vater versöhnt. Nach all den Jahren des Zwists und des Grolls gegen den Alten, der sich hinter der Kriegsverwundung verschanzte und die Arbeit auf dem Hof weitgehend Frau und Sohn überließ, der nie begriff, wieso sein Sohn von der Deutsch-Hannoverschen Partei zu den Nationalsozialisten überlief, die dann auch noch seinen geliebten Kriegerverein auflösten, schlossen sie im Angesicht des Todes Frieden miteinander.

So möchte man sterben, denkt Leeb, im Alter, versöhnt mit seinen Nächsten und sich selbst, nicht wie ein Hund in einem Loch, bedroht von zähnefletschenden Wölfen. Er hat doch noch so viel vor … Er will den Betrieb, der während des Krieges stagnierte, auf Vordermann bringen und seine Söhne anständig erziehen, damit zupackende Männer aus ihnen werden, die den Hof weiter erfolgreich bewirtschaften können, Vorreiter unter den Landwirten im Dorf. Leebs Hände zittern, als er die Beine vor den Bauch zieht und mit den Armen umschließt: Er will hier raus, und er will nach Hause. Er muss dies überstehen, aber draußen wird weiter gegrölt, die Nacht ist noch lange nicht zu Ende, und wann es dämmert, weiß keiner, denn die Uhren hat man ihnen als Erstes abgenommen, die zieren jetzt die Handgelenke dieses Gesindels. Was bilden die sich ein? Halten sich wahrhaftig für Sieger, ohne je auf dem Schlachtfeld gekämpft zu haben. Feige Bande! Leeb ist so zornig, dass er Angst und Bedrückung vergisst, aber da robbt ein Kamerad im Dunkel auf ihn zu, ein Oberinspektor, der mit schwäbischem Zungenschlag flüstert: »Mach's gut, Kamerad, ich werde heute Nacht erschossen, von mir reden sie immer!«

»Unsinn«, entgegnet Leeb, »die denken nur an die Weiber und saufen sich besinnungslos. Ich glaube, wir kommen nochmal davon.«

Der Oberinspektor starrt ihn an, dann raunt er: »Die wollen mich umlegen, das weiß ich, Kamerad, du hast ja keine Ahnung … Du musst das meiner Frau sagen, sonst erfährt sie nie, was aus mir wurde.« Er beginnt zu heulen, stopft sich eine Faust in den Mund. »Wir wollten den Turm zu Babel bauen, deshalb zürnt uns der Herr, und nun sterben wir, das ist die Strafe«, sagt er. »Vater unser im Himmel, geheiligt werde Dein Name. Dein Reich komme. Dein Wille geschehe, wie im Himmel so auf Erden …«

Er betet weiter. Leeb wendet sich ab, lehnt den Kopf gegen

die Wand und schnaubt verächtlich. Soll der Mann beten; für ihn ist das nichts. Der Glaube hätte seine Familie beinahe den Hof gekostet, weil der fromme Halbbruder seines Großvaters den gesamten Besitz der Hermannsburger Mission vermacht hatte. Drei Generationen mussten schuften, um Land und Hofgrundstück, seit 1699 im Besitz der Familie, zurückzukaufen. Die Kirche soll zum Teufel gehen, und Gott, der wird ihn nicht retten, nein, er muss auf das Glück bauen, das ihm oft hold war, einen kühlen Kopf bewahren und an die Zukunft denken, an Mutter, Frau und Kinder.

Der Schwabe verstummt, und Wilhelm Leeb, die trunkenen Gesänge der Tschechen im Ohr, versackt im Schlaf wie in sumpfigem Boden.

September 1864 – Die Mission

Ein regnerischer Sommer, schlecht für Flachs und Getreide und schlecht für das Heu, von den Knochen ganz zu schweigen. Auch an diesem Nachmittag gatschert es. Wilhelm August Leeb, die Tonpfeife im Mund, lehnt auf der Pforte des Dielentores und sieht zu, wie Regenwasser zwischen Kastanie und Miste über den Hof strudelt. Die Hühner sind in die Wagenremise geflüchtet, in Abständen lugt eines mit ruckelndem Kopf um den Eckbalken.

Auf dieser Pforte lehnten all seine Vorfahren, angefangen mit dem Erbauer des Hauses, Urgroßvater Hans Wilhelm Leeb, der den Nachfahren zu Nutz und Frommen ein Büchlein hinterließ. Ein tiefgläubiger Mann, tugendhaft, fleißig, der Familie ein Vorbild; Wilhelm August und seine jüngeren Geschwister und Halbgeschwister, elf an der Zahl, lernten das Lesen nicht nur bei Lehrer Zaart, sondern auch anhand des im Büchlein enthaltenen, prachtvollen Alphabets. Sein Urgroßvater konnte wunderbar malen, eine Gottesgabe, die er mit ins Grab nahm, aber sein Buch blieb erhalten, und die von ihm verzierten Möbel – Truhen, Stühle, Schränke, Uhrkasten – sind bis heute in Gebrauch.

Der Regen trommelt Blasen auf den matschigen Hof. Leeb lässt die erkaltete Pfeife in die linke Westentasche gleiten, zieht aus der rechten einen Brief, adressiert an den »Ehr- und

Achtbaren Junggesellen Wilhelm August Leeb«, den er nachdenklich befingert. Die Glocke der Dorfkirche, unter deren Chor die Gebeine der Patronatsherren, der Grafen von Schwicheldt, in einer Gruft ruhen, schlägt Klocke vier, der Regen dämpft ihren Klang. In dem Brief kündigt sein Bruder Ludwig, Sohn aus der zweiten Ehe ihres Vaters, für diesen Nachmittag seinen Besuch an. Er will etwas bereden, und Wilhelm August ahnt, worum es geht. Er steckt die Tonpfeife wieder in den Mund, beißt grimmig auf den Stiel. Er wird seinen sechzehn Jahre jüngeren Halbbruder, der einen weiten Weg auf sich nimmt, um von seinem Pachthof bei Celle ins heimische Klein Ilsede zu gelangen, enttäuschen müssen, denn sein Entschluss steht fest.

»Schietwetter.« Seine Zugehfrau Dorothee, die Witwe des Brinksitzers Jochen Thies, tritt hinter ihn. Mit ihren sechzig Lenzen ist sie ein gutes Jahrzehnt älter als er, eine zuverlässige Hilfe, die kocht und putzt und seine Wäsche macht, denn er hat nie geheiratet, also auch keinen Nachwuchs. Er wollte ausschließlich seinem Herrgott dienen, hat obendrein zu viele Kinder dahinsiechen sehen: Seine Schwester und alle vier leiblichen Brüder starben in jungen Jahren, die Mutter mit Ende dreißig. Sein Halbbruder Christian, Ackergehilfe auf dem Hofe, ein fröhlicher Bursche, aber ein Hallodri – immer die Flinte unter dem Arm, immer eine freche Ausrede auf den Lippen –, der auf Gottes Wort nichts gab und von Förster Stegen mehrmals bei der Wilddieberei ertappt wurde, verschied vor zwei Jahren, da war er Mitte dreißig. Wilhelm August hat den Eindruck, dass ein Fluch auf der Familie lastet, ein weiterer Grund für seine inbrünstige Hingabe an Gott und den Verzicht auf Weib und Kinder. Er kennt die Geschichte Hiobs, und sie erfüllt ihn mit Furcht.

»Wie geht's dir, Wilhelm?«, fragt Dorothee besorgt. »Hast du Schmerzen?«

»Nicht der Rede wert«, brummt er mit zusammengebissenen Zähnen.

»Auf dem Herd steht eine Hühnerbrühe, die kannst du mit Ludwig essen. Wann kommt er denn?«

»Müsste bald da sein.«

»Bei diesem Wetter mit der Kutsche? Oh, oh …«

»Ist ihm wohl wichtig.«

Dorothee bindet ihr schwarzes Kopftuch um. »Ich habe für alle Fälle den Ofen in der Stube angeheizt. Schon dich ein bisschen. Und reg dich bloß nicht wieder über Ludwig auf, er kann ein Hitzkopf sein, das weißt du ja.«

Wilhelm August nickt. »Du brauchst die Persenning, Doro, sonst wirst du klitschnass.« Er schlurft auf die Diele und nimmt die Stoffbahn vom Holzhaken eines Ständers. Auf seinem Hof herrscht Ordnung, alles hat seinen Platz, wehe, Knecht oder Ackergehilfe bringen etwas durcheinander! Er legt die Persenning über Dorothees Schultern. Sie schaut ihn dankbar an und streicht über seine unrasierte Wange.

»Bis morgen, August.«

»Ja, bis morgen.«

Dann lehnt er wieder auf der Pforte und schaut zu, wie sie im strömenden Regen über den Hof eilt, ihre Holzpantinen lassen bei jedem Schritt nassen Matsch aufspritzen, der ihr dunkles Kleid verdreckt. Sie ist noch bannig flink, die brave Dorothee, und der einzige Mensch, der ihn August nennen darf, denn er legt Wert auf Wilhelm, den Traditionsnamen der Familie. Sie huscht zum Tor hinaus, wendet sich nach rechts und wird vom Regen verschluckt.

Klocke fünf, das jedenfalls sagt die Uhr; der Himmel ist so dunkel, dass alle Stunden in Grau ersaufen, Regentropfen perlen über die Fensterscheiben. Wilhelm August sitzt im Korbsessel am Ofen, in dem das Feuer knackt und knistert; heute heizt er mit Holz, früher war es Torf. Die eiserne Ofenplatte mit dem Niedersachsenross verströmt wohltuende Wärme. Bei seiner Geburt war diese Gegend gerade dem Königreich Hannover zugeschlagen worden. Die vorangegangene Franzosenzeit hat er nicht miterlebt, aber im Dorf gibt es Alte, die immer noch »maire« statt Bürgermeister sagen. Nun regiert Georg V. Wie es heißt, ist er blind, das Königreich bankrott, aber gut, Hauptsache, es kommt nicht zum Krieg gegen die Preußen; es gibt zahlreiche Lieder, die sie verspotten, und viele, die die Welfen rühmen: *Gelb und weiß das Banner weht …* Wilhelm August summt die Melodie. Dann muss er husten, dass es ihm fast die Brust zerreißt, er ringt um Atem.

Der Fluch …, geht es ihm durch den Kopf, und ihm wird heiß. Er schaut zum Regalbrett mit den Büchern: Ein Gesangbuch, das schon sein Vater benutzte, das Büchlein seines Urgroßvaters, erbauliche Werke wie *Das tägliche Hausbuch der Kinder Gottes* und die Heilige Schrift in einer wuchtigen Ausgabe, deren Herkunft keiner kennt. Vielleicht gehörte sie zur Mitgift einer Braut; sie ist jedenfalls uralt, wie der Stich eines brandenburgischen Markgrafen in der Vorrede zeigt. Während er flüsternd Psalmen deklamiert, klebt sein Blick am dunklen Buchrücken mit den waagerechten Wülsten.

Gackern und Wiehern reißen ihn aus der inneren Einkehr. Dann brüllen auch noch die Kühe, auf dem Hofe scheint alles in Aufruhr zu sein. Wilhelm August wuchtet sich aus seinem Korbsessel, ächzend und mit pfeifenden Lungen, und macht sich auf den Weg durchs Haus – das muss Ludwig sein. Der

Jungspund liebt den großen Auftritt: Stiefelt breitbeinig in die Wirtsstube, posaunt einen Gruß in die Runde, lässt seine Hand mit einer Wucht auf Schultern sausen, als wäre er Samson in Person. Er hat ein beneidenswertes Selbstbewusstsein, steht aber mit beiden Beinen auf dem Boden, das muss man ihm lassen. Seine Schwäche sind die Weibsbilder, da kann er sich nicht zügeln, gilt gar als Schürzenjäger, zum Leidwesen Wilhelm Augusts, der das liederliche Treiben missbilligt und sich fragt, von wem diese Unart stammt. Gewiss nicht von ihrem Vater oder den Vorvätern, allesamt biedere Männer, sondern wohl eher von einer sündigen Eva. Ludwig kümmert das nicht; er pfeife auf den Herrgott, sagte er mal, und pfiff dann tatsächlich die Melodie eines zotigen Gassenhauers. Er versteht es, seinen älteren Halbbruder in Rage zu bringen.

Der öffnet nun das Tor der großen Diele, damit Ludwig ausspannen kann. Der Braune, der den Einspänner zieht, trieft vor Nässe, wirkt trotz des weiten Weges aber munter. Ludwig hatte stets ein Händchen für Pferde, scheint auch genügend Taler zu haben, denn dieser junge Hengst, ein Hannoveraner, wie das Brandzeichen verrät, der hatte seinen Preis, das sieht sogar Wilhelm August auf den ersten Blick.

»August!«, ruft Ludwig, und das ist der erste Stich, den er dem Erben des väterlichen Hofes versetzt.

Wilhelm August stutzt, beschließt aber, darüber hinwegzusehen. »Gott zum Gruß, Ludwig«, erwidert er. »Hinrich kümmert sich um dein Pferd.«

»Der brave Hinrich.« Ludwig Leeb zieht den Schafspelz von seinem Schoß und steigt vom Bock. Er ist ein kräftiger, kleiner Mann mit aschblonden Haaren, die auf Ohrenhöhe zur Rolle gelegt sind. Unter seinem Gehrock trägt er Halstuch und Weste mit silberner Uhrkette. Er schüttelt die Hand seines Bruders. »Mager bist du geworden«, sagt er, »und so grau! Kümmert sich Dorothee nicht gut um dich?« Er zwinkert Wilhelm August zu.

Der räuspert sich und strafft die Aufschläge der Joppe über der Brust. Momente später kommt Hinrich, der Knecht, aus dem Pferdestall und ruft: »Ludwig!«

»Hinrich, alter Filou.«

Stürmische Begrüßung, kräftiges beiderseitiges Schulterklopfen. Wilhelm August missbilligt auch dies. Sein Halbbruder darf sich nicht mit dem Gesinde gemein machen, das ist unter seiner Würde, unter seinem Stand. Ludwig hat dennoch oft mit den Knechten im Kruge gezecht, und dafür lieben ihn alle, auch Hinrich. Zu Zeiten des Urgroßvaters griff der Wirt ein, wenn jemand zu viel soff – er schenkte nicht mehr nach, verbannte die Waffen der Sünde, etwa die Kegel, und verbat sich gotteslästerliche Reden. Heute ist das anders, und Wilhelm August sieht verärgert zu, wie Ludwig dem struppigen, unrasierten Knecht hilft, das Pferd auszuspannen. Im Stall erklärt er dann haarklein, wie Harras, so der Name des Hengstes, zu striegeln und zu füttern sei, natürlich auf Platt, und Hinrich, sonst immer mucksch, nimmt alle Anweisungen freudestrahlend entgegen.

»Mensch, ich habe einen Bärenhunger«, sagt Ludwig, als er den Stall verlässt.

»Gibt Hühnerbrühe.«

»Herrlich!« Ludwig reibt sich die Hände.

»Wie war die Ernte?«, fragt Wilhelm August.

»Verregnet. Das Getreide ist vielfach ausgewachsen. Kein guter Ertrag. Und bei dir?«

»Ganz ähnlich«, antwortet der ältere Bruder, der die Tür zum Hausflur öffnet. »Selbst der Flachs hat gelitten.«

»Tja …« – Ludwig tritt seine matschigen Stiefel ab – »… wir können uns das Wetter nicht aussuchen. Was sagte Vater stets? Man muss vorsorgen, um ein, zwei schlechte Jahre überstehen zu können.«

»Vater war ein kluger Mann.«

»Wohl eher ein frömmelnder Einfaltspinsel.«

Wilhelm August knurrt nur, als er in die Küche geht, denn er mag sich nicht provozieren lassen. Auf dem Herd köchelt die Hühnersuppe im Topf, es duftet köstlich.

»Dann wollen wir mal schauen, was deine gute Fee, die Dorothee, so zaubert.« Ludwig legt den Gehrock ab, holt einen Kamm aus der Westentasche, zieht ihn behutsam durch die Haare. Anschließend setzt er sich an den gedeckten Küchentisch und schneidet eine daumendicke Scheibe Roggenbrot ab. »Brot in die Suppe tunken«, sagt er, »das ist wahre Seligkeit!«

»Für Bauernlümmel, ja«, brummt der Ältere. »Wir haben Benimm. Auch das hat uns Vater gelehrt.«

Ludwig betrachtet ihn mit einem abfälligen Blick, der noch in seinen Augen glost, als sein Bruder zum Tischgebet ansetzt. Nach dem Amen tut Wilhelm August die dampfende Suppe auf; im Schein der Petroleumlampe schillern Fettaugen, dazwischen dümpelt Hühnerfleisch. Ludwig zerreißt die Scheibe. Tunkt eine Hälfte in die Suppe und lutscht das aufgeweichte Brot von der Rinde. »Schmackhaftes Süppchen«, sagt er. »Dorothee ist eine gute Köchin. Und Witwe, nicht wahr? Wieso heiratest du sie nicht?«

Er sieht, wie sein Halbbruder, in seinen Augen ein hagerer, grauer Hänfling, einer jener Frömmler, die ihre Familie hervorgebracht hat, seit die Patronatsherrschaft im vergangenen Jahrhundert die Schnapsidee hatte, pietistische Pastoren ins

Dorf zu holen, den Kopf hebt und ihn sowohl verblüfft als auch verletzt anstarrt.

»Na, ich vergesse oft, wie alt du schon bist«, ergänzt Ludwig und führt einen Löffel Suppe zum Mund. »Da fehlt natürlich das Feuer.«

Sein älterer Halbbruder sieht ihn weiter an. Ludwig hat es stets vermocht, ihn mit seinen Worten bis ins Mark zu treffen, um anschließend zu behaupten, er habe es nicht so gemeint. Wilhelm August senkt den Blick auf den Suppenteller, doch der Appetit ist ihm vergangen. Vielleicht muss er einsehen, dass Ludwig ihm nicht freundlich gesinnt ist, und was er zu eröffnen hat, wird die Sache nicht besser machen. Am Ende sagt er: »Da sprechen wir beide Deutsch, haben aber keine gemeinsame Sprache, und das, obwohl wir aus demselben Stall kommen.«

»So lange du in Rätseln sprichst, ist das wohl so«, erwidert Ludwig, der die Suppe hinunterschlingt.

»Wir sind verflucht.«

»Sei nicht albern.«

Wilhelm August schiebt Teller und Löffel von sich fort. Die Leinendecke wirft eine Falte, die er entgegen seiner Gewohnheit nicht gleich glättet. Stattdessen fragt er: »Warum bist du hier, Ludwig?«

»Willst du bei Tischler Jürries nicht mal neue Möbel in Auftrag geben?«, erwidert der. »Diese Stühle krachen ja bald zusammen, alt wie sie sind.«

»Sie stammen von unseren Urgroßeltern. Warum neue ordern, wenn sie seit hundert Jahren halten? Also: Aus welchem Grund bist du hier?«

»Wenn du eine Ehefrau hättest, wärst du anständig eingerichtet.«

Da platzt Wilhelm August der Kragen. Er schlägt mit der flachen Hand auf den Tisch. »Antworte«, herrscht er seinen Bruder an, muss aber sogleich husten.

Ludwig grient. »Darum«, sagt er zu seinem Bruder, der ins Schnupftuch bölkt. »Mir ist zu Ohren gekommen, dass du kränkelst. Für den Fall der Fälle sollten wir wohl besprechen, was mit diesem Hof passiert. Ich meine das«, fügt er hinzu, indem er sich den dritten Teller Suppe genehmigt, »ganz sachlich.«

»Mein Schicksal liegt in Gottes Hand.«

»Sicher. Aber das Schicksal des Hofes unterliegt dem Erbrecht. Und als ältester Sohn aus der zweiten Ehe unseres Herrn Vaters kann ich wohl Ansprüche geltend machen.«

»Du hast doch einen Hof.«

»Ja, aber nur in Pacht.«

Wilhelm August zuckt mit den Schultern, dann schenkt er Bier nach.

»Außerdem will ich heiraten.«

»Oh?« Sein älterer Bruder blickt auf. »Tatsächlich?«

»Jawohl. Im kommenden Frühjahr.«

»Und die Glückliche ist …?«

»Elisabeth Breimann.«

»Die Groß Ilseder Breimanns?«

Ludwig nickt. »Wir sind uns innig zugetan«, sagt er.

»Sie bringt gewiss nicht viel in die Ehe ein. Die Breimanns haben auch Söhne, richtig?«

»Ich heirate nicht, um mich zu bereichern.«

Wilhelm August stopft das Schnupftuch in eine Westentasche. Er ist verblüfft, denn er hat seinen Halbbruder, diesen Filou, für berechnender gehalten. »Gut«, sagt er schließlich, »wir reden nach dem Essen darüber.«

Ludwig nickt, und dann löffeln sie stumm die Suppe.

Endlich, das Dorf liegt schon im Abenddunkel, ist der Regen abgeflaut. Die Brüder sitzen am Stubenofen. Zwei Petroleumlampen, eine mit Porzellanschirm, eine mit Glaskolben, lassen die Schatten der Deckenbalken zucken. Ludwig raucht eine Zigarre, Wilhelm August pafft seine Tonpfeife, zwischendurch nippen sie am Korn. Sie haben noch einmal über Ernte und Wetter geredet, danach über Politik, wenn auch nur kurz, denn sie sind nicht einer Meinung, was die Welfen und die Preußen betrifft. Wilhelm August reibt seine schmerzende Brust; Branntweinessig wäre gut, vielleicht weiß Dorothee, ob sie etwas im Haus haben. Eine Weile schweigen beide. Dann sagt Ludwig, der die Schaftstiefel gegen Holzpantinen eingetauscht hat: »Um auf den Anlass meines Besuches zurückzukommen, lieber Bruder – ich wünsche dir natürlich ein langes Leben, aber man weiß nie, und ich meine, wir sollten die Erbangelegenheiten zügig regeln. Deine leiblichen Geschwister sind tot, die meinen versorgt oder unter der Haube. Im Falle deines Ablebens sollte der Hof – unser angestammter Hof –, also an mich gehen, das halte ich für das Vernünftigste.«

Wilhelm August wundert sich erneut, denn Traditionssinn ist etwas, das er mit Ludwig nicht verbindet, und er misstraut dem Bekenntnis, argwöhnt, dass es ein Winkelzug ist, der dazu dienen soll, ihn einzulullen. Außerdem hat er alles beim Notar geregelt: Sein letzter Wille ist amtlich, sein Bruder Ludwig darin nicht vorgesehen. »Das ist ein weltlicher Gesichtspunkt«, erwidert er, »aber für mich sind Gottes Gebote entscheidend …«

»Was soll das heißen?«, geht Ludwig dazwischen. »Willst du mir jetzt eine Predigt halten?«

»Du führst kein gottgefälliges Leben.«

»Ich bin ein guter Bauer, das ist wohl das Entscheidende.

Glaubst du, man könnte seine Äcker mit der Bibel vor der Nase bestellen? Soll ich den Futterrüben Erbauliches vorlesen, damit sie besser gedeihen?«

»Unser Vater …«

»Hör endlich mit dem Vater auf! Er war ein guter Mann, ja, aber dieses christliche Getue – Mensch, das ging einem doch irgendwann auf den Senkel! Das Himmelreich mag herrlich sein, aber was nützt es mir auf Erden? Wenn sich die Arbeit durch Beten erledigen ließe, wäre ich sofort dabei, aber so ist es nun mal nicht. Es gibt die Kirche, und es gibt Acker und Stall, und das sind zwei unterschiedliche Paar Schuhe.«

»Deine Mutter hat dich verdorben.«

»So ein Unsinn. Meine Mutter war gläubig, aber auch pragmatisch. Sie war jünger als deine Mutter, sie hat anders gedacht, und ihre Eltern haben nicht den lieben langen Tag Psalmen gemurmelt.« Ludwig drückt den Stumpen aus und entfacht eine weitere Zigarre. »Wenn ich dich so reden höre, schwant mir Böses, Bruder. Du bildest dir wahrhaftig ein, die Welt durch den Glauben erlösen zu können, wie?«

Wilhelm August schweigt. Er ringt mit sich, denn obwohl er ganz genau weiß, was er will, und alles in die Wege geleitet hat, plagt ihn ein Unbehagen – er weiß, seine Entscheidung ist eine Zäsur, und er ahnt, sie wird nicht nur bei seinen Halbgeschwistern auf Unverständnis stoßen. Er beißt auf den Pfeifenstiel, unterdrückt einen neuerlichen Hustenanfall, verlagert das Gewicht im Korbsessel. »Alles, was ich besitze«, platzt es aus ihm heraus, »geht nach meinem Ableben an die Mission, damit du es weißt!«

»Mission?« Ludwig lässt die Hand mit dem Schnapsglas sinken. »Welche Mission?«

»In Hermannsburg«, erwidert sein Halbbruder, nun gefasster. »Sie haben ein Missionsschiff, die ›Candance‹, und sie bringen den Afrikanern den christlichen Glauben.«

»Meinst du etwa Harms, den Eiferer aus der Heide?« Ludwig ist fassungslos. »Du willst unseren Hof diesem Scharlatan vermachen?«

»In der Gegend gibt es einen Bauern, einen Behrens, der das auch getan hat. Er ist jetzt Missionar in Afrika.«

»Das kann nicht dein Ernst sein«, entfährt es Ludwig. »Das ist doch verrückt – du opferst unseren Hof, damit irgendwelche Wilden nicht mehr ihre Götzen anbeten?«

»Ist alles geschrieben.«

Ludwig Leeb sinkt auf dem Lehnstuhl zurück und starrt seinen Halbbruder an, als wäre der nicht bei Trost. Es hat ihm die Sprache verschlagen. Wenn es einen Fluch gibt, der auf unserer Familie lastet, denkt er, dann diese elende Frömmelei! Ich mache Schluss damit. Ich werde dafür sorgen, dass meine Kinder von dieser Welt sind. »Du vergehst dich an unserer Familie und allen Nachkommen, Wilhelm«, sagt er gepresst. »Ich fordere dich auf, dein Testament zu ändern!«

Wilhelm August, die Tonpfeife im Mund, beugt sich vor und erwidert entschieden: »Nein, Ludwig, das tue ich nicht. Der Hof geht an die Mission.«

»Mensch!« Ludwig lässt eine Faust auf die Stuhllehne sausen, er ist rot angelaufen, seine Schläfenadern schwellen an.

»Ich bin der Älteste. Ich bin der Hoferbe. Es ist meine Entscheidung und mein gutes Recht.«

»Für jemanden, der ständig Gott im Munde führt, sprichst du viel von dir selbst.«

Wilhelm August lehnt sich wieder zurück. »Ich bin mit dem Herrn im Reinen. Wenn es so weit ist, werde ich in Frieden sterben.«

Sein jüngerer Bruder knurrt. Er leert das Glas, schenkt sich nach. Damit hat er nicht gerechnet, als er bei Regen den weiten Weg zu seinem Heimatdorf antrat. Er wusste, dass dieses hustende Wrack, letzter Sprössling aus der ersten Ehe ihres Vaters, die nur Schwächlinge hervorgebracht zu haben schien, Vorbehalte hätte, glaubte aber, die Nachricht seiner baldigen Eheschließung würde beweisen, dass er sein heißes Blut zu bezähmen weiß. Und nun dies! Er kann seinen Zorn kaum zügeln, trinkt aus und füllt wieder nach, während sein älterer Bruder selbstzufrieden an der Pfeife nuckelt. Diese Pharisäer aus Hermannsburg sollen Hof und Land bekommen? Nie und nimmer! Und er sagt laut. »Wenn du das wirklich tust, August, dann fechte ich dein Testament an, dann hole ich mir unseren Hof zurück, selbst wenn ich mein Leben lang dafür bezahlen muss.«

Sein Halbbruder schaut ihn so gelassen an, als könnte ihn nichts mehr aus der Ruhe bringen. »Du hast mich mit *Wilhelm* anzureden«, erwidert er. »Und es gibt nichts zu diskutieren. Solltest du den Hof zurückerwerben – nun denn. Das ginge mich nichts mehr an.«

»Dann mästen sich die Würmer längst an deinem lungenkranken Kadaver«, knurrt Ludwig, der weiß, dass er nichts mehr zu verlieren hat.

»Dann ist meine Seele bei Gott.«

Da platzt Ludwig Leeb der Kragen. Er springt auf, pfeffert sein Glas gegen den Ofen, dass es klirrt, und brüllt: »Du versündigst dich an deinen Nächsten!«

»Du bist der Sünder, Ludwig.« Wilhelm August schnippt einen Glassplitter von seinem Jackenärmel. »Was ich mache, das tue ich für Gott, unseren Herrn.«

»Das bildest du dir ein, aber in Wahrheit bist du ein selbstgefälliger Narr. Wenn du Weib und Kinder hättest, würdest du anders denken!«

»Ich habe mein Leben dem Glauben und der Arbeit geweiht.«

»Kein Wunder«, giftet Ludwig. »Welche Frau möchte einen Mann, der immer nur betet?«

Wilhelm August zuckt zusammen, bleibt aber gefasst.

»Du bist ein Verräter an der Familie!«, faucht Ludwig und lässt seine Faust auf den Tisch sausen, dass die Gläser klirren.

»Ach, was«, sagt der Ältere. »Wenn jemand nur an sich denkt, dann bist du das, Ludwig. Du bildest dir ein, der Hof stünde dir zu, weil meine Geschwister verstorben sind, du Aasgeier. Weißt du was? Ich habe unserem Vater die zweite Ehe gegönnt, aber deine Mutter, nein, die mochte ich nie. Ihr seid alle gottlos und frivol. Das gilt auch für deinen Bruder Christian – möge Gott sich seiner Seele erbarmen. Ihr meint, euch über Gebote und Gesetze hinwegsetzen zu können. Ihr seid nicht die Kinder unseres Vaters, sondern die Bälger eurer Mutter.«

Ludwig bleibt die Spucke weg. Er sieht seinem Halbbruder, der wieder husten muss, in die Augen und meint, den alten Glaubensfanatismus darin funkeln zu sehen – als lebten sie noch im vergangenen Jahrhundert und nicht anno 1864, in einer neuen Welt, in der man im nahen Telgte Eisenerz abbaut, um es dann in Groß Ilsede zu verhütten und in Peine zu Stahl zu schmieden. Als wären sie immer noch unfreie Kothsassen, die für den Grafen schuften müssen. Aber gut, wenn er sich in dieser Stube umschaut, möbliert mit dem wurmstichigen Gerümpel lange vermoderter Ahnen, dann hat er wahrhaftig das Gefühl, in eine Vorzeit geraten zu sein, ebenso grau wie sein Halbbruder, der sich, ein Schnupftuch auf den Mund gepresst, gerade die Lunge aus dem Hals hustet und zwischendurch rasselnd nach Atem ringt. Dieser sture Bock wird seinen Willen nicht mehr ändern, und er wird seinen schwächlichen Geschwistern bald ins Jenseits folgen, das verraten sowohl die trüben Augen als auch die bleichen, eingefallenen Wangen. Ludwig bezwingt seinen Zorn und sagt eisig: »Na, wenn du meinst … *August*.« Er drückt seine Zigarre aus und geht zur Tür, kerzengerade, den Kopf hoch erhoben. »Ich schaue nach meinem Pferd«, erklärt er über die Schulter. »Wir sehen uns bei deiner Testamentseröffnung.«

Er hört seinen Halbbruder noch husten, da steht er schon vor der Tür zur großen Diele.

Hinrich, der Knecht, der im Stall auf Bank und Strohsack schnarcht, hat Harras wie angewiesen abgerieben, gestriegelt und mit Hafer und Heu gefüttert. Ludwig stellt die Kerze ab, und als er den Stall betritt, trottet sein Hengst durch das raschelnde Stroh auf ihn zu und beschnobert ihn mit den Nüstern.

»Braver Kerl«, murmelt Ludwig Leeb, lehnt seinen Kopf an die Schläfe des Tieres, dessen Augen im Kerzenschein funkeln, und tätschelt den Hals. »Sei froh, dass du kein Zweibeiner bist.« Als Harras den Kopf senkt, um etwas zu fressen, weicht sein Herr einen Schritt zurück. Die flackernde, blakende Kerze erhellt nur einen kleinen Teil der Diele, und Ludwig ertappt sich bei dem Impuls, sie ins Stroh zu stoßen – soll doch alles abbrennen! Dann würde sein Bruder schön schlucken, dann würden diese Trottel von der Mission bloß qualmende Trümmer erben, geschähe ihnen recht.

Er zügelt sich, was sonst, und starrt ins Dunkel, als könnte er hinter den schwarzen Vorhang schauen, der die Zukunft verhüllt. Er wird Elisabeth heiraten, um die er seit Monaten geworben hat – im Gegensatz zu seinem Vater muss er dazu nicht mehr die Erlaubnis des Grafen erbitten –, und er wird sich den Hof seiner Familie zurückholen, ganz gleich, was dieser dumme August testamentarisch verfügt hat, koste es, was es wolle. Ich kann das hinkriegen, denkt er trotzig, mit einer tüchtigen Frau an meiner Seite.

Ludwig verschränkt die Arme auf dem Rücken des Hengstes, bettet das kräftige Kinn darauf, starrt in das Dunkel. Er spürt die Lebendigkeit des Tierkörpers, zuckende Muskeln, das pochende Herz; all das schenkt ihm Zuversicht. Ein letztes Tätscheln, dann verlässt er den Stall, kehrt jedoch nicht in die Stube zurück, wo er auf dem Sofa schlafen könnte, sondern macht es sich auf dem Bock seines Einspänners bequem. »Der kann mich mal, der Betbruder«, brummt er, als er sich mit dem Schaffell zudeckt.

Da liegt er, beäugt von einer Schleiereule, die in einem finsteren Winkel des Gebälks sitzt, und als sie nach einer Weile abstreicht, schläft er bereits den Schlaf des Gerechten.

August 1962 – Die Totenfrau

Der alte Kater träumt vom Mausen.

Er ist zuerst auf einen Schoß gehopst, von dort auf den Gartentisch, und da liegt er nun in der Sonne, umringt von Tassen und Gläsern, die stets gefährdet sind, wenn sein weißgrauer Ringelschwanz im Schlaf hin und her peitscht.

»Nimm ihn runter«, sagt Lisbeth.

»Ach, soll er doch«, erwidert Gerda. »Um das Geschirr wäre es nicht schade.« Sie zieht an ihrer Juno, die Sonne im Gesicht. »Herrlich«, murmelt sie, ohne auf Lisbeth einzugehen. »Wärme, Tabak und Likör. So könnte ich den Rest meines Lebens dahinbringen.«

Ihre Freundin schweigt. »Dieser dumme Kater«, sagt sie schließlich. »Müssen wir noch lange warten?«

Ein Schulterzucken.

Gerda hat just die Zigarette ausgedrückt, da klingelt es an der Tür. Sie erstarrt, gibt sich einen Ruck und eilt hinein, um zu öffnen, während Lisbeth das Kleid über ihren Knien zurechtzupft und nach der Serviette greift, um ihre Stirn abzutupfen.

Als eine altersbrüchige, aber helle Stimme erklingt, atmet sie auf und erblickt, zur Gartentür herumfahrend, Fräulein Bernhard. Die zierliche Frau tritt neben sie und legt ihr eine Hand auf die Schulter: »Ich habe die ganze Zeit an Sie denken müssen. Erlauben Sie?« Das Fräulein setzt sich auf den freien Stuhl.

»Aber gern«, entfährt es Lisbeth.

Heini kommt auf die Beine. Er krümmt den Rücken, gähnt fauchend und springt vom Tisch. Gerda, die einen dritten Stuhl holt, sieht ihren Kater zwischen den Sträuchern vor der Scheunenwand der Leebs verschwinden.

»Kaffee?«, fragt sie.

Fräulein Bernhard nickt. Sie sitzt kerzengerade und zupft, während das duftende Schwarz in ihre Tasse strömt, an einem Ohrring. Bevor sie nippt, sagt sie: »Der Mercedes von Doktor Fröbe steht nebenan auf dem Hof. Und …« – sie zögert – »… ein Polizeiauto!« Ihre Augen sind groß, was nicht allein an der Brille liegt. »Das habe ich im Vorbeigehen gesehen«, setzt sie hinzu, »ganz zufällig. Ja … Also, dachte ich mir, klingele ich doch mal bei Gerda, denn wenn es so schlimm steht, braucht sie vielleicht Beistand.« Sie schaut beide Frauen nacheinander an. »Nicht wahr?«

»Oh, ja«, pflichtet Lisbeth bei.

Gerda brummt nur, sie kennt ihre Pappenheimer und weiß, was sich hinter der Fassade der Fürsorge verbirgt: Es gibt eine Neugier, die an Leichenfledderei grenzt, dazu die Sucht nach Klatsch und Tratsch, für viele offenbar ein Lebenselixier. Herr Mattenroth kann sich mächtig darüber aufregen; neulich, Gerda war wieder in der Bücherei, sagte er: »Diese Leute, die sich das Maul über andere zerreißen, das sind Vampire, Frau Derking. Was mir hier zu Ohren kommt, selbst aus dem Mund von Menschen, die Bücher wie *Joseph und seine Brüder* ausleihen, das würden Sie nicht glauben.« Gerda sah ihn fast mitleidig an und meinte: »Doch, doch, lieber Herr Mattenroth, das glaube ich sofort.«

Fräulein Bernhard knetet die Hände im Schoß und schaut bekümmert drein, aber das leise Funkeln hinter den Brillengläsern verrät die Gier, die der Bibliothekar gemeint hat: nach frischem Blut, das frische Kraft verleiht. »Sie wollen wirklich helfen?«, entfährt es Gerda. »Dann kann ich nur hoffen, dass Sie vor kaltem Fleisch und erloschenen Augen nicht zurückschrecken.« Sie lässt eine Hand auf den Gartentisch klatschen. »Halten Sie das aus? Wenn ja, dann können Sie uns gern nach drüben begleiten.«

»Oh …« Fräulein Bernhard greift fahrig nach der Kaffeetasse.

Lisbeth murmelt nach einer Weile: »Ja, das ist nicht ohne. Mein Hermann, der hat oft gesagt …«

Da ist Gerda schon auf den Beinen, erfüllt von einer tiefen Unruhe. Sie geht ins Haus und lässt sich in ihrer Schlafstube aufs Bett sinken. Sich selbst zu durchschauen, ist oft unmöglich. Sie weiß nur, dass ihr zum Heulen ist, und sie sieht sich nach Heini um, denn es wäre ein Trost, ihn zu kraulen, aber der alte Halunke ist mal wieder auf seinen Schleichwegen unterwegs, vielleicht auf dem Hof der Leebs. Gerdas Blick flattert durch ihre Schlafstube: Da ist das Kopfbrett ihres Bettes mit der Blumenschnitzerei; dort der Eschenholzschrank, in dem ihre paar Kleider hängen; da die Kommode, in der sie Dokumente und Andenken aufbewahrt, etwa den Schmuck ihrer Mutter, die väterliche Pfeife mit dem zerkauten Mundstück, die Feldpost ihres gefallenen Verlobten und einige Briefe Wilhelm Leeb seniors aus der Zeit, als sie noch jung waren, als er bei ihrem Anblick errötete, als sie sich der Illusion hingab, er könnte sie, das hübsche Ding ohne Land und Geld, zur Frau nehmen. Vielleicht gewährte sie ihm zu viel, vielleicht hätte sie ihn hinhalten müssen, um ihn zu erobern, aber sie war niemals berechnend, und so ist es bis heute.

Gerda greift in ihrer Unruhe nach der Arzttasche. Sie besitzt sie seit dem Mai 1945. Damals wollte sie neben dem Peiner Bahnhof die Gleise überqueren, als ein Munitionszug explodierte. Die Druckwelle warf sie um, und als sie auf dem Boden lag, erblickte sie diese Tasche, die wie vom Himmel gefallen auf dem Kopfsteinpflaster lag und ihren Inhalt ergossen hatte: Mullverbände, Zinksalbe, Jod. Gerda griff danach, hob ihr Fahrrad auf und radelte davon. Später erfuhr sie, dass es ein britischer Zug gewesen war; beherzte Arbeiter, die die Waggons abgekoppelt und mit einer Rangierlok weggeschafft hatten, hatten Schlimmeres verhütet. Und Gerda besaß nun diese solide Ledertasche mit Schnappverschluss und einer Aufschrift, die sie als Eigentum der British Army auswies. Sie behandelte ihre Schrammen mit »iodine« und verwendete die Tasche für ihre Visiten als Totenfrau; wenn britisches Militär durch das Dorf fuhr, sah sie beklommen aus dem Fenster, aber mein Gott: Der Krieg hatte Gebirge von Müll hinterlassen, und sie hatte sich bedient. Niemand interessierte sich für den Lappen englischen Pferdeleders, den sie sich angeeignet hatte.

Sie öffnet die Tasche. Das Klicken, das kühle Metall, herrlich. Der Lederduft, ein Hauch von Schminke, Creme und Puder, der bittere Odem des Messings, von Nagelfeile, Schere und Pinzette. Sie sortiert alles; es ist, als würde sie ihr Inneres aufräumen, und nachdem sie fertig ist und nochmals über das vernarbte Leder gestrichen hat, ist sie wieder im Lot. Sie erhebt sich vom Bett, stellt die Arzttasche auf den Nachtschrank, zwischen Bücher und Wecker, und beschließt, sie nach dieser letzten Todes-Visite nur noch für ihre Fahrten zur Peiner Stadtbücherei zu benutzen.

In den Garten tretend, ist sie kurz geblendet, so hell strahlt die Sonne über der Nachbarscheune. Lisbeth und Fräulein Bernhard verstummen wie ertappt.

»Entschuldigung, aber ich musste kurz allein sein.« Gerda setzt sich wieder. »Es ging mir nicht gut.«

»Das kann passieren«, sagt Lisbeth nachsichtig. Und das Fräulein erwidert: »Verständlich. Wenn ich bedenke, was Sie beide vor sich haben ...«

Gerda nickt – was soll sie auch entgegnen? Mücken und Schnaken tanzen vor den Sträuchern, die Vögel tirilieren; die Rosen stehen in voller Pracht. Sie würde diesen Anblick am liebsten den ganzen Tag genießen, sehnt sich plötzlich nach einem Leben ohne Pflichten.

»Tja ...« Fräulein Bernhard räuspert sich. »Wie ich gerade zu Frau Bohlweg sagte – ein so schneidiger, tatkräftiger Mann wie Wilhelm Leeb hätte nicht schon abdanken dürfen, nicht wahr?«

Lisbeth äugt zu Gerda.

Gerda verzieht keine Miene.

»Das mit der Polizei«, fährt das Fräulein fort, einen ihrer Ringe drehend, »das will mir aber partout nicht einleuchten. Doktor Fröbe, ja, aber Polizeimeister Klose? Es liegt doch ...« – sie mustert Gerda – »... kein Mord vor?« Als eine Antwort ausbleibt, fügt sie hinzu: »Das wäre schauerlich! Aber gut, wer immer vorneweg geht, hat natürlich Feinde, und ein Gewehr hat hier bald jeder im Schrank, nicht bloß die Jäger. Einmal abgedrückt und ...« Sie legt sich eine Hand vor den Mund, erschrocken über die eigenen Worte. Dann erzählt sie: »Wir hatten einen, bei uns in Pommern, der wurde versehentlich auf der Jagd erschossen, den hat nicht mal die eigene Frau mehr erkennen können, weil er die Ladung Schrot direktemang ins Gesicht bekommen hatte, und ein so stattliches Mannsbild –

nichts mehr übrig von der Pracht – grauenhaft.« Sie blickt auf. »Finden Sie nicht auch?«

»Den kannte ich nicht«, sagt Lisbeth kurz.

»Aber, Frau Bohlweg, stellen Sie sich mal vor – wie das ist!«

»Ja, das ist Pech.«

»Sollten wir wahrhaftig einen Mörder unter uns haben? In unserem Dorf? Ich brauche neue Schlösser. Diese Kerle, die mir nachstellen ... wenn einer davon der Mörder wäre, denken Sie mal an!«

»Bei allem Respekt, Fräulein Bernhard«, geht Gerda dazwischen, »ich glaube, Sie lesen zu viele Groschenhefte.«

Der Blick des Fräuleins wankt nun leicht, denn sie hat tatsächlich eine Schwäche für solche Hefte, die sie in Wohllebens Kramladen »für die Nichte« kauft. »Tja«, murmelt sie, »aber die Polizei ... das ist nicht normal. Nein, normal ist das nicht.« Sie sieht sich um, als könnte ein Lustmörder hinter den Sträuchern lauern.

Gerda tauscht noch einen Blick mit Lisbeth. Sie muss abwägen: Wenn sie die Bernhard in diesem Zustand ins Dorf entließe, würde die ihren Kokolores in jedes geneigte Ohr gießen, und fast jedes Ohr wäre geneigt, dann würden alle von Mord und Totschlag faseln, und am Ende dieser stillen Post stünde eine Geschichte, die von der Wahrheit weiter entfernt wäre als die Erde von ihrem Trabant.

»So ein Landstreicher«, entfährt es dem Fräulein, »so ein Vagabund, der hat Wilhelm Leeb erschossen, jawohl.« Sie sieht die beiden Frauen triumphierend an.

»Fräulein Bernhard.« Gerda tut es leid, wieder streng sein zu müssen; im Grunde ist die alte Dame feinsinnig und manierlich, aber sie steigert sich in vieles hinein. »Niemand wurde von einem Landstreicher erschossen. Wilhelm Leeb senior stand vor meiner Tür, um mich zu benachrichtigen. Er ist quicklebendig.« Sie schaut die alte Stettinerin scharf an. »Ich möchte Sie wirklich bitten, keine Gerüchte zu verbreiten. Sie würden nur Schaden anrichten. Am besten, Sie bewahren Stillschweigen.«

Nun ist es heraus. Lisbeth schrumpft zusammen wie von der Sonne ausgedörrt, ihr Blick trübt sich ein und irrt durch den Garten.

Das Fräulein sitzt stumm da und starrt Gerda an. Dann verschmiert sie mit ihrem Zeigefinger einen Klecks Kaffee auf der Wachstuchdecke. Der Finger zittert. Sie spürt nicht, wie eine Mücke den Rüssel in ihrem Hals versenkt. »Oh, nein«, murmelt sie.

Lisbeths Lippen beben, als sie nickt.

Sie schweigen eine Weile. Fräulein Bernhard, die den Stich bemerkt, kratzt sich am Hals. »Hätten Sie doch bitte einen Likör für mich, Fräulein Derking?«, fragt sie. Nachdem ihr eingeschenkt wurde, nippt sie vorsichtig und sagt: »Das musste wohl so kommen.«

Gerda will schon wieder aufbrausen, bremst sich aber und brummt: »Reden Sie ja nicht wie die Lisbeth – von Schicksal, Sünden und dem lieben Gott.«

»So meine ich das nicht«, erwidert das Fräulein. »Aber wissen Sie, die Familie Leeb … da hört man dies und das, und wenn ich bedenke, wie der Senior seinen Ältesten behandelt hat … Wer erträgt das auf Dauer?«

»Der Mann war ein Nazi«, meint Gerda. »So was löst sich nicht einfach in Luft auf.«

»Das ist lange her«, wirft Lisbeth ein, »und er wurde entnazifiziert.«

»Das ist gerade mal siebzehn Jahre her, und jeder, der das

entsprechende Vitamin B hatte, wurde entnazifiziert, auch Leeb senior. Glaubst du, ein amtlicher Schrieb mit Stempel würde wegwischen, was jemand denkt?«

Lisbeth verstummt. Dann sagt sie: »Aber der Vater des Seniors, der alte Willi, der war anders.«

»Mag sein, dass er kein Nazi war, aber ein Freund der Freiheit war er auch nicht. Der Willi hat sich im Bett sicher in die Fahne seines Kriegervereins gewickelt.«

Fräulein Bernhard lacht, und Lisbeth entgegnet: »Sonst hast du immer von ihm geschwärmt.«

Gerda zuckt die Schultern. »Der alte Willi hatte Interessen, hätte wohl auch gern einen anderen Beruf ergriffen. Er war jedenfalls nicht mit Leib und Seele Bauer. Trotzdem sind die Leebs erzkonservativ.«

»Die sollen früher auch tiefgläubig gewesen sein, wie ich höre.« Fräulein Bernhard fegt einen Kuchenkrümel von der Tischdecke. »Fast biestig fromm.«

»Das muss lange her sein«, sagt Lisbeth. »Der Senior geht jedenfalls nur am Erntedankfest und an Weihnachten in die Kirche.«

»Das ist wahrhaftig lange her«, murmelt Gerda. »Und wer an den Herrgott glaubt, ist nicht zwangsläufig ein Engel.«

Die Frauen – zwei Flüchtlinge und eine Arbeitertochter mit zugewandertem Vater, also keine Alteingesessenen, hängen ihren Gedanken nach. Fräulein Bernhard beobachtet eine Schmeißfliege, die auf der Decke von einem Krümel zum anderen krabbelt.

Sie nimmt ihr leeres Likörglas und stülpt es mit einer blitzschnellen Bewegung über die Fliege.

Das kommt so unerwartet, dass die anderen zusammenzucken. »Herrgott! Fräulein!«, entfährt es Lisbeth.

Und Gerda meint: »Sie haben ja noch Reflexe, alle Achtung.«

Die fette Fliege zuckt im Glas hin und her. Ihr Brummen klingt hohl.

»Mistviecher«, murmelt das Fräulein.

»Wo man Vieh hält, gibt es nun mal Fliegen«, sagt Gerda. »Das Insektengift, mit dem die Bauern ihre Ställe einnebeln, hält nie lange vor.«

Alle drei betrachten die Schmeißfliege in ihrem Glaskäfig. »Immerhin ist sie ein Lebewesen«, sagt Lisbeth.

»Sie lebt ja auch noch.« Das Fräulein legt einen Zeigefinger auf das umgedrehte Glas und spürt die Vibration, die die Schmeißfliege verursacht. Schließlich beruhigt sich das Insekt und sitzt da, blau-grün schillernd wie ein geflügeltes Juwel.

Fräulein Bernhard hat ihren Finger kaum weggezogen, da greift Lisbeth über den Tisch und lüpft das Schnapsglas.

Die Schmeißfliege surrt davon.

»Erlauben Sie mal! Das ist mein Glas«, protestiert das Fräulein.

Die Schmeißfliege nutzt ihre wiedergewonnene Freiheit, um den Streuselkuchen zu erkunden.

»Da ist er ja«, ruft Gerda.

Alle drehen sich um und sehen den Kater aus den Büschen traben. Er reibt sich schnurrend an Gerdas Bein.

»Er war doch nicht drüben bei den Leebs?«, fragt Lisbeth.

»Ich fürchte ja.« Gerda krault seinen Kopf. »Die Mauer hat ein Loch.«

»Ist das Blut?« Fräulein Bernhard reckt einen hageren Zeigefinger. »Da, in seinem Fell – der dunkle Fleck?«

Gerda schaut genauer hin. Heini hat Staub und Spinnenweben im Fell, und einige Haare backen tatsächlich dunkel zusammen. Sie reibt sie zwischen Zeigefinger und Daumen und schnuppert. Dann sagt sie dumpf: »Ich rieche, rieche Menschenblut.«

»Oh …«, entweicht es dem entsetzten Fräulein.

»Schmierfett«, sagt Gerda. »Vielleicht von einer Zapfwelle. Also keine Bange.«

»Ich muss schon sagen! In dieser Situation macht man doch keine Scherze, Fräulein Derking.«

»Sie haben vollkommen recht, Fräulein Bernhard«, sagt Gerda gepresst. »Verzeihen Sie.«

Als das Fräulein merkt, wie bekümmert die Totenfrau ist, winkt sie ab, als wollte sie sagen: Vergessen Sie's.

Die Schmeißfliege wird von Wespen vertrieben, der Kater kuschelt sich in Gerdas Schoß. Sie beginnt, ihn zu kraulen, für ihn ein Genuss, für sie ein Trost.

Und dann klingelt es wieder an der Tür.

September 1947 – Hitlerowiec

Dann ein gellender Pfiff, der bedeutet: Du musst parieren, denn du bist ein Niemand; du siehst die Heimat niemals wieder; du hast nichts Besseres verdient.

Zugleich ist es der Pfiff zur Mittagspause. Im Dunst, der wie ein Schleier über der Oder hängt, flirren die Türme Oppelns, Landmarken des Diesseits, denn hier, westlich des Flusses, auf den Feldern des Gefängnisgutes von Półwieś, befinden sie sich im Jenseits, Lemuren, die auf Feldern schuften; man hat die hundertsechzig Kriegsgefangenen zur Getreideernte hierher verlegt, nun sind die Rüben an der Reihe, und so wird es vermutlich weitergehen, denn Aussicht auf Entlassung besteht nicht.

Sie ordnen sich zur Kolonne und trotten auf dem Feldweg zum Gut, stumm, wie es sich für *Niemcy* gehört, sogar singen ist verboten; wenn man spricht, hagelt es verbale Hiebe. Der auf Höhe Wilhelm Leebs gehende Wärter, ein Mosin-Nagant-Gewehr über der Schulter, ist ein Quälgeist, der gern mal in Kniekehlen oder auf Füße tritt. Unter diesem Kerl, von seinen Kumpanen »Żubr« gerufen, hat Leeb arg zu leiden, was vielleicht an seiner Statur liegt; er musste schon bei der Gefangennahme erleben, dass Hochgewachsene am häufigsten ins Visier genommen werden.

Żubr schnippt Wilhelm Leeb mit einem Augenzwinkern

die Kippe vor die Füße, aber da ist er an den Falschen geraten. Die Landser, die im Lager in Lubań über jeden Tabakkrümel und Essensrest herfielen, hat er verachtet: Wie tief muss man sinken! Er würde gern rauchen, gewiss, kann aber darauf verzichten. Als sich ein weiter hinten gehender Gefangener nach dem Zigarettenstummel bückt, kassiert er prompt einen Kolbenstoß und taumelt, reißt dabei fast einen Kameraden um.

Hämisches Gelächter, nicht nur aus den Kehlen der Wärter. Leebs Nebenmann, ein Volksdeutscher namens German, lacht auch und raunt: »Was für ein Idiot!« Er ist zehn Jahre jünger als Leeb, ein zerlumpter Hungerhaken mit Halbglatze, der sich Bauer nennt, obwohl er nicht mal weiß, wie man eine Hacke hält. So verhält es sich mit fast allen hiesigen Gefangenen: Man hat sie als Landwirte aus anderen Lagern nach Półwies verlegt, doch aus welchen Klitschen sie gekrochen sind, weiß allein der Himmel; anständige Höfe, auf denen man lernt, anständig zu wirtschaften, können es nicht sein, denn sie führen sich auf wie Knechte, großmäulig, aber unselbständig, ohne jeden Stolz. So jedenfalls sieht Wilhelm Leeb das, und er würdigt die Worte Germans keiner Erwiderung, zumal Żubr, der Wärter, ihn wieder scheel beäugt, gewiss in der Hoffnung, auch ihm einen Kolbenstoß verpassen zu können. Leeb reckt das Kinn. Diese Genugtuung wird er dem Schießprügelträger nicht gönnen.

Sie passieren die Bäume des Parks, in dem die Ruine des Schlosses steht, dann führt der Feldweg nach rechts, und das Gut kommt in Sicht. Die Mittagssonne streift den weißen Putz des östlichen Gebäuderiegels, lässt den Treppengiebel des Torhauses leuchten – alles Blendwerk, denn was so heimelig wirkt, ist ein Gefängnis, in dem Leeb mit fünf Leidensgenossen und zig Läusen, Flöhen und Wanzen in einer Zelle haust, die ab neunzehn Uhr stockfinster ist. Das Stahlwerk in Chorzów, wo man ihn anständig behandelte, gut verpflegte und sogar bezahlte, wenn auch kärglich, war dagegen das Paradies, dort hatte er Geld und Kontakte und konnte sich manches beschaffen; er musste ein ganzes Kilo Speck zurücklassen, als man ihn wie ein Stück Vieh nach Półwies verfrachtete.

Der Wind trägt ihm das Brüllen der Rinder zu, die in den Ställen links und rechts des Torhauses stehen, und als sie den vor dem Gut verlaufenden Bach überqueren, knarrt das Tor in den Angeln, wie das Gellen der Trillerpfeile ein Geräusch, das er wohl noch auf dem Sterbebett im Ohr haben wird. Immerhin: Er ist am Leben. Nachdem er auch seine Gefangennahme mit halbwegs heiler Haut überstanden hatte, gewann er die Gewissheit, als Schützling Fortunas allen Widrigkeiten zum Trotz wohlbehalten heimzukehren. Dieser Glaube hält ihn aufrecht.

Sie traben durch die Einfahrt und bleiben auf dem Gutshof in Formation, bis man das Tor verriegelt hat. Als die Wärter die Gewehre von den Schultern nehmen und Zigaretten zücken, zerstreut sich die Kolonne; die Männer holen das Essgeschirr aus ihren Zellen. Leeb, der keine Lust auf die ewige Sauerkrautsuppe hat, verweilt auf dem weiten Karree und lässt den Blick über Scheunen, Ställe, Remisen und die Miste gleiten, die sich, von Kastanien flankiert, auf der Nordseite des Hofes befindet. Strahlend blauer Himmel, Rauchschwalben in der Luft. Herrlich! Nach dem Sieg einen Betrieb dieser Dimension zu bewirtschaften, war schon in der Ukraine sein Traum, aber den musste er begraben, der wurde nach allen Regeln der Kunst zusammengeschossen.

Żubr, die russische Flinte über der Schulter, brüllt ihm zu:

»Friss Scheiße, *Hitlerowiec!*« Er schickt einen polnischen Fluch hinterher, bei dem seine Kumpane lachen.

Das muss man nun schlucken. Leeb weiß einerseits nicht, wohin mit seiner Wut, andererseits fühlt er sich oft so schwer, dass er frühmorgens am liebsten liegen bleiben würde, weil ihm die Kraft fehlt, die Beine vom verlausten Strohsack zu hieven. Und da kommt auch noch German angetrabt und ruft, sein Essgeschirr schwenkend: »Wilhelm! Essen fassen!«

Leeb winkt ab.

Das Schlimmste ist die Einsamkeit. In Chorzów hatte er Gesprächspartner, hier dagegen ist er von Trotteln umgeben, deren Kauderwelsch auf ihn abzufärben beginnt und die jedem, der ein Fitzelchen mehr besitzt als sie, mit Missgunst begegnen. Mit den Briefen ist es auch so eine Sache. Offiziell dürfen sie pro Monat zwei Mal schreiben, erhalten aber weder Stift noch Briefpapier und müssen sich aus Kunstdüngertüten Umschläge basteln. Also hat er einen Mittelsmann gesucht und im Stallmeister gefunden, ein Deutschstämmiger, der zwar für Polen optiert, aber behilflich ist. Leeb hat seine Frau gebeten, Herrn Kossakowski im Gegenzug gelegentlich etwas zu schicken, vorzüglich Wurstwaren oder Eingemachtes, denn ohne goldene Handsalbe geht es natürlich nicht.

Mitgefangene latschen an ihm vorbei und setzen sich in die Sonne, um ihre Plörre zu löffeln. Wenn es wenigstens Kapusta-Suppe wäre! Sie sollen arbeiten, erhalten aber kaum Nährstoffe, ein Widersinn. Leeb wendet sich ab und geht zum Stall, in dem er Kossakowski vermutet. Er klinkt die grobe Holztür auf. Als er in den Futtergang tritt, steigen ihm die Gerüche von Vieh, Fäkalien und feuchter Streu in die Nase, Gerüche, die er seit der Kindheit kennt und die seine Sehnsucht nach dem heimischen Hof schüren. Wände, von denen weißer Putz bröckelt, die rostigen Metallrahmen der Fenster, Scheiben, blind von Fliegendreck, die Schwalbennester unter der Decke – alles vertraut. Ausmaße und Architektur dagegen sind ungewohnt: Die weitläufigen Stallungen dieses ehemaligen Rittergutes sind von Kreuzrippen überwölbt, die auf schlanken Pfeilern ruhen, ein Anblick, den Leeb nur mit der Gruft unter der Kirche seines Heimatdorfes vergleichen kann.

Im Gang achtet er auf die Kühe, die gelegentlich auskeilen, strafft im Gehen den Strick, der ihm als Gürtel dient, seine Holzschuhe schlarren über den glitschigen Boden. Er wirft einen Blick in die Milchkammer, aber die ist verwaist, und geht anschließend an den Kälberbuchten vorbei zur Futterkammer, die den Durchgang zum Schweinestall bildet. Der säuerliche Milchdunst weicht würzig-beißendem Schweinemief, er hört die Borstenviecher grunzen. So viel Speck, aber man kriegt keinen zwischen die Zähne! Die Schiebetür steht offen, und wie erhofft erblickt er Kossakowski, der sich mit einem Knüppel in der Hand über eine Schrotkiste beugt. Offenbar mästet sich eine Maus am Schrot, und Leeb verharrt in der Tür, während der Stallmeister den Knüppel so oft niedersausen lässt, als wollte er das Tier zu Brei schlagen. Anschließend fischt er den Kadaver aus der Kiste, dreht sich mit ausgestrecktem Arm um, den Mäuseschwanz zwischen Daumen und Zeigefinger, und knurrt, als er Leeb erblickt: »Ungeziefer! Muss ausgemerzt werden. *Psiakrew!*«

»Sehr richtig«, pflichtet Leeb bei. »Was keinen Nutzen hat, muss weg.«

Kossakowski senkt die Hand mit der Maus, deren Blut auf den Steinboden tröpfelt. »Haben Sie schon gegessen?«

Leeb schüttelt verneinend den Kopf. Er wird gesiezt, das

tut wohl. Dieser Stallmeister, der seinen Schmerbauch nun auch mit niedersächsischen Viktualien füllt, ist überhaupt ein prima Kerl; sein Stalin-Schnauzer ist gepflegt, er trägt zweckmäßige Kleidung und beneidenswert feste Lederstiefel. Leeb selbst hat bloß Lumpen am Leib, aber hier steht er natürlich noch unter einem Knecht.

»Ist eventuell«, fragt er, »endlich Antwort auf meinen Brief gekommen?« Er muss eine gewisse Demut zeigen, die er in seine Stimme legt, hält sich aber kerzengerade.

Kossakowski betrachtet die Maus. Dann deponiert er den Knüppel auf dem Werkzeugschrank, tritt an das vergitterte Fenster und wirft den Kadaver hinaus, wischt die Hände am Arbeitskittel ab. Er lässt sich Zeit, dieser Deutschpole. Schließlich sagt er: »Ja, eventuell. Haben Sie daheim in Deutschland Leinen übrig? Die Mutti braucht Stoff. Für die Kinder.«

Leeb denkt an die Aussteuertruhen auf dem heimischen Dachboden, voll mit handgewebtem Leinen. »Könnte sein«, antwortet er. »Ich bitte meine Frau nachzusehen und Ihnen etwas zu schicken.«

Kossakowski schiebt seine Hände in die Kitteltaschen und nickt.

Leeb muss sich gedulden. Der Stallmeister hat die Macht, und er spielt sie aus, Hilfsbereitschaft hin oder her.

»Hat sich das Rheuma Ihrer Mutter gebessert?«, erkundigt sich Leeb, obwohl ihn das Befinden der alten Frau nicht im Geringsten interessiert.

Der Mann zuckt die Schultern. Er hat ein gespaltenes Verhältnis zu seiner Mutter. Manchmal erzählt er liebevoll von ihr, dann verflucht er sie wieder. »*No tak* …«, brummt er. »Sie ist nun mal eine Jammertante.«

»Ja, davon kann ich ein Lied singen«, meint Leeb. »Altenteiler treiben einen in den Wahnsinn. Meine Schwiegereltern etwa …«

Kossakowski knurrt, er will das Thema offenbar beenden. Als er die rechte Hand aus der Tasche zieht, kommt mit ihr ein Brief zum Vorschein.

»Hier«, sagt der Stallmeister, indem er den Umschlag überreicht. »Ich kann Ihre Antwort morgen mitnehmen. Aber denken Sie an das Leinen.«

»Auf jeden Fall.« Beim Anblick der Handschrift seiner Frau schlägt Leebs Herz höher. »Vielen Dank.« Er steckt den Brief ein.

»Ich muss zu den Rindern«, brummt Kossakowski. »Gibt ein paar Fälle von Knochenweiche.« In der Schiebetür dreht er sich um und sagt: »Übrigens habe ich dafür gesorgt, dass Sie ab sofort wieder auf dem Kornboden arbeiten. Sie müssen nicht mehr aufs Feld.« Er lächelt gönnerhaft und geht, ruft über die Schulter: »Und wenn Sie Mäuse sehen – plattmachen!«

Auf dem Weg durch den Stall klopft er einigen Kühen wohlwollend auf den Rücken.

Die Stufen der Holztreppe knarren, als Wilhelm Leeb zum Kornboden hinaufsteigt. Oben angekommen, saugt er den Duft von Roggen und Weizen in sich auf und lässt seinen Blick durch den langgestreckten Raum schweifen. Oberlichter und dicht über dem Betonboden angebrachte Fenster sorgen für gedämpfte Helle; die Geometrie der Balkenkonstruktion, die das Dach trägt, hat etwas Tröstliches. Dazwischen lagert das Getreide in sanft gewölbten Hügeln.

Leeb muss hier oben Futter schroten, Saatgut reinigen und beizen, das Getreide umschaufeln, unter dem Strich erträgliche Arbeiten. Mit fünfundvierzig gehört er nicht zum alten

Eisen, aber die Mangelernährung zehrt, und auf dem Acker geht ihm schon mal die Puste aus. Er hat dennoch nie erwogen, stiften zu gehen. Półwies mag nur einen Katzensprung vom Reich entfernt sein, doch der Schock der Gefangennahme sitzt tief, und eine Flucht wäre riskant, denn in Sachsen könnten ihn die Russen schnappen, und daheim bekäme er Probleme. Die Briten, die jetzt das Regiment führen, haben seine Konten gesperrt, weil er NSDAP-Mitglied und SA-Angehöriger war, würden ihn bei der Ankunft vielleicht sogar verhaften. Einer der Leitsätze, an die er sich klammert, lautet: »Wer das Warten nicht gelernt hat, der wird nie ein Meister sein.« Er fasst sich also in Geduld, so schwer es auch sein mag.

Er durchquert den Kornboden, insgesamt hunderteinundzwanzig Schritte, er hat sie gezählt. Die Ernte ist gut ausgefallen, und er bleibt stehen, um eine Hand ins Getreide zu schieben. Es ist trocken und prickelt, und als er die Hand herauszieht, wird die Mulde sofort von Körnern gefüllt, die eine mürbe Süße verströmen. Herrlich! Außerdem ist er ungestört, niemand schikaniert ihn, keiner will quasseln, und er bleibt auch von den ewigen Spekulationen über den Zeitpunkt der Entlassung verschont. Sein Refugium, mit einer Pferdedecke, einem Hocker und einer leeren Munitionskiste ausgestattet, die ihm als Schreibunterlage dient, verbirgt sich in einer hinteren Ecke.

Leeb sackt auf den Stuhl, zieht den Brief hervor, starrt den Umschlag an. Der Hunger regt sich nun doch, ein gähnendes Nichts, das seine Wangen krampfartig zusammenzieht. Manchmal kann er etwas einschmuggeln, nur ist das riskant, denn wenn man ihn ertappte, würde man ihn mit dem Ochsenziemer züchtigen und in die Arrestzelle stecken. Er stoppelt trotzdem; sein größter Coup war ein Maiskolben mit sage und schreibe vierhundertneunundfünfzig Körnern. Nun kaut er Weizenkörner, während er aus dem Fenster auf die leere Straße schaut, die vor dem Gut verläuft; sie heißt jetzt Ulica Partyzancka. Das Russische lag ihm, er lernte die wichtigsten Wendungen im Handumdrehen, aber der Widerwille gegen die Sprache seiner polnischen Kerkermeister sitzt tief.

Er greift nach seinem kostbarsten Besitz, ein Bleistiftstummel, ohne den er keinen Kontakt zur Familie halten könnte, und öffnet damit den Umschlag, behutsam, fast weihevoll. Nachdem er den Stift wieder im Spalt des Balkens versteckt hat, zieht er den Brief aus dem Umschlag. Dabei segelt etwas zu Boden. Als er es aufhebt, stellt er fest, dass es sich um zwei Fotografien handelt, und beim Anblick seiner Familie, die er zuletzt im Herbst 1944 gesehen hat, ist er so beglückt, dass ihn schwindelt.

Da sitzt seine Mutter an einem Tisch, sie trägt ein dunkles, zweireihiges Kleid, am Hals mit jener Brosche geschlossen, die er ihr zum Sechzigsten geschenkt hat, und schaut ihn an. Leeb reißt sich zusammen, doch seine Unterlippe bebt: Aus dem Blick der Siebzigjährigen spricht Kummer, die bange Sorge um den heißgeliebten Sohn, der in Ketten liegt, bar jeder Fürsorge, aller Freude beraubt, von Ungeziefer gepiesackt, gequält von slawischen Halunken – ach! Leeb ringt ein Schluchzen nieder. In seiner nunmehr zweieinhalbjährigen Gefangenschaft hat er keine Träne vergossen, aber jetzt brennen seine Augen. Die gute Mutter! Die ihn gebar und stillte, seine Strümpfe stopfte und ihn stets unterstützte, auch gegen den Vater, der Marthe, seine Schwester, vorzog. Sein Groll gegen Marthe, die ihre sechs Jahre Vorsprung genüsslich ins

Feld führte, anstatt ihn bei der Hand zu nehmen und zu beschützen, erwacht wieder. Nun sitzt sie auf dem Hof ihres Mannes wie die Made im Speck, ohne je an das Leid zu denken, das ihr Bruder zu erdulden hat.

Es schnürt ihm die Kehle zu, sein Blick irrt durch die Weiten des Kornbodens. Sind das Schritte auf der Treppe? Leeb erstarrt und spitzt die Ohren. Nein, er muss sich geirrt haben, manchmal sorgt der Hunger für Sinnestäuschungen.

Er betrachtet die zweite Fotografie, offenbar im Obstgarten seines Hofes aufgenommen. Wie groß die Kinder sind! Sein Ältester, Wilhelm, im schicken Anzug, lächelt selbstbewusst in die Kamera. Sieht prachtvoll aus, der Junge. Seine Tochter Grete, deren störrisches Wesen oft zu Klagen Anlass gibt, zieht eine Schnute. Der achtjährige Bruno, sein Goldjunge, schmiegt sich strahlend an die Mutter. Und da steht sie, seine Käthe, im hochgeschlossenen Kleid, die Haare nach hinten gebunden, sichtlich gealtert. Sie lächelt, doch je länger Leeb seine Frau betrachtet, desto stärker wird sein Eindruck, dass sie so vorwurfsvoll dreinschaut, als wollte sie sagen: »Dies, Wilhelm, sind deine Kinder, sie brauchen dich. Wieso bist du wieder in den Krieg gezogen? Alles lastet auf meinen Schultern, und ich bin eine schwache Frau.«

Leeb beginnt sich zu ärgern. Diese ewigen Klagen, ganz zu schweigen von ihrer Eifersucht, als würde er hinter Kerkermauern einen Harem unterhalten. Am Tag ihrer Hochzeit schien die Sonne, ein Trugbild, denn selbst Jahre später war es ihm noch nicht gelungen, seine Frau nach seinen Vorstellungen zu formen, und es wird ihm auch nie gelingen, denn sie wurde falsch erzogen, ihre Erbanlagen sind zu plump.

Seine Mutter dagegen – er nimmt ihr Bild zur Hand –, mit der kann man Pferde stehlen, die ist patent. Das Herz geht ihm auf, während er ihr Gesicht studiert, ein edles, ein gütiges, ein kluges Gesicht. Er muss an das Gedicht zum Muttertag denken, das er im Frühjahr verfasst hat:

Wenn Du noch eine Mutter hast, so danke Gott und sei zufrieden. / Nicht allen auf dem Erdenrund ist dieses große Glück beschieden. / Ich rufe über Flüsse, Berg und Tal hinaus: / Es grüßt Dein Sohn, ich grüß mein Elternhaus!

So lautet die letzte Strophe, und als er die Worte murmelt, rinnt tatsächlich etwas Feuchtes über seine Wange.

Er greift nach dem Brief, hält aber inne. War das Gelächter? Gepolter auf den Treppenstufen? Leeb horcht. Nein, nichts. Er kramt weitere Weizenkörner aus der Tasche, die er während des Lesens kaut, um sein Hungergefühl zu lindern.

Er liest von Überlastung und Problemen auf dem Hof, von Mandelentzündung und Magenbeschwerden, und es wimmelt derart von Rechtschreibfehlern, dass er den Brief zur Seite legt. »Meine Herren!«, denkt er. In Lubań wog er nur noch fünfzig Kilo, kam selbst mit zwei Stöcken keine Stufe hinauf, aber hat er geklagt, die Krankheit in seinen Briefen je erwähnt? Nein, denn er wollte vermeiden, dass man sich sorgte. In Lubań wurde ihm auch angeboten, für zwei Jahre nach Odessa zu gehen, nur hielt er das für unverantwortlich und lehnte ab, was er im Nachhinein bereut, weil die Chancen auf eine Heimkehr dort vielleicht größer gewesen wären. Nun hockt er hier, und daheim wird gegreint? Was soll er denn tun? Er ist ein Opfer des Weltenlaufes, ein Spielstein, der am Ende vom Brett flog. Käthes Lamento fuchst ihn: In jedem Brief das Gleiche, Floskeln und Phrasen, kein einziger eigener Gedanke. Es ist zum junge Hunde Kriegen! Im Grunde ist sie schuld daran, dass er hier kostbare Jahre verplempert, weder den Hof bestellen noch seine Kinder erziehen kann, denn wäre sie etwas eleganter, etwas intelligenter, etwas einfühlsamer, hätte überhaupt mehr Rasse, und wäre es daheim nicht so einschnürend gewesen, dann wäre er wohl bei ihr geblieben.

Er schlägt mit der Faust auf ein Knie, zieht einen Zettel hinter dem Sparren hervor. Er muss das Papier nicht nur verbergen, sondern stibitzen, die meisten Briefe schreibt er auf zweckentfremdeten Papierstücken, so auch jetzt, als er seiner Frustration freien Lauf lässt. In seinem Zorn drückt er so energisch auf, dass der Bleistift rasch stumpf ist. Er holt ein scharfkantiges Blechstück aus der Tasche. Messer sind tabu, und ein Anspitzer entspricht in diesem Tartarus einer Wunderwaffe. Nachdem er an der Spitze herumgeschnitzt hat, schreibt er weiter: *Du denkst und fühlst nicht mit mir, sonst würdest du auch mal schreiben, wonach ich nicht frage, aber Du gehst ja nicht einmal auf meine Fragen ein. Niemals schreibst Du etwas von Personen, die mir im Leben nahe standen, von Leuten außerhalb des Dorfes, immer wieder die Anzeichen, dass Du Dich nie mit mir befasst und nachgedacht, Dich nie in meine Seele hineingedacht hast, ich habe es Dir oft gesagt, gebeten darum, gib Dir Mühe, alles war vergebens, denn nur das ist das A und O, welches Menschen verbindet, das »Erkennen des gegenseitigen Seelenlebens«. Schluss damit, alles Predigen vergeblich …*

Wieder ein Poltern. Leeb zuckt zusammen, das Wort, das er schreiben will, verunglückt zum Krakel. Unten im Stall brüllt eine Kuh, eine zweite antwortet. Anschließend tritt wieder Stille ein, im Licht, das durch das Fenster fällt, tanzt Staub. Manchmal verirrt sich ein Star auf den Boden, dann öffnet Leeb die Bohlentür, über der ein Flaschenzug sitzt, und scheucht den Vogel ins Freie, und eines Abends segelte eine Schleiereule durch das Ochsenauge unterm First, ein atemberaubender Anblick. Gelegentlich geht eine graugetigerte Katze auf Pirsch, und natürlich gibt es ihre Beute, die Mäuse, die er allerdings nicht »plattmacht«, weil er die possierlichen und obendrein viel zu flinken Tiere als alte Bekannte empfindet. Kossakowski wiederum schaut so selten vorbei, dass Leeb in der Illusion schwelgen kann, hier oben sein eigener Herr zu sein.

Er schreibt: *Ich bin längst nicht fehlerfrei, doch gut habe ich es immer gemeint, mit den idealsten Vorsätzen habe ich meine Ehe angetreten, doch das Schiff der Ehe wurde durch Böen auf Klippen geworfen, aber durch die meist eiserne Ruhe des Steuermannes immer wieder flott und in richtigen Kurs gebracht, doch führten diese Böen dazu, dass ich nunmehr hier gelandet bin. Das Herz krampft sich zusammen, wenn man nachdenkt …*

Ja, so ist es. Leebs Hand zittert so stark, dass ihm der Bleistift entgleitet, und er erschrickt. Er will sich nach dem Stummel bücken, als tatsächlich Tritte auf den Stufen hallen; er richtet sich auf, sein Blick zuckt zur Treppe. Als er aufsteht, wird er von einem Schwindelgefühl erfasst, holt tief Luft, klemmt den Bleistift in den Spalt, legt Briefe und Fotografien auf einen Kehlbalken und verlässt seine Ecke. Greift nach dem Besen, der an einem Ständer lehnt, und beginnt, den Betonboden zu fegen. Sekunden später taucht auf der Treppe ein Kopf auf, danach ein gedrungener Körper.

Der Quälgeist von Wärter ist es, Żubr, wer sonst, die Flinte über der Schulter und eine Flasche in der Hand, zweifellos Wodka. Leeb hält inne, eingehüllt in eine Staubwolke, und blickt ihm entgegen. Wenn der Kerl besoffen ist, kann die Sache heiter werden.

»*Hitlerowiec!*«, brüllt Żubr.

Leeb erstarrt, den Besen in der Hand, und blinzelt, denn er

hat Staub im Auge. Żubr stapft auf ihn zu, Blicke nach links und rechts werfend, als wollte er die Getreidehaufen prüfen. In diesem hohen Raum wirkt er winzig, doch er ist bewaffnet und kann, wie Leeb weiß, jederzeit brutal werden.

»Du! *Hitlerowiec!*«, wiederholt Żubr zornig und zeigt auf den zerlumpten Leeb.

Der macht sich auf Ärger gefasst und umklammert mit beiden Händen den Besenstiel.

Żubr schimpft, er fuchtelt mit der Hand, die den Flaschenhals umschließt. Drei Schritte von Leeb entfernt bleibt er stehen, pflanzt seine Stiefel auf den Boden, reißt die Flinte von der Schulter. »Ich war Partisan!«, zischt er so unvermittelt, als wollte er sich nach langem Schweigen endlich Luft machen; Leeb kann seine Fahne wittern. »Und du – du hast uns gehetzt und in den Wäldern abgeknallt wie Hasen. Ich war dort. Ich habe dich gesehen!« Seine Grimasse lässt ihn älter wirken, als er ist; Leeb würde ihn auf Ende zwanzig schätzen. Żubr ergreift den Verschlusshebel und lädt durch, legt den Zeigefinger auf den Abzugsbügel, tritt näher. »Du hast meine Freunde getötet, *ty świnio!* Ich sollte dich umlegen.«

Wilhelm Leeb erbleicht. Ja, richtig, er wurde gegen Partisanen eingesetzt, im Juni 1944 bei Tarnogród. Er erinnert sich an den Wald mit den riesigen alten Bäumen und dem dichten Unterholz, prachtvoll und dennoch eine Stätte des Grauens und des Todes. Schweiß tritt auf seine Oberlippe, und er stammelt: »Ich wurde dorthin befohlen, aber ich hatte kein Kommando, sondern war bloß …«

Den Besen umklammernd, glaubt er fast selbst, was er sagt, obwohl er sich, damals noch Landwirtschaftsführer, nach einem Überfall, der drei Tote, fünf Verwundete und einen Vermissten kostete, freiwillig für den Einsatz meldete. Dieser

Kerl kann ihn unmöglich wiedererkennen, denn er war einer von zig Soldaten, die allesamt Stahlhelm und Uniform trugen; sie durchkämmten einen regelrechten Urwald, dämmerig und dicht, und aufgestöberte Partisanen wurden nicht im Nahkampf erledigt, sondern mit Karabinern, Maschinenpistolen und Mörsern; wenn er Gegner zu Gesicht bekam, waren sie tot oder zerfetzt, ihr Blut klebte an Stämmen und Laub, kein hübscher Anblick, weiß Gott, aber die hinterhältigen Überfälle durfte man nicht dulden, sogar Pferde wurden von diesen Wilden massakriert!

Leebs Blick flattert zu Żubr, der die Flinte auf Hüfthöhe im Anschlag hält. Er senkt die Arme, lässt den Besen los. Das Klappern, mit dem der Stiel auf den Beton prallt, hallt durch den Kornboden.

Żubr tritt noch näher. Seine Augen funkeln wütend, aber die zusammengepressten Lippen bringen einen Schmerz zum Ausdruck, und als Leeb dies registriert, schlägt seine Angst in Panik um: Wut ist das eine, aber Wut, genährt von Leid, geschürt durch Rachsucht, unterfüttert von der Überzeugung, im Recht zu sein, ist viel bedrohlicher. Er weicht reflexartig zurück.

Żubr setzt nach und stößt ihm die Gewehrmündung in den Bauch.

Ein leiser Aufschrei des gekrümmten Leeb, der sich jedoch sofort wieder um Haltung bemüht. »Ich …«, japst er, eine Hand auf den Bauch gepresst, »ich war doch bloß …«

»Du bist ein Lügner und ein Mörder.« Żubr schiebt den Zeigefinger vor den Abzug.

»Ich habe niemandem etwas getan … niemals«, presst Leeb hervor, »im Gegenteil … Ich habe meinen Leuten geholfen, meinen Ukrainern …«

»Du lügst dir in die Tasche, *dupek!* Du hast nicht mal den Mut, deinen Verbrechen ins Gesicht zu sehen! Ihr habt Millionen massakriert und die halbe Welt verwüstet, und jetzt wird geleugnet und gejault? Was seid ihr denn für Jammerlappen, ihr *Niemcy*? Ich habe dich im Wald gesehen, wie ich dich hier vor mir sehe!« Er angelt den Wodka aus der Tasche, trinkt einen Schluck, holt dann aus und zerschmettert die Flasche auf dem Betonboden. »Aufsammeln, *Hitlerowiec!*«, bellt er und richtet das Gewehr auf den Kopf Wilhelm Leebs. Als dieser nach dem Besen greifen will, faucht Żubr: »Nein! Mit den Fingern! *Dalej!*«

Leeb geht in die Hocke und beginnt, die Scherben aufzulesen. Sein geliebtes Refugium erweist sich nun als nachteilig, denn keiner bekommt etwas mit. Es dauert nicht lange, da schneidet er sich in einen Finger. Er will die Wunde untersuchen, doch Żubr befiehlt ihm barsch, weiterzumachen.

»Immer hübsch fleißig«, höhnt er. »So seid ihr doch. Immer fleißig am Morden und Rauben, immer fleißig am Aufräumen. Sogar eure Opfer habt ihr ausgegraben und verbrannt, damit alles seine Ordnung hat. Nein, nicht so!«, zischt er. »Nicht auf einen Haufen. Du steckst die Scherben in die Hosentasche.«

Die Angst lässt Leeb nicht los, während er die teils winzigen Splitter aufliest und in seine Tasche steckt. Hauptsache, er findet den Bleistift nicht, geht es ihm durch den Kopf, Hauptsache, er durchwühlt nicht meine Ecke. Ein Jammer, dass der Mann damals entwischen konnte. Die Kalmücken hätten ihn besser einen Kopf kürzer gemacht.

»Nicht schlappmachen«, blafft Żubr. »Arbeit macht frei, das weißt du doch, oder?«

»Ich war selbst in Auschwitz«, sagt Leeb trotzig, beißt sich aber sofort auf die Zunge. Nach seiner Überstellung an die Russen, die die für Polen bestimmten Kriegsgefangenen über das Riesengebirge nach Schlesien marschieren ließen, saß er vorübergehend im Außenlager Jawischowitz, aber dieser Kerl bekommt das gewiss in den falschen Hals. Leeb zieht den Kopf ein und macht weiter.

Tatsächlich zischt Żubr: »Bist du etwa ein SS-Schwein? Ärmel hoch!« Er untersucht Leebs Arme auf die Blutgruppentätowierung. »Glück gehabt, *Hitlerowiec*«, zischt er. »Weitermachen.«

Leeb kämpft mit einer tiefen Verzweiflung, während er die nach Wodka stinkenden Scherben und Splitter aufsammelt, die den Stoff seiner Hose durchbohren und bei jeder Bewegung in seinen Oberschenkel schneiden. »Sadist!«, denkt er. »Und wie kann es angehen, dass er so gut Deutsch spricht? Fünfte Kolonne?« Mehrere Finger bluten, während er letzte Glassplitter aufliest; er kann nur hoffen, dass sich die Wunden nicht entzünden.

Żubr zeigt mit der Gewehrmündung auf übersehene Scherben und sieht grinsend zu, wie Leeb in der Hocke über den Betonboden hoppelt, um auch diese noch aufzuheben. Dann verpasst er dem Kriegsgefangenen einen Kolbenstoß gegen die Schulter, der ihn auf die rechte Seite wirft, jene, deren Hosentasche prallvoll ist mit Scherben.

Leeb zischt vor Schmerz.

»Ein paar Arschtritte hättest du auch verdient, *Hitlerowiec*«, sagt Żubr, der sein Gewehr wieder über die Schulter hängt, »aber ich will meine Stiefel nicht schmutzig machen.« Und indem er sich abwendet, fügt er hinzu: »Glaub ja nicht, du könntest dich hier verkriechen! Ich besuche dich bald mit einer neuen Flasche. Kossakowski, dieser käufliche Verräter, wird dich nicht davor bewahren.« Dann geht er, seine Stiefel poltern auf den Stufen, als er die Treppe hinuntergeht.

Zu Leebs Erleichterung entfernen sich die Schritte und verhallen. Er schleppt sich in seine Ecke, sackt auf den Stuhl. Die Scherben, die in seiner Hosentasche stecken, schneiden in den Schenkel, aber zuerst muss er die Glassplitter aus den Fingern zupfen. Seine linke Schulter schmerzt bei jeder Bewegung, er ist wie ertaubt und empfindet nichts mehr, weder Angst noch Wut noch Verzweiflung. Die einzigen Worte, die in seinem Kopf herumspuken, lauten: »Spucke ist die beste Medizin.« Das hat seine Mutter stets gesagt, wenn er sich als Kind ein Knie aufgeschlagen oder geschnitten hatte, doch sein Mund ist so trocken, dass er keinen Speichel zu sammeln vermag.

Er starrt seine malträtierten Hände an.

»Scheißkerl«, murmelt er mit erstickter Stimme.

Die blutigen Hände verschwimmen vor seinen Augen.

Und ein Star, der sich auf den Kornboden verirrt hat, stimmt sein schnalzendes, rätschendes Spottlied an.

Pfingsten 1949 – Mann im Haus

Der junge Wilhelm schlummert noch, obwohl die Vögel den Tag längst begrüßt haben. Er wälzt sich auf die andere Seite und ringt röchelnd um Atem, aus einem Mundwinkel rinnt Speichel aufs Kopfkissen.

Pfingstmontag. Am Vorabend hat er zuerst mit den Junggesellen im Dorfkrug gefeiert und sich dann, um Klocke eins, mit dem harten Kern seiner Freunde in den Forst begeben, wo die alten Herren wie in jedem Jahr das Holz bewachten, ein listiges Etikett, hinter dem sich ein Zechgelage am Lagerfeuer verbirgt, Bratwurst und Rührei inklusive. Dort wurde weitergebechert, denn, so Bauer Frieling, »wer viel arbeitet, der kann auch viel trinken«. Nur kann man leider nicht mehr arbeiten, wenn man zu viel getrunken hat, und so schläft Leeb junior, bis zu den Ohren in den Federn vergraben, seinen Rausch aus.

Die Szenen, die durch seinen Kopf geistern, nimmt er wahr wie durch einen Schnapsschleier; er kennt die Menschen, obwohl sie verändert sind, und das Gleiche gilt für die Orte. Er weiß, dass er im Traum durch das große Schützenfestzelt tanzt, obwohl die Aussicht durch die verwirrend durchsichtigen Zeltplanen der Wirklichkeit nicht entspricht, denn anstelle der Felder vor dem Dorf erblickt er eine Wüstenei, in der mit Stroh beladene Ackerwagen brennen und Pferde, vor

Eggen geschirrt, panisch umherpreschen; er selbst trägt weder die weiße Junggesellenkleidung noch die betresste Uniformjacke des Adjutanten mit Kolpak und Säbel, sondern Stiefel und eine verdreckte Drillichjacke. Trotzdem schwingt er ein schickes Mädchen zum Takt der Musik über die Bretter, eindeutig Sophia Wely, die Förstertochter, denn sie hat kastanienbraune Haare und waldmeistergrüne Augen. Sie gleiten zwischen den dicht an dicht tanzenden Paaren hindurch wie Willy Fritsch und Lilian Harvey, er dreht sie zum Zelt hinaus und dann quer über den Platz, vorbei an der Schießbude, wo Luftgewehre knallen und Blechscheiben scheppern, setzt mit einem eleganten Sprung über den Zaun und tanzt mit ihr über die Äcker. Obwohl das Prasseln der Flammen die Musik übertönt, tanzt er weiter, die beseligte Sophia in den Armen, er schwingt sie durch Rauchschwaden, die weder stinken noch in den Augen beißen, bis er mit ihr in einen Berg Stroh kippt, in dem sie verschmelzen, begleitet von kribbelnder Glückseligkeit – und da erwacht er.

Er stöhnt und zieht die im Nachthemd steckenden Beine an, umschlingt das Kopfkissen mit beiden Armen. Brummelt, als er die Augen aufschlägt, denn das Licht blendet, und der Schädel … in seinem Schädel singen die Engel, wenn auch ziemlich schief. Dieser Feiertag ist zwar kein freier Tag, das Frühjahr obendrein eine arbeitsintensive Zeit, aber das Füttern kann Josef übernehmen. Wilhelm Leeb junior sinkt in die Wolke der Wohligkeit zurück, gibt sich weiter seinen Träumen hin.

Das vierzehn Tage zurückliegende Schützenfest war das zweite nach einer neunjährigen kriegsbedingten Unterbrechung, und Wilhelm verguckte sich prompt in die aparte Sophia Wely. Sie gilt als Förstertochter, obwohl sie genau genommen keine mehr ist, denn ihr Vater, letzter Gutsförster vor der Veräußerung des gräflichen Waldes, ist früh verstorben. Unter den Mädchen im Dorf ist die schlanke Siebzehnjährige eine Ausnahme. Wenn sie lacht, funkeln ihre Augen wie Smaragde, dann wird Wilhelm jedesmal ganz blümerant. Er schmachtete sie während des Schützenfestes an, und er musste gute Miene zum bösen Spiel machen, als er an der Theke von seinen Freunden mit halb spöttischen, halb zotigen Bemerkungen bedacht wurde.

»Die hat doch nichts in der Bluse«, murrte Horst Bulitta, der glaubte, alle Mädchen müssten auf ihn fliegen, weil er die karierte Schärpe des Junggesellenkönigs trug, »und sie kann auch nichts in die Ehe einbringen, schon gar kein Land.«

Wilhelm, nun verlegen, murmelte: »Wieso denn Ehe?«

»Da redet der Richtige«, lallte Karl-Otto Köhler. »Du hast dein Land in Schlesien gelassen! Oder hast du es im Bollerwagen mitgebracht und irgendwo versteckt? Sei man schön still, du.«

»Großmaul!«, zischte Bulitta. »Nochmal so'n Dreck, und es gibt was auf die Schnauze.«

Köhler, Sohn eines Kleinbauern, kippte den Klaren hinunter und lachte. »Auf die Schnauze? Du bist ja immer noch außer Puste, weil du vor den Russen weggerannt bist, du Hänfling.« Er bedachte Bulitta mit einem abschätzigen Blick. »Und sag mal …« – er zeigte auf den Kranz, den der frischgebackene Junggesellenkönig quer über der Schärpe trug – »… wie tanzt man eigentlich mit dem Gemüse vor der Brust? Da spürst du doch gar nichts, wenn du dich anschmiegst.«

»Hättest besser schießen sollen, dann wüsstest du's!«, entgegnete Bulitta und hatte die Lacher damit auf seiner Seite.

»Na, na«, sagte der angetrunkene Balduin Frieling, auch ein

Bauernsohn. »Übel ist die nicht, die kleine Wely, die ist mal eine flotte Biene. Mit der verglichen bewegen sich alle anderen Mädels wie Ruderboote bei Sturm.«

»Ruderboote bei Sturm!« Köhler verzog den Mund. »Bist du ein Dichter oder was? Aber Bulitta hat schon recht. Guck dir mal die Pauline an – die hat was auf den Rippen, die ist griffig. Die schnappe ich mir, und dann geht's ab, Leute, glaubt mir.«

»Hört sich an, als wärst du ein Schlachter, der die Schnitzel abschätzt«, meinte Frieling.

»An der Theke zu saufen und große Töne zu spucken, ist feige«, sagte Bulitta. »Wenn du Mumm hättest, würdest du dir die Pauline tatsächlich schnappen. Aber sie nimmt sicher schreiend Reißaus, sobald du dich als Karl-Otto vorstellst.« Er grinste Köhler an.

Der hielt ihm die geballte Faust hin.

»Ist 'ne Süße, die Förstertochter«, flüsterte Frieling, an Wilhelm gewandt. »Wenn du die kriegst – Hut ab!«

Wilhelm brummte etwas, immer noch verlegen.

»Ach ja, die Frauen … die sind launischer als das Wetter.« Bulitta klang, als hätte er mehr Erfahrungen gesammelt, als ihm lieb war. »Die muss man zu nehmen wissen. Und die Pauline, die hat doch schon einen, oder nicht?«

Köhler, der sich in seiner Ehre gekränkt fühlte, sagte: »Pah, immer ran an die Buletten. Seht und staunt, ihr Schmachtlappen.« Er knallte sein Glas auf die Theke und stratzte los.

Die anderen Junggesellen sahen ihm neugierig nach. Das Zelt war rappelvoll, die Luft voller Zigarettenrauch und Zigarrenqualm und der Lärmpegel hoch, denn die Kapelle, die von Schlager zu Walzer zu Schlager sprang, gab ordentlich Zunder. Es war wärmer als in jedem Kuhstall, auf der Tanzfläche floss der Schweiß in Strömen, und die Feiernden tanzten so ausgelassen, als müssten sie immer noch nachholen, was sie im Krieg entbehrt hatten. Köhler, der sich dem Tisch näherte, an dem Pauline Bunk mit ihren Freundinnen saß, verlangsamte die Schritte und blickte sich nach den Freunden um. Als er feststellte, dass sie ihn weiter beobachteten, trat er forsch an den Tisch. Sechs Mädchenaugenpaare richteten sich auf den weiß gekleideten jungen Mann mit den nach hinten gekämmten Haaren.

»Jetzt gilt's«, sagte Bulitta, der mit einem Glas Bier in der Hand an der Theke lehnte. »Schauen wir mal, ob wir was fürs Leben lernen können.«

Sie sahen, wie sich Köhler in die Brust warf und, Pauline Bunk fixierend, mit den Händen fuchtelte, als würde er ein Orchester dirigieren. Dann beugte er sich vor und strich über ihre Wange, woraufhin alle sechs Mädchen ein sichtbarer Ruck durchfuhr. Pauline zog ein Gesicht, doch Köhler redete unverdrossen weiter auf sie ein, zeigte auf die Tanzfläche und ergriff sie bei einem Arm.

»Oh, oh«, murmelte Wilhelm.

»Das wird nix mit unserem Casanova«, meinte Frieling düster.

Köhler sah wieder über die Schulter, er war roter als eine Runkelrübe. Er hielt Pauline immer noch fest, was ihr gar nicht zu gefallen schien, denn sie schüttelte ihren Arm und zischte etwas, und als er sich weiter an sie klammerte, griff sie kurzerhand nach ihrem Glas und schüttete ihm den Inhalt ins Gesicht. Die anderen Mädchen lachten kreischend, und Köhler trat den Rückzug an.

»Und?«, fragte Bulitta, nachdem sich der Verschmähte an die Theke gerettet hatte. »Was trinken die Damen denn so?«

»Er müffelt lieblich«, meinte Frieling. »Zweifellos Oppenheimer Krötenbrunnen.«

»So ein Luder.« Köhler trocknete sein Gesicht mit dem Taschentuch ab. »Wer fordert die schon auf? Sie hätte froh sein sollen!«

»Jetzt du, Wilhelm«, meinte Bulitta. »Zeig unserem Schürzenjäger mal, wie's geht.«

»Ich?« Wilhelm war überrumpelt.

Die anderen drei sahen ihn auffordernd an.

»Na, aber hallo!«, rief Köhler. »Soll ich der Einzige bleiben, der sich hier blamiert?« Er lachte hämisch.

Wilhelms Blick zuckte durch das Zelt. Er fühlte sich genötigt, wollte sich aber auch keine Blöße geben. »Ich sehe sie nirgends. Ich glaube, sie ist schon gegangen«, sagte er lahm.

»Da steht sie doch!«, widersprach Bulitta und zeigte auf Sophia Wely, die mit einem jungen Mann plauderte. »Sie wird gerade von Haarstick umgarnt.«

»Der ist doch viel zu alt für sie«, meinte Frieling. »Der ist bestimmt schon dreißig, oder?«

»Du musst sie diesem Greis entreißen, Wilhelm«, sagte Bulitta und gab seinem Freund einen Knuff. »Horrido!«

»Mistkerle seid ihr.« Wilhelm holte tief Luft und setzte sich in Bewegung.

Seine Freunde sahen grinsend zu, wie er sich durch das Zelt zur Förstertochter schlängelte.

»Der wird sein blaues Wunder erleben, der Leeb«, spöttelte Köhler, indem er mit einer Hand über seine weißweinverklebten Haare strich.

Sie beobachteten, wie Wilhelm neben Sophia Wely trat. Ihr Verehrer, Heinrich Haarstick, musste zu dem unwillkommenen Nebenbuhler aufblicken, weil er einen Kopf kleiner war.

Das Missfallen stand ihm ins Gesicht geschrieben, als Wilhelm sich aus der Hüfte vor dem Mädchen verbeugte, lächelnd etwas zu ihr sagte und auch Haarstick mit ein paar Worten bedachte. Der schaute daraufhin halb verblüfft und halb geschmeichelt drein und ließ Wilhelm gewähren, als dieser der jungen Sophia den Arm anbot und sie auf die Tanzfläche entführte.

Köhler glotzte.

»Der Mann weiß, wie man seinen Charme anknipst«, sagte Frieling lachend.

»Was hat er bloß zu Haarstick gesagt?«, wunderte sich Bulitta. »Seht ihn euch an – lächelt selig, obwohl man ihm das Mädchen vor der Nase weggeschnappt hat.«

Sie konnten Wilhelms blonden Schopf sehen, denn er überragte die meisten anderen Tänzer. Die Kapelle spielte unermüdlich, und der junge Leeb schien weder mit dem Tanzen aufhören noch Sophia Wely aus den Fängen lassen zu wollen. Irgendwann kamen die beiden am Rand der Tanzfläche in Sicht, und Wilhelm grinste seine Freunde, die mit der Theke verwachsen waren, schief und verlegen an.

»Den hat's erwischt, Leute«, befand Frieling. »Volle Breitseite.«

»Ich glaub auch«, stimmte Bulitta zu. »So kenne ich ihn gar nicht.«

»Diese Bohnenstange«, sagte Köhler. »Die Wely ist doch viel zu klein für ihn. Wenn sie ihn küssen wollte, müsste sie erstmal eine Leiter holen.«

Wilhelm, der von alledem nichts mitbekam, tauchte mit seiner Partnerin im Gewühle unter. Sie tanzten bis in die Puppen.

Gellende Frauenstimmen. Unten wird gezetert und gezankt. Dann ertönt ein dumpfes Poltern, begleitet von einem Aufschrei.

Wilhelm quält sich aus den Federn, als wäre der Lärm ein Signal zum Aufstehen. Sein Schädel brummt, und als er neben dem Bett steht, wankt er – dieses verteufelte Danziger Goldwasser! Egon Luditschek, ein Westpreuße, hatte es zu später Stunde aus dem Hut gezaubert. Rund um das Feuer sitzend, leerten sie die Flasche, warfen dann Erde auf die Glut und torkelten zum Dorf. Um die alten Herren, auf den Bänken eingenickt, weil sie nichts mehr vertrugen, kümmerte sich keiner, man ließ sie einfach im Wald zurück.

Unten im Haus wird weiter gezankt, und Wilhelm, der die schrillen Stimmen in seiner Verfassung schwer erträgt, geht hinunter, wobei er sich an den Handlauf des Treppengeländers klammert. Das Geschrei ertönt in der Küche. Er reißt die Tür auf, ruft: »Könnt ihr nicht endlich mal Ruhe geben, verflucht?«, und tritt ein. Er hat sofort nasse Füße, denn auf dem Steinfußboden steht Wasser. Sein Blick erfasst die umgekippte Zinkbadewanne, davor Grete, seine vierzehnjärige Schwester, nackt wie Gott sie erschuf, aber immerhin in ein Handtuch gewickelt, und einige Schritte entfernt Frau Dignatz, eine Schlesierin, die mit ihrer Familie im Melkerhaus des Hofes einquartiert wurde und nun im Haushalt hilft. Sie hat die Hände in die Hüften gestemmt, ihre Augen funkeln zornig. Bei Wilhelms Anblick giftet sie: »Verwöhntes Balg! Kippt die Wanne um, weil das Wasser angeblich nicht heiß genug ist! Dresche sollte sie kriegen, aber so richtig!«

»Kalt war das«, entgegnet Grete hochmütig. »Eisekalt. Ich steige doch nicht in die Badewanne, um die Grippe zu kriegen.«

»Die Göre bekommt zu oft ihren Willen«, beklagt sich Frau Dignatz bei Wilhelm. »Hier tanzen alle nach ihrer Pfeife. Man muss Grenzen ziehen, sonst wird nichts aus den Kindern. So eine Frechheit lasse ich mir nicht bieten. Ich wische diese Schweinerei bestimmt nicht auf!«

»Sie arbeiten für uns«, erklärt Grete, die das Handtuch mit beiden Händen festhält. »Also wischen Sie das trocken.«

»Ich bin die Tochter eines Fuhrunternehmers, keine Magd, du kleines Miststück.«

Und dann schreien sich die beiden wieder an, während Wilhelm im Wasser steht und sich ratlos am Kopf kratzt.

Schließlich, er hat schon kalte Füße, eilt seine Mutter herbei. Als sie durch das Wasser stapft, wölken Dreckschlieren hinter ihren Schuhen, denn sie war im Kuhstall. Sie ist rot angelaufen und ganz aufgelöst, weil sie den Lärm gehört hat, ohne zu wissen, was los ist. Sie bleibt mitten in der Küche stehen und nimmt die Szene in sich auf: die umgekippte Wanne, ihre halbnackte Tochter, den verkaterten Sohn und Frau Dignatz, die sofort losblafft.

»So geht das nicht, Frau Leeb, Sie müssen dem Mädel mal ordentlich eins hinter die Löffel geben. Kippt einfach die Wanne um! Ja, wo sind wir denn? Ich wische den Tümpel nicht auf, das soll die Göre tun. Sie muss einsehen, dass ihr Handeln Konsequenzen hat!«

Käthe Leeb versucht, streng dreinzuschauen, wirkt aber nur hilflos und betrübt, und ihre Rüge klingt lahm: »Grete, was soll der Unfug? Du bist wirklich ungezogen.«

Ihre Tochter schürzt die Lippen. »Die Frau hat das Wasser nicht heiß gemacht«, erwidert sie stur.

Frau Dignatz entlässt ein hohles Lachen. »So ein Unsinn. Aber gut – bei der nächsten Gelegenheit warte ich, bis es so richtig dampft und blubbert, dann wird die Kleine endlich mal weichgekocht.«

»Willem«, sagt Käthe Leeb zu ihrem Sohn, »greif du doch ein. Kannst du deiner Schwester nicht begreiflich machen, dass es so nicht geht?«

Wilhelm zuckt mit den Schultern. Sie hört nicht auf ihn, denn er ist nur der Bruder, und dann schenkt sie ihm einen so treuherzigen Blick, dass er sowieso nichts mehr sagen kann.

Seine Mutter betrachtet den Küchenfußboden und murmelt: »Gut, ich wische das auf. Aber …« – sie sieht ihre Tochter an und fuchtelt mit dem Zeigefinger – »… wenn das nochmal passiert, dann … dann …« Ihr fällt keine Drohung ein.

Grete verkneift sich ein Grinsen. Frau Dignatz schaut halb enttäuscht und halb verächtlich drein. »Das ist mir mal eine schöne Familie«, brummelt sie. »Hier fehlt der Mann im Haus.«

»Mein Sohn ist der Mann im Haus!«, widerspricht Käthe Leeb und zeigt auf Wilhelm.

Die Schlesierin lacht leise.

Wilhelm verlässt die Küche und geht, seine sture Schwester verfluchend, die Treppe hinauf. Manchmal hat er die Nase voll, sowohl von seiner Familie als auch vom Hof, dann würde er am liebsten abhauen und anderswo neu anfangen, aber er trägt eine Verantwortung, der er sich nicht zu entziehen vermag.

Wieder im Schlafzimmer, stützt er sich mit beiden Händen auf die Marmorplatte der Waschkommode und betrachtet sich im Spiegel: Die blonden Haare sind strubbelig, er sieht zerschlagen aus. Er schüttet Wasser aus dem Krug in die Schüssel, um sein Gesicht zu waschen, fährt mit den nassen Fingern mehrmals durch seine Haare, kämmt sich danach und legt den Seitenscheitel frei. Schon besser. Seine Augen sind glasig, im linken sind ein paar Gefäße geplatzt. Er legt den Kamm weg, und als das Horn auf die Platte klackt, fällt ihm siedend heiß ein, dass er am heutigen Pfingstmontag ein Stelldichein hat – er hat sich gestern mit Sophia verabredet, buchstäblich zwischen Tür und Angel, denn die Junggesellen waren im Dorfkrug unter sich, Mädchen nicht zugelassen.

Sein Puls legt an Tempo zu. »Schiete«, brummt er und überlegt fieberhaft, wann und wo sie sich verabredet haben. Es will ihm partout nicht einfallen, und die Welys haben kein Telefon. Als er das Hemd vom Bettpfosten nimmt und anziehen will, stellt er fest, dass es nach dem Qualm des Lagerfeuers stinkt; er wirft es in die Ecke, holt ein frisches aus dem Schrank und stutzt – es wurde nicht geplättet. Das Plätten ist Gretes Aufgabe, aber sie hat natürlich keine Lust darauf. »So ein Biest«, zischt er, zieht das Hemd aber trotzdem an und macht sich, sobald er gestiefelt und gespornt ist, auf den Weg zu den Plumpsklos. Er geht an der Küche vorbei, in der nun Ruhe eingekehrt ist, verlässt das Haus durch die große Diele und geht über den Hof zur Durchfahrt, in der sich die Plumpsklos befinden. Er hat Pudding in den Beinen, stürzt förmlich in eines der Kabuffe. Die Spalten zwischen den Holzlatten lassen etwas Licht herein, und sein Blick, auf den Zeitungsfetzen gesenkt, den er vom Papierstapel geangelt hat, bleibt auf einer Annonce mit dem Bild eines wohlproportionierten Mannequins haften, das ihre Lockenpracht mit beiden Händen in die Höhe stemmt; darunter steht: *Mit Miedern von der Firma Graff / wirkt der Busen voll und straff.*

Wilhelm ächzt: Wenn er nur wüsste, wann sie sich verabredet haben … Das Gefühl, Sophia über die Tanzfläche zu schwingen, einen Arm um ihre Taille gelegt, hallt in ihm nach; ebenso ihr rügender Blick, wenn sich seine Hand auf ihren Po verirrte, in Wahrheit kein Versehen, denn es war schlicht zu verlockend, die straffe Wölbung unter den Fingern zu spüren. Je länger sie tanzten, desto dichter zog er sie zu sich heran, und sie sträubte sich nicht, ließ den Kopf sogar gegen seine Brust sinken. Herrlich war das, zumal Sophia federleicht tanzte und sich ebenso federleicht führen ließ; da konnten ihm die hämischen Freunde gestohlen bleiben. Es war wie ein Rausch, obendrein einer ohne den Preis, den er jetzt für das Sumpfen bezahlt: Übelkeit, Schwindel und eine Müdigkeit, die ihn mit knöchernen Klauen gepackt hält.

Wie gern hätte er die Förstertöchter geküsst …

Da wird so heftig gegen die Tür des Plumpsklos gebollert, dass die Bohrlöcher in den Latten Holzmehl husten. Wilhelm, aus der Trance auffahrend, führt den Zeitungsfetzen seiner letzten Bestimmung zu. Wieder ein Pochen, dann der Ruf: »Bist du da drin, Willem? Komm raus, ich glaube, ein Ferkel ist tot.«

Das ist Josef.

»Eine Minute«, krächzt Wilhelm.

»Was?«, ruft Josef.

Wilhelm schreit: »Eine Minute! Kann man hier nicht mal in Ruhe kacken, verdammt?« Bei dieser Aufwallung schwirrt ihm gleich wieder der Kopf.

»Das Ferkel sieht mausetot aus«, wiederholt Josef, der draußen vor der Tür verharrt.

»Na, dann eilt es ja nicht.«

»Willem? Kommst du?«

Der junge Mann lässt die Hosenträger auf seine Schultern klatschen. Beim Verlassen des Kabuffs blendet die Sonne, aber ihre Wärme tut wohl: Die Sonne, die ist wie Sophia, das enge, düstere Plumpsklo dagegen kommt ihm vor wie der verflixte Hof, und dann zickt auch noch seine Schwester, seine arme Mutter klagt, und sein Bruder, ja, der hat das große Los gezogen, denn er ist wochenlang bei Onkel und Tante, die ihn hätscheln und tätscheln, während er, Wilhelm, den Hof führen muss. Kleinere Arbeiten würden den zehnjährigen Bruno gewiss nicht umbringen, aber die überforderte Mutter will ihn aus dem Weg haben. Der Kleine ist ein Glückskind, Wilhelm beneidet ihn; er wäre auch gern noch so klein, obwohl er dann natürlich nicht mit Sophia hätte tanzen können.

»Was ist denn nun, Josef?«, faucht er. »Ist das Ferkel tot oder nicht?«

»Schau mal nach.« Josef, anderthalb Köpfe kleiner als Wilhelm, geht durch die Durchfahrt voran, die auf den vorderen Hof führt. Er sagt über die Schulter: »Mit Martin und Pawel war es besser, da hatte ich Hilfe. Und die Ukrainerinnen, die waren immer so nett. Wo sind sie denn jetzt?«

»Der Krieg ist aus«, antwortet Wilhelm, »das weißt du doch. Sie sind längst heimgekehrt.«

»Und wann kehrt der Chef heim?«, will Josef wissen. »Für ihn ist der Krieg ja auch aus.« Als er sich noch einmal umdreht, flattert sein Blick, und Wilhelm fragt sich unwillkürlich, ob ihm klar ist, dass die Zwangssterilisation, die wegen »angeborenen Schwachsinns« bei ihm durchgeführt wurde, auf das Betreiben seines Chefs zurückgeht. Josef trabt weiter, quer über den Hof zum Schweinestall, ohne zu erkennen zu geben, dass er dies wüsste oder dem Senior grollte. Seit der sechs Jahre zurückliegenden Operation verkriecht er sich, wenn Doktor Fröbe einen Hausbesuch macht, aber stets im Stall. Wilhelm weiß nicht, was er davon halten soll. Josef ist bestimmt nicht schwachsinnig, und dass er weder schreiben noch lesen kann, ist nicht seine Schuld; es gab einfach niemanden, der ihn auf den Pott gesetzt und zur Schule geschickt hätte. Sein Kopf, in dem Sophia den meisten Raum einnimmt, rumort noch; er verdrängt die unguten Gedanken, und dann stehen sie schon im Schweinestall.

Der beißende Geruch, der die Luft sättigt, ist zu viel für Wilhelm – er fühlt sich dem Kotzen nahe. Die Tiere grunzen in den Verschlägen, und in zweien, hinten im Stall, leuchten rote Wärmelampen, dort sind die Sauen mit ihren Ferkeln untergebracht. Josef geht weiter voran, wenn auch langsamer, denn der Boden dünstet Feuchtigkeit aus. Vor dem hintersten Verschlag bleiben sie stehen, und Josef zeigt auf die Sau, die fünf quiekende Ferkel an ihren Zitzen saugen lässt.

»Sind doch alle quicklebendig«, murmelt Wilhelm, der weiter gegen die Übelkeit kämpft. Der Stall widert ihn an: die niedrige Bohlendecke, aus deren Ritzen Halme lugen, weil darüber Heu lagert; die feuchten Wände, deren Putz Beulen wirft; die blutwurstfarbigen Tröge mit den Holzgattern; die Kothaufen unter den Schwalbennestern; die schmuddeligen Spinnweben und die Fliegen, die frech auf seinen Wangen landen. Wilhelm fühlt sich fehl am Platz. Wie, fragt er sich, soll ein so feines Mädchen wie Sophia Wely jemanden lieben, der täglich in diesem Sauhaufen von Stall arbeitet und danach genauso stinkt wie die Borstenviecher? Eine Verzweiflung verdrängt seine Übelkeit – die jedoch wieder aufflammt, als Josef erklärt: »Siehst du denn nicht, Willem? Da, unter ihrem Rücken. Das ist doch wohl tot.«

Im rötlichen Schein der Wärmelampe erblickt Wilhelm einen bleichen Klumpen, halb begraben unter der Sau, halb verdeckt von der Streu. Und dann, er strengt die Augen an, entdeckt er ein Ringelschwänzchen und eine erstarrte Extremität, wohl ein Hinterbein. »Oh, Mann«, murmelt er.

»Das muss da weg«, sagt Josef.

»Deshalb hast du mich geholt? Das hättest du auch selbst machen können!«, blafft Wilhelm.

Josef sieht zerknirscht zu ihm auf, zuckt mit den Schultern. Wilhelm, nicht für den Stall angezogen, schwingt die langen Beine über das Gatter und nähert sich der Sau, die alarmiert grunzt. Die Ferkel hören kurz auf zu saugen, fahren aber gleich wieder fort, denn ihre Gier ist stärker als die Angst. Wilhelm bleibt hinter der Sau stehen und betrachtet das arme Ding, das im Wärmelampenschein so rosig schimmert, als wäre es lebendig, und doch ist es tot, unter seiner Mutter erstickt, von der Mutter zerquetscht. Das war kein Vorsatz; die Sau hat sechs Ferkel geworfen und kann nicht alle im Blick behalten. Vielleicht war das Kleine vorwitzig, vielleicht auch zu schwach, und die Schwachen müssen vergehen, das ist ein Gesetz, jedenfalls laut seinem Fähnleinführer bei der HJ, der ihnen diesen und ähnliche Lehrsätze förmlich eingetrommelt hat.

»Ich brauche die Grepe«, sagt er zu Josef.

Der geht in die Futterkammer und kehrt mit der vierzinkigen Grepe zurück, die er über das Gatter reckt. Wilhelm ergreift sie und lässt den abgewetzten Stiel durch seine Faust rutschen, bis er die Streu durchstößt und auf den Steinboden prallt. Dann ermannt er sich, packt das Beinchen des Ferkels und zerrt daran – vergeblich. Wilhelm lehnt die Grepe gegen die Wand, tritt neben die Sau und versucht, ihren zentnerschweren Leib mit den Beinen wegzudrücken. »Komm schon«, zischt er, »beweg dich, Dicke!« Er drückt nochmal, eine Anstrengung, die seine Kopfschmerzen schürt. Die Sau rührt sich nicht, die fünf Ferkel saugen emsig weiter. Wilhelm greift in das kotige Stroh, packt den Kadaver mit beiden Händen und zerrt aus Leibeskräften, wieder vergeblich. Als er sich aufrichtet, steht Schweiß auf seiner Stirn. »Na gut, Dicke, du willst es nicht anders«, knurrt er und nimmt die Grepe zur Hand, dreht sich kurz nach Josef um, der im Gang steht und große Augen macht.

»Mensch, Josef, pack doch mal mit an!«, schreit Wilhelm.

Josef schüttelt den Kopf, setzt dann die Mütze ab und streicht über sein schütteres Haar. »Nee, Willem, nee«, murmelt er. »Ich mag nichts Totes anfassen. Da graust es mich.«

Wilhelm schnaubt verärgert. Dann piekt er die Sau mit der vierzinkigen Grepe in den Rücken. Sie grunzt, wirft den Kopf herum, dass ihre Ohren schlackern, macht aber keine Anstalten, sich zu bewegen. Wilhelm piekt nochmal, nun fester. Die Sau kommt mit einem gellenden Quieken auf die Beine, wobei sie fast die anderen Ferkel plattwalzt. Die hetzen durch den Verschlag, und Wilhelm hat endlich freie Bahn.

Da liegt das erstickte Ferkel, die kleine Schnauze, bläulich angelaufen, schimmert violett im Schein der Wärmelampe. Die Augen sind erloschen, ein Vorderbein ist verrenkt. Wilhelm will nach dem Tier greifen, doch als er sich bückt, überwältigt ihn die Übelkeit. Er wirbelt herum, stolpert zwei Schritte nach vorn und erbricht sich vor der Wand. Dann würgt er, gekrümmt, die Hände auf die Knie gestemmt, und erbricht einen zweiten, übelriechenden Schwall. Die Ferkel flitzen um ihn herum, die Sau grunzt und glotzt ihn verdrossen an. Als Wilhelm die Hände von den Knien löst, ist seine gute Hose voller Schweinekot. »Mist!«, flucht er, betrachtet seine schmutzigen Hände und spuckt aus. Holt tief Luft, nimmt die Grepe und schiebt die Zinken unter das tote Ferkel. Er muss mit dem Fuß nachhelfen, um es richtig aufnehmen zu können, und als er sich aufrichtet, kreidebleich, mit einem galligen Geschmack im Mund, sieht er Josef maliziös an. »Hier, nimm mal«, sagt er. »Mit dem Ding in der Hand kann ich nicht rausklettern.«

Josef nimmt ihm die Grepe ab, wobei er den Kadaver möglichst weit von sich weghält. Er zieht ein angewidertes Gesicht.

»Hat Schiss vor einem toten Ferkel!«, spottet Wilhelm. »Du bist mir mal ein echter Kerl. Gib her.«

Er trägt das leblos auf den Zinken liegende Ferkel aus dem Stall. Als er sich noch einmal umdreht und sieht, wie sich die Sau über seine Kotze hermacht, ringt er ein Würgen nieder. Er wirft den Kadaver auf den Misthaufen, bedeckt ihn mit dampfendem Mist. »Hast du eine Zigarette?«, fragt er Josef.

Der fischt eine verbogene Kippe aus der Brusttasche seiner Arbeitsjacke und bietet sie Wilhelm an, gibt ihm Feuer.

»Oh, Mann!« Wilhelm entlässt diese Worte mit dem ersten Rauchschwall. »Das arme Ding.«

Josef nickt. »Die Dicke«, sagt er, »die ist ein Biest.« Er zündet sich auch eine an. »Na, sie hat ja noch fünf Lüttsche.«

Beide betrachten den Mist, der das Ferkel bedeckt. Ein kleines Geschöpf in einem Grab aus vollgeschissener Streu. Irgendwann wird es auf dem Acker landen, und dort werden sich Krähen oder Füchse am Kadaver mästen. So ist das nun mal, man kann das Tier ja schlecht auf dem Friedhof beisetzen und einen Grabstein aufstellen. Wilhelm senkt den Blick auf die Zigarette. Schwer zu sagen, ob es am Tabak liegt, auf jeden Fall berappelt er sich wieder, sein Kopf ist klarer. Und er hat den Magen entleert, was ihm ein Gefühl der Leichtigkeit beschert. Dummerweise sieht er jetzt selbst saumäßig aus, die

Zigarette klemmt zwischen kotigen Fingern. Er lässt sie fallen, tritt sie aus und sagt zu Josef: »Ich gehe wieder rein. Ich muss mich waschen und umziehen.«

Der genüsslich paffende Josef nickt.

Bevor sich Wilhelm auf den Weg zum Haus macht, lässt er seinen Blick über Misthaufen und Kuhstall gleiten, über die Bäume des Obstgartens und die Weide, hinter der die Bahngleise verlaufen. Wiederum dahinter flirren die Wiesen in der Sonne, und jenseits des Flusses ist das Nachbardorf zu sehen, überspannt von einem blauen Himmel, an dem die Wolken träge zerfasern. So friedlich, denkt er. Der Krieg ist lange vorbei, im Dorf imitieren die Hunde mit ihrem Geheul nicht mehr den Luftalarm, der, für Menschen unhörbar, im vierzig Kilometer entfernten Hannover ertönte. Wilhelm, seine dreckigen Schuhe und Kleider betrachtend, ist wütend auf den Vater, schämt sich aber sofort dafür, denn sein alter Herr lässt sich ja nicht freiwillig festhalten. Er fehlt dennoch, und das seit bald zehn Jahren. Ohne Fotos hätte Wilhelm längst vergessen, wie er aussieht; die Stimme hat er schon nicht mehr im Ohr.

Aus der Durchfahrt kommend, biegt er rechts ab, geht am Pferdestall vorbei und betritt die große Diele. In der Ecke hat er seine Holzgewehre gebastelt, vor einer Ewigkeit, wie ihm scheint, zu einer Zeit, als er helfen musste, aber keine Verantwortung trug. Er betrachtet die unordentliche, spinnwebverhangene Werkbank, als die Tür zum Hausflur geöffnet wird. Dann ein Ruf.

»Ja, Willem, wie siehst du denn aus?«

Da steht Oma Kruse und stiert ihn an. »Die guten Sachen. Pottdreckig! Was hast du denn gemacht? Heute ist Pfingstmontag.«

Als ob Feiertage jemals einen Einfluss auf die Arbeit gehabt hätten, denkt Wilhelm. Er sagt: »Ich musste ein totes Ferkel aus dem Schweinestall holen.«

»Oje, hat die Sau eins erdrückt? Gut, aber du kannst dich doch nicht schmutzig machen wie ein kleiner Bengel!«

Er steht bedröppelt da, sein Blick leert sich, und dann tut sein Rücken weh, als hätte er im Alleingang ein Fuder Heu aufgeladen. »Josef wollte nicht ran«, erwidert er, »also musste ich es tun.« Er reibt sein Kreuz.

Oma Kruse ist im Alter stark abgemagert. Sie wirkt kränklich, und ihre einst knollige Nase läuft nun so spitz zu wie das Wurzelende einer Rübe. Vielleicht ahnt sie, dass ihr nicht allzu viel Lebenszeit bleibt, aber sie will durchhalten, bis ihr Schwiegersohn heimkehrt – sie könne, sagt sie, erst in Ruhe sterben, wenn er zurück sei. »Solange dein Vater nicht zurück ist, bist du der Mann im Haus, Willem«, sagt sie. »Du musst ein Vorbild sein, vor allem für deine Geschwister.«

Der Mann im Haus … Das wird ihm ständig eingetrichtert, sowohl von den Großeltern als auch von der Mutter, und es kommt ihm zu den Ohren heraus. Er hat auf die weiterführende Schule verzichtet, um sich ganz dem Hof widmen zu können, und er tut, was er kann, aber manchmal will er einfach nur mit seinen Freunden feiern oder Sophia treffen … Bei diesem Gedanken überläuft es ihn heiß und kalt. Wann sind sie verabredet? Und wo? Wie konnte er das vergessen? Er ärgert sich über sich selbst und fragt mit fast kindlicher Verzweiflung: »Wie spät haben wir es, Oma?«

Sie verzieht das Gesicht, als litte sie Schmerzen. »Wir essen gleich Mittag«, brummt sie. »Ich habe für alle gekocht.«

Halb eins. Da wird zu Mittag gegessen. Nachmittagskaffee gibt es um halb vier, Abendbrot um sieben. Frühstück steht um sechs auf dem Tisch. Das ist die unumstößliche, ewige Ordnung.

Als Wilhelms Blick noch einmal auf Oma Kruse fällt, die mit verkniffener Miene dasteht, bemerkt er, wie sehr sie seiner Mutter ähnelt, vor allem, wenn diese betrübt ist. »Geht's dir nicht gut, Oma?«, fragt er. »Kann ich dir irgendwie helfen?«

»Ach, was!«, faucht sie. »Zieh dich um. Und wasch dich. So kannst du nicht an die Sonntagstafel. Und überhaupt …« – sie richtet sich auf und fixiert ihn mit trüben, graublauen Augen – »… musst du vernünftig sein. Lass die Finger von der Förstertochter. Die ist nichts für dich. Die hat kein Land. Die hat kein Geld. Die ist nicht besser als ein Flüchtling.«

Wilhelm erstarrt. Er ist knallrot. »Aber …«, stottert er, »da ist doch gar nichts …« Nach kurzem Schweigen fragt er: »Wer, bitteschön, erzählt das denn?«

»Die Mutter vom Horst. Beim Bäcker.«

»Bulitta? Der Mistkerl. Na, den werde ich Mores lehren!«

»Dann stimmt es also.« Seine Oma fuchtelt mit dem Zeigefinger. »Deinem Vater wird das nicht passen, das kann ich dir jetzt schon sagen. Wenn er das erfährt, musst du dich warm anziehen, Willem.«

Er steht kurz da wie vor den Kopf geschlagen, dann braust er auf: »Was wollt ihr bloß alle von mir? Muss ich denn immer spuren? Und wo ist er denn, der Vater? In Polen hinter Stacheldraht und das seit vier Jahren, weil er unbedingt wieder in den Krieg wollte, der Vater. Ich bin der Mann im Haus, das sagt ihr doch alle ständig, oder? Und als Mann mache ich, was *mir* passt.« Nun fühlt er sich doch erwachsen, zumal er das Gefühl hat, Sophia verteidigen zu müssen. Und die Wut, die wieder in ihm hochkocht, weckt endlich, endlich die Erinnerung: um Klocke drei bei der Sandkuhle! Er ist plötzlich mit allem versöhnt, sein Rückenweh wie weggeblasen.

»Ich ziehe mich um, Oma«, sagt er und huscht an ihr vorbei ins Haus.

»Denk an meine Worte!«, ruft sie ihm nach, aber da ist er schon fast oben. Herta Kruse bleibt hinter der Schwelle zur langen Diele stehen, gekrümmt, denn irgendwas schmerzt; irgendwas in ihr drin. Ihr Blick irrt durch den hohen, dämmerigen Raum – was wollte sie hier? Sie hat es vergessen. Also kehrt sie in die Küche zurück, denn um ihre Tochter zu entlasten, übernimmt sie das Kochen. Ihr Mann dagegen liegt den lieben langen Tag auf dem Sofa. Ja, die Mannsbilder, die haben es gut, denkt sie, greift nach dem Löffel und rührt die Ochsenschwanzsuppe um. »Die kleine Wely«, murmelt sie missmutig, als sie Wilhelm oben poltern hört. »Das gibt Knatsch, der Junge wird's erleben.«

Nach dem Mittagessen legt sich Wilhelm nochmal hin, damit seine Kopfschmerzen ganz verfliegen. Er sieht wiederholt auf die Armbanduhr, als befürchtete er, sie könnte den Geist aufgeben. Halb zwei. Er döst vor sich hin.

Das Mittagessen war lecker, vor allem der Schweinebraten, aber die Stimmung war mau. Seine Schwester saß mürrisch da, die Mutter schwieg; die Großeltern Kruse – Oma Leeb besucht ihre Tochter – aßen ebenfalls stumm, genauso Wilhelm. Josef war der Einzige, der den Mund nicht nur zum Essen auftat, aber da niemand an einer Erörterung der Frage interessiert zu sein schien, ob Kastor, der Ochse, ein Furunkel oder vielleicht doch bloß eine Eiterwunde auf der linken Hinterbacke hatte, verstummte er auch.

Schweigen und Missmut sind die Regel. Wann, fragt sich

Wilhelm, wurde in diesem Haus zuletzt gelacht? Er weiß es nicht mehr. Arbeit, Essen, Arbeit, Essen. Als bestünde der Lebenszweck darin, die für die Arbeit erforderlichen Nährstoffe aufzunehmen.

In seinem Tran sieht er Sophia vor sich, die beim Tanzen in seinen Armen liegt. Sie strahlt, ihre Augen, grün wie der Wald, funkeln fröhlich. Ja, sie ist stets heiter und obendrein schick, obwohl ihre Mutter gewiss jeden Pfennig umdrehen muss. Sie lässt sich nicht verdrießen, und ihre Gegenwart erlöst ihn aus seiner Tretmühle. Er wünscht sich, sein Vater möge endlich heimkehren, um ihn zu entlasten, aber in Augenblicken der Erschöpfung ertappt er sich bei einem ganz anderen, geradezu blasphemischen Gedanken, dem nämlich, dass sein Senior, inzwischen so lange abwesend, dass er nie existiert zu haben scheint, besser gefallen wäre, weil dann niemand mehr hoffen, bangen und warten müsste.

Wilhelm wälzt sich auf den Rücken, schaut erneut auf die Uhr. Fünf nach zwei. Um zehn vor drei wird er sich aufs Fahrrad schwingen und zur Sandkuhle sausen, die östlich des Dorfes in der Feldmark liegt.

Da dringen Geräusche an sein Ohr. Er begreift erst mit Verspätung, dass jemand weint. »Die Mutter!«, geht es ihm durch den Kopf. Er springt aus dem Bett, flitzt die Treppe hinunter. Hält unten im Flur kurz inne, um noch einmal zu horchen, und eilt in die kleine Stube. Seine Mutter kauert auf dem Sofa, dessen Rückenlehne sich nicht damit begnügt, als Stütze zu dienen, sondern anderthalb Meter in die Höhe strebt und in einem Regal ausläuft, das von holzgeschnitzten Fuchsköpfen flankiert wird. Dieses moosgrün gepolsterte Monstrum lässt seine Mutter winzig wirken. Sie liegt auf einer Seitenlehne, das Gesicht in den Armen vergraben. Auf dem Stubentisch stehen eine Flasche Klosterfrau Melissengeist und die Porzellandose mit Zuckerwürfeln, daneben liegt ein Esslöffel auf einem aus dem Umschlag lugenden Brief. Im Vorbeigehen erkennt Wilhelm die Handschrift des Vaters. Er flucht insgeheim, als er sich der Mutter nähert, die ihren Kopf hebt und aus verquollenen Augen zu ihm aufblickt.

Wilhelm setzt sich auf die andere Seite des Sofas. »Was ist denn, Mutter?«, fragt er.

»Ach, Junge …« Sie zerknüllt das Taschentuch.

Er nimmt ihre Hand und streichelt sie.

»Immer nur Vorwürfe«, sagt sie, auf den Brief zeigend. »Was mache ich denn falsch?«

»Mutter«, sagt er zärtlich, »Vater ist in Gefangenschaft, da kann er nun mal nicht alles im Blick haben.«

»Ich habe ihm nie genügt. Er hätte Gerda Derking geheiratet, wenn sie Land gehabt hätte. Oder Geld. Gerda ist klüger und flotter als ich.« Sie legt ihr Gesicht in die gleichen bekümmerten Falten wie Oma Kruse; ihre Züge scheinen von der Schwerkraft zum Kinn hinabgezogen zu werden.

Wilhelm, gebeutelt von Mitgefühl für seine Mutter und Zorn auf seinen Vater, umschließt ihre abgearbeitete Rechte mit beiden Händen und erklärt: »Er kann froh sein, dass du den Laden schmeißt. Was hat er denn jetzt schon wieder zu meckern, der Mistkerl?«

»So darfst du nicht von deinem Vater reden.«

»Warum nicht? Er ist ungerecht. Dir gegenüber, meine ich. Wenn er noch hinter Stacheldraht sitzt, ist das seine eigene Schuld. Er hatte ja die Wahl, Mutter.«

»Ja, ja«, seufzt sie, und ihr Blick irrt durch die Stube. »Das stimmt wohl.« Dann weint sie wieder, ausgelöst durch den Anblick der Etagere auf der Anrichte, feinstes Porzellan mit Blümchenmuster und Goldrand, ein Hochzeitsgeschenk ihrer Schwester. »Ach, Willem«, sagt sie, »manchmal kann ich nicht mehr. Und wenn Grete dann noch ungezogen ist ...« Sie entzieht ihm die Hand, geht zum Tisch und schenkt sich einen Esslöffel Melissengeist ein, den sie wie üblich mit einem Zuckerwürfel versüßt. Schließlich setzt sie sich wieder auf das Sofa, lässt ihren Kopf auf die Schulter ihres großen Sohnes sinken. »Ach, Wilhelm«, murmelt sie, »was sollte ich bloß ohne dich machen?«

Er legt einen Arm um sie und kommt sich plötzlich wieder sehr erwachsen vor. Er muss sie unterstützen und beschützen, und sei es um den Preis der Rückenschmerzen, die die Arbeit verursacht. Sobald er merkt, dass sie sich ein wenig beruhigt hat, löst er sich von ihr, indem er noch einmal über ihren Kopf streicht, erhebt sich vom Sofa und greift nach dem Brief, den er in seiner Wut zerknüllt.

»Nicht!«, ruft seine Mutter. »Dein Vater will, dass wir seine Briefe aufheben. Er nummeriert sie. Wenn einer fehlt, wird er das merken.«

Wilhelm streicht das Papier zähneknirschend glatt. Was bildet sich sein Vater ein? Glaubt er wirklich, aus der Ferne richten und urteilen zu können? Sein Blick fällt auf einen Absatz des Briefes, der auf der bestickten Decke liegt:

Was schreiben manche Frauen den Kameraden hier für nette Briefe, so viel Herz, Wärme u. Gefühl liegen darin, manchmal könnte ich heulen. Auf allen Gebieten muss man Ersatzfreuden suchen, niemandem verrate ich, dass es so um mich steht. Warum ist das so, wer hat die Schuld? Habe Dir schon tiefere, sinnreichere Briefe geschrieben, kann mir nicht helfen, habe das Gefühl, dass sie unverstanden in einer Ecke verstauben. Nie hast Du mir im Geringsten zu verstehen gegeben, dass Du versuchst, Dich mir et-

was anzupassen. Heute die Auswirkung, vielleicht sogar das Ende. Schluss nun …

Wilhelm lässt die Hand auf den Brief klatschen. Ja, Schluss jetzt. Was will der Alte? Sie rackern sich hier ab, um alles am Laufen zu halten, und er klagt über fehlendes Verständnis? Sein Vater ist es, der nicht versteht. Er dreht sich zur Mutter um und sagt: »Vergiss den Unsinn, Mutter. Er hat keine Ahnung.« Er schüttelt missmutig den Kopf, schaut auf die Uhr: viertel vor drei.

»Willst du noch weg, mein Junge?« Käthe Leeb steht auch auf. Sie steckt das Taschentuch in die Schützentasche, bindet ihr Kopftuch neu.

»Ja. Ich bin … verabredet«, antwortet er ausweichend.

Seine Mutter legt ihm eine Hand auf die Wange und sieht zu ihm auf. »Mit einem Mädchen?«, fragt sie, und er meint, eine gewisse Schärfe aus ihrer Stimme herauszuhören.

Er druckst herum, tritt von einem Fuß auf den anderen.

Der Blick seiner Mutter dunkelt sich ein. »Lass dich ja nicht einwickeln, Willem«, mahnt sie. »Heute kennen die Mädchen keinen Anstand mehr. Nicht, dass du …« – sie zögert kurz – »… vor den Traualtar musst wie dein Opa Leeb. Sei vorsichtig. Lass dir das Leben nicht ruinieren.«

Wilhelm nickt irritiert. Er kann seiner Mutter nicht grollen, ärgert sich aber – Sophia hat Anstand, sie würde kein Leben »ruinieren«. Was ist das bloß? Zuerst Oma Kruse, nun seine Mutter. Halten ihn denn alle für bekloppt? »Ich weiß schon, was ich tue, Mutter«, erwidert er und kann seine Gereiztheit nicht ganz verhehlen.

Nun wirkt sie betroffen, fast bange. »Ja, Willem, ich weiß, du bist ein guter Junge. Geh man ruhig.«

Sie steckt den Brief des Vaters in den Umschlag, legt ihn danach zu den anderen Briefen in die Schachtel, die sie unten ins Büffett stellt.

Als Wilhelm die Tür hinter sich schließt, verdickt sich die Wut auf seinen Vater zu einem Klumpen, der ihm bleischwer im Magen liegt.

Das Fahrrad, auf dem schon Opa Leeb durchs Dorf radelte, lehnt auf der langen Diele an einem Ständer. Wilhelm muss erstmal Staub vom Sattel wischen, und die Griffe sind auch dreckig, wie er beim Zupacken merkt. Klocke drei. Er wird sich verspäten, und das fuchst ihn. Da heißt es immer, er sei der Mann im Haus, ist aber nicht sein eigener Herr, sondern wird gegängelt wie ein Grünschnabel: *Nicht besser als ein Flüchtling … Die heutigen Mädchen …*

Was für ein Tag!

Kann nur besser werden, denkt er, als er sich draußen auf den Sattel schwingt. Der Hof liegt tiefer als die Straße, und die Ausfahrt ist so steil, dass selbst die Ochsen bei manchen Fuhren ihre Mühe haben. Wenn Kastor und Pollux schwächeln, wird Josef stets wütend, weil er sich in seinem Stolz auf die Tiere gekränkt fühlt, dann flucht er wie ein Bierkutscher und dreht ihnen den Schwanz um, damit sie wieder auf Trab kommen.

Wilhelm schwächelt auch, als er die Steigung nimmt, wohl eine letzte Nachwirkung der durchzechten Nacht, strampelt dann aber so rasant über das Kopfsteinpflaster, dass die alte Chaise klappert. Er biegt bei der Schmiede links ab und erblickt, sobald er die letzten Häuser hinter sich gelassen hat, die am Rand der Feldmark gelegene, von Birken gesäumte Sandkuhle. Fast jedes Dorf hat eine solche Kuhle, sie dient als Müllkippe, in der man ablädt, was anfällt, sogar defekte

Möbelstücke und Geräte. Bauer Frieling hat einen kompletten Pferdegöpel darin versenkt. Was da unter Sand und Erde verborgen liegt, ist eine Vorstellung, die Wilhelm seit langem fasziniert. Über den Feldweg holpernd, malt er sich aus, was er fände, wenn er den Spaten ansetzte: verrottende und verrostende Artefakte, Gebeine, eine Schatulle mit Liebesbriefen, zum Vermodern verdammte Geheimnisse …

Da rumpelt das Vorderrad durch ein Schlagloch. Die Wucht reißt Wilhelms Blick in die Höhe, und er bemerkt, dass sich im Südosten, über dem Brocken, dunkle Wolken ballen. Sie sind aber noch weit weg, die Sandkuhle liegt im Sonnenschein und mit ihr eine kleine Gestalt. Sein Herz tut einen Satz, das muss Sophia sein! Sie erwartet ihn, die Arme hinter dem Rücken verschränkt, und sieht lächelnd zu, wie er vom Fahrrad steigt.

»Entschuldige«, japst er, »aber zu Hause … Ich wurde aufgehalten.«

»Du bist ein Bauer«, erwidert sie. »Da musst du nicht pünktlich wie ein Maurer sein.«

Wilhelm grinst. »Mann!«, sagt er. »Meine Familie geht mir manchmal so auf den Senkel, das glaubst du gar nicht.«

Sophia, vor einer Birke stehend, deren Frühlingslaub in der Brise tanzt, sieht in ihrem rot-weiß gewürfelten, taillierten Kleid bezaubernd aus, findet er, spricht dies nach kurzem Zögern auch aus.

Sie freut sich über das Lob. Seit der Währungsreform gibt es zwar wieder Ware in den Läden, aber daheim ist das Geld knapp, und deshalb hat sie das Kleid aus Bettzeug genäht, das Annemarie Haarstick, eine Freundin ihrer Mutter, aussortiert hatte. Feines weißes Leinen wäre ihr lieber gewesen, nur ist es seit jeher den Bauern vorbehalten; die karierten, groben

Bezüge waren für das Gesinde gedacht. Sie ist dennoch froh darüber, schneidert auch gern, denn was sie selbst entwirft und näht, ist für sie kostbarer als das teuerste Kleid von der Stange.

Wilhelm lehnt das Fahrrad gegen einen Baum. »Nicht mal an einem Feiertag hat man seine Ruhe«, murmelt er, doch als er sich wieder zu Sophia umdreht, fühlt er sich so gelöst wie seit langem nicht mehr.

»Wir wollen von anderen Dingen reden«, meint Sophia.

»Ja«, stimmt er zu, und dann spazieren sie in züchtigem Abstand durch die Feldmark. Rechterhand erhebt sich der Lahberg mit seinen pappelbestandenen Schultern, dahinter erstreckt sich die Silhouette des Harzes. Sie gehen auf den Wald zu, in dem er nachts gebechert hat, und Wilhelm denkt: Zu blöd. Wir hätten uns dort verabreden sollen. Hier sind wir wie auf dem Präsentierteller ... Er sagt laut: »Jede Wette, dass die alten Herren immer noch ihren Rausch ausschlafen.«

»Im Gräwig?« Sophia lacht. »Sind sie denn nicht nach Haus gegangen?«

»Die waren hackevoll«, antwortet Wilhelm. »Wir hätten sie schon schleppen müssen, aber keiner hatte Lust dazu.«

»Wieso heißt der Wald eigentlich Gräwig?«

»Gute Frage.« Wilhelm denkt nach, den Blick auf den unebenen Weg gesenkt. »Vielleicht heißt es ›gräflich‹, denn er war lange im Besitz der Grafen. Oder ...« – er sieht auf – »... der Name kommt von ›Gräwing‹. Das ist eine alte Bezeichnung für den Dachs.«

»Dachswald«, sagt sie. »Das klingt schön.«

»Na ja«, erwidert Wilhelm, »ist nur eine Theorie.«

Sophia blickt lächelnd zu ihm auf. »Wie gut, dass du nicht

zu den Leuten gehörst, die sich einbilden, sie wüssten auf alles eine Antwort.«

»Ja?«

»Ja«, bekräftigt sie und ergreift kurz seine Hand.

Der errötende Wilhelm starrt ein Feld an. Er begreift erst mit Verspätung, dass es im Besitz seiner Familie ist; die Triebe der Sommergerste, die er gedrillt hat, bilden einen zartgrünen Flor. Hier hat er damals mit frisch operierten Zehen gepflügt. Als sie den Waldrand erreichen, zeigt Sophia auf einen Hochsitz und sagt: »Komm, wir klettern rauf.«

Oben ist es eng, und sie sitzen dicht nebeneinander. Diese Nähe, obgleich ersehnt, lässt Wilhelm erstarren, und er bleibt stumm.

»Herrlich, so ein Hochsitz«, sagt Sophia nach einer Weile. »Würdest du gern auf die Jagd gehen?«

Er räuspert sich. »Ich glaube, das ist nichts für mich«, antwortet er. »Mein Vater hat mal gejagt, aber seine Gewehre liegen jetzt in der Jauchegrube.«

»Ehrlich?«

»Ja. Meine Oma hat sie reingeworfen, bevor die Amis kamen.«

Sophia lacht. »Du hast ja eine patente Oma.« Und sie ergänzt: »Waffen sind grässlich. Gut, dass die Dinger weg sind.« Sie zupft ein Blatt von der Eiche, unter der sie sitzen, und rollt es auf, späht hindurch, als wäre es ein winziges Fernrohr.

Wilhelm lacht verlegen. Sophias Oberschenkel liegt an seinem, und er spürt, wie sie mit den Beinen schlenkert. Was ihn belastet, ist wie weggeblasen, während er auf dem Hochsitz neben der Förstertochter sitzt, die so wunderbar duftet in ihrem gestärkten, rot-weißen Kleid. Auf ihrem Nacken kräuseln sich Härchen, ein paar kastanienbraune Strähnen wehen in der Brise. Kein Mädchen im Dorf ist hübscher, keines aparter, keines adretter, keines fröhlicher. Ihre bloße Gegenwart ist ein Labsal. Und da motzt seine Oma, fühlt sich die Mutter bemüßigt, ihn zu warnen? So ein Unsinn! Sie werden schon noch begreifen, dass Sophia ein ganz feines Mädchen ist, und seinem Vater wird es genauso ergehen. Wer wäre von ihr nicht bezaubert?

Der entzückte Wilhelm lächelt in sich hinein, ohne zu merken, dass Sophia ihn betrachtet.

»Na, nun lächelst du!«

»Wieso?«, fragt er überrumpelt. »Habe ich etwa die ganze Zeit grimmig dreingeschaut?«

»Du bist oft mucksch.« Sie zieht eine Grimasse, um ihn zu necken. »Obwohl dir das gar nicht steht.«

Er zuckt mit den Schultern. »Ich habe so viel um die Ohren. Und mein Vater ist noch in Gefangenschaft.«

»Man liest immer öfter von Heimkehrern«, sagt Sophia. »Er ist bestimmt bald wieder da.«

Wilhelm nickt. Dann entfährt ihm: »Er wird dich auch mögen!« Sobald ihm dämmert, was er da gesagt hat, rötet sich sein schmales Gesicht, und er rutscht verlegen hin und her, was auf dem engen Sitz jedoch zur Folge hat, dass die Tuchfühlung noch intensiver wird. Nun ist auch Sophia verlegen. Sie nestelt am Kleid, wendet sich ab und betrachtet die Felder zwischen Wald und Dorf. Schließlich sagt sie: »Ich habe dich auch gern.« Sie sieht weiter geradeaus, doch ihr Mundwinkel kräuselt sich zu einem Lächeln.

Ein Mäusebussard, der über den Feldern kreist, hält rüttelnd inne. Wilhelm beobachtet ihn, um sich abzulenken. Er wagt es nicht, genauer über Sophias Worte nachzudenken, denn er will sich keinen vergeblichen Hoffnungen hingeben, kann aber nicht verhindern, dass er einige holpernde Herzschläge später von unbändiger Freude erfüllt wird. Als er schließlich scheu einen Arm um sie legt, sinkt ihr Kopf gegen seine Schulter. Der Bussard schwingt sich herum und fliegt weiter; die Beute scheint entwischt zu sein.

Und die zwei jungen Menschen sitzen stumm da, versunken in den Anblick der Saaten.

August 1962 – Die Totenfrau

Während Gerda zur Haustür geht, als müsste sie durch zähen Schlamm waten, sitzen ihre Freundinnen da und rechnen mit dem Schlimmsten. Fräulein Bernhard atmet flach, Lisbeth zupft nervös an ihrer Schürze. Heini dagegen, der Kater mit Schmierfett im Fell, liegt entspannt auf den sonnenwarmen Steinplatten und lässt seinen Schwanz tanzen.

»Ja, wenn die Menschen nicht wären«, murmelt Lisbeth, die ihn betrachtet, »dann könnte die Welt so herrlich sein.«

Fräulein Bernhard schnaubt. Sie trommelt mit den Fingern auf die Tischplatte, dass ihre Ringe klacken. Als Gerda zurückkehrt, erstarrt Lisbeth wieder, sieht jedoch aus den Augenwinkeln, dass ihre Freundin erleichtert wirkt. Im nächsten Moment erblickt sie eine junge Frau mit kastanienbraunen Haaren und Sommerkleid.

»Fräulein Wely«, sagt Fräulein Bernhard. »Ach …«

»Bitte entschuldigen Sie die Störung. Aber …« – Sophia, ein Taschentuch umklammernd, sinkt auf den Stuhl – »… ich weiß nicht wohin, und ich darf nicht nach nebenan.«

Fräulein Bernhard betrachtet sie anerkennend: so apart, so elegant. Dieses Mädchen ist keine Landpomeranze, nein, sie könnte auch erhobenen Hauptes durch Stettin flanieren. Und sie fragt: »Wie halten Sie sich bloß die Männer vom Leib, junge Dame?« Die Blicke, die ihr Lisbeth und Gerda zuwerfen, sind so entrüstet, dass sie unwillkürlich den Kopf einzieht. »Ich meinte ja nur …«, murmelt sie. »Ich wollte nicht …«

»Nun sind Sie aber mal stille«, faucht Gerda. »Herrgott!«

Das Fräulein verstummt beschämt.

»Wir haben nur Holunderlikör«, sagt Gerda. »Möchten Sie ein Gläschen?«

Die junge Frau nickt. »Gern.«

»Sie dürfen nicht nach nebenan?«, fragt Lisbeth ungläubig.

»Wilhelms Vater hat es verboten.« Sophia nippt und tupft ihre Lippen mit dem Taschentuch ab. Strafft es danach mit beiden Händen und starrt es so lange an, dass Gerda beunruhigt denkt: Meine Güte, sie ist bleich wie Buttermilch und Spucke.

»Ich muss schon sagen«, brummt das Fräulein trotz Gerdas Rüge, »der Mann ist ein Schinder.«

Der Kater gähnt fiepend, dann rollt er sich auf den Rücken und reckt alle viere, aber niemand krault seinen Bauch.

Und niemand spricht. Die vier Frauen sind stumm, ihre Augen blinde Spiegel. Nach einer Weile reißt sich Gerda aus ihrer Rammdösigkeit und betrachtet Sophia verstohlen. Das Fräulein hat recht, die junge Frau ist eine Ausnahme, und das nicht nur äußerlich, denn sie wahrt ihre Fassung, ringt jedenfalls darum. Vielleicht versteht sie mit Verlusten umzugehen, weil ihr Vater so früh starb. Gerda kann sich gut an Ernst Wely erinnern, der nicht nur ein fähiger Förster, sondern auch jemand mit eigenem Kopf war, immun gegen die Nazi-Propaganda der Unmenschlichkeit. Er erlag den Folgen eines Herzinfarkts, ein Jammer, aber seine Tochter ist wahrhaftig ein Juwel, und da gibt sich der alte Wilhelm so schnöselig? Das ist der ebenso alberne wie altbackene Standesdünkel: Ein Hoferbe muss ebenbürtig heiraten, am besten eine Landwirtstochter, deren elterlicher Hof ähnlich groß ist. Eine Halbwaise ohne anständige Mitgift ist indiskutabel, wie Gerda weiß.

Sophias Blick ist glasig, ihre Augen sind gerötet. Sie fischt einen Zettel aus der Tasche und beginnt, ihn zwischen Zeigefinger und Mittelfinger durchzuziehen, als wollte sie ihn glätten. Sie tut das wie weggetreten, und Gerda wendet sich ab. Als das Fräulein etwas sagt, ist sie fast erleichtert.

»Mal ganz unter uns Pastorentöchtern: Das musste so kommen mit den Leebs.«

»Na, na«, mahnt Gerda, »Sie übertreiben wieder.«

»Man kann auch zu viel Verständnis haben«, entgegnet die Bernhard. »Nicht alles lässt sich entschuldigen.«

»Schon richtig, aber man darf auch nicht einseitig denken.«

»Ich finde auch«, flicht Lisbeth ein. »›Wer von Euch ohne Sünde ist, der werfe als Erster einen Stein‹.«

»Welche Sünde sollte ich begangen haben?«, empört sich das Fräulein. »Ich weiß von keiner.«

»Genug«, befiehlt Gerda mit einem Seitenblick auf Sophia. »Denkt ihr denn nur an euch?«

»Nein«, murmelt Fräulein Bernhard, und Lisbeth schweigt.

Der Kater liegt in der Sonne, und die Mücken tanzen, im Obstgarten der Haarsticks tiriliert eine Amsel, und eine Wolke zuckelt am Himmel dahin. Auf der Bundesstraße, die das Dorf durchschneidet, brummen Autos und Laster, im Norden kräuselt sich der Rauch aus den Schloten des Stahlwerks und im Süden aus den Schloten der Hütte.

Als Gerda wieder zu Sophia blickt, sitzt diese zusammengesunken da, Gesicht und Brust hinter ihren Haaren verborgen, und wedelt eine Wespe weg.

»Erzählen Sie doch, Fräulein Wely.« Gerda ergreift die Hand der jungen Frau. »Das kann eine Erleichterung sein.«

»Erzählen? Was denn?« Sophia entzieht ihr die Hand. Richtet sich auf, teilt ihre Haare mit beiden Händen vor dem Gesicht und wirft sie über die Schultern. »Fürchten Sie sich auch so vor Hornissen?«, fragt sie unvermittelt.

»Oh …« Gerda ist verblüfft. »Wenn man sie nicht reizt, hat man nichts zu befürchten, denke ich.«

»Ich habe schreckliche Angst vor Hornissen. Schon der Name klingt bedrohlich, finden Sie nicht auch? Gibt es bei Ihnen ein Nest?«

»Nicht, dass ich wüsste«, antwortet Gerda.

»Und nebenan?« Die junge Frau sieht sie furchtsam an. »Gibt es eines drüben bei den …« Sie greift fahrig nach dem Zettel, den sie auf den Tisch gelegt hat. »Sieben Stiche töten ein Pferd, drei einen Menschen, sagt man.«

»Ein Essigschwamm«, flicht Lisbeth pragmatisch ein. »Der lindert Schmerz und Schwellung. Das weiß ich aus der alten Heimat. Dort haben wir …«

Gerda unterbricht sie: »Hornissen sind hier selten, junge Frau, keine Sorge.«

»Ich habe ja solche Angst«, wiederholt Sophia, »vor diesen scheußlichen Biestern.« Sie verstummt, sichtlich um Fassung bemüht. »Sie haben zwei Kriege miterlebt«, sagt sie nach längerem Schweigen, wobei ihr Blick über die drei alten Frauen irrlichtert. »Sie sind lebenserfahren.«

Lisbeth nickt betrübt.

»Tja«, erwidert Gerda, »man sammelt so seine Erfahrungen, das ist richtig. Ob man daraus etwas lernt, steht auf einem anderen Blatt.«

»Mag sein.« Sophia Wely beginnt wieder, den Zettel glattzustreichen. »Aber vielleicht können Sie mir trotzdem sagen … ist das Leben nur Kummer und Schmerz?«

Fräulein Bernhard richtet sich kerzengerade auf und erklärt: »Zuversicht, meine Liebe. Ich bin durch die Flucht tief gefallen – aus Kaufmannsstand und Stadt in dieses Dorf, aber die Zuversicht, nein, die habe ich nie verloren.« Sie sieht sich triumphierend um.

»Ja, das stimmt«, murmelt Lisbeth. »Ich hoffe weiter, dass mein Hermann heimkehrt.«

»Sicher nicht nur Kummer«, beeilt sich Gerda, die junge Frau zu trösten, »aber man kassiert seine Nackenschläge. Viele halten das aus, aber manchen bricht es das Genick …«

»Das ist nur allzu wahr«, pflichtet das Fräulein bei. »Es bedarf innerer Stärke.« Sie kommt nun richtig in Fahrt. » Stolz, entschlossen, unverdrossen. Das hat mein Vater oft gesagt. Ich weiß noch, wie er im Salon im Ohrensessel saß, die Zigarre zwischen den Fingern, mit Vatermörder, Krawatte, Weste und gepflegtem Schnauzbart. Selbstdisziplin! Ebenso meine Mutter …« Sie verstummt, weil sie bemerkt, dass Sophia wieder ins Leere starrt. Die Wangen der jungen Frau sind nun nicht mehr bleich, sondern fiebrig gerötet.

Das fällt auch Gerda auf. Sie huscht ins Schlafzimmer, um ihre Tasche zu holen. Zurückgekehrt, kramt sie darin herum und fragt: »Möchten Sie ein Alka Seltzer, Fräulein Wely?«

Die schüttelt ablehnend den Kopf. »August …«, sagt sie wie zu sich selbst. »Nicht mehr lange, dann ist Herbst, dann findet die Fuchsjagd statt.«

»Ja. Tja. Ja, ja« murmelt Fräulein Bernhard unbehaglich. »Das stimmt. Die Fuchsjagd. Halali und Hörnerschall. Ich muss gestehen, dass ich dem wenig abgewinnen kann.«

»Wir waren immer bei der Fuchsjagd. Nie zu Pferd, nein«, erzählt Sophia versonnen, »sondern meist zu Fuß, manchmal mit dem Fahrrad. Wunderbar, wenn der Nebel über den Feldern hing, und die Gerüche ... so herb, nach Laub und nach Erde. Dann die Rast bei der ehemaligen Ziegelei im Nachbarwald. Da durften sogar Zaungäste wie wir von den belegten Broten essen, und wenn es auf dem Fahrrad den Lahberg hinauf ging, hat Wilhelm mir einen Schubs gegeben, damit ich an Schwung gewinne. Ach, war das herrlich.« Sie legt die Hände auf ihre heißen Wangen.

»Sie sind jung, Fräulein Wely«, sagt Gerda unsicher. »Sie haben noch alles vor sich.«

Sophia holt rüttelnd Luft. »Dieser Scheißkerl«, zischt sie unvermittelt.

»Oh ...« Fräulein Bernhard schaut entsetzt drein.

»Dieser verdammte Idiot.« Sophia starrt die alte Stettinerin an. »Und Sie – Sie sitzen hier herum und warten. Worauf? Auf den Einsatzbefehl? Darauf, zum Gemetzel kommandiert zu werden?« Sie ballt die Fäuste, presst dann hervor: »Ich verabscheue Sie alle. Ihre ganze Generation von Mördern und Mitläufern. Sie haben meinen Vater auf dem Gewissen.«

Lisbeth und Gerda schweigen betreten. Fräulein Bernhard dagegen sagt empört: »Mäßigen Sie sich. Glauben Sie, ich ließe mich ohne Grund beschimpfen? Sie enttäuschen mich zutiefst, junge Dame.« Sie erhebt sich und rauscht zum zweiten Mal an diesem Tag beleidigt ab, schenkt ihren verdatterten Freundinnen nur ein kurzes Nicken.

Gerda dreht sich nach Heini um, aber er ist auch weg. Im nächsten Moment entdeckt sie einen frischen Maulwurfshaufen auf ihrem Rasen. Welcher Maulwurf wirft zu dieser Stunde? Die Welt, denkt sie, spielt wahrhaftig verrückt.

Lisbeth sagt zaghaft: »Fräulein Wely, es ist ja verständlich, dass Sie durcheinander sind, aber bitte beruhigen Sie sich.«

Die junge Frau denkt nicht daran. Ihr Schmerz ist in Wut

umgeschlagen, die sie nun blindlings versprüht. Ihre geröteten Augen blitzen, als sie erklärt: »Mein Vater … der wurde von den Nazis in die Ecke getrieben, weil er anders dachte – gütig –, und keiner in diesem Dorf ist ihm beigesprungen, niemand! Nichtstun ist nicht nur feige, sondern eine Form von Gewalt. Haben Sie je darüber nachgedacht in Ihrem achso-langen Leben?« Nun lacht sie, wenn auch etwas zu schrill, ein unschöner Klang.

Sie hat nicht ganz unrecht, was ihren Vater betrifft, denkt Gerda, hütet sich jedoch, etwas zu sagen, um Sophia nicht noch weiter zu befeuern.

»Alle laufen mit«, fährt die junge Frau fort, »und gleichzeitig tönen alle herum. Sie glauben ja nicht, wie mich diese ewige Großtuerei anwidert, zumal der Männer. Alles ewige Halbstarke, die sich für echte Kerle halten, obwohl sie in Wahrheit kleine Jungs sind …« Sie zerknüllt den Zettel in ihren Händen. »Das ist erbärmlich.«

Lisbeth ist nun doch etwas verstört. Sie wird zusehends unruhiger, rutscht auf ihrem Stuhl hin und her, sieht sich um.

»Mein Wilhelm«, stößt Sophia hervor, die Fäuste im Schoß ballend, »der ist nicht so, aber diese Halbstarken, die haben ihn zermürbt, diese Mistkerle, die jede noch so kleine Schwäche wittern und zuschlagen, obwohl sie alt und grau sind und nach all den Jahren eigentlich etwas dazugelernt haben müssten.« Sie beißt die Zähne zusammen, ihr Gesicht ist wieder kalkweiß.

Gerda, die ahnt, wer gemeint ist, fühlt sich nun doch bemüßigt, einzugreifen. »Mein liebes Fräulein Wely, Sie mögen ja in manchem recht haben, aber Ihr Wüten ändert nichts.« Und sie ergänzt etwas uninspiriert: »Trinken Sie noch einen Schluck Holunderlikör.«

Daraufhin fegt Sophia ihr Glas vom Tisch. Es knallt gegen die Hauswand und zerbirst. Beim Klirren zuckt sie zusammen. Ihr Blick klärt sich, als würde sie zur Besinnung kommen, aber im nächsten Augenblick verzerrt sich ihr Gesicht, es bilden sich Falten wie bei einer Greisin. Sie wirft den zur Kugel zerknüllten Zettel weg und steht auf.

»Bitte verzeihen Sie«, sagt sie dann, auf die Stuhllehne gestützt. »Ich habe Ihnen die Gastfreundschaft schlecht vergolten. Bitte ...« Sie verstummt, wendet sich ab und entfernt sich so langsam, als könnte sie ihren Beinen nicht mehr trauen.

»Bleiben Sie doch«, ruft Gerda ihr nach. »Wir verstehen ja. Wir sind keineswegs ...«

Aber da fällt die Haustür zu.

Nachdem die beiden Frauen eine Weile still dagesessen haben, murmelt Lisbeth: »Das arme Ding.«

Gerda lässt eine flache Hand auf den Tisch klatschen. »Ich kann die junge Frau gut verstehen«, sagt sie. »Und warum lässt man uns so lange warten? Das ist unerträglich!« Sie erhebt sich, geht zur Abstellkammer, die sich zur Terrasse öffnet, und holt eine Schaufel heraus. Dann stapft sie auf den Rasen und beginnt, ihrer schmerzenden Hüfte nicht achtend, den Maulwurfshaufen wegzuschaufeln, wirft die Erde über ihre Schulter, ohne einen Gedanken daran zu verschwenden, wo sie landet. Lisbeth schaut verdattert zu, rafft sich dann auf und holt Handfeger und Kehrblech, um die Scherben des Likörglases zu beseitigen, und derweil taucht Heini aus den Rabatten auf und huscht mit einer Wühlmaus im Maul unbemerkt ins Haus.

Gerda schaufelt, graue Strähnen ihres aufgelösten Dutts im Gesicht, sie stößt das Blatt in den Boden, als wollte sie ein

Loch graben, sie beginnt zu schwitzen, und während sie ihrem Zorn freien Lauf lässt, erinnert sie sich an eine Begebenheit, die einige Jahre zurückliegt. Damals half sie in der Gastwirtschaft aus, einen knappen Kilometer nördlich des Dorfes gelegen und Ilseder Mühle genannt, weil dort einst eine Bockwindmühle stand. Die Arbeit hinter der Theke missfiel ihr, denn es war laut und verraucht, und obwohl sie nicht mehr die Jüngste war, wurde mancher zudringlich, wenn er zu viel intus hatte. Und eines Abends …

… eines Oktoberabends saß Wilhelm Leeb senior mit einigen Zechkumpanen am Tisch in der Auslucht, und die Tassen gingen hoch. War es das Schüsseltreiben nach der Jagd? Auf jeden Fall diskutierten die Männer hitzig, anfangs über Politik, und Gerda spitzte ihre Ohren, die sie aber bald wieder verschloss, weil sie nur reaktionäre Phrasen zu hören bekam. Schließlich begann Leeb senior, leicht beduselt, seine Pläne für den Bau einer Reithalle darzulegen. Als er merkte, dass diese in der Runde teils auf Skepsis, teils auf Ablehnung stießen, wurde er vehementer und unterstrich seine Argumente, indem er mit der Faust auf den Tisch schlug.

»Visionen muss man haben«, dröhnte er. »Ja, was seid ihr denn so zaghaft? Als Vorsitzender des Reitvereins sage ich: Wir brauchen eine Reithalle. Wo sollen die Kinder das Voltigieren lernen? In einer Kartoffelscheune? Ein ordentlicher Verein braucht ordentliche Räume. Ordentlich, Leute, ordentlich muss es zugehen!« Und er genehmigte sich noch einen Korn.

»Ist ja richtig, Wilhelm«, entgegnete einer. »Aber das kostet, und woher nehmen und nicht stehlen? Oder hast du das in der Portokasse?«

»Zuschüsse. Umlagen. Spenden. Was weiß ich. Das klappt schon irgendwie, man muss es nur wollen.«

Allgemeines Brummeln und Kopfschütteln.

»Du kannst gern mit dem Klingelbeutel rumgehen. Ich mache das bestimmt nicht«, meinte ein anderer.

»Du bist doch ein Reiter«, argumentierte Leeb senior, »du bist einer von uns. Du musst das doch einsehen. Habt ihr denn keinen Mumm in den Knochen? Man muss das einfach anpacken. So haben wir das im Osten auch gemacht – damals, in der Ukraine – was haben wir da nicht alles aus dem Boden gestampft. Das hat geklappt. Warum nicht hier?«

»Im Krieg, ja, da ging das alles auf Befehl, aber so ist das nicht mehr, Wilhelm, die Zeiten haben sich geändert. Heute gibt's das nicht umsonst. Heute kannst du keine Zwangsarbeiter ordern, die deine Reithalle aus konfiszierten Materialien zusammenzimmern«, wandte Heinrich Haarstick ein.

»Warst du im Kriege, Drückeberger?«, giftete Leeb. »Nein. Du solltest also besser still sein.«

Haarstick, mit großem Selbstbewusstsein gesegnet, lachte bloß. »Wenn du das sagst, du Goldfasan ...«

»Ich war kein Goldfasan!« Der empörte Leeb ging zum Angriff über. »Du hast doch Geld. Du könntest was spenden. Zum Wohle aller. Na?«

»Vielleicht zum Wohle aller Reiter«, konterte sein Kontrahent, »aber ich reite nicht. Pferde interessieren mich nur als Ackergäule, und damit ist bald Schluss. Nicht mehr lange, dann sind wir alle motorisiert, wir Landwirte, dann kannst du deinen Terek und deinen Bubi zum Abdecker bringen.«

»Ich werde im Dorf den ersten Trecker haben«, tönte Leeb, »und trotzdem Pferde. Du wirst es erleben!«

»Das sind ungelegte Eier.«

»Mein jüngerer Sohn …« – Leebs Stimme überschlug sich fast – »… der ist ein famoser Reiter, der setzt hoch zu Ross über dein Hoftor und spuckt dir dabei auf die Glatze.«

Haarstick strich über seine lichten Haare; jetzt war er doch getroffen. Er griff nach dem Bier. »Bau deine beschissene Reithalle man alleine«, knurrte er und leerte das Glas.

Danach redeten sie sich quer über den Tisch hinweg die Köpfe heiß.

Als der Wirt, ein Tablett in der Hand und ein Tuch über dem Arm, wieder einmal zur Theke kam, sagte er leise zu Gerda: »Mensch, dieser Leeb. Und was der an Sitzfleisch hat. Es ist bald Klocke elf. Muss er denn nicht nach Hause? Haarstick ist gegangen, das ist mir ein Mann mit Verstand.«

»Ein Glück, dass die beiden nicht wieder darüber gestritten haben, wer von ihnen die größere Beerdigung haben wird«, meinte sie.

»Gibt es denn keinen, der ihn mal auf den Pott setzt?« Der Wirt knallte das Tablett auf die Theke. »Nochmal das Gleiche«, sagte er. »Die wollen sich offenbar die Lichter ausblasen.«

Die Zeit verstrich, die Wirtschaft leerte sich, aber Leeb senior redete immer noch auf die beiden Vorstandsmitglieder des Reitvereins ein, die den harten Kern seiner Truppe bildeten. Er kriegt seine Reithalle, dachte Gerda, während sie Gläser wienerte, und wenn es Jahre dauert. Man kann ja manches gegen ihn sagen, aber er hat seinen Willen.

Gegen halb zwölf, der Wirt gähnte und warf ungehaltene Blicke auf die letzten drei Zecher, ging die Tür auf, und ein junger Mann trat in die Schwaden des Tabaknebels, die in der Wirtsstube waberten. Gerda sah, wie er innehielt und blinzelte und dann den Tisch in der Auslucht ansteuerte. Es war Wilhelm Leeb junior, damals Ende zwanzig, ein langes, schmales Ende mit dunkelblonden Haaren und Seitenscheitel. Er gehörte zur ruhigen Sorte, aber an diesem späten Abend wirkte er verärgert. Er trat neben seinen Vater, der ihn zunächst nicht wahrnahm, und sprach ihn an.

»Vater«, hörte Gerda ihn sagen, »komm mit nach Hause. Es ist bald zwölf, und die Mutter macht sich Sorgen. Ich bin zu Fuß gekommen, ich kann fahren.«

Leeb senior drehte sich zu ihm um. »Na, sieh einer an, der Sohnemann«, sagte er, indem er die Zigarette senkte. »Du siehst doch, dass ich mit Walter und Rudolf zu reden habe. Wir planen den Bau der Reithalle.«

»Ich fahre dich jetzt nach Hause, Vater. Es ist spät genug. Mutter findet keinen Schlaf, solange du weg bist. Komm bitte mit.«

Der Senior drückte die Kippe aus, griff nach der Schachtel Attika und zog eine frische Zigarette heraus, die er mit einem Streichholz anzündete. Er blies Rauch aus und sagte zu seinen Freunden: »Hängt immer noch an Muttis Rockzipfel, der Junge.« Gerda sah ihn winken. »Eine letzte Runde, Mamsell!«

»Ich habe bald genug«, gestand Rudolf Bartels, ein Landwirt aus dem Nachbardorf. »Und meine Frau, die …«

»Na, komm schon«, unterbrach Leeb senior. »Schwächelst du etwa? Diese letzte Runde kannst du deinem Vorsitzenden nicht ausschlagen. Denk an den Ruhm, den wir als Initiatoren des Baus einer Reithalle ernten werden. Darauf müssen wir anstoßen.«

Gerda sah, wie sich Leeb junior zu ihr umdrehte und den Kopf schüttelte. Sein Vater, der es bemerkte, blaffte: »Halt dich raus, Wilhelm. Ich führe das Kommando, sowohl hier als auch auf dem Hof. Deine Mutter soll mir schon mal Brote schmieren, denn ich bin bestimmt hungrig, wenn ich heimkomme. Danach kann sie sich gern in den Schlaf weinen.« Er lachte seine Freunde an, die betreten schwiegen.

Gerda wechselte einen Blick mit dem Wirt, und als sie Bier zapfen wollte, winkte er ab. Auch das bekam Leeb senior mit. Er rief: »Hansi, du bringst uns Bier und Korn, aber zackig! Stell dir den Umsatz vor, den du machst, wenn hier eine Reithalle steht. Die Leute werden dir die Bude einrennen.«

Der Wirt nickte Gerda resigniert zu. »Gut. Man hin. Der Gast hat immer recht.«

Gerda begann, das Bier zu zapfen, ein Pils aus der lokalen Härke-Brauerei. Sie warf einen Blick auf Leeb junior, der nicht wusste, wohin mit den Händen. Am Ende schob er sie in die Hosentaschen und sagte: »Bitte komm mit, Vater. Du hast genug getrunken. Denk auch mal an die Mutter.«

»Sprichst du von meiner Mutter? Die hat nichts dagegen, dass ich hier sitze. Sie schätzt einen trinkfesten, tatkräftigen Sohn. Sie hat mich mein Lebtag unterstützt, auch gegen die Mäkeleien deiner Mami. Geh wieder nach Hause, Wilhelm, und streiche meiner Gattin übers Köpfchen, dann ist sie zufrieden. Sie hat ein schlichtes Gemüt.« Er schaute seine beiden Freunde an, als würde er ein zustimmendes Nicken erwarten.

Der eine, Walter Bock, Filialleiter der Raiffeisenbank und passionierter Reiter, sagte stattdessen: »Weißt du, Wilhelm, es ist tatsächlich schon spät. Ich finde, wir sollten die Runde auflösen. Wir können bei anderer Gelegenheit weiter klönen.«

»Hörst du, Vater? Herr Bock will los. Du bezahlst jetzt, und ich fahre dich zurück.« Leeb junior wollte dem Vater aufhelfen, wurde aber brüsk abgewehrt.

»Lässt du das wohl? Glaubst du, ich käme nicht allein auf die Beine?«, fauchte Leeb senior. »Diese Runde noch!«

»Wilhelm …«, setzte Rudolf Bartels an.

»Vater«, bat der junge Wilhelm.

»Vater, Vater«, wurde er nachgeäfft. »Noch grün hinter den Ohren und will Befehle erteilen. Ja, wenn du die Schule nicht abgebrochen hättest, dann wäre vielleicht was aus dir geworden, aber wer bist du denn schon? Was kannst du denn schon? Was hast du geleistet? Immer im Windschatten der Mutter. Ich musste erst wiederkommen, um dich an die Kandare zu nehmen und zu erziehen, und damit bin ich noch lange nicht fertig. Also: Ich bleibe. Und wenn ihr zwei …« – er schwenkte den Zeigefinger zwischen Walter und Rudolf hin und her – »… Fahnenflucht begehen wollt, dann los, ich halte euch nicht auf. Aber ich trinke noch aus! Ich bin mein eigener Herr. Ihr könnt mich kreuzweise.«

Gerda, die das dritte Pils zapfte, spürte seinen ungeduldigen Blick. Als sie den Schaum abstrich, stand Walter Bock auf. »Ich gehe, Wilhelm«, erklärte er. »Bis bald. Du machst dich besser auch auf den Heimweg.«

Wilhelm Leeb senior winkte verächtlich ab. Rudolf Bartels nutzte die Gelegenheit, um sich ebenfalls loszueisen. »Wir sehen uns, Wilhelm. Glänzende Idee, die Reithalle«, ergänzte er begütigend. »Wir erörtern das noch im Detail.« Er nickte dem jungen Wilhelm freundlich zu und ging an die Theke, um zu bezahlen.

Als die beiden weg waren, blieb es eine Weile still. Dann sagte Leeb senior: »Hasenfüße. Wo bleibt die Vision? Visionen muss man haben, Hansi, stimmt's oder habe ich recht?« Er drehte sich zum Wirt um.

»Ich habe hier so manchen erlebt, der Visionen hatte«, entgegnete der halblaut. »Einige haben sogar im Takt dazu gekotzt.«

»Was nuschelst du da?«, schnauzte Leeb ihn an. »Na, egal. Das Bier, Gerda!«

»Komm doch mit, Vater«, bat sein Sohn. »Sonst wird es viel zu spät. Die Mutter …«

»Hör auf mit der Mutter! Die hier …« – er reckte Gerda, die Bier und Korn brachte, einen Arm entgegen – »… diese Frau hier, die ist ein Prachtweib! Hübsch und handfest zugleich.« Er zwinkerte Gerda zu, die ihn verärgert ignorierte. »Von diesem Braten solltest du dir eine Scheibe abschneiden, Sohnemann, das ist was Deftiges! Deine heißgeliebte Förstertochter sieht dagegen aus wie eine Scheibe Zervelatwurst.« Er leerte den Korn. »Ja, die Gerda dagegen …«

Die war schon fortgehuscht. »Mach dir nichts draus«, flüsterte sie dem jungen Wilhelm ins Ohr. »Am besten, du hörst gar nicht hin. So redet er immer, wenn er was intus hat.«

»Ich weiß«, erwiderte er, und sie sah ihm an, wie verletzt er war. »Ich bin von der Schule abgegangen, um den Hof zu führen«, rechtfertigte er sich, an seinen Vater gewandt, »weil du nicht da warst.«

»Ja«, entgegnete Leeb senior, »ich war nicht da. Ich war in Gefangenschaft und habe gehungert und geschuftet, während ihr gelebt habt wie die Maden im Speck!«

Sein Sohn riss die Hände aus den Taschen und ballte eine Faust. »Du tust uns unrecht«, rief er.

»Mir wurde unrecht getan«, blaffte der Vater. »Und deine Förstertochter, die kannst du vergessen, die heiratest du nur über meine Leiche. Glaubst du, ich konnte immer tun, was ich wollte? Nein. So ist das im Leben. Man muss auch einstecken können. Was zählt, sind Willensstärke und Beharrlichkeit.«

Hinter der Theke stehend, beobachtete Gerda, wie der Sohn

versuchte, dem Vater eine Anerkennung oder ein Entgegenkommen abzutrotzen, ein vergebliches Unterfangen, weil der Senior nichts gelten ließ und den Junior stattdessen mit Abfälligkeiten überhäufte. Gerda fragte sich, ob er verbittert war. Nein, wohl nicht; aus seinen Worten, seinem Verhalten sprach eher verletzter Stolz, vielleicht auch Reue, die er sich nicht eingestehen mochte. Auf jeden Fall war es erbarmungswürdig mit anzusehen, wie der Sohn am Vater zerschellte.

Gerda griff in ihre Schürzentasche und ließ die Kronkorken klimpern, die sie im Laufe des Abends hineingetan hatte. Sie ergriff eine Handvoll und drückte so fest zu, dass sich die Zacken in ihre Haut bohrten, ein leiser Schmerz. Der Wirt hatte sich gesetzt, das Kinn war auf seine Brust gesunken; er wollte zu Bett, durfte Wilhelm Leeb aber nicht verprellen. Der machte allerdings auch langsam schlapp. Klare und Biere forderten ihren Tribut, und was die Bitten des jungen Wilhelm nicht vermocht hatten, bewirkten Müdigkeit und Trunkenheit: der Senior kam wankend auf die Beine, bezahlte die Zeche und ließ sich von seinem Sohn in die Nacht führen. Die Tür der Wirtschaft fiel zu. Ein Automotor sprang an, Reifen knirschten über den Vorplatz, und Gerda konnte durch ein Fenster sehen, wie sich rote Rücklichter in Richtung Dorf entfernten.

Die Tabakschwaden, durch den kurzen Luftzug aufgewühlt, beruhigten sich wieder.

»Machst du noch klar Schiff?«, wollte der Wirt von Gerda wissen.

Sie nickte.

»So ein Affenzirkus«, setzte er hinzu. »Wäre ich der Sohn, dann hätte ich den großen Vorsitzenden hiergelassen. Der hätte sich morgen schön blamiert.«

Gerda entgegnete: »Es spricht für den jungen Wilhelm, dass er das nicht getan hat.«

»Mag sein, aber die Achtung des Alten gewinnt er so nicht«, meinte der Wirt. Er wünschte Gerda eine gute Nacht.

Sie stellte die Stühle auf die Tische, fegte und wischte und lüftete, und nach einer knappen Stunde sah der Raum aus, als hätte ihn kein Zecher je betreten. Gerda löschte die Lichter und ging. Als sie die Tür von außen abschloss, hauchte ihr der Herbst seine Nachtkühle in den Nacken.

Nun brennt die Sonne, und Gerda hält inne, auf die Schaufel gestützt. Vergebliche Liebesmühe, denkt sie. Wenn ich wahrhaftig Maulwürfe habe, kann ich bis zum Sankt-Nimmerleins-Tag schaufeln, außer ich ertränke die Biester oder räuchere sie aus. Aber das wird sie nicht tun. Man kommt gegen die Natur auf Dauer nicht an, sie erreicht stets, was sie will, denn im Gegensatz zum Menschen hat sie alle Zeit der Welt. Gerda sieht zu Lisbeth, die auf der Terrasse steht, das Kehrblech in der einen, den Feger in der anderen Hand, und ihre alte Freundin immer noch verstört beobachtet.

»Ja, ja«, ruft Gerda, »schon gut, ich komme.« Im Gehen wird sie des Loches gewahr, das sie gegraben hat, der ringsumher verstreuten Erde, und schüttelt den Kopf. Bevor sie die Schaufel wieder in die Abstellkammer stellt, wischt sie mit der Hand den Dreck vom Blatt.

»Was hat dich denn geritten?«, fragt Lisbeth.

»Weiß ich auch nicht«, sagt Gerda, die ihre Hand mit einem Lumpen säubert. »Ich bin offenbar genauso durcheinander wie die junge Wely.«

»Ach«, seufzt Lisbeth, »die Ärmste weiß weder ein noch aus. Sie irrt umher wie Falschgeld.«

»Kann man ihr das verdenken?«

»Nein, nein.«

»Willst du die Scherben nicht endlich wegtun?«

Lisbeth senkt ihren Blick aufs Kehrblech, auf dem Splitter in der Sonne glitzern. Mitten dazwischen liegt ein zerknülltes Stück Papier.

Gerda stutzt. »Ist das der Zettel, den Sophia die ganze Zeit befummelt hat?«, fragt sie.

»Ich denke, ja«, antwortet ihre Freundin.

Sie will sich schon abwenden, da nimmt Gerda den Zettel, und während Lisbeth in die Küche geht, um die Scherben in den Müll zu tun, sinkt sie auf einen Stuhl und blinzelt in die Sonne. Dann entfaltet sie das Papier und streicht es auf der Wachstuchdecke glatt. Es ist die Hälfte eines Briefbogens, offenbar mit dem Messer zerteilt, denn der untere Rand ist faserig. Sie tastet ihre Kittelschürze nach der Brille ab und hat sie gerade aufgesetzt, als sie Lisbeth in der Küche voller Entsetzen rufen hört.

»Heini hat eine Maus! Sie lebt noch!«

Gerda hört nicht hin. Ihre Rechte, die den Zettel hält, zittert ein wenig. *Meine geliebte Sophia*, liest sie, und ihre Augen weiten sich, als bräuchte sie stärkere Gläser. Es ist ein Brief des jungen Wilhelm, vielleicht der letzte, den er seiner Angebeteten geschrieben hat. Gerda überfliegt die Zeilen, weniger erschüttert durch den Inhalt, als vielmehr durch die knapp gefassten Worte, die fast sachliche Tonlage eines Menschen, der sich in sein Schicksal fügt, weil er meint, ihm nicht mehr entrinnen zu können.

»Gerda!« Lisbeth schreit jetzt. »Komm schnell! Dein Kater frisst die Maus, was soll ich bloß tun?«

Zuerst der Kopf, denkt Gerda, er zerbeißt immer zuerst den

Kopf. Mit einem leisen, satten Krachen. Und die Leber lässt er liegen. Für mich.

Die Hand mit dem Brief sinkt in den Schoß, und ihr Blick geistert über den verheerten Rasen.

Juni 1949 – Zungenragout

Nun wird ihm doch ganz anders. Der Zug geht hinter dem Kanalhafen in die Kurve, und sein Heimatdorf kommt in Sicht. Auf beiden Seiten des Bahndamms die Wiesen und Weiden, die Pappeln, Eschen und Weiden mit ihren geborstenen Stämmen, ach, wie vertraut ist ihm dieser Anblick, wie sehr hat er ihn vermisst. Er zieht sein Bündel zu sich heran, als könnte ihm jemand Holzkamm, Blechnapf, Löffel und die anderen paar Habseligkeiten entwenden, ärmliche Dinge, während der Gefangenschaft jedoch kostbarer als Geschmeide. In diesem Abteil scheint ihn niemand zu kennen oder wiederzuerkennen; die Fahrgäste, die am späten Nachmittag unterwegs sind, beäugen den Mann, der einem Landstreicher ähnelt, bloß neugierig und etwas mitleidig, denn der Krieg hat viele wie ihn hinterlassen, Entwurzelte und Versprengte, denen außer zerschlissenen Kleidern nichts geblieben ist. Er schämt sich, aber wieso, was wissen die Leute denn schon? Nichts, sie wissen gar nichts! Er spürt, wie seine Wut erwacht, kämpft den Gedanken an die verlorenen Jahre jedoch nieder.

Wilhelm Leeb starrt aus dem Fenster, während der Zug das Tempo drosselt und am kleinen Bahnhof hält. Er steht auf und steigt aus. Verharrt auf dem Bahnsteig. Die paar Waggons, die zwischen Peine und dem wenige Kilometer südlich gelegenen Groß Ilsede verkehren, Hütte und Stahlwerk miteinander verbinden, setzen sich in Bewegung, als die Lokomotive weiterschnauft, und nachdem der letzte Wagen vorübergeglitten ist, hat er den Eindruck, eine Theaterkulisse sei fortgetragen worden. Seit seinem letzten Heimaturlaub sind fünf Jahre verstrichen, und er kann sich nicht sattsehen, sein Blick gleitet über das Dorf, das gleich hinter den Gleisen beginnt. Rechterhand entdeckt er die Pappeln, die er vor dem Weidezaun seines Hofes gepflanzt hat, nun sind es ausgewachsene Bäume. Er drückt sein Bündel gegen den fadenscheinigen Rock; ein Strick hält seine Hose; die Füße stecken in gestopften Strümpfen und Holzpantinen. Er hat sich vorgenommen, all das aufzubewahren, um es später aus der Kiste holen, Freunden und Gästen präsentieren und erklären zu können: Das haben sie aus mir gemacht, einen Lumpenmann, vier Jahre meines Lebens haben sie mir geraubt, diese Schufte! Sein Herz beginnt zu rasen, er holt tief Luft.

Die ausgestiegenen Fahrgäste haben sich zerstreut, gut so, denn er will vermeiden, dass ihn Bekannte in diesem Aufzug sehen. Da er zwar den Tag, nicht aber die Uhrzeit seiner Ankunft nennen konnte und keine Möglichkeit hatte, ein Telegramm zu schicken, empfängt ihn die Familie nicht am Gleis. Zeuge seines Eintreffens ist allein der Bahnwärter, der alte Kreuder, der den Heimgekehrten, den er offenbar nicht erkennt, argwöhnisch aus seiner Dienststube beäugt. Leeb nickt ihm grüßend zu. Als er einen missmutigen Blick erntet, überquert er rasch die Gleise und tritt auf die Straße. Diese ist die alte geblieben, doch sie verläuft in einem neuen Land, und obgleich auch eine neue Ära angebrochen ist, schlurft Wilhelm Leeb in Holzpantinen, wie seine Vorfahren sie trugen, über das Kopfsteinpflaster.

Ob man ihn gesichtet hat? Halten die Kinder Ausschau? Er schaut sich um. Nichts, alles wie ausgestorben. Dann, er nähert sich der Breiten Straße, lugt ein semmelblonder Junge an der Ecke um die Mauer. Wilhelm Leeb, der seinen jüngeren Sohn erkennt, will winken, aber der Junge zieht eine Schnute und zischt ab.

Sein Vater ist verdutzt, dann verärgert: Das nennt sich nun Empfang! Einem Impuls folgend, schreitet er schneller aus, die Holzpantinen klappern über den Bürgersteig. Nach gut fünfzig Schritten biegt er auf seinen Hof ab und steuert entschlossen das Wohnhaus an. Im Vorgarten bleibt er wie angewurzelt stehen – was hat er getan? Er hätte souverän und würdevoll Einzug halten müssen! Stattdessen ist er auf den Hof gepoltert, als wäre es nicht der seine, als wäre er tatsächlich ein Strolch wie die beiden Diebe, die in das Haus eindringen wollten, als hier noch der Vogt residierte; einer wurde erwischt, erschlagen und im Wald begraben, dessen südlichster Zipfel bis heute seinen Namen trägt: Hilmars Hagen. Ja, er hätte als Hofherr Einzug halten können, aber dieser Möglichkeit hat er sich begeben.

Während er dasteht und seinen Blick über die Scheunen, die Ställe und die Kastanie schweifen lässt, die neben dem Tor zur langen Diele steht, überkommt ihn ein Gefühl der Verlorenheit: Weder hat man die Haustür zu seiner Begrüßung mit Eichenlaub geschmückt, noch lässt sich jemand blicken, und sein Sohn – *sein* Fleisch und Blut – hat gar Reißaus genommen. Nebenan ist auch niemand zu sehen, die Straße ist wie leergefegt. Was tun? An seine eigene Haustür pochen wie ein Fremder? Sein Puls geht wieder schneller, und er beginnt zu schwitzen, obwohl der Himmel bewölkt ist.

Da bemerkt er aus den Augenwinkeln, wie die Gardinen

des Stubenfensters geteilt werden, und es erscheint ein Gesicht, das seiner Schwiegermutter Herta Kruse. Sie starrt ihn an, als wüsste sie nicht, wer diese abgehärmte Gestalt im Vorgarten ist. Schließlich leuchten ihre Augen auf. Sie zieht die Gardinen zu. Wilhelm Leeb hört sie rufen. Sekunden später fliegt die Haustür auf, und seine Frau tritt auf die Schwelle.

Sie stehen sich im Abstand von einigen Schritten gegenüber, er in Lumpen, sie im geblümten Kleid mit weißem Kragen, und bemühen sich, im jeweils anderen das Bild wiederzufinden, das sie während der letzten fünf Jahre in ihrer Vorstellung bewahrt haben. Sie bleiben stumm und rühren sich selbst dann nicht vom Fleck, als die Kinder aus dem Halbdunkel des Flurs auftauchen und sich in der Tür hinter der Mutter gruppieren, als ginge es um ein neues Foto für den kriegsgefangenen Vater: Wilhelm, der große und schmale Achtzehnjährige, die im Frühjahr konfirmierte Grete und der zehnjährige Bruno, der seinen Vater bislang nur auf Stippvisite erlebt hat und sich hinter der Mutter verbirgt.

Leeb wird mit einem Mal von einem furchtbaren Gedanken durchzuckt: Wo ist die Mutter, sie wird doch nicht etwa gestorben sein, seit er ihren letzten Brief erhalten hat?

Er schaut offenbar erschrocken drein, denn seine Frau beruhigt ihn mit den Worten: »Die Mutter macht ein Nickerchen, sie kommt gleich.«

»O Gott, und ich dachte schon …«

Das sind die allerersten Worte, die sie nach fast fünf Jahren Trennung wechseln. Käthe macht Anstalten, auf ihn zuzugehen, aber dann setzt sich ihr Mann in Bewegung. Er geht die paar Schritte bis zur Tür, legt sein Bündel ab und lässt sich in die Arme schließen, wortlos und kurz.

»Kinder«, sagt Käthe Leeb, nachdem sie sich von ihm gelöst

hat, »begrüßt euren Vater. Er ist heimgekehrt!« Bei diesen Worten schaut sie froher drein. Sie sieht zu ihrem Ehemann auf und mustert seine Lumpen mit einem prüfenden Hausfrauenblick.

Der junge Wilhelm tritt vor und reicht dem Vater die Hand. »Vater«, sagt er so verlegen, als müsste er die Anrede üben, »wie gut, dass du wieder da bist.«

»Ja, mein Junge«, bekräftigt Leeb senior. »Das hat mich unendlich viel Geduld gekostet.«

Seine Tochter umarmt ihn stürmisch, weicht aber sofort zurück. »Du stinkst, Papa«, murrt sie.

Ihre Mutter schwenkt mahnend den Zeigefinger.

Bruno, der Jüngste, bleibt, wo er ist, voller Scheu hinter der Mutter versteckt.

»Mein Bruno«, sagt Wilhelm Leeb und will nach der Hand seines Sohnes greifen.

Der zieht sie weg, sagt aber brav: »Guten Tag, Onkel.«

Sein Vater lässt halb verblüfft, halb enttäuscht die Hand sinken.

»Komm doch rein, Wilhelm«, sagt seine Frau, um ihn abzulenken, »in dein Haus, in deine gute Stube. Alles ist vorbereitet. Wir wussten nicht, zu welcher Stunde du eintriffst, und warten schon seit dem Vormittag.«

Ihr Mann, nun zufriedener, nickt und will nach dem Bündel greifen, doch sein älterer Sohn kommt ihm zuvor.

»Ja nichts wegwerfen, Wilhelm«, mahnt sein Vater. »Ich will alles aufheben, auch meine Kleidung.«

Grete verzieht das Gesicht.

»Rein mit euch«, befiehlt die Mutter und folgt ihren Kindern mit schwerfälligen Schritten, wobei sie sich mehrmals nach ihrem Mann umdreht.

Im Flur nimmt Wilhelm Leeb die Gerüche seines Hauses so überdeutlich wahr, wie es nur nach langer Abwesenheit geschehen kann: der feuchtkalte Steinfußboden, die im Herd schwelenden Kohlen, zum Dörren aufgehängte Mettwürste, die Ausdünstungen alter Menschen, etwas muffig, etwas beißend und doch angenehm, weil sie ihn an seine geliebte Mutter erinnern, Trost und Stütze während seiner Gefangenschaft. Sie scheint noch zu schlafen, und er mag sie nicht wecken; nach siebzig Jahren beschwerlicher Arbeit hat sie ihre Ruhe verdient. Seine Frau hilft ihm, die Jacke auszuziehen, eine Spende des Roten Kreuzes, dem erst im Frühling des vergangenen Jahres Zutritt zum Gefängnisgut in Półwies gewährt wurde, und hängt sie an einen Haken, stellt ihm Pantoffeln hin. Während er die Holzpantinen dankbar von den Füßen schüttelt, erscheint Herta Kruse in der Küchentür, und obwohl er nie ein sonderlich gutes Verhältnis zu seinen Schwiegereltern hatte, strahlt sie bis über ihre faltigen Wangen und begrüßt ihn mit einer Freude und Erleichterung, die den Empfang durch Frau und Kinder in den Schatten stellt. »Nun kann ich in Frieden sterben«, sagt sie abschließend, und er verleiht artig seiner Hoffnung Ausdruck, sie möge ein gesegnetes Alter erreichen. Die Kinder verharren derweil im Flur, und als seine Frau davoneilt, um warmes Wasser zum Waschen zu holen, sagt er: »Ich sollte mich wohl umziehen.« Er schickt sich an, die Treppe hinaufzugehen. »Bis gleich in der guten Stube, Kinder.« Er zwingt sich zu lächeln.

Im Schlafzimmer angelangt, betrachtet er das Ehebett. Für mehr als vier Jahre kein richtiges Bett, von einer Frau ganz zu schweigen – und nun seine Käthe. Er schüttelt den Kopf, als wollte er die Gedanken, die ihn heimsuchen, abschütteln wie Fliegen, den Unmut, die Erinnerung an seine Zeit in der

Ukraine, eine rundum befriedigende Zeit, und da erscheint seine Frau mit dem Krug voll dampfenden Wassers, den sie auf die Waschkommode stellt. Sie sagt: »Ich habe dir schon Kleider hingelegt, da …« – sie zeigt auf den Herrendiener – »… ich hoffe, sie passen noch. Du bist ja … so mager geworden, Wilhelm.«

»Wassersuppe und Kartoffelschalen haben wenigstens den Vorteil, nicht dick zu machen«, entgegnet er.

Sie senkt den Blick errötend auf ihren Bauch, als wären die Worte auf sie gemünzt. »Ich gehe wieder runter«, sagt sie. »Das Essen …«

Ihr Mann nickt und rafft sich zu einem Dank auf. »Ich bin gleich da«, setzt er hinzu.

Wieder allein, mustert er im ovalen Spiegel der Waschkommode seine eingefallenen Wangen, den ergrauenden Stoppelbart, die Geheimratsecken und all jene Falten und Kerben, die Krieg und Gefangenschaft auf der Oberfläche seines Körpers hinterlassen haben. Was das Innere betrifft … Nun, wie auch immer, er ist erlöst, der lang ersehnte Tag ist da, er kann es selbst nicht ganz fassen.

»Ab jetzt wird wieder gelebt, Wilhelm«, verspricht er seinem Spiegelbild und beginnt, den Dreck von Jahren abzuwaschen.

Sie haben gegessen, festlich und im Überfluss, und das mitten in der Woche und obendrein in der guten Stube, die nur zu besonderen Anlässen genutzt wird. Es gab das Lieblingsgericht des Vaters, Salzkartoffeln und Zungenragout mit Zieschen, den kleinen, würzigen Würstchen, zum Nachtisch Welfenspeise, gefolgt von Kaffee und Streuselkuchen, zu guter Letzt Schnaps. Man ist ermattet, denn was sich da im Magen angesammelt hat, dieser mächtige Klumpen aus Fleisch, Kartoffeln und Kuchenteig, will nun verdaut werden. Opa Kruse fallen wiederholt die Augen zu, man merkt, dass er sich zusammennimmt, um in Gegenwart des heimgekehrten Schwiegersohnes nicht einzunicken, und seine Frau, hochrot im Gesicht, ächzt in Abständen, als hätte sie Magenkrämpfe. Die Mutter hat kaum etwas gegessen, ist unruhig, prüft ständig nach, ob ihr Mann genug auf dem Teller und im Glas hat, huscht in die Küche und zurück wie ein aufgescheuchtes Vögelchen. Oma Leeb hingegen ist die Ruhe in Person; ihr Blick ruht auf dem Sohn, und ein Lächeln umspielt ihren Mund. Das sind die einzigen Indizien dessen, was in ihr vorgeht.

Der junge Wilhelm sitzt steif am Tisch. Er hat den linken Arm vor den Bauch gelegt, die rechte Hand befingert den Henkel der Kaffeetasse. Wenn er den Vater betrachtet, nun ordentlich gekleidet und rasiert, hat er gemischte Gefühle. Er sollte sich freuen, und das tut er, empfindet den Mann, der nach all der Zeit wie aus dem Hut gezaubert auf der Schwelle stand, aber zugleich als Fremdkörper, obwohl der am Kopfende des Esstisches sitzende Hausherr einsilbig ist und unsicher wirkt. Von Oma Kruse aufgefordert, über die Gefangenschaft zu berichten, erwidert der nur, bei Schlagsahne und Kuchen könne er schwerlich von diesen entbehrungsreichen Jahren berichten.

»Und die Zeit im Krieg, Wilhelm, in der Ukraine? Die war doch sicher schön. Erzähl mal!«

Sein Vater schüttelt den Kopf. »Ich habe Briefe geschrieben«, brummt er. »Dem habe ich nichts hinzuzufügen.« Im nächsten Moment herrscht er seine Tochter, die ihre Ellbogen auf den Tisch stützt, an: »Grete, setz dich gefälligst hin, wie es sich gehört!«

Wilhelms Schwester richtet sich auf. »Ist doch egal, wie man sitzt«, mault sie.

»Keineswegs!«, entgegnet ihr Vater. »Ich muss wohl erstmal Zug in diesen Haufen bringen.«

»Deine Briefe«, flicht seine Frau ein, die nervös ihre Hände reibt, »sind alle noch da – dort, auf dem Büfett, in der hübschen Schatulle. Auch das Porträt, dass man von dir gezeichnet hat.« Sie lächelt ihn an. »Ja, und daneben – siehst du? – steht deine Fotografie. In Uniform. Ich habe sie versteckt, bevor die Amerikaner und Briten kamen.«

Ihr Mann nickt anerkennend. »Und meine Jagdgewehre?«

Seine Frau windet sich, doch seine Mutter antwortet: »Die liegen in der Jauchegrube, Wilhelm.«

Er runzelt die Stirn, als hätte er nicht richtig gehört. »Wo sind sie, Mutter?«

»In der Jauchegrube, Wilhelm.«

»Meine Gewehre?«

Oma Leeb wechselt ins Plattdeutsche, als sie gelassen erläutert: »Die mussten weg. Alles musste weg. Es ging nicht anders. Das geht auf meine Kappe. Wenn du ärgerlich bist, Wilhelm, dann also bitte nur auf mich.« Sie schaut zu ihrer Schwiegertochter.

Die wirkt dankbar, was ihrem Sohn Wilhelm nicht entgeht. Er weiß, dass seine Mutter rasch überfordert ist, aber so hibbelig hat er sie noch nie erlebt, sie scheint ihrem Mann alles recht machen zu wollen. Das verdrießt den jungen Wilhelm, aber er mag es sich mit dem Vater nicht verderben, brennt im Gegenteil darauf, ihm zu berichten, was er während der vergangenen Jahre getan hat, denn schließlich war er derjenige, der, angeleitet von den Großvätern, den Hof geführt hat.

»Kacke zu Kacke!« Das quetscht Bruno hervor, der immer noch Streuselkuchen spachtelt, obwohl alle anderen längst fertig sind.

Grete prustet, doch ihr Vater, der sich wegen seiner Flinten grämt, fährt ihn an: »Bruno! Untersteh dich! Das sagt man nicht. Schon gar nicht in der guten Stube.«

Der Junge entgegnet mit vollem Mund: »Tante Gerda sagt das aber.« Er schaut seinem Vater unbefangen in die Augen.

»Tante Gerda? Welche Gerda?«

»Gerda Derking«, erklärt Oma Kruse.

»Ja, die ist mal eine Flotte«, bemerkt Opa Kruse spitz. »Und nicht auf den Mund gefallen.«

Wilhelm Leeb läuft rot an, verkneift sich jedoch eine Erwiderung. Stattdessen fragt er seine Mutter: »Und meine Dolche? Und die …« – er wird leiser – »… die Pistolen?«

Oma Leeb zögert kurz, dann zuckt sie mit den Schultern.

Ihr Sohn sitzt mit versteinerter Miene da. Schwer zu sagen, was in ihm vorgeht, aber seine alte Mutter wird er nicht ausschimpfen, denn sie ist ihm heilig.

Leeb senior zieht die Leinenserviette vom Schoß und lässt sie auf den Tisch klatschen. »In der Jauche …!«, zischt er. »Da hat man den Krieg verloren, da wäre man beinahe erschossen worden, da hat man jahrelang hinter Stacheldraht vegetiert, und dann landet auch noch alles in der Jauche, als wäre es Plunder?« Er krallt die Finger in das Leinen. »Alles umsonst, alles für die Katz, alles wie ausradiert. Wisst ihr überhaupt, was wir da geleistet haben, im Osten? Was wir da getan haben …« Er verstummt, als würde ihm eine Erinnerung den Mund verschließen.

»Ja, Wilhelm, erzähl doch mal«, sagt Oma Kruse. »Wir sind ja so furchtbar neugierig, das glaubst du gar nicht, wir wollen von deinen Heldentaten hören.« Sie blickt ihren Schwiegersohn an.

Der mustert sie, als wollte er ergründen, ob sie ihn veralbert, aber das ist nicht Herta Kruses Art. Er mahlt mit dem Kiefer, ruckt den Kopf herum und starrt aus dem Fenster. »Aufräumen!«, knurrt er. »Man muss erstmal aufräumen in dieser Weiberwirtschaft. Schluss mit dem Schlendrian! Ihr werft alles weg? Schön, dann ziehe ich hier neue Saiten auf, ihr werdet schon sehen, und mit euch …« – er zeigt der Reihe nach auf seine Kinder – »… fange ich an.« Er hält seiner Frau das Glas hin, und sie schenkt gehorsam Doppelkorn nach. Alle haben unwillkürlich den Kopf eingezogen, nur Oma Leeb nicht, die aufrecht dasitzt und ihren Sohn mit unergründlicher Miene durch die Nickelbrille betrachtet. Ihre Hände ruhen auf der im Schoß liegenden Leinenserviette mit dem eingewebten Monogramm; sie lässt ihre Daumen so rasant umeinanderkreisen, als würden sie das Räderwerk ihres Denkens antreiben.

Das sieht aber nur der neben ihr sitzende junge Wilhelm. Er gibt nicht viel auf die Worte seines Vaters, der gerade erst heimgekehrt ist und deshalb nicht erfassen kann, was sie geleistet haben, aber das wird er schon noch begreifen. Wilhelm nimmt sich ein Beispiel an der Großmutter und drückt den Rücken durch. »Wir haben gut gewirtschaftet, Vater«, widerspricht er, »gemessen an den schwierigen Bedingungen während des Krieges. Und genauso danach, ja bis heute, denn vieles ist nach wie vor ein Problem, etwa die Beschaffung von Saatgut oder Setzkartoffeln, von Dünger ganz zu schweigen, und …«

Sein Vater unterbricht ihn. »Ich bin nach all der Zeit, nach vier *erniedrigenden* …« – er presst das Wort zwischen den Zähnen hervor – »… Jahren nicht heimgekehrt, um mir Vorträge anzuhören, Wilhelm! Ich bin heimgekehrt, um zu handeln. Ich bin nicht heimgekehrt, um am Katzentisch zu sitzen, sondern …« – er pocht auf die Tischplatte – »… um den mir gebührenden Platz einzunehmen. Was ihr gemacht habt, ist mir gleich. Was *ich* ab *jetzt* tue – das allein zählt. Nur das. Hast du verstanden, mein Sohn?« Er starrt ihn herausfordernd an.

Der junge Wilhelm ist wie vor den Kopf gestoßen. »Ja, sicher«, murmelt er, »und trotzdem …«

»Ab jetzt gibt es kein ›Trotzdem‹ mehr. Keine Widerworte. Ab jetzt wird pariert. Und das …« – sein Vater sieht sich in der Runde um – »… gilt für alle!« Als sein Blick auf seine Mutter fällt, verstummt er.

Und Oma Leeb lässt die Daumen kreisen, kreisen und kreisen, wie sich die Erde dreht.

Abends im Bett liegend, hört der junge Wilhelm Stimmen im elterlichen Schlafzimmer. Zuvor knarrten dort nur die Dielenbretter, wenn sich die Mutter zur Ruhe begab, aber jetzt … Während er mit gespitzten Ohren daliegt, ohne etwas aufschnappen zu können, erfüllt ihn die Ahnung, dass nichts mehr sein wird wie zuvor. Die Gegenwart des vor gut fünf Stunden heimgekehrten Vaters ist ebenso ungewohnt wie verstörend, er scheint seinen Schatten auf den gesamten Hof zu werfen. Wilhelm hört ein Poltern, anschließend das gedämpfte Quietschen von Bettfedern. Nach einer Weile tritt Stille ein.

Eine beklemmende Stille. Wie ein von der Nacht überwölbter Teich, auf dessen Grund ein Geschöpf hockt, ungreifbar und bedrohlich, das sich bei Tagesanbruch aus dem Wasser hieven und an Land schleppen, in das Haus eindringen und sich darin breitmachen wird, ein massiges, glitschiges Geschöpf mit dem reißzahnbewehrten Maul eines Hechtes und einem Atem, der alles verpestet.

Dergleichen Bilder hat der junge Wilhelm vor Augen, während er im Schlaf versinkt. Er schlummert fast, da durchzuckt ihn ein heftiger Ruck, und er schreckt auf. Horcht und meint, ein Tuscheln zu hören, ein Wispern im Haus, ähnlich dem Rascheln von Pappellaub oder dem Scharren von Mäusen. Im Zwielicht nimmt er den Stuhl wahr, auf dem seine Kleider liegen, schlaff und zerknäult, als wäre derjenige, der sie trug, verpufft. Dann schläft er wieder ein.

Er erwacht in aller Herrgottsfrühe, wie immer, denn er muss in den Stall: Zuerst fressen die Tiere, danach essen die Menschen. Josef ist bereits da, als Wilhelm den Stall betritt, und pafft in der Milchkammer eine Zigarette, während die Kühe in Erwartung von Schrot, Pressschnitzeln und Heu unruhig scharren und gedämpft muhen.

»Die Pferde habe ich schon gefüttert«, meint er. »Wir haben so lange auf den Chef warten müssen, aber nun ist er ja wieder da.« Er strahlt bis über beide Wangen.

Wilhelm nickt bloß. Sie verrichten stumm ihre Arbeit. Josef übernimmt den Großteil des Melkens, erklärt sich auch bereit, die Kannen vor das Tor zu bringen. Als Wilhelm wieder auf den Hof tritt, ist die Dämmerung weit fortgeschritten, und er schaut sich um, als könnte sein Vater in einer Ecke lauern, geht dann in die lange Diele. Zieht seine Schuhe mit dem Stiefelknecht aus, hängt die Arbeitsjacke an den Haken neben der Tür. Anschließend macht er in seinem Zimmer eine Katzenwäsche und begibt sich in die Küche.

Dort hat ihn seine Mutter jahrelang täglich erwartet. Brot, Butter, Wurst und Marmelade standen auf dem Tisch, und sie reichte ihm den ungeliebten Muckefuck, später den geliebten Kaffee. Sie besprachen das Tagwerk, und dann stießen seine Geschwister, Josef und die Großeltern dazu, während des Krieges auch Martin, Pawel und die zwei Ukrainerinnen. Man saß am Tisch und plauderte oder schwieg, je nachdem.

Heute Morgen ist alles anders.

Die Mutter und beide Omas bereiten das Frühstück für seinen Vater zu. Sie kommen einander in die Quere, während sie Rührei machen, Schinken und Mettwurst schneiden, sie reißen sich regelrecht darum, dem heimgekehrten Sohn, Schwiegersohn und Gatten ein möglichst üppiges Morgenmahl aufzutischen. Als Wilhelm Platz nimmt, wird der Kaffee so unachtsam auf den Tisch gestellt, dass etwas überschwappt. Dann rügt ihn die Mutter auch noch: »Nicht auf diesem Platz, Willem, dein Vater sitzt ab jetzt am Kopfende.«

Wilhelm setzt sich um, es kommt ihm vor wie eine Degradierung. Er hat keinen Appetit mehr, nippt bloß am Kaffee. »Wen erwartet ihr denn?«, fragt er schließlich. »Den Kaiser von China samt Hofstaat?«

»Dein Vater braucht ein ordentliches Frühstück«, erwidert Oma Kruse, deren Wangen glühen. »Nach vier langen Jahren, in denen er bloß Wassersuppe und schimmeliges Brot bekommen hat.«

»Er hat's überlebt«, meint Wilhelm.

»Ja, aber sieh ihn doch an, da muss wieder was auf die Knochen!«

»Ich sehe ihn nicht«, brummt er, wenn auch fast unhörbar, lehnt sich auf dem Stuhl zurück und beobachtet die Frauen, die sich in der Küche drängen. Die gewohnte Ruhe des Morgens ist dahin, und was ihn selbst betrifft, so scheint er Luft zu sein. Alles dreht sich um den Mann, der unbedingt wieder in den Krieg wollte. Wilhelm leert missmutig den Kaffee. Seine Mutter schenkt wenigstens nach, schiebt ihm sogar ein Mettwurstbrot hin, doch er zieht sich in sein Zimmer zurück. Nach einer Weile hört er den Vater in die Küche gehen. Es erhebt sich ein Kollern und Schnattern, als wären Gänse aufgescheucht worden, jedenfalls kommt es ihm so vor, und dann dringen die Stimmen seiner Geschwister zu ihm hinauf, beide müssen zur Schule. Er sitzt am Fenster, nippt am Kaffee, kaut lustlos das Brot und starrt ins Morgengrau. Alles nervt, und er wünscht den Vater zum Teufel. Nur ein Gedanke heitert ihn auf – der an Sophia. Als er sich ihr vergnügtes Lachen vorstellt, muss er selbst lächeln, senkt den Blick so verlegen, als stünde sie vor ihm, und kratzt mit dem Fingernagel Fliegendreck von der Fensterbank. Der Kaffee erkaltet, und die Mettwurst auf der halb verzehrten Scheibe Brot beginnt, die Insekten anzulocken, während er seinen Gedanken nachhängt und in Abständen zum Bett lugt, als ließen sich seine Sehnsüchte erfüllen – jeder guten Sitte, allen Bräuchen und Konventionen zum Trotz, die es ihm sogar verbieten, Sophia zu Hause zu besuchen oder zu sich einzuladen, weil das einer Verlobung gleichkäme. Zu guter Letzt lässt er die Zügel schießen und schwelgt ungehemmt in seinem Tagtraum.

Der jäh unterbrochen wird, als sein Vater eintritt. Ohne angeklopft zu haben, als hätte er die Befugnis, jedes Zimmer in seinem Haus nach Belieben zu inspizieren. Und tatsächlich sieht er sich prüfend um, bevor er seinen Sohn anspricht.

»Wilhelm«, sagt er, »ich will nun meinen Hof begehen.«

»Ja …«, sagt der Angesprochene, und es dauert eine Weile, bis ihm dämmert, dass er soeben aufgefordert wurde, seinen alten Herrn zu begleiten. »Ja, gewiss«, sagt er, indem er aufsteht, und ergänzt: »… Vater.«

Der sieht ihn an. Wilhelm hat seinen Vater nie lachen sehen, kann sich jedenfalls nicht erinnern, es ist also schwer zu sagen, ob das, was den schmalen Mund umspielt, ein Lächeln oder der Ausdruck einer anderen Regung ist. Er beschließt: ein Lächeln, und erwidert es umgehend.

»Gut«, sagt sein Vater und wendet sich zum Gehen.

Der Sohn folgt ihm mit einem Blick auf das schlampig gemachte Bett und die auf dem Fußboden liegende Wäsche.

»Ich brauche unbedingt neue Reitstiefel«, brummt Leeb senior, als er sich auf der langen Diele Schuhe anzieht, deren Leder während seiner Abwesenheit stumpf und spröde geworden ist. »Diese Botten gehören in die Sandkuhle. Ich gehe noch heute zu Schuster Lembke.«

Er steuert zuerst die Pferde an. Wilhelm folgt ihm über den Lehmboden der Diele, die nur durch die offene, ins Tor gesetzte Tür erhellt wird. Die Dachsparren sind kaum zu erkennen, unter dem hohen First ballt sich das Dunkel, unterbrochen von einsamen Lichtstrahlen, die durch Lücken zwischen den Ziegeln dringen. Hier herrscht stets Halbdunkel, es duftet nach ausgedörrtem Holz, nach Staub, Heu und Streu und natürlich nach den Pferden, die auf der Westseite der Diele stehen. Da tritt Josef aus der Schlafkammer neben dem Pferdestall. Beim Anblick seines Chefs muss er lächeln, dann geht er wortlos voran. Der Krieg hat ihnen zwei Pferde gelassen, beide nicht mehr ganz jung, und einen Ochsen; der andere lag eines Tages tot im Stall. Niemand kannte die Todesursache, vielleicht waren seine Kräfte schlicht verbraucht.

»Ich striegele sie täglich«, erklärt Josef, indem er den Hals einer Stute tätschelt. »Und beide wurden vor der Frühjahrsbestellung von Kühne neu beschlagen. Sie sind noch kräftig, Chef.«

»Genau wie du!«, erwidert der Senior.

Josef fühlt seinen Bizeps. »Jawoll!«, sagt er. »Aber ich esse ja auch viel Fett, das lässt die Muskeln wachsen.«

Wilhelm mustert ihn skeptisch, doch seine Freude über die Heimkehr scheint aufrichtig zu sein.

»Wo ist deine Taschenuhr?«, will sein Vater wissen und zeigt auf Josefs Weste – die Uhrkette fehlt.

»Kaputt«, antwortet Josef.

»Wieder mal überdreht?«

Josef nickt zerknirscht.

»Du bekommst eine neue«, erklärt Leeb senior. Er streicht zärtlich über die Nüstern des Hengstes. »Braver Terek«, murmelt er, »du Guter.« Als das zweite Pferd, Bubi, zu ihm trabt, streichelt er auch sie, unter Josefs stolzem Blick.

Der junge Wilhelm sieht verhalten zu: Schon seltsam … der Vater ist Pferden gegenüber anders – liebevoller. Was hat er in seinem letzten Urlaub während des Krieges gesagt? Menschen seien entweder eine Bedrohung oder ein Ärgernis, man könne den allerwenigsten vertrauen. Ja, so ähnlich. Na, er wird dem Vater schon beweisen, dass er Vertrauen verdient.

Sie lassen Josef zurück und treten auf den Hof. Was folgt, ist eine veritable Inspektion: Kuhstall, Schweinestall, Hühnerstall, Kornboden, Strohboden, Heuboden und Scheune. Der Vater schaut in jeden Winkel, taxiert den Zustand der Dächer, kratzt in den Fugen feuchter Außenmauern und verharrt kopfschüttelnd vor der Jauchegrube, in der seine Jagdwehre sowie andere Preziosen von Kot und Urin zersetzt werden. Am Ende geht er in den Obstgarten, um die Bäume zu begutachten, und weist auf solche hin, die zu alt sind und gefällt und ausgerodet werden müssen. Den Gemüsegarten lässt er aus, denn dieser ist das Revier der Frauen.

»In Russland«, sagt er, vor dem Birnbaum stehend, »in den Kolchosen, da haben sie wie auf den ostelbischen Gütern mit Maschinen gearbeitet, denn die Flächen sind gewaltig. Sie hatten sogar Traktoren.« Er lässt einen abschätzigen Blick über die Rückseite des eigenen Hofes gleiten. »Ja …«, brummt er, »ich werde alles modernisieren. Ihr habt gewirtschaftet wie zu Kaisers Zeiten, aber das geht nicht mehr. Wer stagniert, der verliert. Man muss mithalten.«

Wilhelm ist froh, dass sein Vater nichts beanstandet hat. Nach dem mittäglichen Schweinebraten, den Oma Kruse, die Köchin im Haus, »mit Liebe« zubereitet hat, wie sie betont, wird er in das Büro beordert. Sein Vater setzt sich hinter den Schreibtisch, dekoriert mit dem Ross aus Metall, das sich auf einem Marmorsockel aufbäumt. Wilhelm nimmt Platz. Es ist das frühere SA-Büro auf der Ostseite der Diele, ausgeräumt und blitzblank. Wilhelm wird immer unruhiger, während sich sein Vater auf einem Zettel Notizen macht, eine lange Liste, wie es scheint. Sein Blick irrt durch den Raum, er streckt die Beine aus, legt sie danach übereinander, faltet die Hände im Schoß, klammert sich an die Armlehnen. Endlich, nach einer gefühlten Ewigkeit, sieht der Vater von dem beschriebenen Blatt Papier auf und nimmt seinen Sohn ins Visier.

»Vorausschauende Planung«, erklärt er, »ist das A und O.«

Wilhelm nickt.

»Und so können nur Männer planen.«

Wilhelm stutzt, dann nickt er wieder.

»Das können weder Frauen noch …« – er reckt das Kinn in Richtung seines Sohnes – »… Kinder.«

»Ich bin kein …«, setzt Wilhelm an, doch sein Vater schneidet ihm mit einer Handbewegung das Wort ab. Dann hebt er den Zettel.

»Dies«, sagt er, »ist die Liste all dessen, was auf dem Hof getan werden muss. Es ist also zugleich die Liste all dessen, was ihr zu tun versäumt habt. Und die Felder und Wiesen habe ich noch gar nicht begutachtet.« Er lehnt sich auf dem Schreibtischstuhl zurück. »Ihr habt es nicht mal vermocht, die Substanz zu erhalten. Der Hof befindet sich im Niedergang. Aber ich reiße das Ruder herum!«

Nachdem sich Wilhelm gefangen hat, wendet er ein: »Ja, Vater, aber es war Krieg – es gab nichts. Wir hatten doch gar keine Möglichkeit, etwas zu erneuern. Und nach Kriegsende wurden deine Konten eingefroren, und das Geld war knapp. Im letzten Jahr kam dann die Währungsreform, und die Mutter hatte nur noch ein Zehntel dessen auf der Bank, was sie angespart hatte. Du kannst uns doch nicht vorwerfen …«

»Weiber und Kinder!«, unterbricht ihn sein Vater. »Deine Mutter war nie in der Lage, diesen Hof zu führen, und du genauso wenig. Du darfst dich ab jetzt als Lehrling betrachten, wirst auch ein Lehrjahr auf einem anderen Hof absolvieren – wenn du so weit bist. Du und deine Mutter, ihr habt den Hof während meiner Abwesenheit in einen Schatten seiner selbst verwandelt!«

Wilhelm starrt das Metallross an, das die Vorderhufe wirbeln lässt, und entgegnet: »Wir haben unser Möglichstes getan. Sogar mehr als das, Vater. Und deine Abwesenheit …« – er sieht den Vater an, obwohl ihn eine leise Furcht beschleicht – »… die hast du dir doch selbst eingebrockt. Du hast uns hier alleingelassen. Du hättest nicht …«

Der Senior bringt ihn mit einem eisigen Blick zum Verstummen. Er setzt sich aufrecht hin, verschränkt die Hände vor dem Bauch und sagt schneidend: »Ich kann dir nur raten, nicht frech zu werden. Du bist noch ein halbes Kind. Du bist noch nichts, und du kannst noch nichts. Irgendwann vielleicht, wir werden ja sehen, aber jetzt noch nicht. Ich muss hier so einiges ausbügeln, nicht zuletzt die lasche Erziehung durch eure Mutter, die weder konsequent noch tatkräftig genug ist.« Er verstummt. Holt eine Schachtel Zigaretten aus der Brusttasche und zündet sich eine an, während sein Sohn stumm dasitzt. »Ich habe vier Jahre dafür büßen müssen, dass ich dem Ruf des Reiches gefolgt bin«, fährt sein Vater fort. »Vier Jahre der Demütigungen und Erniedrigungen. Und wofür? Man hätte mich damals beinahe massakriert, wie meinen guten Freund Verweyen. Einfach abgeknallt. Ich habe überlebt. Ich habe alles überstanden.« Er kann sich nur mühsam beherrschen, sein Gesicht ist eine Maske.

Ein beklemmender Anblick, findet Wilhelm und starrt stattdessen das Metallross an. Als er aufsieht, ist der Vater gefasster und zieht an einer zweiten Zigarette; er hat die erste in der Granathülse ausgedrückt, die zum Aschenbecher umfunktioniert wurde, mit Ablagen für Zigaretten und Zigarren und einem Halter für Streichholzschachteln. Das Messing ist poliert, und Wilhelm kann sein Gesicht darin sehen, so breit wie von einem Hammer plattgehauen.

»Ja, alles überstanden!«, bekräftigt sein Vater, wenn auch eher an sich selbst gerichtet. »Mit Willenskraft und Selbstdisziplin. Ich war Stubenältester. Ich habe die Weihnachtsfeiern und Geburtstagsfeiern organisiert. Ich habe mich rasiert. Ich bin nicht rumgelaufen wie die Landser, die aussahen, als wären sie aus einer Müllhalde gekrochen.« Er drückt die Zigarette aus, zündet sich eine dritte an. Nach ein paar Zügen sagt er, wieder wie zu sich selbst: »Die Läuse. Die waren am schlimmsten. Die reine Pest. Ich habe sie mit den Fingern zerknackt und gezählt. Irgendwann waren es über tausend …« –

er sieht seinen Sohn an – »… über tausend beschissene Läuse! Und ihr macht mir Vorwürfe, wollt mir gar Vorträge halten? Ich habe tausend Läuse zerdrückt, und was habt ihr unterdessen getan? Den Hof habt ihr verkommen lassen. Kein Geld, kein Saatgut? Unsinn: Keine Tatkraft, kein Wagemut, keine Visionen – das ist euer Problem.« Er wirft die brennende Zigarette in die Granathülse. Ihr Rauch kräuselt in die Höhe und zerfasert unter einem Deckenbalken. »Was hatten wir nicht alles!«, sagt er. »Und dann lag die Fahne im Dreck … ganz plötzlich. Wie konnte das passieren … Ich weiß nicht, wie das passieren konnte.« Wieder das Maskengesicht, das unversehens von einem Ausdruck des Entsetzens überflogen wird. »Ja«, sagt er und strafft seine Züge, um zu wiederholen: »Ich weiß nicht, wie das passieren konnte … Ich weiß es wirklich nicht.«

Wilhelm, der den Worten seines Vaters nicht zu folgen vermag, schüttelt die Erstarrung ab, weil er die Möglichkeit sieht, doch noch etwas zurechtzurücken. Sein Vater ist ja gerade heimgekehrt, muss sich erst einfinden. Kein Wunder, dass er etwas durcheinander ist. Also sagt er kurz entschlossen: »Wir haben wirklich alles getan, was in unserer Macht stand, Vater. Wir alle. Die Mutter wird das bestätigen. Genauso die Großeltern. Es war eine schwere Zeit, zumal es an allem mangelte. Wir konnten keine Wunder vollbringen, das musst du doch einsehen …«

Die Mundwinkel seines Vaters gleiten nach unten. Er entgegnet: »Papperlapapp. Ihr hattet Martin und Pawel und obendrein Tanja und Larissa. Das waren Arbeitskräfte genug. Du hättest besser die Schulbank gedrückt.«

»Aber die Mutter …«

Sein Vater winkt ab. »Was mag aus Alex und den beiden

Frauen geworden sein? Hast du je daran gedacht? Sie mussten zurück und wurden gewiss von den Sowjets erschossen, weil sie für uns tätig waren.«

Wilhelm erinnert sich dunkel daran, wie sein Vater die drei vor Jahren mitbrachte, an seine Hand auf Larissas Po, sagt aber nur: »Ja, aber …«

Nun wird sein Vater doch laut. Er schlägt mit der Faust auf den Tisch. »*Aber, aber*. Schluss mit den Widerworten. Du kennst jetzt deinen Platz. Du weißt, wie ich die Sache sehe. Du hast gehört, was ich vorhabe. In ein paar Jahren kommt ein neuer Schweinestall, danach ein neues Wohnhaus. Ich werde es dem Dorf schon zeigen! Mit Weitblick und Fleiß. Und nun muss ich weiter nachdenken.« Er greift zum Stift, zieht das Papier zu sich heran. »Um eure Versäumnisse auszubügeln.«

Sein Sohn sitzt eine Weile da. Als er begreift, dass er entlassen ist, steht er auf und geht zur Tür, dreht sich dort noch einmal um. Sein Vater blickt nicht auf; er hat den Kopf auf die linke Hand gestützt, zwischen deren Fingern eine Zigarette glimmt. Also zieht Wilhelm die Tür hinter sich zu. Sobald er auf der langen Diele steht, allein unter dem hohen, alten, dunklen Dach, schlägt seine Fassungslosigkeit in Bestürzung um, danach in Wut. Was bildet sich der Alte ein! Redet, als hätten sie die Hände in den Schoß gelegt, während er sich Tausende von Kilometern entfernt austobte und später, in der Gefangenschaft, die Zeche dafür bezahlte.

»Dieser Mistkerl!«, geht es Wilhelm durch den Kopf. Danach: »Ich muss mit Mutter reden. Sie soll wissen, wie er von uns denkt. So geht das nicht.«

Er zerrt die Stiefel von den Füßen, reißt die Tür zum Hausflur auf und begibt sich in Socken auf die Suche nach der

Mutter. Es riecht nach Blumenkohl und Braten, aber die Küche ist verwaist. Als Wilhelm in die Stube tritt, findet er seine Mutter auf dem riesigen Sofa vor, ausgestreckt und offenbar schlafend. Wie üblich steht die Flasche Klosterfrau auf der handbestickten Tischdecke.

Wilhelm betrachtet seine Mutter, die im dunklen Schürzenkleid und mit Kopftuch daliegt. Sie wirkt ausgelaugt, graue Strähnen lugen unter ihrem Kopftuch hervor, mit dem halb offenen Mund wirkt sie wie tot. Dieser Gedanke erschreckt ihn, und er tut einen Schritt auf sie zu.

»Ach, du bist es, Junge«, sagt sie, die Augen öffnend. »Ich ruhe mich bloß aus.« Dann fragt sie: »Wo hast du denn die Puschen?«

Er senkt den Blick auf seine Socken; am linken Fuß hat der große Zeh die Wolle fast durchgescheuert. Im nächsten Augenblick holt ihn die Wut wieder ein. »Weißt du, was Vater sagt?«, fragt er. »Er wirft uns allen Ernstes vor, wir hätten Däumchen gedreht und den Hof heruntergewirtschaftet. Wir können uns das nicht bieten lassen. Du weißt so gut wie ich, was wir während all der Jahre geleistet haben.« Er steht empört da, die Arme vor der Brust verschränkt.

Seine Mutter richtet sich halb auf. Sie seufzt tief. Dann sagt sie, ohne ihren Sohn anzuschauen: »Ja … er ist zurück, dein Vater. Ab jetzt ist er wieder der Herr im Haus. So ist das nun mal. So gehört es sich.« Sie richtet den Blick auf ihren Sohn, der den Vater inzwischen um einige Zentimeter überragt.

Der verdatterte Wilhelm versucht, ihre Miene zu deuten – sie scheint ihre Worte ernst zu meinen. Die auf der Anrichte stehende Stutzuhr, ein Erbstück der Familie Kruse, schlägt Klocke zwei. »Mutter«, sagt Wilhelm, »wir dürfen das nicht einfach hinnehmen.«

»Ach«, erwidert seine Mutter, indem sie sich wieder hinlegt, »dein Vater wird irgendwann zu würdigen wissen, was wir getan haben. Aber so ist er nun mal. Er hat seine Meinung, und er hat seinen Willen. Das habe ich stets bewundert. Und nun …« – sie reibt ihre Augen – »… sind wir wieder eine richtige Familie. Nun fällt alles an seinen Platz, und jeder muss den angestammten Platz einnehmen – wie seit jeher, Willem.«

Ihr Sohn ist sprachlos. Er senkt den Blick auf seinen linken Fuß, dessen Zehen operiert wurden. Ich habe für diesen blöden Hof geblutet, denkt er zornig. Sagt jedoch: »Ich arbeite und übernehme Verantwortung, seit ich vierzehn bin, Mutter. Und Vater wischt das einfach so vom Tisch? Verstehst du denn nicht, was das bedeutet?«

»Er ist dein Vater«, meint seine Mutter müde, »du bist sein Sohn, und ich bin seine Frau. Da liegen unsere Pflichten.«

Als Wilhelm dämmert, dass ihm die Mutter den Beistand versagt, schlägt seine Wut in Verzweiflung um. Er will etwas entgegnen, kneift den Mund aber zu und sieht sie an. Er ist ihr nicht böse, kann ihr nicht böse sein, nicht nach allem, was sie gemeinsam durchlitten und gemeistert haben – oder doch? Schließlich presst er hervor: »Dann schmeißt den Laden alleine! Wo steht geschrieben, dass ich den Hof übernehmen muss? Soll Bruno das machen.«

»Aber, Willem, du bist der Ältere und damit der Hofnachfolger, so will es die Tradition. Das ist ein ungeschriebenes Gesetz«, sagt seine Mutter. »Beruhige dich bitte.«

Aber da ist er schon zur Tür hinaus. Im Flur ruft er: »Ich bin nicht mehr ›Willem‹! Ich heiße *Wilhelm!*« Dann knallt er die Tür hinter sich zu.

Er verzieht sich auf den Dachboden, weil er keinen aus seiner Mischpoke sehen will. Er fühlt sich angekettet – an diesen elenden Hof. Er sollte es halten wie der Vorfahr, der auf Nimmerwiedersehen verschwand, nachdem er von seinem alten Herrn gedemütigt worden war, vielleicht nach Amerika entwich und dort ein Vermögen erwarb, das es ihm erlaubte, voller Verachtung über den großen Teich auf dieses Kaff zu blicken, in dem er bis zum Sankt-Nimmerleinstag unter der Knute des Vaters gestanden hätte.

Wilhelm sitzt auf einem wackeligen, aber kunstvoll geflochtenen Korbstuhl inmitten von Möbeln, Kisten und Truhen und allerlei anderem Tand, der im Laufe der Zeiten hier abgestellt wurde. Man bewahrt vieles auf, weil man viel Platz hat, einerseits ein Vorzug, andererseits ein Fluch, denn was sich hier ballt und türmt, dieser Ballast aus über zwei Jahrhunderten, wird nie wieder benutzt werden. Im Licht, das durch das Giebelfenster fällt, glänzt der Messingknauf eines Dragonersäbels, irgendwann an einen Ständer gehängt und wie alles Übrige vergessen. Überall Staub, überall Spinnweben, Moder und Muff. Wilhelm hält sich hier trotzdem gern auf, weil ihm der Dachboden das Gefühl gibt, dem Arbeitsalltag enthoben zu sein, auf dem altehrwürdigen Korbstuhl über der Welt zu thronen, auf dem, wie alte Aufnahmen zeigen, schon sein Urgroßvater Ludwig Leeb saß, im Alter ein Mann mit bulligem Schädel, Halbglatze und verkniffenem Mund.

Wilhelm sitzt da, den Blick auf die fadenscheinigen Socken gesenkt, die Ellbogen auf die Armlehnen gestützt, die Hände im Schoß. Ja, er sollte abhauen oder wenigstens einen anderen Beruf ergreifen, Hauptsache, er entkommt diesem Sauhaufen von Familie, vor allem seinem Vater. Wie ein Felsklotz saß er am Schreibtisch, besserwisserisch, herrisch, unnahbar. Zum Kotzen! Und doch … er kann nicht einfach abhauen, denn das würde bedeuten, die Mutter im Stich zu lassen. Allein käme sie nicht gegen den Vater an und sie hat ja recht: Als Ältester ist er Hofnachfolger. Er steht in der Pflicht. Wenn er genauer nachdenkt, fällt ihm sowieso nicht ein, was er anderes tun könnte. Im Walzwerk arbeiten? In einer Firma? Dort hätte er einen Chef vor der Nase, der ihn triezte und gängelte oder am ausgestreckten Arm verhungern ließe, und darüber hinaus hätte er nichts, rein gar nichts! Hier dagegen wird er sein eigener Herr sein, wird Ackerland, Weideland und Wald besitzen, Vieh und Pferde, von Haus und Hofgrundstück ganz zu schweigen. Als Landwirt wäre er selbständig, niemand würde ihm reinreden, keiner könnte ihm was.

Als er den Kopf hebt und den Blick erneut über die Hinterlassenschaften aus Jahrhunderten gleiten lässt, nimmt er sie mit anderen Augen wahr: All diese Dinge, diese Möbelstücke und Artefakte, diese wurmstichigen, staubigen Objekte, zeugen von dem Dasein und der Arbeit all jener Menschen, die ihm auf diesem Hof vorausgegangen sind. Soll er mit all dem brechen? Das Band kappen, das sich aus der Vergangenheit bis in die Gegenwart schlängelt, ohne je gerissen zu sein? Nein, das wäre anmaßend, denkt er. Ich muss die Zähne zusammenbeißen und weitermachen, der Vater wird sich besinnen, er braucht nur ein Weilchen, um sich einzufinden. Er war vier lange Jahre in Gefangenschaft, und davon muss man sich erst einmal erholen – tausend Läuse zerdrückt … O Mann, wer will schon Läuse haben?

Wilhelm steht auf, klopft den Staub vom Hosenboden. Ich muss die Mutter beruhigen, denkt er, sie sorgt sich sicher, weil sie denkt, ich würde sie hängen lassen. Auf dem Weg zur

Dachbodentür macht er sich gerade, holt tief Luft. Ja, er fühlt sich besser, seine Zuversicht ist zurückgekehrt: Wird sich alles einrenken! Als er sich in der Tür noch einmal zum Dachboden umdreht, ist die Sonne gerade am Giebelfenster vorbeigezogen, und das Zwielicht, das den Raum ausfüllt, lässt alles, was darin lagert, zu einer grauen, undifferenzierten Masse verschmelzen.

März 1956 – Heinkel Tourist und Schweinemist

Bald bekommt das Dorf fließend Wasser, dann beginnt eine paradiesische Ära! Dann ist endlich Schluss mit Waschschüssel und Zinkwanne, in der alle nacheinander baden, sodass der Letzte in einem trüben, eisigen Sud hockt, aus dem er dreckiger auftaucht, als er eingetaucht ist, Schluss mit dem Schleppen und Erhitzen des Wassers. Dann brechen auch hier, in diesem Haus, moderne Zeiten an. Nie mehr kalt rasieren – ein Traum!

Denkt sich der siebzehnjährige Bruno Leeb, der nach seinem Heinkel Tourist schaut, ein flotter Roller, auf dem hoffentlich bald eine flotte Biene hinter ihm sitzt, ein Juwel, das er hegt und pflegt, weil es ihn zur Schule im zwanzig Kilometer entfernten Hildesheim befördert. Der Motorroller steht wie an jedem Wochenende in der langen Diele, glänzend und bestaunt von Josef, dem Bruno erstmal eins auf die Finger geben musste, denn seinen Heinkel, den fasst der alte Bursche ganz sicher nicht an, der soll besser die Pferde striegeln. Was Bruno nicht ahnt: Sein Vater, der ihm das Geld für den Roller umstandslos gab, wird die Summe vom Erbteil abziehen, ohne seinen Jüngsten darüber ins Bild gesetzt zu haben, genauso alle anderen Kosten, bis hin zum letzten Bleistift und

Radiergummi. Bruno wird ihm das schwer verübeln, selbst eingedenk der Tatsache, dass der Alte eine Kriegskameradschafts-Strippe zog, um ihn auf der weiterführenden Schule unterzubringen.

Als Bruno am späten Abend in den Hausflur tritt, ist alles still. Sein Bruder Wilhelm ist wohl schon im Bett, und seine Schwester Grete macht an diesem Wochenende einen Ausflug, er hat vergessen, wohin und mit wem, geht ihn ja auch nichts an. Er will die Treppe hinaufhuschen, als ihm auffällt, dass in der Küche Licht brennt. Er stutzt, lugt durch den Türspalt.

Und erblickt seine Mutter, die im Schein der Deckenleuchte Brote schmiert. Am Küchentisch sitzend, schneidet sie Rotwurst ab, drückt die Stücke auf eine dicke Scheibe Graubrot, bestreicht eine weitere Scheibe Brot mit Butter und pappt sie auf jene mit der Wurst. Was da entsteht, garantiert eine Maulsperre. Danach schmiert sie ein Knackwurstbrot, und als sie eines mit Leberwurst in Angriff nimmt, tritt Bruno ein. Sie erschrickt, so versunken ist sie zugange, lächelt bei seinem Anblick jedoch.

»Mein Junge«, sagt sie. »Du bist ja noch wach.«

»Ich habe nach meinem Heinkel geschaut.« Er setzt sich zu ihr an den Tisch.

Sie nickt. Der Roller bedeutet ihr nichts, sie hat bloß Angst, ihrem Sohn könnte etwas zustoßen. Nur was? In Hildesheim fahren mehr Autos als hier, und auf der Landstraße tuckert auch mal ein Lastwagen, aber der Verkehr ist insgesamt so spärlich, dass manche seiner Kumpel sternhagelvoll nach Hause gondeln; schlimmstenfalls legt man sich auf die Schnauze, das gäbe dann ein paar Kratzer, und jene im Lack wären schlimmer als die im Gesicht.

»Du bist ja auch noch wach«, sagt er und schaut auf seine Armbanduhr – halb elf. »Was machst du denn hier? Warum schmierst du um diese Zeit Brote?«

»Die sind für deinen Vater.«

Bruno bleibt stumm. Er angelt nach Brotkrumen, die beim Absäbeln der Scheiben abgefallen sind, und formt sie zu einer Kugel. Die Schneide des Brotmessers, das neben dem Brett liegt, ist von einer bräunlich-grauen Teigkruste bedeckt, und es juckt ihn in den Fingern, den Wellenschliff freizulegen. Damit kann man doch nicht schneiden!, geht es ihm durch den Kopf.

»Dein Vater ist bei einer Sitzung«, ergänzt seine Mutter. »Danach hat er sicher Hunger.«

»Reitverein?«

Sie schüttelt den Kopf. »Realgemeinde.«

Bruno, sein Teigkügelchen betrachtend, das von haarfeinen Rissen durchzogen ist, horcht auf. »In der Ilseder Mühle?«, will er wissen.

»Ja.« Seine Mutter trägt die Leberwurst auf, als wollte sie Brot und Butter streicheln, sie zieht das Messer hin und her, sodass die Wurst eine glatte, glänzende Schicht bildet. »Holst du bitte die Gewürzgurken, Bruno?«

Er schaut zum Vorratsschrank, neben dem noch eine Leimrute voller verdorrter Insekten hängt, danach zum Herd, danach zum Regal. Dann sieht er seine Mutter an: »Schmeiß die Brote weg!«

Sie blickt verwundert auf. »Aber wieso denn? Sie sind für deinen Vater. Außerdem …« – sie vollendet die doppelte Scheibe Leberwurstbrot – »… wirft man kein Essen weg.«

»Der Spätheimkehrer kehrt sicher spät heim«, entgegnet ihr Sohn. »Und wenn er kommt, gibt's Ärger. Du kennst ihn doch, Mutter, es ist immer das Gleiche, wenn er beduselt ist, da helfen auch die Brote nicht. Er pampt dich an, und du musst weinen, und er brüllt, und dann knallt er Türen, und am nächsten Tag tut er so, als wäre nichts gewesen. Wie oft willst du das noch mitmachen?«

Sie zuckt mit den Schultern. »Es ist eine Sitzung der Realgemeinde. Es geht um die zukünftige Nutzung der Schweineweide. Das ist wichtig, und dein Vater ist nun mal engagiert«, meint sie. »Er sitzt überall mit am Tisch, sogar in der Politik. Du solltest stolz auf ihn sein.«

»Wäre ich vielleicht sogar«, murrt Bruno, »wenn nicht immer so viel Korn auf dem Tisch stünde.« Er greift nach dem Teller mit den Broten. »Ich schmeiße den Mist jetzt weg!«

Sie entzieht ihm den Teller. »Bei den Junggesellen zischt ihr doch auch mal einen«, entgegnet sie halbherzig.

»Mutter«, wiederholt Bruno, »weg mit den Broten. Warum kuschst du immer? Du darfst ihm nicht ständig hinterherdienern! Wenn du nicht handelst, kapiert er es nie.«

Käthe Leeb betrachtet ihr jüngstes Kind. Fast ein bisschen stolz, aber ihre blaugrauen Augen wirken müde, ihre Züge erschlafft. Schließlich steht sie auf, streicht die Schürze glatt und sagt: »Vielleicht hast du recht, mein Junge. Wirf die Brote weg, die Schweine müssen ja auch was fressen. Ich bin hundemüde. Ich gehe zu Bett.« Sie zerzaust seinen Schopf, sagt »Schlaf gut«, dann ist sie zur Tür hinaus.

Bruno hört die Treppe unter ihren Tritten ächzen. Er kennt jede Stufe, weiß, wo sie knarrt und wo er den Fuß aufsetzen muss, um lautlos hinauf und hinab zu gelangen. Vor sieben Jahren, der Vater war just heimgekehrt, sprang er die Treppe wie üblich munter hinunter, woraufhin der Mann, den er erst allmählich mit Vater anzureden lernte, aus der Stube trat und ihn anherrschte: »Geht das nicht leiser?« Der kleine Bruno zog den Kopf ein. »Das wird jetzt geübt«, sagte sein Vater und befahl ihm, die Treppe noch einmal hinunterzugehen. »Immer noch zu laut«, sagte sein Vater, »nochmal!« Bruno musste sieben oder acht Mal hinauf und hinunter tapern, bis der Vater endlich zufrieden war; er verstand die Welt nicht mehr, doch die Treppe, die kennt er seither aus dem Effeff.

Er geht mit den Broten zum Eimer. Viel zu gut für die Schweine, denkt er, als er sie auf einen Haufen Kohlblätter plumpsen lässt. Aber auch zu gut für den Alten. Er knallt den Deckel auf den Eimer, knipst das Licht aus und tänzelt die Treppe hinauf: kein Knarren, kein Ächzen. Er will gerade das Zimmer betreten, das er mit seiner Schwester teilt, als doch etwas knarrt. Herumfahrend, erblickt er seinen großen Bruder, der den Kopf aus der Tür seiner Schlafstube steckt.

»Was hat da gescheppert?«, fragt Wilhelm. »Warst du das?«

»Oh«, sagt Bruno. »Das war der Schweineeimer … Tut mir leid.«

»Geht das nicht leiser?«

Bruno zieht die Brauen hoch. »Doch, sicher«, murmelt er. »Ich war wohl zu schwungvoll.«

Sein großer Bruder grinst. Er scheint geschlafen zu haben, denn er ist im Nachthemd, und seine Haare sind strubbelig. »Macht nichts«, sagt er. »Ist sogar gut, denn ich möchte dich um einen Gefallen bitten.«

Bruno muss plötzlich herzhaft gähnen. »Ja-haa-ha?«, erwidert er mit weit offenem Mund.

»Ich bin morgen Abend mit Sophia verabredet, und wenn ich vorher füttere, stinke ich nach Sauerblatt. Könntest du das übernehmen?« Wilhelm sieht den acht Jahre jüngeren Bruder an.

Der windet sich. »Naja … ich muss morgen Abend wieder nach Hildesheim. Und ich will auch nicht stinken.«

»In der Schule habt ihr doch Duschen, oder?«

»Klar, aber sonntags hat die Penne ausnahmsweise zu, und in meiner Bude gibt's nicht mal eine Wanne. Wenn meine Wirtin duschen will, muss sie sich in den Regen stellen.«

»Bitte«, sagt Wilhelm, »tu mir den Gefallen.«

»Den würde ich wohl eher deiner Angebeteten tun, denn sie müsste deinen Gestank ertragen.« Bruno schweigt, dann erklärt er: »Na, gut, ich übernehme das. Auf dem Roller werde ich ja durchgelüftet.«

»Danke.« Wilhelm klingt aufrichtig froh. »Ist der Vater zurück?«

»Aus der Mühle?« Bruno zieht eine Grimasse. »Ha-ha!«

Die Brüder tauschen einen Blick.

»Gute Nacht«, sagt Wilhelm und schließt die Tür.

»Dito«, murmelt Bruno und überlegt, als er im Schlafzimmer steht, wie er Josef beim Füttern ärgern kann, denn das würde ihm die Sache ein bisschen versüßen.

Er hat herrlich geträumt und erwacht mit einem wohligen Gefühl. Sein Wecker ist über Nacht verreckt, der Schlägel verharrt zwischen den Schellen, und die Armbanduhr ist auch stehengeblieben. Beim Anblick der Schüssel, an der er sich waschen muss, stöhnt Bruno, aber gut, bald ist der vorsintflutliche Krempel Geschichte. Er schlurft zur Kommode, wo er sich sparsam benetzt, spült anschließend den Mund aus und öffnet das Fenster, um das Wasser auszuspucken. Grau, grau, grau, sogar der Himmel hat die Zeit vergessen.

Schließlich geht er in seiner Schulkleidung nach unten: Hemd, Bügelfaltenhose, Pullover, es fehlen nur Jackett und

Schlips. Er geht in die gute Stube, um seine Armbanduhr zu stellen, denn die alte Standuhr wird stets penibel aufgezogen, sie ist der Zeitmesser für den ganzen Hof. Fünf vor halb zehn, na, das geht ja noch, hoffentlich hat die Haube den Kaffee warm gehalten. Wäre aber auch möglich, dass er neuen kochen muss, weil sein Bruder alles ausgesüffelt hat.

In der Küche sitzt Oma Leeb und liest in der Zeitung. Der Raum riecht nach Ofenqualm und Zigarettenrauch und einem ganzen Potpourri von Essensdünsten, die sich in Balken und Wänden eingenistet haben. Und nach Kaffee. Als Bruno die Haube abnimmt und die Kanne anfasst, ist diese warm.

»Habe nochmal welchen gekocht«, meint Oma Leeb. »Na, du bist ja schnieke. Wo willst du denn drauflos?«

Bruno lacht. »Guten Morgen, Oma!«, sagt er und schenkt sich Kaffee ein.

»Bald Klocke zehn«, mäkelt sie. »So lange liegt man doch nicht in den Federn.«

»Heute ist Sonntag, Oma.«

»Sag bloß, du willst in die Kirche.«

»Ich doch nicht.« Bruno greift nach dem Brotmesser und betrachtet wieder missmutig die verkrustete Klinge, benutzt es dann aber doch.

»Hm!«, brummt Oma Leeb. Dann studiert sie durch ihre Nickelbrille die Todesanzeigen. Der schwarze Krückstock mit dem geraden Griff und dem Gumminoppen liegt quer auf ihrem Schoß.

Die Großeltern Kruse sind verstorben; die Oma einige Monate nach der Rückkehr ihres Schwiegersohnes, der Opa drei Jahre später. Bruno trauerte um ihn. Als kleiner Junge kämmte er stundenlang die weißen Haare des Alten, wenn dieser auf dem Sofa lag, wodurch er sicher dazu beitrug, dass sie sich weiter lichteten, doch Opa Kruse ließ ihn gewähren. »Wo ist die Mutter«, fragt er zwischen zwei Bissen.

Oma Leeb, hinter der Zeitung verschanzt, antwortet: »Weiß nicht.«

Das verrät Bruno, dass etwas faul ist. Er hat fest geschlafen, also nichts mitbekommen, aber die Mutter wuselt immer irgendwo herum, teilt auch stets mit, was sie vorhat und wohin sie sich begibt; wenn die Oma unwissend tut, stimmt etwas nicht. Sie sitzt da, die Peiner Allgemeine Zeitung vor der Nase, und lässt sich nichts anmerken; ihr stoisches Gesicht mit dem schmalen Mund hat nie viel verraten. Bruno liebt die alte Frau, weiß aber, dass sie bombenfest zu ihrem Sohn hält: Die beiden sind so eng, dass kein Blatt Papier dazwischen passt, ein Phänomen. Wie mag es Opa Willi, an den er sich kaum erinnert, angesichts dieses Bündnisses ergangen sein? Plötzlich beunruhigt, schlingt er das Wurstbrot hinunter und schmiert sich noch eine Scheibe, nun mit Zwetschgenmus. Bei dem Geschmack muss er an seine Tante denken, die ältere Schwester seines Vaters, eine sagenhaft gute Zwetschgenmus-Köchin, und er sieht sich in ihrer Küche am Tisch sitzen, so klein noch, dass seine Füße ein gutes Stück über den Fußbodenkacheln baumeln; vor dem Fenster die Beete, eingefasst von kniehohem Buchsbaum, dahinter die Kirche. Wiederum dahinter, wenn auch nicht sichtbar, das örtliche Schloss. Bei Tante und Onkel sind die Zimmer geräumig, hoch und licht, der Hof mit dem Walnussbaum ein zur Straße offenes Karree … Diese Erinnerung stimmt Bruno wehmütig, denn er liebte es, dort zu sein, wurde behandelt und umsorgt wie ein Sohn. Vielleicht kann er von Glück reden, sich als Junge so oft und so lange bei Tante und Onkel aufgehalten zu haben und dadurch nicht der Überforderung und Gereiztheit ausgesetzt gewesen zu sein, die hier, auf dem elterlichen Hof, für dicke Luft sorgten; ein Genuss, in den weder Wilhelm noch Grete kamen, jedenfalls nicht in diesem Ausmaß.

Bruno schluckt den letzten Bissen hinunter, spült mit Kaffee nach. Seine Oma ist auf dem Stuhl eingenickt, die Zeitung liegt auf ihrer Brust, und ihm fällt eine Überschrift ins Auge: *Neue Armee soll den Namen »Bundeswehr« tragen. Vorschlag des FDP-Bundestagsabgeordneten Manteuffel.* Das weckt sein Interesse, nur weiß er nicht, wie er seiner Oma die Zeitung stibitzen soll, ohne sie zu wecken. Also leert er die Tasse und begibt sich auf die Suche nach der Mutter, hoffend, sie nicht wieder kummervoll oder gar weinend im Schlafzimmer vorzufinden.

Am Ende geht er auf die lange Diele, um seine Schuhe zu wechseln und die Suche draußen fortzusetzen. Er ist besorgt – wer weiß, was sein alter Herr nach der Rückkehr aus der Kneipe angestellt hat. Auf dem Weg durch die Diele sieht er sich um, streift auch seinen Roller mit einem Blick: eine topmoderne Maschine in einem uralten Bau. Sie wird ihn von hier forttragen, zunächst nach Hildesheim, danach an andere Orte, denn er hat Morgenluft gewittert und wird sein Dasein ganz sicher nicht auf diesem Hof beschließen, egal, was Vater und Bruder erwarten. Wenn er Wilhelm so reden hört, hat er manchmal den Eindruck, dieser ginge davon aus, dass er ihm später als Gehilfe dienen würde, aber das kann sich der Große abschminken, denn die Welt hat mehr zu bieten als Acker und Kuhstall.

Aus dem Tor tretend, sieht Bruno, dass Josef den Hof fegt, wie üblich mit der Schirmmütze auf dem Kopf, mit grüner Arbeitsjacke und Kippe im Mundwinkel. Josef winkt, und er winkt zurück, will ihm zurufen, ob er die Chefin gesehen habe, vernimmt dann aber Stimmen auf dem Hinterhof – in der Durchfahrt wird gezankt. Sein Bruder, der nicht zu sehen ist, aber wohl in der Schiebetür des Schweinestalls steht, scheint sich mit dem Vater angelegt zu haben. Es geht hoch her, und Bruno verlangsamt die Schritte. Sein Vater, der vor der Miste steht, trägt wie üblich Reithose, Reitstiefel und Drillichjacke, seine ergrauenden Haare flattern, obwohl Bruno keinen Luftzug spürt. Krähen wirbeln über der Viehweide, und die Wipfel der Pappeln wiegen sich. Die Mutter ist auch hier nirgendwo zu sehen; vielleicht ist sie bei der Nachbarin, Annemarie Haarstick, um ihr Herz auszuschütten, wäre nicht das erste Mal.

»… abgeben!«, hört er seinen Bruder schreien.

Sein Vater, der eine ähnlich steinerne Miene wie Oma Leeb aufzusetzen vermag, entgegnet: »Ich gebe diesen Hof erst ab, wenn ich den Löffel abgebe, mein Sohn.« Er verleiht dem letzten Wort einen bissigen Unterton.

Nun kann auch Bruno, der am Fleck verharrt, eine Windböe spüren; sie peitscht den Dampf des Misthaufens in Richtung Schweinestall und lässt ihn an der Wand zerstieben. In diesem Moment entdeckt ihn der Vater, dessen linker Mundwinkel zuckt, als würde ein stillschweigendes Einvernehmen zwischen ihnen bestehen. Bruno reagiert nicht darauf.

»Ich werde fünfundzwanzig, war auf dem Lehrhof und arbeite trotzdem noch für ein Almosen. Ich muss um jeden Pfennig betteln. So geht das nicht. Ich brauche eine Perspektive. Du musst abgeben, Vater!«

»Tja, aber so ist das nun mal. Deine Mutter bekommt ihr Haushaltsgeld ja auch von mir.«

Bruno kratzt sich unbehaglich an der rechten Schläfe, die

mit dem Feuermal, das früher, als er noch klein war, oft Anlass zu Hänseleien gab, doch er hat die Spötter rasch zum Verstummen gebracht. Inzwischen wird es von anderen kaum noch bemerkt.

»Ich habe die Lehre abgeschlossen, und außerdem bin ich ein Mann und keine Hausfrau!«, ruft Wilhelm, für seinen jüngeren Bruder weiter unsichtbar.

»Ob du deinen Mann stehen kannst, muss sich noch weisen«, erwidert der Vater. »Wenn es dir nicht passt, kannst du gern gehen, es gibt ja noch deinen Bruder.« Bei diesen Worten schaut er wieder zu Bruno.

»Nie und nimmer!«, denkt der und senkt den Blick.

»Und die Mutter mit dir allein lassen?«, faucht Wilhelm.

»Deine Mutter ist eine gestandene Frau. Du hast wohl eher Angst, dein Liebchen zu verlieren.«

Da tritt Wilhelm aus der Stalltür, knallrot im Gesicht und eine vierzinkige Grepe in den Händen, als wollte er auf den Vater losgehen, der kerzengerade dasteht, die Hände hinter dem Kreuz verschränkt, im Rücken den Betonpfeiler mit seinen Initialen und dem Baujahr der Miste. Er wirkt wie ein Denkmal seiner eigenen Person, wie Bruno denkt: Erbauer einer Schwemmentmistung und eines zukunftsweisenden Schweinestalls, Vorsitzender diverser Vereine – so steht er da, mit blankpolierten Reitstiefeln, der sogenannte »General«.

»Lass Sophia aus dem Spiel!« Wilhelm scheint losstürmen zu wollen, zügelt sich aber und schimpft mit überschnappender Stimme auf den Vater.

Der hört sich alles ungerührt an, wirkt sogar amüsiert, findet Bruno. Immer das gleiche Lied: Der Vater muss nur die vertrauten Knöpfe drücken, damit sein Ältester explodiert. Wilhelm wiederum scheut sich, seine Drohung in die Tat umzusetzen, kuscht stattdessen wie die Mutter, ist tagelang wortkarg, mucksch und mürrisch, und irgendwann entzündet sich der Streit erneut, dann geht die ganze Chose von vorne los. Bruno, der seinen tobenden Bruder beobachtet, denkt: Schmeiß dem Alten doch einfach die Grepe vor die Füße! Soll er zusehen, wie er klarkommt, wenn beide Söhne abzischen. Soll Grete einen landlosen Landwirtssohn heiraten, der den Hof fortführt, aber Grete, die hat natürlich ihre Allüren, für die ist keiner gut genug.

Dann knallt Wilhelm die Grepe tatsächlich auf den Boden, hebt sie aber gleich wieder auf und trollt sich schmollend in den Schweinestall. Der Vater zuckt die Schultern und blickt erneut zum jüngeren Sohn. Bruno, dem all das unangenehm ist, steht da wie versteinert. Schließlich geht sein Vater in den Kuhstall, wo das Vieh, beunruhigt durch den Lärm, dumpf und kehlig muht.

Wie gut, dass ich heute Abend nach Hildesheim abzische, denkt Bruno, der aus der Durchfahrt beobachtet, wie der Dampf des Schweinemists, den Wilhelm am heiligen Sonntag aus dem Stall schafft, im Wind zerstiebt. Er kann seinem Bruder schlecht helfen, weiß auch nicht, ob er das will, denn so eng sind sie nicht, dazu ist der Altersunterschied zu groß. Mit fünf oder sechs war Bruno sehr anhänglich und folgte Wilhelm auf Schritt und Tritt, und bei einer Gelegenheit, der große Bruder wollte mit seinen Freunden spielen, ohne die kleine Klette am Hals zu haben, drückte er Bruno sein Taschenmesser in die Hand und bat ihn, eine Haselnussgerte abzuschneiden. Bruno tat wie geheißen, und als er die Gerte dem großen Bruder präsentierte, vertrimmte ihn dieser damit. Bruno hat das nie verwunden; er kann die Hiebe bis heute auf dem Hinterteil spüren.

Schließlich betritt er den Schweinestall. Wilhelm, der einen Verschlag ausmistet, wirft ihm einen grimmigen Blick zu.

»Hast du Mutter gesehen?«, fragt Bruno, alles andere übergehend.

»Sie ist nebenan.«

»Ah. Dachte ich mir. Ich habe mir schon Sorgen gemacht.«

»Ach, ja?« Wilhelm lädt eine Grepe voller Mist in die Schubkarre. »Bist du nicht derjenige, der die Brote in den Schweineeimer geworfen hat?«

Brunos Blick zuckt über die Tiere, die ihre Schnauzen grunzend gegen die Gatter der Boxen stoßen. »Ja, habe ich«, gibt er trotzig zu. »Na, und? Es kann ja wohl nicht angehen, dass unserem Herrn Vater belegte Brote serviert werden, wenn er zu später Stunde sternhagelvoll nach Hause kommt.«

»Nein«, sagt Wilhelm, der nach dem Streit immer noch einen roten Kopf hat. »Aber Mutter musste es ausbaden. Sie wollte die Brote just zu dem Zeitpunkt aus dem Eimer holen, als Vater zurückkam. Er hat getobt. Hast du denn nichts mitbekommen?«

Bruno schüttelt den Kopf.

Sein großer Bruder schnaubt verächtlich. »Dann schläfst du wirklich den Schlaf der Seligen, Kleiner. *Dir* hätte der Alte den Kopf waschen müssen, aber du kommst immer davon, denn du bist ja ein Reiter.« Das letzte Wort spricht er genauso bissig aus wie der Vater das Wort »Sohn«. »Deshalb hast du bei ihm einen Stein im Brett.«

»Blödsinn!«, entgegnet Bruno. »Ja, stimmt, ich bin im Reitverein, aber ich bin auch der Einzige, der dem alten Herrn Paroli bietet. Ihr kuscht doch bloß alle.«

»Halt die Schnauze!«, blafft Wilhelm. »Du hast ja keine Ahnung! Du warst immer das Nesthäkchen. Du hast Narrenfreiheit. Wer hat den Hof denn geschmissen, während unser Vater in Gefangenschaft war? Du und dein stinkender Ziegenbock? Nein – *ich* war das.« Er sticht die Grepe zornig in die Streu.

Bruno verdreht die Augen. Das stimmt zwar, ist aber auch die ewig alte Leier, und was kann er, damals noch ein kleiner Junge, schon dazu?

»Manchmal würde ich den Alten am liebsten umbringen!«, zischt Wilhelm und wuchtet den Mist in die Karre.

Sein Bruder muss lachen. »Mit der Grepe?«

Wilhelm starrt ihn finster an.

Da er sich nicht weiter erklärt, meint Bruno: »Ich kann dich ja irgendwie verstehen, aber was ich nicht kapiere, ist, dass du hier ausmistet … Ich dachte, du hast ein Rendezvous und willst nicht stinken.«

Sein großer Bruder verschnauft, auf die Grepe gestützt. »Du fütterst abends, oder?«, fragt er, nun fast bittend.

»Ja«, sagt Bruno. »Soll ich dir beim Ausmisten helfen?«

Wilhelm schüttelt den Kopf. »Schau lieber nach der Mutter. Sie ist sicher bald von den Haarsticks zurück.«

Bruno nickt. Er steht direkt unter der Luke zum Strohboden, durch die man die Ballen in den Stall wirft; in den Ritzen klemmen noch Halme. Das lange und schartige Messer, das zum Kappen der Sisalbänder dient, wurde oben in das Holzgatter eines Futtertrogs gerammt. Bruno verlässt den Stall und geht zu den Pferden, streichelt sie und spricht ihnen gut zu. Ja, er reitet, na und? Er tut das ja nicht, um sich beim Vater einzuschmeicheln. Stattdessen macht es ihm Spaß, im Sattel zu sitzen und an Turnieren teilzunehmen. Wilhelm könnte auch reiten, verweigert sich aber aus Trotz gegen den pferdenärrischen Vater. »Dieser ewige Affenzirkus!«, denkt er verärgert. Streicht ein letztes Mal über die Nüstern von Bubi und Terek und geht wieder in die Küche.

Dort trinkt er einen weiteren, nun lauwarmen Kaffee. Die Mutter ist noch nicht da, und Oma Leeb rumpelt in der Speisekammer. Als Bruno nachschaut, stellt er verblüfft fest, dass sie den Vorratsschrank von der Wand rücken will, eine Herkulesaufgabe für die von Rheuma geplagte Frau.

»Was machst du denn da, Oma?«, fragt Bruno, die Tasse in der Hand.

Sie lässt vom Schrank ab, reibt ihre schmerzenden Hände, greift nach dem Stock. Sie wirkt verlegen – das hat er noch nie erlebt.

»Ach«, sagt sie, »ich wollte man bloß mal schauen, was dahinter ist.«

»Dreck und Spinnenweben, was sonst?«, meint Bruno. »Das Ding wurde sicher seit hundert Jahren nicht mehr bewegt.«

Seine Oma, auf den Stock gestützt, schaut ihn durch ihre Nickelbrille an. »Doch«, sagt sie, weiter auf Platt, »dahinter ist was, mein Junge.« Sie holt ein Bonbon aus ihrer Kittelschürze und bietet es ihm an, als wollte sie ihn locken.

Bruno nimmt es lachend entgegen, schiebt es sich in den Mund. »Na gut, schauen wir mal.«

Er muss all seine Kraft aufbringen, um den Schrank mit dem verglasten Aufsatz zu bewegen, und als sich das Möbel endlich rührt, klirren Schüsseln und Einmachgläser. In der Hocke, beide Hände unter die Seite geschoben, wuchtet er den Schrank Zentimeter um Zentimeter von der Wand fort, die unerwartet sauber ist. »Wieso willst du ausgerechnet jetzt hinter das Ding schauen?«, japst er. »Heute ist Sonntag, und alle schuften? Das ist doch bekloppt.« Er sieht zur Oma auf. »Aber was tut man nicht alles, um das Alter zu ehren.«

Da muss die alte Frau doch lächeln. »Als ich vorhin aufgewacht bin«, erzählt sie, »sind mir die Sachen wieder eingefallen. Ich hatte sie vergessen. Bald zwanzig Jahre.«

»Ich hoffe, du hast nicht bloß geträumt«, meint Bruno, der den Schrank nun weit genug abgerückt hat. Er richtet sich auf und tritt zurück. Oma Leeb mustert die Wand, zwängt sich dann in die Lücke. Greift in eine Nische und holt diverse Objekte heraus, die sie Bruno reicht.

Der staunt Bauklötze, als er sie in Empfang nimmt: Wie oft hat er in dieser Kammer gestanden, ohne zu ahnen, was sich hinter dem Vorratsschrank verbirgt! Er betrachtet die Dinge und legt sie dann auf den Schlachtetisch. Sagt: »Ich dachte, all das läge in der Jauchegrube!«

»Da liegt ja auch alles.« Seine Oma tastet weiter in der Nische herum.

»Und was ist mit diesem Zeug?«

Schließlich kommt sie wieder zum Vorschein, Spinnweben auf der Brust, tritt an den Tisch und starrt die Dinge an: zwei Dolche, drei Fotoalben, eine Schachtel mit Orden und Abzeichen. »Damals, als die Amerikaner kamen, wollte ich etwas für deinen Vater aufbewahren«, gesteht sie und ergänzt, in ihrer Verlegenheit wieder auf Platt: »Du weißt ja, wie er an dergleichen hängt. Aber das war wohl ein Fehler.«

»Wieso?«, fragt Bruno, der in einem Album blättert, dessen Fotos seinen Vater während des Krieges zeigen.

»Diese ollen Nazis«, grollt Oma Leeb. »Dein Opa Willi, der alte Faulpelz, hatte recht: Sie haben bloß Unheil gebracht.«

Bruno wundert sich, denn seine Oma ist meist wortkarg, hat sich auch nie politisch geäußert, und nun weicht sie gar von den Ansichten ihres Sohnes ab. »Ja, das stimmt«, erwidert er, »aber diese Fotoalben sind harmlos, und die Dolche können wir immer noch in die Jauche werfen.«

Sie stampft mit dem Stock auf, zieht die Schultern hoch. »Es fehlt was«, sagt sie. »Da fehlt was!«

Bruno, den Offiziersdolch zur Hand nehmend, fragt: »Was denn?«

Oma Leeb lehnt sich gegen den Schlachtetisch. »Die Pistole«, sagt sie. »Ich habe eine Pistole aufgehoben. Mit Tasche und …« – sie stampft mit dem Stock auf – »… und Munition.«

»Vielleicht hast du das falsch in Erinnerung, Oma.« Bruno legt den Dolch weg, der ihm plötzlich unheimlich ist.

Sie funkelt ihn durch die Brille an. »Ich bin vielleicht klapperig, aber nicht verkalkt. Ich habe damals das Büro ausgeräumt und die Sachen anschließend hier versteckt. Und keiner …« – sie stampft noch einmal mit dem Stock auf – »… keiner, keiner hat davon gewusst!« Sie schickt auf Platt einen Fluch hinterher, der Brunos Ohren klingeln lässt. Dann verfällt sie in Schweigen.

Ihr Enkel sinniert eine Weile, lässt den Blick währenddessen durch die gut gefüllte Vorratskammer gleiten: Mettwürste und Schinken, Regale voll Eingemachtem, Apfelmus und Kompott, Marmeladen, Dosenwurst, dazu Mehlvorräte, Zuckerreserven sowie Flaschen hochprozentigen Inhalts, ja sogar ein Kasten Bier. Und, sein Mund wird wässerig, Himbeersirup, den man mit Wasser verdünnt. Nee, denkt er dann, das kann nicht sein. Und er sagt: »Mach dir keine Sorgen, Oma. Eine Waffe kann sich nicht in Luft auflösen. Ich halte die Augen offen, und wenn ich sie finde, werfe ich sie in die Jauche.«

»Ja«, murmelt sie, »bloß weg damit.«

Sobald Bruno allein ist, schaut er selbst in die Nische, danach unter dem Schrank, sogar darin, sucht in der Kammer jeden Winkel ab – umsonst. Sonderbar nur, dass die Wand so blank ist; die Spinnweben sind nicht alt ... Vielleicht hat die Mutter den Wedel dahintergeschoben. Ja, gut möglich, denn sie bezeichnet Putzen gern als Labsal für die Seele.

Er wuchtet den Schrank wieder an seinen Platz. »Jetzt fließend Wasser«, denkt er, die dreckigen Hände betrachtend. Er wischt sie mit einem Lumpen ab und verstaut danach alles, was in der Nische lag, unten im Vorratsschrank. Zu guter Letzt nimmt er eine Flasche Himbeersirup aus dem Regal und verlässt die Speisekammer.

Die Küche ist verwaist. Oma Leeb hat sich zurückgezogen, die Mutter ist wohl noch nebenan bei Annemarie Haarstick, und die Herren der Schöpfung können sogar am Sonntag nicht von der Arbeit lassen. Bruno schüttelt den Kopf: Da lebt man in der Ära von Motorrollern und Bebop, und sie malochen wie anno Tobak. Er rührt einen Saft an und schließt beim Geschmack der Himbeersüße die Augen – köstlich! Während er nippt, fällt ihm die Sorge seiner Oma ein. Da hat sich die Gute eine richtige Räuberpistole zusammengeträumt, denkt er schmunzelnd und schlendert, nachdem er das Glas geleert hat, auf die lange Diele, um sich erneut am Anblick seines Heinkel Tourist zu weiden.

In der üppig gefüllten Speisekammer, hinter dem Vorratsschrank, fahren die Zitterspinnen derweil fort, die Wand mit ihren Netzen zu bedecken. Nicht mehr lange, dann wird es so sein, als hätte die Nische niemals etwas anderes enthalten als Dunkel und Dreck.

August 1962 – Die Totenfrau

In einigen Stunden, nach Feierabend und bei Schichtwechsel, werden Autos in beiden Richtungen durchs Dorf rollen, aber noch herrscht Ruhe auf der Breiten Straße. Gerda, den Griff ihrer Ledertasche umklammernd, folgt dem hinkenden Josef, und Lisbeth bildet das Schlusslicht, gesenkten Kopfes und beide Hände in den Taschen der Strickjacke vergraben. Auf der Kuppe der Steigung parkt ein weinroter Borgward Hansa vor dem Lebensmittelladen, und während Gerda die Limousine betrachtet, huscht eine schwarze Katze darunter hervor und hoppelt über die Straße. Dieses Tier, dem ein Vorderbein und der Schwanz fehlen, hat sie noch nie gesehen.

Schritte später erreichen sie das Tor. Die schmiedeeisernen Flügel öffnen sich zum Hof, den Wilhelm Leeb senior vor zwei Jahren asphaltieren und im gleichen Zug erhöhen ließ, um Ochsen und Pferden die steile Ausfahrt zu ersparen. Zur selben Zeit wurde der Dorfbunker abgebrochen, ein kleiner und so gut wie nie genutzter Schutzraum, dessen Trümmer kurzerhand in die Leebsche Baugrube gekippt wurden. Die Betonbrocken schlummern nun unter der Asphaltdecke dem Vergessen entgegen.

Gerdas Blick fällt auf den Mercedes-Benz des Arztes und den VW-Käfer des Polizeimeisters, die unmittelbar hinter dem Tor stehen. Ihr Vater, ein Autonarr, obwohl er nie ein Auto besaß, kannte alle Marken und Modelle und steckte seine Tochter mit seiner Leidenschaft an. Der gute Doktor fährt einen 300 SL, nicht mehr ganz neu, aber gut gepflegt, ein prächtiges, in dieser Gegend rares Automobil, das sicher für Neid sorgt, doch Fröbe ist ein beliebter und geachteter Arzt, man wird es ihm also durchgehen lassen.

Sie erwacht erst aus diesen Gedanken, als sich Josef, der vor den Autos angehalten hat, zu Lisbeth und ihr umdreht, als wollte er etwas sagen. Er zeigt aber nur unbestimmt auf das Wohnhaus, kramt eine Schachtel Lux aus der Jackentasche, zündet sich eine Zigarette an und nuschelt: »Else, die Schwarzbunte, kalbt bald. Muss nach ihr gucken.« Er zeigt wieder zum Haus, die Kippe zwischen den Fingern, hinkt dann quer über den Hof und verschwindet im Stall, als wollte er sich verstecken. Als er die Tür hinter sich zuzieht, drängt ein braun-weißer Hund heraus und flitzt zur großen Diele. Die Frauen nehmen ihn nur aus den Augenwinkeln wahr, und er ist rasch verschwunden.

Gerda kennt das Haus der Leebs seit ihrer Kindheit, und trotzdem ist es ihr fremd: Es wirkt wie niedergedrückt von Ziegeldach und Dachboden, auf dem gewiss Berge von Gerümpel lagern, denn Bauern horten alles, als wäre noch das morscheste Kummet eine Kostbarkeit, der wurmstichigste Himpen eine potenzielle Grabbeigabe. Kein Arbeiter käme auf die Idee, die altersbrüchigen Möbel irgendwelcher Ahnen aufzubewahren; Gerdas Vater hätte dergleichen weggeschmissen oder, wahrscheinlicher, repariert und wiederverwendet. Ihr Blick gleitet über die mit Backsteinen ausgemauerten Fächer, die von Sprossenfenstern flankierte Tür, über der ein Emailschild mit der Hausnummer hängt, das Spalier gardinenverhangener Fenster, das sich rechterhand in der langen

Diele fortsetzt. An der Ecke ragt die Kastanie auf wie ein Wächter, der Fremden Halt gebietet.

Und tatsächlich steht Gerda da, als wäre ihr erneut der Zutritt verwehrt worden. Lisbeth murrt: »Ich mag nicht.«

»Sei nicht kindisch«, entgegnet Gerda. »Mitgehangen, mitgefangen.«

Sie schlängeln sich zwischen den Autos durch, als Doktor Fröbe und Polizeimeister Klose aus der Haustür treten, gefolgt von Leeb senior, der beide knapp überragt. Die Männer wechseln ein paar Worte und verabschieden sich mit Handschlag, dann steuern Arzt und Polizist auf ihre Autos zu. Klose nickt den beiden Frauen stumm, aber höflich zu und setzt sich in seinen Käfer.

Doktor Fröbe hält kurz inne, um ihr und Lisbeth die Hand zu geben, man kennt sich. Auch er ist wortkarg, doch als er die Tür seines Mercedes öffnet, entweicht ihm ein dumpfer, halb entnervter, halb bedrückter Laut.

In Gerdas Inneren kippt plötzlich etwas, wenn auch, wie sie zu ihrer Überraschung feststellt, nicht in Verzagtheit; stattdessen fasst sie sich, denn der Anblick der Polizeiuniform sowie des Anzugs und des Homburgs, ein Markenzeichen Fröbes, ruft ihr ins Bewusstsein, dass auch sie ihre Pflicht zu erfüllen hat. Durch diesen Gedanken gestärkt, geht sie weiter, während Klose im Käfer vom Hof fährt und der Arzt seinen Mercedes mit knirschenden Weißwandreifen wendet und ebenfalls auf die Straße abbiegt.

Leeb senior, von der Tür zurückgewichen, als wollte er ungesehen bleiben, erwartet die Frauen im Hausflur, einem halbdunklen Schlauch. Lisbeth bleibt zwei Schritte vor der Schwelle stehen, Gerda dagegen tritt ein und sagt, die Tasche vor dem Schoß: »Da sind wir, Wilhelm.«

Der Hofherr verschränkt die Hände hinterm Rücken. »Ihr musstet lange warten«, meint er. »Klose hat Trara gemacht, deshalb hat es gedauert.«

Gerda stutzt, denn das Wort »Trara« kommt ihr unpassend vor, und eine Entschuldigung bringt dieser Mann natürlich auch nicht über die Lippen. Sie mustert ihn von den Schaftstiefeln bis zum schütteren Scheitel und muss an die vergeblichen Hoffnungen denken, die sie vor über dreißig Jahren mit ihm verbunden hat. Am Ende nickt sie nur. »Verstehe«, erwidert sie, nun ganz ruhig.

Er wendet sich ab, doch bevor Gerda folgen kann, tritt Magda Leeb, auf ihren Gehstock gestützt, aus der Küche. Ihr Mund ist noch schmaler als üblich, die Nickelbrille sitzt so schief, als hätte sie sie in aller Eile aufgesetzt. »Sind sie endlich weg?«, will sie auf Platt von ihrem Sohn wissen. Als ihr Blick auf Gerda fällt, entfährt ihr: »Dunnerlüttchen! Du sollst dich zum Teufel scheren, hast du mich denn nicht verstanden?«

»Mutter«, mahnt ihr Sohn, »bitte.« Er wirkt für einen kurzen Moment wie ein Junge, fängt sich aber wieder: Bauch rein, Brust raus, Kopf hoch.

Der Fünfundachtzigjährigen, am Vormittag noch so herrisch, ist offenbar die Luft ausgegangen. Sie humpelt mit ihrem schwarzen Stock, dessen Gumminoppen bei jedem Schritt auf dem Steinboden schmatzt, zur Tür der guten Stube und postiert sich davor, als wollte sie der Totenfrau und ihrer Gehilfin den Weg verstellen.

Lisbeth und Gerda wechseln einen Blick. Sie wissen nun, in welchem Zimmer ihre schwere Pflicht auf sie wartet.

Leeb senior betrachtet seine Mutter, dann sagt er zu den beiden Frauen: »Kommt erstmal mit in die Küche. Ihr braucht wohl warmes Wasser.« Er geht festen Schrittes voran, vorbei am Flurregal, auf dem er seine Reliquien präsentiert: den Artilleriehelm seines Vaters, eine Feldmütze und eine alte Feldflasche, eine Tabakpfeife mit ellenlangem Stiel und bemaltem Porzellankopf, ein Bajonett und dergleichen Kuriositäten mehr. Er will die Küche betreten, da ruft seine Mutter: »Ich habe eine schlimme Dummheit begangen.«

Als Gerda sich umdreht, blickt Magda Leeb, über den Stock gebeugt, zu ihrem Sohn. Hinter den Brillengläsern sind ihre Augen nicht zu erkennen.

»Du wolltest was erreichen, Wilhelm«, sagt sie, »und das hast du ja, aber …« Sie verstummt. Und ergänzt: »Wenn dein Vater noch leben würde, wäre das nie geschehen.«

Ihr Sohn dreht sich nicht um. Stattdessen sucht er in der Küche fahrig nach Topf oder Kessel.

Lisbeth wirft Gerda einen Blick zu, der besagt: Der Mann hat noch nie in der Küche gestanden und schon gar nicht gekocht, ausgenommen die berüchtigten Kartoffelschalen während seiner Gefangenschaft.

Schließlich wird Wilhelm Leeb senior fündig, doch als er den Topf auf den Herd stellen will, entgleitet ihm der Griff. Der Krach, mit dem das Kochutensil auf den Boden knallt, hallt lange nach.

»Männer«, faucht Lisbeth, bückt sich nach dem Topf und geht zur Spüle.

Gerda sieht zum Senior, der verwirrt wirkt, sein Ungeschick aber mit keinem Wort kommentiert, sondern zusieht, wie Lisbeth Wasser in den Topf füllt und diesen anschließend aufsetzt.

»Warum hat Klose ›Trara‹ gemacht?«, will Gerda wissen, teils aus Neugier, teils aus dem Wunsch, Wilhelm aus der Reserve zu locken, denn dass er angesichts dessen, was an diesem Tage passiert ist, dasteht wie aus Stein gemeißelt, will ihr nicht in den Kopf.

Er antwortet, ohne sie anzuschauen: »Vorschriften. Fragen. Fast …« – er klingt beleidigt – »… ein Verhör.« Und mit der Rechten über seine Haare streichend, fügt er hinzu: »Als wäre ich an irgendwas schuld.« Sein Blick zuckt zum Flur, wo seine Mutter immer noch vor der Tür steht und mit dem Unterkiefer mahlt. Er verstummt, und Gerda begreift, dass ihn Worte und Verhalten seiner Mutter, die stets zu ihm hielt, irritieren. »Klose, dieser Federfuchser«, knurrt er. »Und Fröbe ist keinen Deut besser. Kommen mir mit Vorwürfen, mit Unterstellungen – eine Frechheit. Ich war in Gefangenschaft! Ich pfeife auf die zwei Amtsschimmel.«

Dann stehen sie alle da, Lisbeth am Herd und Gerda vor der Tür. Sie würde ihre Tasche gern abstellen, wüsste dann aber nicht, wohin mit den Händen. So kann sie sich wenigstens an den Griff klammern. »Wo sind Bruno und Grete?«, fragt sie, um irgendetwas zu sagen.

Leeb senior gibt sich einen Ruck. »Grete ist in Hannover«, antwortet er. »Sie arbeitet ja bei TUI. Und Bruno, der ist in seiner Kaserne.«

»Ach, ja«, murmelt Gerda, die vergessen hat, dass der junge Mann bei der Luftwaffe ist.

Das Wasser im Topf beginnt zu summen, und dann, Gerda zuckt zusammen, huscht der Hund in die Küche, braun und weiß gescheckt, und schaut sich um, als würde er jemanden suchen.

»Ja, wer ist denn das?«, sagt Lisbeth, dankbar für die Ablenkung. »Haben Sie jetzt einen Hund?«

»Ach …« Leeb senior stutzt. »Der soll nicht ins Haus. Wie ist er reingekommen? Den hat …« – er stockt – »… den hat …

Wilhelm angeschleppt. Eine Promenadenmischung, taugt zu gar nichts.« Er befiehlt: »Bei Fuß, Fritz!«

Der Rüde weicht knurrend hinter Lisbeth zurück, die seinen Kopf krault. »Fritz«, murmelt sie. »Klingt frech. Bist du ein Frecher, mein Kleiner? Ja, du bist ein Frecher, das sieht man.« Sie blickt zum Hausherrn auf. »Er hat was von einem Foxterrier.«

»Bringen Sie ihn raus«, kommandiert Leeb. »Köter gehören nach draußen, nicht in die gute Stube.«

»Na, hören Sie mal!«, entgegnet Lisbeth. »Was maßen Sie sich an? Ich bin ja wohl nicht Ihre Untergebene.«

Gerda wird von einem Gefühl der Unwirklichkeit erfasst – sie war in vielen Trauerhäusern, hat Kummer, Tränen, gelegentlich Erleichterung und, wenn auch selten, Gleichgültigkeit erlebt, aber keine Verhärtung. Sie schaut zu Magda Leeb, die zu einer Salzsäule erstarrt ist.

Da saust Fritz in den Flur. Er kläfft die alte Frau an, drängt sich an ihr vorbei und richtet sich auf, legt die Vorderpfoten auf die Tür der guten Stube. Magda Leeb, die ins Taumeln gerät, stützt sich mit dem Stock ab und schwenkt ihn dann, um sich den Hund vom Leib zu halten, der das Holz der Tür unter Gejaule mit seinen Krallen zerkratzt.

Leeb senior eilt seiner Mutter zu Hilfe. Er ist halb durch den Flur, als die Tür der zweiten Stube auffliegt, jener, die im Alltag benutzt wird. Käthe Leeb erscheint. Sie steuert auf ihren Mann zu und fegt im Vorbeigehen die Reliquien vom Regal. Helm und Feldflasche poltern auf den Boden, der Pfeifenkopf geht in Stücke, ebenso der Schirm der Petroleumlampe, eine gläserne Halbkugel, und während sich Magda gegen die Türzarge drückt und Fritz abermals kläfft, drischt Käthe mit den Fäusten auf ihren überrumpelten Ehemann ein. »Ruhe!«, schreit sie. »Ich will Ruhe! Ruhe, Ruhe, Ruhe! Gebt endlich Ruhe!«

Leeb senior duckt sich vor ihren ungezielten Schlägen, denen die Verzweiflung überraschend viel Wucht verleiht. Die Brille fliegt ihm von der Nase, als er einen angewinkelten Arm hochreißt. »Käthe!«, ruft er. »Lass das!«

»Mistkerl!«, kreischt sie, das Hundegebell übertönend. »Du verfluchter Mistkerl!« Sie bückt sich nach dem Bajonett, das ebenfalls auf dem Steinfußboden gelandet ist, ein Beutestück aus dem ersten großen Krieg und beginnt, wie eine Furie auf ihren Mann einzuschlagen.

Lisbeth und Gerda, zu gelähmt, um eingreifen zu können, beobachten aus der Küche die Szene, die sich im halbdunklen Flur abspielt, während hinter ihnen das kochende Wasser verdampft. Gerda macht Anstalten einzuschreiten, unterlässt es dann aber; Lisbeth dagegen kann ihre Genugtuung nicht verhehlen.

»Endlich wehrt sie sich«, flüstert sie, ist trotz des Lärms aber deutlich zu verstehen. »Nur zu spät. Viel zu spät.«

»Sollten wir eingreifen?«, fragt Gerda halblaut.

»Auge um Auge, Zahn um Zahn«, sagt Lisbeth. »So steht es geschrieben, und so soll es sein.«

Vorn im Flur, vor der Haustür, setzt sich das Pandämonium fort. Der erregte Hund flitzt bellend hin und her. Die alte Magda kreischt, man solle ihn rausschaffen. Käthe, immer noch tobend, fuchtelt mit dem Bajonett, das zum Glück in der Hülle steckt. »Ihr habt meinen Sohn auf dem Gewissen«, schreit sie mit überschnappender Stimme. »Ihr habt ihn getötet, ihr beide, mit eurer Herablassung und eurer Gehässigkeit und mit der unseligen Pistole, die du …« – sie richtet das Bajonett auf ihre Schwiegermutter – »… aufgehoben hast. Du hast das scheußliche Ding versteckt, du Schlange. Du hast ihm die Waffe in die Hand gegeben!«

»Schluss jetzt!«, brüllt ihr Mann, entwindet ihr das Bajonett und wirft es weg. Es schlittert über den Boden bis zur Küchentür, wo Gerda einen Fuß daraufsetzt – man kann ja nie wissen.

Käthe entwindet sich seinem Griff. »Fass mich nicht an!«, schreit sie. »Fass mich nie wieder an! Nie mehr!« Sie ist weiß wie eine Wand, weicht einige Schritte zurück, und während Leeb senior seine Brille aufhebt, richtet sie sich kerzengerade auf und erklärt: »Ich wollte gehen. Jawohl, ich wollte dich verlassen. Aber ich habe beschlossen zu bleiben. Ihr sollt bei meinem Anblick immer daran denken, was ihr angerichtet habt. An jedem Tag. Von früh bis spät. Und deinen Namen, den nehme ich nie wieder in den Mund, denn er gebührt dir nicht, du hast ihn zusammen mit deinem Sohn verloren.«

Ihr Mann schmunzelt, wie Gerda entsetzt bemerkt. Er glättet seine zerzausten Haare, doch während er dies tut, erstarrt sein Schmunzeln zur Grimasse und verfliegt.

Käthe wendet sich ab. Sie tut einen Schritt über den kaputten Lampenschirm und weicht der Feldmütze ihres verstorbenen Schwiegervaters aus. Ihr Mann schaut ihr nach. Kurz scheint es, als wollte er folgen, aber dann bückt er sich nach dem Helm seines Vaters: Der Kinnriemen und die Kokarde mit den preußischen Farben haben sich gelöst. Er will beides anbringen, was misslingt. Nach einem halblauten Fluch gleitet sein Blick über die altehrwürdigen Objekte, die seine Frau auf den Fußboden geworfen hat, einige irreparabel beschädigt. Gerda kann Kratzer auf seiner Wange erkennen; blaue Flecke hat er zweifellos auch davontragen, denn die Schläge seiner Frau waren hageldicht.

Käthe Leeb hält auf der Schwelle zur Stubentür inne. Ihre Arme hängen schlaff an den Seiten, Blick und Miene sind ausdruckslos. Sie sieht Gerda und Lisbeth an, dann schleppt sie sich die Stiege hinauf. Beide Frauen können hören, wie sie die Tür der Schlafstube von innen verriegelt.

Lisbeth erwacht aus der Erstarrung, weil sich Fritz gegen ihre Unterschenkel drückt. Der Rüde hat sich beruhigt, er winselt nur noch, und sie hält ihn am Halsband fest, weil er Anstalten macht, nochmal zur Tür der guten Stube zu rennen. Dort löst sich die alte Magda unwillig aus dem stützenden Griff ihres Sohnes. Sekunden später flüstert Lisbeth erschrocken: »Das Wasser!«

Das Küchenfenster ist beschlagen, der Topf so heiß, dass sie ihn nur mit mehrmals gefalteten Lappen anfassen können, sein Boden ist glühend rot. Das Wasser ist vollständig verdampft. Lisbeth stellt ihn in die Spüle und füllt ihn erneut, was für ein Zischen und weiteren Dampf sorgt. Dann stehen sie da, während Wilhelm Leeb senior seine Erbstücke aufhebt und wieder ins Regal stellt, wobei er sie hin und her rückt und wiederholt zurücktritt, um zu prüfen, ob sie richtig platziert sind.

Gerda weiß nicht, was sie davon halten soll. Versucht er, sich irgendwie abzulenken oder an den Relikten der Familiengeschichte aufzurichten, diesen Zeugnissen einer über Generationen gewahrten Kontinuität, die am heutigen Tage jäh unterbrochen wurde? Er holt sogar Besen und Kehrblech aus der Küche – wortlos, mit gesenktem Blick – und beginnt, Glasscherben und Porzellanbruchstücke aufzufegen.

Sie schaut Lisbeth an und zieht eine Augenbraue hoch.

Da fällt die Tür zu, und als sie herumfahren, erblicken sie Magda Leeb, die zum Küchentisch geht und auf einen Stuhl sinkt. Sie sitzt krumm da, beide Hände auf den Griff ihres

Gehstocks gelegt. Nach einer Weile sagt sie: »Nimm den Hund mit, Lisbeth. Du bist doch tierlieb, nicht wahr?«

Fritz liegt da, den Kopf auf die Vorderpfoten gebettet, und lässt die Totenfrau und ihre Gehilfin nicht aus den Augen.

Lisbeth will protestieren, als die alte Magda weiterspricht, nun auf Platt, ihrer angestammten Sprache.

»Danke, dass ihr da seid«, sagt sie. »Seid mir nicht böse, dass ich euch verscheucht habe.« Nach kurzem Schweigen fährt sie fort: »Ich bin schuld, ich allein. Klose war so außer sich, dass ich glaubte, er wollte mich verhaften.«

Lisbeth und Gerda tauschen noch einen Blick, denn Magda ist eine wortkarge Person. Gerda will etwas fragen, doch die alte Frau erklärt mit brüchiger Stimme: »Wir hätten auf den Jungen besser achtgeben müssen. Vor zwei Jahren …« – auf einer runzeligen Wange glitzert etwas Feuchtes – »… da hat Käthe ihn im letzten Moment vom Strick geschnitten. Das war in der Durchfahrt. Sein Vater hat getobt – oh, was hat er gewütet … Der Junge musste versprechen, das nie wieder zu tun. Was haben wir bloß falsch gemacht?«

Lisbeth starrt den Topf an, in dem das Wasser zu sieden beginnt, und Gerda erwidert beklommen: »Ach … das wusste ich nicht.«

»Und als er klein war«, ergänzt die alte Magda, »hat er sich in die Futterkrippe gelegt, um von den Ochsen gefressen zu werden. Damals haben alle gelacht …« Ihre Stimme erstickt im Kummer, und sie senkt den Kopf.

Das Wasser kocht. Lisbeth füllt etwas in eine Schüssel, holt anschließend saubere Leinenhandtücher aus dem Küchenschrank. Gerda greift nach ihrer Tasche. Magda Leeb sitzt zusammengesunken da, weiter ihre rheumatischen Hände reibend.

»Wie konnte das passieren?«, flüstert sie. »Ich sollte tot sein, das wäre gerecht. Aber dies – nein. Nein und nein und nein.«

Die beiden Frauen wissen nicht, was sie erwidern sollen. Fritz steht auf, trabt zur alten Magda und legt den Kopf auf einen ihrer Oberschenkel. Sie will ihn abschütteln, lässt ihn dann aber gewähren, und als Gerda, zur Tür weisend, erklärt: »Wir müssen jetzt …«, nickt sie nur.

Als die Totenfrau und ihre Gehilfin die Küchentür öffnen und in den Flur treten, ist dieser verwaist, der Fußboden gefegt, alles ins Regal geräumt. Sie gehen im Zwielicht zur Tür der guten Stube, ohne einander anzuschauen, und treten ein. Auch dieser Raum, ausschließlich für festliche Anlässe gedacht, ist sauber und ordentlich, doch auf dem Esstisch, den man zweimal ausgezogen hat, erblicken sie ein Bettlaken, darunter eine langgestreckte Gestalt. Sie stehen gesenkten Kopfes da, die Hände vor dem Schoß gefaltet.

Nach einer Weile schließt Lisbeth die Tür. Gerda atmet tief durch, dann legt sie ihrer alten Freundin eine Hand auf die Schulter.

»Komm, Lisbeth«, sagt sie leise, »es ist das letzte Mal.«

Und sie klappt ihre Ledertasche auf.

Wochen später, das Laub der Birken beginnt zu gilben, radelt Gerda Derking nach Peine. Sie hat sich für den Weg durch die Feldmark entschieden, weil sie stets erschrickt, wenn auf der Bundesstraße Autos an ihr vorbeisausen; die plötzliche Böe des Fahrtwinds lässt sie schwanken. Gerda tritt gemächlich in die Pedale, um ihre Hüfte zu schonen. Auf dem Gepäckträger ihrer alten Chaise klemmt die Ledertasche der British Army, voller Bücher, die sie in der Stadtbücherei abgeben will.

Sie hat just die Reitkuhle am Westrand des Forstes erreicht, als ein trockener Knall über die Felder peitscht. Sie bremst, setzt die Schnürschuhe auf den Feldweg, beäugt den Waldrand. Zwischen den Bäumen regt sich nichts. Dann ertönt ein zweiter Knall, gefolgt von einem dritten, und sie begreift, dass jemand auf Jagd ist – das waren Büchsenschüsse; irgendein Tier hat sein Leben gelassen, sicher Reh oder Wildschwein. Sie schiebt sich auf den Sattel. Sie hat genug von Geballer, genug für zwei Leben, und tritt so energisch in die Pedale, dass ihre Hüfte schmerzt, rast förmlich zur Kleinstadt, deren Silhouette von den drei Schornsteinen des Stahlwerks und dem Turm der Jakobi-Kirche beherrscht wird, bis sie vor dem Bahnübergang halten muss, wo ihr vor siebzehn Jahren die Ledertasche der British Army in den Schoß fiel.

Sie liebt die Gerüche des Städtchens: die schweflig-spröden Abgase der Hochöfen, die rechts von ihr aufragen, das herbe Aroma der Mälzereien und, im Herbst, die süßlichen Dünste der Zuckerfabrik. In Gerdas Augen steht das für Zivilisiertheit. Hier knallen weder Flinten noch Pistolen, und als die Bahnschranken in die Höhe bimmeln, radelt sie am hochmodernen Rathaus und am Backsteinpalast der Brauerei vorbei zur Stadtbücherei.

Dort stehen ein paar Leute vor den halbhohen Schränken im Vorraum und blättern in den Kästen mit Karteikarten. Die junge Bibliotheksangestellte in der Ausleihe, mit modischer Bienenkorb-Frisur, nickt ihr zu, als sie ihren Mantel an den Ständer hängt. Danach gibt sie die Bücher zurück.

»Sie sind eine wahre Leseratte«, sagt die junge Frau, die die Romane entgegennimmt, hinten abstempelt und danach auf den Rollwagen legt.

Gerda schätzt sie auf neunzehn oder zwanzig, was bedeutet, dass sie den Krieg und die Nazi-Barbarei nicht bewusst erlebt hat. Beneidenswert, denkt sie. Und sagt: »Ja, das ist richtig. Und ich liebe den Duft der Bücher.«

»Den Duft?«, wiederholt die Angestellte.

Gerda bemerkt ihre gepflegten, rot lackierten Fingernägel, noch etwas, das sie mit der Stadt verbindet. »Wenn ich ein Buch aufschlage, dann zuerst in der Mitte, um daran zu riechen«, erläutert sie. »Bücher duften so gut. Und sehr unterschiedlich. Das liegt am Papier, nehme ich an. Zeitschriften riechen strenger.« »Nun ja«, ergänzt sie, als sie den amüsierten Blick bemerkt, »das mag eine Marotte sein, aber für mich gehört es dazu.«

Die Angestellte lacht.

Als Gerda auf dem Weg zum Lesesaal über die Schulter blickt, sieht sie, dass die junge Frau einen Roman aufgeschlagen hat und ihre Nase in die Seiten steckt: Die Buchhälften bedecken ihre Wangen, der Buchrücken liegt auf ihrer Nase, darüber türmt sich die brünette Bienenkorb-Frisur.

Im Saal mit den Tischen und Regalreihen bleibt Gerda stehen. Dieser Ort, erfüllt von der Stille bedruckten Papiers, bietet unendlich viel Raum; er ist sowohl ein Labyrinth, in dem sie sich lustvoll verliert, als auch eine Kreuzung, deren Wege in alle nur denkbaren Richtungen führen. Sie schlendert durch die Regalgänge, die Hände hinter dem Rücken verschränkt. Sie hat ihr Dorf nie verlassen, aber hier eröffnet sich ihr die ganze Welt. Allein zu sein, selbständig zu sein, zu lesen, im Garten zu werkeln: Das ist Glück! Sie schlendert weiter, Ausschau nach Lesestoff haltend, als Herr Mattenroth in der Tür seines Büros erscheint. Beim Anblick der treuen Leserin muss er lächeln, dann bittet er sie herein. Gerda freut sich, ihn zu sehen, ist aber etwas verlegen, denn da sitzt sie nun mit ihren derben Schuhen und dem schlichten Kleid, die ergrauenden Haare zum Dutt gebunden – manierliche, feinsinnige Leserinnen sehen gewiss anders aus. Sie weiß nicht recht, wohin mit den Händen, und ist erleichtert, als Herr Mattenroth einen Kaffee anbietet.

Nachdem der Bibliothekar wieder am Schreibtisch Platz genommen hat, fragt er: »Sie gestatten?« Er greift nach einer Zigarette.

»Wenn Sie mir auch eine gestatten?«, entgegnet Gerda.

Herr Mattenroth schnippt gegen den Schachtelboden und bietet ihr die nach vorn geschnellten Camel-Zigaretten an, beugt sich über den Schreibtisch, um ihr Feuer zu geben. »Wie ist es Ihnen ergangen, Fräulein Derking?«, fragt er.

Ein aufgeräumtes Büro, findet Gerda. Sortierte Regale, Schränke mit Rolljalousien, an den Wänden Porträts von Heinrich Mann, Alfred Döblin, Heinrich Heine, Georg Büchner und Friedrich Bodenstedt. Der Schreibtisch wiederum sieht nach Arbeit aus; Herr Mattenroth musste Papiere wegräumen, um die Kaffeetasse abstellen zu können.

»Ich kann nicht klagen«, antwortet Gerda vorsichtig, denn obwohl sie gelegentlich plaudern, sprechen sie selten über Persönliches.

»Kümmern Sie sich in Ihrem Dorf noch um die Verstorbenen?«, erkundigt sich der Bibliothekar.

Sie schüttelt den Kopf. Als er sie weiter anschaut, erläutert sie: »Das ist vorbei. Der letzte Todesfall war …« – sie senkt den Kopf, weil sie nicht weiß, ob sie ihre Mimik beherrschen kann – »… furchtbar.« Nach kurzem Schweigen ergänzt sie: »Furchtbar, ja. Das übernehmen besser Bestatter, die Abstand zu den betroffenen Angehörigen haben. Mich belastet es zu sehr. Vielleicht bin ich inzwischen auch zu alt für dergleichen.«

»Sie kennen die Familie?«, fragt Herr Mattenroth.

»Seit Jahrzehnten. Es sind Nachbarn.«

»An den Tod gewöhnt man sich wohl nie.«

»Tja«, erwidert Gerda, »manchmal ist er reine Verschwendung, ein himmelschreiendes Unrecht. Ach, was soll ich sagen, Herr Mattenroth? Seien Sie mir nicht böse, aber ich habe genug davon. Ich mag nicht darüber reden.«

»Ich kann Sie gut verstehen. Verzeihen Sie meine Frage.«

Sie hängen ihren Gedanken nach, während sie stumm rauchen. Gerda ahnt, dass der Bibliothekar, der jahrelang Soldat war, mit dem Tod und dem Sterben noch vertrauter ist als sie. Und tatsächlich bewölkt sich seine Miene. Er drückt die Zigarette energisch im Aschenbecher aus, räuspert sich, trinkt einen Schluck Kaffee.

»Ich brauche neue Lektüre«, sagt Gerda nach einer Weile. »Hätten Sie wieder einen Tipp für mich?«

Herr Mattenroth klatscht in die Hände, als wäre die dunkle Seite des Lebens ein Krähenschwarm, der sich durch einen satten Knall vertreiben ließe. »Aber gewiss. Ich kann Ihnen so einiges empfehlen. Lesen Sie Lyrik? Ich hätte da den wunderbaren Gedichtband eines Herrn Bobrowski, im letzten Jahr erschienen: ›In meinem Atem, / Feuer und Schnee, / ich lebe.‹ Beglückend, finden Sie nicht auch?«

Als Gerda nach Hause fährt, ist sie wieder gut versorgt: Der Gedichtband, vier Romane und ein Buch über die Geschichte Großbritanniens. Die sollte sie in den Grundzügen kennen, immerhin besitzt sie eine Tasche der British Army.

Sie radelt wieder durch die Feldmark. Im Gräwig herrscht Stille, der Jäger hat sein Pulver wohl verschossen. Der Weg, voller Schlaglöcher, mit krautigem Mittelstreifen, erfordert ihre ganze Konzentration. Dann rumpelt sie doch über einen

Stein, kommt ins Schlingern und hält an, um ihr Vorderrad zu begutachten – es scheint intakt zu sein. Als sie den Kopf hebt, bemerkt sie ein Feld, das ihr vertraut ist, weil sie dort oft gearbeitet hat; es gehört den Leebs. Die Zuckerrüben, die in diesem Jahr darauf wachsen, sind stark verkrautet: überall Stockrüben und Distelkolonien, Kletten-Labkraut überwuchert das Blatt. Da bleibt jeder Roder stecken, weil sich Unkraut vor die Schare setzt. Ein untypischer Anblick, und das gilt auch für den gegenüberliegenden, ebenfalls den Leebs gehörenden Weizenstoppel, der weder gegrubbert noch gepflügt oder geeggt wurde. Obwohl die Zuckerrübenkampagne bald beginnt, hinkt man mit den Arbeiten hinterher; auf dem Hof scheint die Zeit stillzustehen, niemand rührt eine Hand, alle sind wie gelähmt.

Gerda verspürt den Drang, abzusteigen und die dürren, hässlichen Stockrüben rauszureißen, um Ordnung zu schaffen, beherrscht sich jedoch: Das ist nicht ihre Verantwortung. Sie will damit nichts mehr zu tun haben, ebenso wenig mit den Schicksalen anderer, außer auf dem Papier, in Geschichten wie jenen, die in ihrer Ledertasche stecken. Sie wird ihren Freundinnen und allen anderen, die sie schätzt, ihr Ohr leihen, aber die Jahre, in denen sie mit dem Leben und dem Tod ihrer Mitmenschen hautnah konfrontiert wurde, die gehören ab jetzt der Vergangenheit an.

Als sie weiterfährt, ist ihr leichter ums Herz; im Süden ist der Lahberg zu sehen, Pappelspaliere auf den Schultern, dahinter wölben sich die fernen blau-grünen Höhenzüge des Harzes, überragt vom Brocken, der heute deutlich zu erkennen ist. Der Feldweg scheint geradewegs dorthin zu führen, und Gerda folgt ihm – einer Verheißung zustrebend, die außer Reichweite liegt, genau deshalb aber umso verlockender ist. Sie radelt mit wehendem Kleid, die Haare, die sich aus ihrem Dutt gelöst haben, flattern im Wind. Schließlich biegt sie ab und hält auf das Dorf zu, verschwindet zwischen den Häusern.

August 1962 – Zeit der Geborgenheit

Bei Tagesanbruch hängt Nebel über der Fuhse, die auf diesem Abschnitt ihres Weges vom Oderwald zur Aller in einem Streckbett fließt; sie kann sich erst nördlich der Stadt Peine wieder frei bewegen. Die Algen auf dem Grund des lebensleeren Flüsschens winken dem Wasser nach, Tag um Tag, sie winken und winken.

Der Westwind treibt den Nebel über die Wiesen und zylinderförmigen Brunnen, über Gräben, durch Stacheldraht und Tragmasten und über den Bahndamm bis auf die Viehweide des Leebschen Hofes. Niemand bemerkt die dreibeinige schwarze Katze mit dem Stummelschwanz, die aus den grauen Schleiern auftaucht und im Gras des angrenzenden Obstgartens verschwindet.

Auf dem Hinterhof, einen Apfelwurf entfernt, herrscht bereits emsige Geschäftigkeit. Barthold Klages und sein Geselle, hochangesehene Meister ihres Gewerbes, wetzen die Klingen. Mit ihrer weißen Schürze, dem weißen Hemd und dem Schlips sehen sie festlich aus, auf ihrer linken Hüfte ruht der Messerköcher. Die Sau grunzt unterdessen in einem zwischen Schweinestall und Miste errichteten Pferch. Sie wurde gemästet, um die Mägen der Menschen zu füllen, und was ihr feister Leib alles hergibt, grenzt an ein Wunder: Hinterschinken und Vorderschinken, Knackwurst im Dünndarm, Rotwurst und

Leberwurst im Dickdarm, Sülzwurst in der Blase, außerdem Dosen mit Mettwurst, Loser Wurst, Brägenwurst und Rippchen, von Speck und Fleisch ganz zu schweigen, und erst das Eisbein, eine Köstlichkeit, die man wohl nicht mal im Paradies auf den Teller bekäme, hach, da läuft einem das Wasser im Mund zusammen, diese Sau stirbt weiß Gott nicht umsonst. Brennetrog und Pökelwanne stehen bereit, man hat den Schlachtetisch angeschleppt, dessen Eichenplatte die Male zahlloser Hiebe und Schnitte aufweist, man hat Mollen und Kruken hervorgeholt, Gewürze, Wurstbänder und Konservendosen eingekauft. Meister Klages ist es zufrieden, nur der frühe Termin verwundert ihn, denn traditionsgemäß schlachtet man auf diesem Hof, nachdem der Grünkohl den ersten Frost abbekommen hat, aber sei's drum, der Kunde ist König, und das ist der alte Leeb, der gewiss seine Gründe dafür haben wird, mit alter Väter Brauch zu brechen. Er schwirrt hier irgendwo herum; vermutlich hält er sich in der Waschküche auf, wo man gerade den großen Kessel anheizt, in dem das Fleisch für die Wurst gegart wird.

Klages zieht sein Messer noch einmal über den Wetzstein. Als er die Klinge mit dem Daumen prüft, zuckt er zusammen, weil jemand aufschreit. Er untersucht den Finger – unversehrt – und blickt auf: Der junge Leeb hat geflucht, weil er in der Durchfahrt, die beide Seiten des Hofes miteinander verbindet, ins Schlittern geraten ist.

»Immer sachte«, ruft der Geselle. »Die Steine sind glitschig, habe ich auch schon gemerkt, das ist der Regen. Da legt man sich leicht auf die Schnauze.«

Barthold Klages beobachtet, wie der einundreißigjährige Wilhelm näherkommt. Wirkt blass, der Bursche, und mucksch, und er geht mal wieder so krumm, als würde er irgendwas mit sich rumschleppen. »Morgen, Wilhelm«, sagt er, indem er sein Messer in den Köcher gleiten lässt.

Statt eines Grußes brummt Leeb junior: »Scheiß Gummistiefel. Die Sohle ist abgelaufen. Ich bräuchte neue, aber mein alter Herr rückt die Kohle nicht raus, sondern faselt bloß von den Schuhen, die er in Gefangenschaft getragen hat, bis sie zerfallen sind.« Er holt Zigaretten aus einer Tasche seiner Drillichjacke.

Klages nickt nur, verwundert darüber, dass der junge Mann so schlecht gelaunt ist.

Leeb junior sieht auf. »Wo steckt er überhaupt?«, will er wissen, indem er sich eine Zigarette anzündet.

»Waschküche, glaube ich«, murmelt der Geselle.

»So sind sie nun mal, die Alten«, meint Klages. »Wer Mangel und Hunger erfahren hat, ist sein Leben lang sparsam. Dein Vater meint es sicher nicht böse.«

»Hm!« Wilhelm bläst Rauch aus, als wollte er dem Dunst, der die Obstbäume verhüllt, etwas entgegensetzen; hinten auf der Weide schweben die Wipfel der Pappeln in der Luft wie vom Erdboden getrennt, und alles, was dahinter liegt, scheint sich aufgelöst zu haben. »So eine Suppe«, knurrt er.

»Wird noch ein schöner Tag«, sagt der Geselle, »jede Wette. Die Spinnen spüren das auch.« Er zeigt auf ein Netz, glitzernd von Tau, das zwischen einem Pfeiler und der Bretterwand der Miste sitzt. Die Kreuzspinne, groß wie ein Fingernagel, ist auch zu sehen, sie lauert auf Beute, die es wegen des Viehs in Fülle gibt. Wilhelm juckt es in den Fingern, sie zu zertreten, aber da sucht die Spinne, aus ihrer Erstarrung auffahrend, blitzschnell Schutz.

Sekunden später ertönen Stimmen, hallen Schritte. Mehrere Personen treten aus der Waschküche in die Durchfahrt.

Sie lärmen fröhlich, denn das Schlachten ist ein Fest, die Vorfreude groß.

»Der Kessel wurde angeheizt«, ruft Wilhelm Leeb senior.

»Wir sind auch so weit«, erwidert Meister Barthold Klages.

»Na, dann: Horrido!« Aus dem Mund des Hofherrn klingt das wie ein Befehl.

Der junge Wilhelm betrachtet die Anwesenden, die nur Augen für die Sau zu haben scheinen, seinen Vater, seine Mutter und Oma Leeb. Josef ist auch da, außerdem mehrere Deputatfrauen, teils mit Kindern, die ein bisschen blass um die Nase sind, aber leuchtende Augen haben, weil sie wissen, dass sie später eine leckere Scheibe Wurst bekommen, ihre Mütter eine Kanne voll Brühe.

Meister und Geselle gehen in den Pferch und packen die panisch quiekende Sau. Ein Bolzenschuss in die Stirn, und das Borstenvieh geht über den Jordan. Ein Schnitt, und Blut sprudelt aus der Kehle in die Molle. Sobald die Sau ausgeblutet ist, wird sie in den Brennetrog gewuchtet und mit der Schabeglocke enthaart. All das geht Hand in Hand und Schlag auf Schlag; der Hofherr beobachtet mit Wohlgefallen, wie Klages den Kopf abtrennt. Schließlich hängt die Sau am Krümel, und man schneidet den Wanst auf, nimmt sie aus. Danach reinigen die Deputatfrauen die Därme, während Josef das Blut quirlt, um zu verhindern, dass es gerinnt. Zwischendurch wird ein Korn gezischt, sogar den Klötenköm von Nachbarin Siedentopp verschmähen die Schlachter nicht, obwohl Likör was für Weiber ist, aber man hin, immer runter damit, der Tabakrauch des im Mundwinkel klemmenden Stumpens lässt den Nachgeschmack rasch verfliegen.

Die alte Magda Leeb sieht zu, nicht ahnend, dass ein Lausebengel den Schweineringelschwanz mit einer Nadel hinten an ihr Kleid geheftet hat, was für Gekicher sorgt, weil das bleiche Stück Fleisch bei jeder Bewegung auf ihrem Allerwertesten tanzt. Sogar die Albernheiten abholde Käthe Leeb muss lachen. Dann fällt ihr Blick auf ihren Sohn: so blass, so ernst. Was hat er bloß, der Junge, es fehlt an nichts, gesund ist er auch, es sollte ihm gut gehen, das Schlachten ist doch eine schöne Sache! Sie legt ihm eine Hand auf die Schulter, aber er schüttelt sie ab, und sie senkt ihren Arm in dem Gefühl, abgewiesen worden zu sein. Ihr Mann, der mit Meister Klages plaudert, scheint sich dagegen pudelwohl zu fühlen und ganz in der Rolle des Hofherrn aufzugehen, nur hat er, wie seine Röte verrät, schon einen Korn intus. Er sollte an seine Gesundheit denken, doch die Flasche Doppelherz-Tonikum, sein Geburtstagsgeschenk, warf er weg. Nun dreht er sich nach ihr um; beim Anblick von Mutter und Sohn verzieht er den Mund.

Käthe Leeb weicht seinem Blick aus. Was ihr Mann hat, weiß sie auch nicht. Nach heil überstandener Gefangenschaft könnte er froh und stolz sein, aber nein, er grollt nicht nur seinem Sohn, sondern auch ihr, obwohl er ihr die Hälfte seines Landes verdankt – oder ist das der Grund? Sie versteht das nicht, sie wird es nie begreifen, und es gibt Momente, da denkt sie an Scheidung. Ein Sakrileg, gewiss, aber sogar sie, die Fügsame, hält es nicht mehr lange aus: Entweder sie unternimmt etwas, oder sie wird krank, das jedenfalls ist ihre dunkle Ahnung.

»Willem, nun lächle mal«, sagt sie zu ihrem Sohn.

»Ist doch widerwärtig«, brummt er.

»Was?«

»Na, das.« Er zeigt auf die Mollen mit Blut, Fleisch und Gedärmen, die noch gereinigt werden wollen, auf die Sau, nun ein bis auf die Rippen ausgeweideter Kadaver, ein Ding. Sie wird am Ende bis auf den letzten Knorpel verwertet worden sein.

»Das ist Essen, Willem. Das schmeckt dir doch auch«, erwidert seine Mutter erstaunt.

»Ich hasse das«, knurrt er, und sie befürchtet, er könnte ihr böse sein. Dann lässt er sie stehen und entfernt sich mit kurzen Schritten, als hätte er Angst zu stürzen.

»Ach, mein Junge …«, flüstert Käthe Leeb.

Wilhelm hört sie nicht mehr, er will nur noch weg – weg von seiner Familie, weg von den Schlachtern, die das kalte Fleisch zerlegen, weg von allem. Die Durchfahrt, die er durchmisst, ist ein von Backsteinwänden gesäumter Schlund mit einem Gaumen aus Balken und Brettern, der den Heuboden mit einem entlegenen Gelass verbindet, wo ein Pferdeschlitten und eine Windfege von Holzwürmern zernagt werden, wo Gerätschaften, die sich überlebt haben, der Vergessenheit entgegenmorschen. Wilhelm blickt auf. Er weiß, was sich in dem Gelass verbirgt, und dann lächelt er doch noch.

Am späten Nachmittag, die Arbeit ist getan, sitzen alle vor der Schlachteplatte. Klages und sein Geselle schneiden mit ihren Messern so hauchzarte Wurstscheiben, dass man die trübe Welt dahinter erkennen kann, denn Tabakrauch vernebelt die Küche, die Tassen gehen hoch, und alle reden durcheinander, lachen und hauen auf den Tisch oder auf die Schulter des Nachbarn, der prompt das Bier ausprustet. Leeb senior hielt wie üblich eine Rede. Er pries die Sau als Füllhorn von Fleischwaren, lobte das Können der Schlachter, sprach von präzisen Schnitten und erklärte, Klages könnte auch Professor der Chirurgie an der medizinischen Hochschule zu Hannover sein, was den verlegenen Mann zu der Entgegnung veranlasste, Lorbeerblätter gehörten nicht auf seinen Kopf, sondern in den Rotkohl.

Alle haben sich am Tisch versammelt, sogar die alte Magda Leeb, nun ohne Schweineringelschwanz, von dem sie eine barmherzige Seele erlöst hat; sie musste schmunzeln, denn dieser Streich ging früher immer auf das Konto ihres Enkels Bruno, hat somit Tradition.

Nur einer fehlt, und das ist Wilhelm.

Er wollte allein sein, übernahm also das Füttern. Danach ging er nicht ins Haus, sondern in die Scheune, wo Geräte, Wagen und Maschinen stehen, darunter der Ballenförderer mit der langen, schräg aufragenden Metallwanne. Wilhelm stieg sie hinauf, wobei er sich an den Rändern festhielt. Die Maschine wankte, als er über die dreizinkigen Gabeln der umlaufenden Kette stakste. Oben angekommen, zog er sich an einem Balken auf den Heuboden. Dort watete er durch die losen Halme, unter sich den Stall, wo die Kühe die Tröge leerfraßen, und balancierte zu guter Letzt auf einem Balken über die Durchfahrt.

Nun steht er im Gelass. Im spätnachmittäglichen Licht, das durch zwei Dachluken fällt, kann er auf dem Mauersockel vor der Rückwand Schlitten und Windfege erkennen. Davor wurden weitere Gerätschaften zur letzten Ruhe gebettet, Egge und Pferdepflug, Heugabeln und Bottiche. Das spätnachmittägliche Licht fällt durch zwei Dachluken. Wilhelm weiß, dass in der Küche gefeiert wird, doch ein tiefer Widerwille verhindert, dass er sich dazusetzt; er zieht die Stille vor.

Er zündet eine Zigarette an. Dabei zittert seine Hand, und er betrachtet sie verwundert, denn er ist weder aufgewühlt noch bedrückt, im Gegenteil – so klar, ja abgeklärt hat er sich selten gefühlt. Immerhin hat er dreißig Jahre auf dem Buckel. Wenn er in sich geht, muss er jedoch zugeben, dass er sich häufig vorkommt wie der Achtzehnjährige, der er bei der Heimkehr seines Vaters war, wie der Jugendliche, der den Hof mit der Mutter führte. An seine Kindheit, eine unbeschwerte Zeit, eine Zeit der Geborgenheit, denkt er gern zurück.

Alles Schnee von gestern. Nun trägt er Verantwortung und hat Pflichten, und alldem kann er sich nicht entziehen. Ja, er muss sich der Verantwortung stellen, und er weiß auch wie – er hat es glasklar vor Augen.

Er kniet sich vor den Mauervorsprung und greift unter die Windfege, die dazu diente, die Spreu auszusieben. Auf der Unterseite gibt es eine Öffnung, durch die das Getreide in ein Sieb fiel, und er zwängt eine Hand hinein und angelt nach dem Bündel, das darin verborgen ist. Es kostet ihn einige Mühe, es herauszuzerren, aber dann liegt es auf dem Vorsprung: eine Zigarrenschachtel, in ein Tuch verschnürt. Wilhelm wickelt es ab und klappt den Deckel auf.

Die Schachtel enthält ein Notizbuch mit schwarz-weiß marmoriertem Einband; einen Bleistift; eine lederne Pistolentasche und insgesamt dreiundzwanzig Schuss Munition, Kaliber 7.65. Er zieht die kurzläufige Pistole, die er in der Vorratskammer entdeckt hat, aus der Tasche, schiebt das Magazin in den Griff und legt die Waffe, die er regelmäßig geölt hat – man muss die Dinge pflegen, so hat er das gelernt – auf das Tuch. Dann nimmt er das Notizbuch zur Hand.

Wilhelm schreibt selten. Gelegentlich Briefe, vor allem anlässlich von Geburtstagen und dergleichen. Er trägt nur Angaben zu Wetter, Arbeiten, Ernteerträgen oder Lohnzahlungen in Kladden ein wie schon seine Vorfahren, etwa sein Ururgroßvater, dessen Aufzeichnungen, vorgenommen mit altertümlicher Handschrift, ebenso erhalten geblieben sind wie sein frommes Büchlein. Was Wilhelm angeht, so ist dieses Notizbuch eine Ausnahme; er hat gehofft, rascher zu Entschlüssen zu gelangen, indem er aufschreibt, was ihn umtreibt, doch es fällt ihm schwer, Handlungsanweisungen daraus abzuleiten, und beim Öffnen des Buches schaut er verdrossen drein, denn wie die Seiten zeigen, dreht er sich im Kreis: Der herrische Vater, die wankelmütige Mutter; sein Bruder, dem es gelungen ist, sich dem Hof zu entziehen, was Wilhelm sowohl ärgert als auch verblüfft – Bruno ist anders gestrickt, er pfeift auf Erwartungen und geht seinen Weg, und deprimierend ist vor allem, dass er vom Vater, der dem älteren Sohn und Hofnachfolger wenig Respekt zollt, dafür geachtet wird. All das hat Wilhelm während der letzten Jahre ständig durchgekaut, ob auf dem Papier oder in Gedanken, doch die einzige Schlussfolgerung lautet: »Sophia heiraten«. Wenn er sich bedrückt fühlt, hält er sie für den rettenden Engel; als könnte sie ihn mit energischen Flügelschlägen aus diesem Familiensumpf befreien, denn aus eigener Kraft gelingt es ihm nicht.

Außerdem – er legt das Notizbuch weg, zündet noch eine Zigarette an – ist Sophia unzufrieden, einerseits wegen seiner folgenlosen Jammerei, andererseits wegen seiner Unfähigkeit, den Vater zu veranlassen, ihm den Hof zu übergeben. Sie hat die Nase voll von einem Mann, der kein Einkommen hat, obwohl er tagein, tagaus arbeitet, de facto den Hof schmeißt. Sie nimmt ihn allmählich nicht mehr für voll, und damit bröckelt seine letzte Bastion. Er lässt sich wieder auf dem Mauervorsprung nieder, die Arme vor der Brust verschränkt, die Beine übereinandergeschlagen. Die Zigarette klemmt mit der Glut nach innen zwischen Mittelfinger und Daumen der rechten Hand.

Wilhelm sieht unvermittelt die am Krümel hängende, kopflose Sau vor sich, ihren klaffenden Wanst: Fleisch und Blut, Blut und Fleisch.

Ja, er weiß, was zu tun ist, es gibt nur einen Weg. Er nickt, als würde er sich beipflichten, senkt den Blick auf die Pistole: *Modèle Unique*. Eine französische Waffe für deutsche Offiziere, also auch für seinen alten Herrn, der sie vermutlich im Spätsommer 1944 daließ, bevor er wieder in den Krieg zog, bevor er in Gefangenschaft geriet und weitere fünf Jahre fortblieb. Von Bruno erfuhr Wilhelm, dass sie bei Kriegsende von Oma Leeb versteckt wurde. Sein Bruder, der die Pistole für ein Hirngespinst hält, ahnt nicht, dass sie sich in der Windfege verbirgt; das hat Wilhelm für sich behalten: Nur er weiß Bescheid, eine Tatsache, die ihm Gelassenheit und Stärke verleiht, als wäre die Unique ein As, das er aus dem Ärmel ziehen könnte, wenn er mit dem Rücken zur Wand stünde.

Er zermahlt die Kippe unter dem Hacken, bis sie nur noch ein Mischmasch aus Tabakkrümeln, Papierfetzen und Filterresten ist. Lässt die Pistole in die linke Hosentasche gleiten, tut alles andere in die Zigarrenschachtel und versteckt sie wieder in der Windfege. Dann nimmt er die Mütze ab und kämmt sich, setzt die Mütze wieder auf, etwas schief, etwas keck, und steckt den Kamm in die Brusttasche seiner Jacke. Hier, im Gelass, sickert das silbrige Licht der Abenddämmerung durch die Dachluken; auf dem Heuboden hingegen ballt sich schon das Dunkel unter den Dachschrägen, und die Ballen entlassen einen Duft, der Wilhelm im Vorbeigehen an die hochsommerlichen Wiesen erinnert. Auf dem Ballenförderer nach unten kraxelnd, spürt er bei jedem Schritt das kühle Metall der Pistole in seiner Hosentasche.

Unten angelangt, knöpft er die Jacke zu, um die ausgebeulte

Tasche zu verbergen, und will ins Freie treten, als Josef in der Schiebetür erscheint, die Scheune und Kuhstall verbindet.

Wilhelm zuckt zusammen. Er ist davon ausgegangen, dass Josef, der im Stall nichts zu tun hat, in der Küche mit den anderen schlemmt und zecht. »Mensch, Josef, was tust du denn hier?«, entfährt es ihm. »Ist doch alles erledigt.«

»Warst du oben?«, fragt Josef anstelle einer Antwort und blickt zu dem jungen Mann auf.

Wilhelm, der sich ertappt fühlt, schüttelt automatisch den Kopf. Er nimmt den säuerlichen Milchgeruch des Stalles wahr, das Malmen, mit dem die Kühe ihr Heu fressen, kann hinter Josef die kotverkrusteten Kruppen der Tiere erkennen. Dann besinnt er sich. »Doch, ich war oben. Ich dachte«, flunkert er, »ich hätte einen Marder gehört. Da war so ein Rascheln, und ich habe nachgeschaut.«

»Da oben streunen manchmal Stubentiger rum, etwa Heini, aber kein Marder«, meint Josef.

»Heini?«

»Der Kater von Gerda. Gerda Derking. Und neulich, beim Heuabwerfen, da habe ich eine kohlrabenschwarze Katze gesehen – mit einem Bein ab, ohne Schwanz.«

Wilhelm nickt. Josef dünstet Schnaps aus, war also eindeutig in der Küche; er trägt einen gestopften, grauen Pullunder, ausgebeult von der Zigarettenschachtel in der Brusttasche des Hemdes, ein Detail, das Wilhelm irritiert. »Na, gut, Josef«, sagt er, »ich gehe dann mal.«

Der langgediente Knecht legt ihm eine Hand auf den Unterarm. »Du darfst das nicht«, mahnt er, »das musst du bleiben lassen, Willem, das ist nicht gut.«

Der junge Mann spürt Hitze in den Wangen. »Was … was meinst du?«, stottert er.

Josef nimmt die Finger von seinem Arm, dreht die offene Handfläche vielsagend hin und her und wiederholt: »Mach das nicht!«

Wilhelm zieht eine Gummistiefelsohle über den Boden, vor und zurück wie ein Pferd, das mit den Hufen scharrt. Sollte Josef, ein Analphabet, der jede Art von Musik, die im Radio läuft, als Blasmusik bezeichnet, weil er nichts anderes kennt, ihn durchschaut haben? Wilhelm betrachtet ihn auf einmal mit einem anderen Blick: Wer weiß, was Josef zu Jugendzeiten, als Schweinehirte, so alles gelernt hat – von Oheimen oder alten Muhmen, tief im Walde unter Eichen und Ulmen, vielleicht hat er so was wie den siebten Sinn. »Keine Sorge, Josef«, erwidert er schließlich vage, »ich mache das nicht. Am besten, du kehrst zurück in die Küche, dort wird gewiss noch gefeiert.«

Nun wedelt der Knecht mit dem Zeigefinger, und Wilhelm begreift, dass er schlicht beduselt ist. »Geh nicht über die Durchfahrt, Willem, das darfst du nicht, da ist alles morsch, da stürzt du noch zu Tode.«

»Stimmt, Josef. Ich lasse das. Muss ja auch nicht sein.«

»Da oben«, sagt Josef, »im Gelass, da ist es unheimlich. Ich traue mich nicht dorthin.«

Der sowohl erleichterte als auch erheiterte Wilhelm klopft dem braven Kerl auf die Schulter. »Geh wieder zu den anderen, gibt sicher noch einen Korn für dich.«

»Aber vorher schaue ich nach den Kühen«, erklärt Josef, indem er sich abwendet. Er ist schon halb den Gang hinunter, der zwischen Wand und Tieren verläuft, da ruft er über die Schulter: »Meine Taschenuhr ist stehengeblieben!«

»Dann zieh sie auf«, entgegnet Wilhelm, der sich anschickt, die Scheune zu verlassen.

»Sie ist aber kaputt.«

»Schon wieder? Tja, eine neue gibt es erst zu Weihnachten.« Er horcht. Keine Reaktion. Wahrscheinlich krault Josef gerade eine Kuh oder flüstert Zärtlichkeiten in ein schwarzbuntes Ohr. Auf den Hof tretend, tastet Wilhelm nach der Unique. Sie ruht angenehm schwer in der Hosentasche. Er rafft seine Jacke und eilt über den Hof zur langen Diele, huscht durch die Tür, ist verschwunden.

Die Stunden verstreichen. Wilhelm, oben in seinem Schlafzimmer sitzend, starrt aus dem Fenster in die zunehmende Dunkelheit. Irgendwann klopft seine Mutter und erkundigt sich, warum er nicht in der Küche sei, dort gehe es lustig zu, Klages erzähle herrliche Witze und Anekdoten, doch er scheucht sie weg. Im Aschenbecher, der vor ihm in der Fensterbank steht, türmen sich die Kippen. Ein Klarer wäre nicht übel, aber er wird sich mit seinem beduselten alten Herrn nicht an einen Tisch setzen, nie und nimmer, das tut er sich nicht an. Er hört das Stimmengewirr in der Küche, versteht aber nicht, was erzählt und worüber gelacht wird; für die Männer ist das Schlachtefest ein willkommener Anlass, sich mal wieder einen hinter die Binde zu kippen, und die Frauen sind schlicht froh, dass die Vorratskammer gefüllt ist.

Zigarettenrauch hängt in seinem Zimmer, wölkt über Kleiderschrank, Herrendiener und Bett. Im Buch, das auf seinem Nachttisch liegt, ist er nach zwanzig Seiten steckengeblieben. Er kann sich schlecht konzentrieren, ist auch meist zu müde. Sophia, die ihm den Roman geliehen hat, meinte, Lesen sei besser als Grübeln, aber das funktioniert nicht so richtig. Außerdem kann er mit dieser Pearl S. Buck wenig anfangen, weiß nicht mal, wie man ihren Namen ausspricht, und was interessiert ihn China? Im Hier und Jetzt hat er genug Sorgen. Als er die Zigarette zum Mund führt, merkt er, dass seine Hand noch etwas zittert. Hoffentlich ist da unten bald Feierabend.

Dann übermannt ihn die Müdigkeit. Sein Kinn sinkt auf die Brust, und er nickt ein, am Tisch sitzend, im Licht der Deckenleuchte.

Ein Hustenanfall reißt Wilhelm aus dem Schlaf. Er ringt um Atem, klopft gegen seine Brust, reibt sich die Augen und stellt fest, dass die Filter im Aschenbecher schwelen. Er torkelt auf die Beine, reißt das Fenster auf und kippt den bestialisch stinkenden Brandherd in den Garten. »Och!«, entfährt es ihm. Als er sich gefangen hat, wird ihm bewusst, dass im Haus Stille eingekehrt ist. Hat sich die Tafelrunde aufgelöst? Oder liegen die Zecher unter dem Tisch? Er sieht auf seine Armbanduhr – stehengeblieben wie Josefs Taschenuhr –, geht zum Nachttisch und konsultiert den Wecker, der verlässlich tickt: kurz nach halb eins. Wilhelm öffnet die Tür und horcht. Kein Mucks. Er tritt in den dunklen Flur, fast automatisch, als würde einen Befehl befolgen, den er sich selbst erteilt hat, schleicht die Treppe hinunter und lugt in die Küche. Alles dunkel, alles still, alles verwaist. Seine Mutter scheint aufgeräumt zu haben, denn der Tisch ist blitzblank. Auf der Anrichte stehen mit Tellern zugedeckte Schalen und zwei, drei Flaschen. Wilhelm, nun bärenhungrig, huscht dorthin, ohne Licht anzuknipsen, futtert Wurstsalat mit dem Servierlöffel und trinkt, sobald er gesättigt ist, ein Gläschen Doppelkorn. Innerlich glühend, schenkt er sich noch eines ein und schneidet danach eine Scheibe Graubrot ab, die er ohne Belag isst. Das frische Brot schmeckt köstlich. Als er die Hände an der

Hose abwischt, spürt er die Pistole. Er blickt sich um, holt sie hervor und umschließt den geriffelten Griff. Liegt gut in der Hand, die Knarre. Er hebt den Arm, zielt ins Dunkel. Das entlockt ihm ein Lächeln, und er schwenkt den Arm, als würde er imaginäre Gegner abballern, legt die Pistole danach auf die Anrichte und genehmigt sich einen dritten Korn. Ein Wunder, dass die Flasche noch etwas enthält, denn Brauch ist, dass man alles bis zur Neige leert. Er will das Glas gerade auf die Anrichte stellen, als oben eine Tür knarrt. Sekunden später tapst jemand die Treppe hinab. Wilhelms Herz pumpt das mit Alkohol angereicherte Blut rasanter durch die Adern. Er packt die Pistole, als müsste er sich einer Bedrohung erwehren, und steht wie angewurzelt da, während eine Gestalt im Nachthemd an der Küche vorbeischlurft. Wilhelm holt zischend Luft: Sein alter Herr … Er huscht kurz entschlossen zur Tür, um dem Vater zu folgen.

Der Senior, trunken von Schlaf und Schnaps, geht in seinen Schlappen durch die lange Diele. Er wankt, hält aber Kurs, denn er hat diesen Weg so oft beschritten, dass er nicht in die Irre gehen kann. Er tritt auf den Hof, steuert die Durchfahrt an, und sein Sohn, der ihm nachstellt, begreift, dass er zum Plumpsklo will.

Der hat doch einen Pisspott, geht es Wilhelm durch den Kopf, als er in die Durchfahrt lugt, in der am Vormittag die Sau geschlachtet wurde. Er beobachtet, wie sein Vater einen der beiden Verschläge betritt, die an die Kuhstallwand gesetzt wurden, hört die rostigen Scharniere knarren, als die Tür von innen zugezogen wird. Dann huscht er hinterher. Die Schiebetür zur Treppe, die auf den Kornboden führt, steht Gott sei Dank offen, und er drückt sich in den Schatten hinter der Mauerkante, fast direkt gegenüber den Plumpsklos.

Jetzt, denkt er und hebt die Pistole. Jetzt puste ich den Alten weg. Soll er verbluten wie die Sau. Er lauert in der dunklen Nische darauf, dass sein Vater das Plumpsklo verlässt, aber das dauert länger als erwartet. Ein Ächzen ertönt; dann ein knatterndes Furzen, das Wilhelm zusammenzucken lässt, weil es klingt, als würde es den Senior zerreißen. Das Knattern wiederholt sich, begleitet von einem schmerzvollen, gedehnten Stöhnen und einer gelallten Verwünschung. Es folgen ein Rumpeln, ein Trampeln und, wie Wilhelm verdattert begreift, ein Schluchzen. Und dann jault sein alter Herr, er jault gedämpft und doch wie ein Schlosshund.

Schließlich Stille.

Wilhelm legt den Pistolenlauf an seine Lippen. Und wenn er gerade gestorben ist?, denkt er. Herzschlag? Schlagfluss? Beim Scheißen krepiert – na, das wär ja was ... Er schluckt ein Lachen hinunter.

Die Moderwärme des Misthaufens, der sich gleich hinter den Plumpsklos befindet, wabert weißlich vor dem Nachthimmel. Immer noch Stille, nur unterbrochen von Wilhelms heiseren Atemzügen.

Dann schnieft der Vater, und Wilhelms Blick zuckt zu den Klos. Er muss weg, denkt er, der Alte muss weg. Er wäre besser gefallen oder verschollen oder in Gefangenschaft verreckt, wieso ist er nicht im Krieg geblieben, das hätte uns so viel erspart ... Sein rechter Arm ist verkrampft, und die Pistole fühlt sich schwer an, bleischwer.

Da fliegt die Brettertür des Plumpsklos auf, und sein Vater torkelt ins Freie, im Nachthemd gleicht er einem Geist. Er bleibt schwankend stehen, glotzt ins Leere und schnauft, als hätte er soeben eine Schwerstarbeit verrichtet. Er nimmt seinen Sohn nicht wahr, ahnt nicht, dass dieser die Waffe auf ihn richtet, die er damals, in der Ukraine und in Polen, am Koppel trug.

Wilhelm belauert den Vater. Im Mondschein kann er die Riefen erkennen, die den Mund des Alten rahmen, die Stirnfurchen, die Geheimratsecken und schütteren Haare, die Wölbung des Bauches unter dem Nachthemd, die bloßen Füße in den Schlappen. Beinahe ein Jammerbild, doch Wilhelm schiebt den Finger vor den Abzug: Weg mit ihm. Weg mit dem Alten! Trotzdem drückt er nicht ab, nein, so geht das nicht, unmöglich, von hinten ist es gewiss einfacher.

Der Vater setzt sich taumelnd in Bewegung. Sobald er seinem Sohn den Rücken zukehrt, legt dieser an und zielt auf das linke Schulterblatt. Und während sich Wilhelm, nun mit ruhiger Hand, darum bemüht, das Ziel nicht aus Kimme und Korn zu verlieren, erblickt er auf Gesäßhöhe einen dunklen Fleck im Leinen. Sein alter Herr, der »General«, Vereinsvorsitzender, Kommunalpolitiker und Doyen der dörflichen Honoratioren, hat sich wahrhaftig vollgeschissen ... Wilhelm zaudert. Und senkt die Pistole, denn auf einmal ist ihm zum Heulen – er bringt es nicht über sich, diesen Mann, der mit kotigem Nachthemd zu seinem Bett zurückwankt, niederzuschießen. Er stopft sich eine Faust in den Mund, rutscht an der Wand zu Boden. Der Alte hätte aus mehr als einem Grund den Tod verdient, und trotzdem ... Wut und Gram brechen sich Bahn, Wilhelm bebt am ganzen Körper: Er ist unfähig zu handeln, es mangelt ihm an Entschlossenheit und Härte, und als er die Pistole auf eine Stufe der Kornbodentreppe legt, wird ihm zu allem Überfluss bewusst, dass sie weder durchgeladen noch entsichert ist, eine Tatsache, die ihn vollends niederschmettert: Er hat versagt.

Wilhelm sitzt im Kornbodeneingang, die Beine mit beiden Armen vor den Bauch gezogen, und stiert seine Armbanduhr an, die unter dem Ärmel hervorlugt. Sie zeigt beharrlich zwanzig vor zwei, er weiß also nicht, wie spät es ist, aber der Hinterhof liegt jetzt im Schein des weitergewanderten Mondes. Sein Vater ist wieder im Bett, und die Mutter wird morgen Laken, Bettwäsche und Nachthemd waschen müssen, was ihr erspart geblieben wäre, wenn ihr Ältester mehr Mumm besäße. Doch dieser – er – Wilhelm – ist auf ganzer Linie gescheitert, und er fühlt sich schuldig. Schuldig gegenüber seiner Mutter, schuldig gegenüber Sophia, deren Hoffnungen er enttäuscht hat, und schuldig gegenüber sich selbst, denn er wird ein Helote bleiben, bis der Senior das Zeitliche segnet, und wer weiß schon, wann das geschieht? Vielleicht wird der Mistkerl achtzig, was bedeuten würde, dass er, Wilhelm, an die fünfzig wäre, wenn er auf eigenen Beinen stünde. Fünfzig! Was könnte er dann noch erreichen? Dann wäre auch er fast erledigt. Dieser beängstigende Gedanke veranlasst ihn, die Pistole einzustecken und aufzustehen, vom Hinterhof in den Obstgarten zu traben, über das Gatter zu steigen und durch das feuchte Gras der Viehweide zu waten. Als er auf den Weg einbiegt, der hinter der Weide am Bahndamm entlangführt, wird ihm klar, dass es ihn zu Sophia zieht, denn er hat sie länger nicht gesehen, hat sie seit Monaten nicht mehr in Bars oder Tanzlokale ausgeführt, obwohl sie dergleichen liebt; stattdessen macht sie sich so rar, als würde sie ihn meiden, und deshalb hat er sich vor einigen Tagen dazu durchgerungen, ihr einen Brief zu schreiben, knapp, aber offen, in dem er dargelegt hat, was ihn quält. Sie hat nie darauf reagiert.

Ihm ist nicht bewusst, dass er seine Mütze vor der Kornbodentreppe vergessen hat. Die Salweiden und Silberpappeln jenseits der Gleise nimmt er ebenso wenig wahr wie die schwarze Katze, die einige Schritte vor ihm über den wurzelrissigen Asphalt huscht. Er will zu Sophia, und er geht hier entlang, um das Dorf zu meiden. Die Bürgersteige sind zwar hochgeklappt, aber vielleicht fragt sich eine schlaflose, aus dem Fenster lugende Greisin, was er zu so später Stunde draußen zu suchen hat.

Nach gut fünfhundert Schritten biegt Wilhelm rechts ab und wendet sich wieder in Richtung Dorf, dessen Häuser im Mondschein liegen. An der Mündung des Weges, wo ein Automat, der für ein paar Groschen Kaugummikugeln und Plastiktand ausspuckt, an einer Hofmauer hängt, bleibt er stehen, denn gegenüber, auf der anderen Seite der Breiten Straße, steht das ehemalige Försterhaus mit dem Hirschkopf unter dem Giebel. Die Lichter sind gelöscht, auch im Obergeschoss, das Sophia mit ihrer Mutter bewohnt. Wilhelm schaut zum benachbarten Haus, zur Zeit des Siebenjährigen Krieges für Pastoren- und Lehrerwitwen erbaut, aber alles ist wie ausgestorben, alle schlafen den Schlaf der Selbstgerechten. Er überquert die verwaiste Straße und huscht um das Försterhaus, denn Sophias Zimmer geht zum Garten hinaus.

Zwischen Beerensträuchern stehend, heftet er den Blick auf ihr Fenster. Im Dorf herrscht Stille, sogar der Wind scheint sich zur Ruhe begeben zu haben, nur eine späte Grille zirpt. Der Mondscheinschatten des Hauses, das wie eine Zitadelle vor ihm aufragt, füllt den Garten aus, hüllt ihn ein: Unmöglich, Sophia zu wecken, geschweige denn hineinzugelangen. Küsse, Zärtlichkeiten, Trost – alles unerreichbar. Er will über seine Haare streichen, eine Geste, die ihn stets beruhigt, und merkt, als er nach der Mütze greift, dass diese fehlt, worauf ihm so unbehaglich zumute ist, als wäre er ohne Kopfbedeckung irgendwie malproper, ein Sonderling. Er senkt den Arm. Das Fenster bleibt dunkel. Sophia schläft. Weder ahnt sie etwas von seiner Anwesenheit noch wird sie erwachen, und während ihm dämmert, dass er weder mit Zuspruch noch Beistand rechnen kann, sondern auf sich selbst gestellt ist, streicht er doch noch über seine Haare, zuerst mit der einen, dann mit der anderen Hand, zückt sogar den Kamm, um für Ordnung auf seinem Kopf zu sorgen – die Mütze – sie fehlt ihm – wo hat er sie bloß gelassen –, zieht anschließend den Daumen über die Zähne des Kamms, die surrend nachgeben und zurückfedern, und wiederholt dies so oft, bis die Fingerkuppe zu kribbeln beginnt.

Die Katze, die reglos dasteht und ihn beäugt, sieht er erst, als er den Kamm wieder in die Brusttasche steckt: ein pechschwarzer Schemen, darin zwei grüne Punkte. Nachdem sie geraume Zeit im Schatten der Hausmauer verharrt hat, setzt sie ihren Weg fort, wenn auch merkwürdig ungelenk, und als sie in den Mondschein hoppelt, stellt Wilhelm fest, dass ihr linkes Vorderbein ein Stumpf ist, der Schwanz ein Stummel. Nach einem letzten Blick auf das abweisende, dunkle Fenster verlässt er die Deckung der Beerensträucher. Hier hat er nichts mehr zu gewinnen, denn er vermag Sophias Erwartungen ebenso wenig zu erfüllen wie jene, die er an sich selbst stellt.

Die Pforte knarrt, als er aus dem Garten auf den Bürgersteig tritt.

Und da ist die pechschwarze Katze, sie hoppelt voran. Nach dem ersten Erschrecken über ihre Verstümmelungen empfindet Wilhelm, dessen Kniestrümpfe beim Gehen für ein ekelhaftes Gefühl sorgen, weil sie in den Gummistiefeln bis auf die Hacken gerutscht sind, die Anwesenheit des Tieres als wohltuend. Bewundernswert, wie diese Invalidin auf ihren drei Beinen umherstreift, da sollte er sich eine Scheibe abschneiden: Hart wie Leder, zäh wie Kruppstahl, wurde ihm doch alles eingebläut! Was uns nicht umbringt, macht uns stärker; gelobt sei, was hart macht; ein Indianer kennt keinen Schmerz; bis man heiratet, ist alles wieder gut, nur darf das Tortenstück nicht auf die Seite kippen, sonst gibt's eine böse Schwiegermutter, und den Teller muss man leer essen, damit es einem die Suppe nicht verhagelt.

Wilhelm folgt der Katze, die so gehorsam vor ihm herläuft, als würde er sie ausführen, was wiederum eine Rechtfertigung für sein nächtliches Vagabundieren darstellen könnte – ein Gedanke, der ihm ein Lächeln entlockt. Sie passieren mehrere Höfe, die Katze und er, die Läden von Fernseh-Bölsche und Krämer Tebben, und als die ansteigende Breite Straße in die Linkskurve geht, kommt sein Hof auf der anderen Straßenseite in Sicht – jawohl, *sein* Hof! –, und die Katze läuft wie auf Kommando über die Fahrbahnen. Auf dem gegenüberliegenden Bürgersteig, ganz in der Nähe seines Hoftores, hält sie inne und dreht sich um, sieht ihm aus grünen Augen erwartungsvoll entgegen.

Er ist mitten auf der Straße, als ein weinroter Borgward um die Kurve donnert. Wilhelm rettet sich mit zwei Sprüngen auf den Bürgersteig. Die Limousine braust vorbei und verschwindet mit flammend roten Rücklichtern hinter der Kuppe des Schmiedebergs.

»Spinnt der?«, murmelt Wilhelm in das verhallende Motorengedröhn. Als er sich nach seiner dreibeinigen Gefährtin umdreht, sieht er noch, wie sie, vom Auto aufgescheucht, auf Gerda Derkings Grundstück um die Hausecke huscht.

Sie lässt ihn also auch im Stich.

Wilhelm geht durch das Tor auf den Hof. Schlurft vielmehr,

denn die Kniestrümpfe bauschen sich jetzt um den Spann, und seine nackten Hacken stoßen bei jedem Schritt gegen das Gummi, ein wirklich widerwärtiges Gefühl. Hinter ihm, auf der Straße, ertönt nochmals Motorengedröhn, und als er sich umdreht, sieht er den Borgward in umgekehrter Richtung vorbeirasen, bemerkt im Fond ein Glühen, als würde sich jemand eine Zigarette anzünden. Er schlappt kopfschüttelnd weiter. Am Ende der langen Diele angelangt, drückt er seine Gummistiefel nacheinander in die Ausbuchtung des Stiefelknechts und befreit seine Beine, zieht die verflixten Kniestrümpfe hoch. Er hängt die Drillichjacke an einen Holzhaken, holt Zigaretten und Feuerzeug aus der Innentasche und spürt, als er die Hosentaschen abklopft, die Unique. Er fischt sie heraus, und sie liegt warm und schwer und mit vollem Magazin auf seiner Handfläche, er müsste nur durchladen.

Er lädt durch.

Nimmt sie in die Rechte und zieht, den Blick auf die Waffe gesenkt, die Nase hoch: Er kann es noch tun, ja, der Alte kann immer noch dran glauben. Er klinkt die Tür zum Hausflur auf und pirscht die Treppe hinauf, erfüllt von unpassender Heiterkeit, denn er fühlt sich wie der Knirps, der damals mit Freunden Cowboy und Indianer spielte, wie der Pimpf bei Geländespielen der HJ, nur dass er jetzt eine geladene und entsicherte Pistole hält, eine Waffe, die Leben auslöschen kann, und dann steht er vor der elterlichen Schlafstube, hört seinen Vater rasselnd schnarchen. Bei diesem Krach ist die Mutter sicher ausgerückt; sie liegt bestimmt in Brunos Bett, was sich bestätigt, als Wilhelm einen Blick in das ehemalige Zimmer seines Bruders wirft. Er schleicht zurück zur Tür der Eltern. Sein Kopf ist wie leergefegt, das Herz schlägt ihm bis zum Hals, und die Pistole liegt heiß in seiner Hand. Ein

Schuss, denkt er, oder auch zwei, und dann … Er ergreift die Türklinke mit der linken Hand, drückt sie langsam, ganz langsam nach unten und spürt schon den Widerstand, als hinter ihm ein Zischen ertönt.

Seine Hand zuckt von der Klinke, die sofort hochschnellt, und er fährt herum, wobei er versucht, die Waffe zu verbergen. »Oma …«, stottert er.

»Was tust du denn da? Um diese Zeit?«, will Oma Leeb nuschelnd wissen, denn sie hat ihr Gebiss herausgenommen. Im Licht, das aus ihrer Schlafstube fällt, zeichnen sich ihre wirren, grauen Haare ab. Wilhelm wiederum fühlt sich abermals wie der Cowboy-Knirps von einst, klein und nun auch noch kleinlaut. Er bringt keinen Ton hervor.

Der Blick seiner Oma, die eine wollene Strickjacke über ihrem Nachthemd trägt, fällt auf die unzulänglich verborgene Pistole. »Ach, da ist sie ja«, sagt sie. »Ich hatte Bruno gebeten … Oh – das ist so lange her … Hattest du sie hingenommen, Willem?«

Ihr Enkel, krumm dastehend, weil er im niedrigen Obergeschoss zu oft mit dem Kopf gegen Balken geknallt ist, starrt die Strickjacke seiner Oma an. Diese ist falsch zugeknöpft: Der zweite Knopf sitzt im untersten Loch, und oben hat sie einen weiteren ausgelassen, sodass sich der Wollstoff vor ihrer eingesunkenen Brust bauscht.

»Was willst du denn damit? Warum stehst du vor der Tür? Gib her, Willem …« – sie reckt den Gehstock – »… gib mir das grässliche Ding, ich schmeiße es weg.«

»Ich heiße *Wilhelm*, Oma«, faucht er.

»Na, komm, gib mir die olle Pistole und geh schlafen«, wiederholt sie stur. »Du musst … Du musst ins Bett, Willem, weißt du überhaupt, wie spät es ist? Morgen wird gearbeitet, und dein Vater mag es nicht, wenn du verschläfst. Denk an deinen Vater, Willem, und gib mir das Ding.« Sie schwenkt fordernd eine Hand.

Diese Geste, vor allem jedoch die Drohung mit dem Vater, erbosen Wilhelm. »Wegschmeißen kann ich sie selbst!«, zischt er, ohne den Blick von ihrer irritierend falsch zugeknöpften Strickjacke lösen zu können.

Oma Leeb, verblüfft über die Wut, die in seinen Augen lodert, sagt begütigend: »Na, gut, mein Junge, dann schmeißt du sie weg. Am besten in die Jauche. Tust du das?«

»Ja, ja«, sagt er.

»Und am besten sofort.« Sie rafft die Jacke, als würde sie frösteln. »Jetzt gleich. Versprichst du mir das?«

Er nickt widerwillig und lässt die Pistole in die Tasche gleiten.

»Gut. Ich warte hier, bis du die Treppe runter bist, Willem.« Mit diesen Worten weicht sie auf ihre Türschwelle zurück.

Wilhelm schüttelt den Kopf. Sie will nicht kapieren, dass er *Wilhelm* heißt, und er erwägt für einen kurzen, barbarischen Moment, die ganze Bande zu erschießen, die Oma, den Vater, die Mutter, denn so lange sie leben, wird alles bleiben wie gehabt, wird keiner kapieren, was er hier erduldet, nicht mal Sophia, die hartnäckig an die Vernunft appelliert und lange gehofft hat, sein Vater ließe sich doch noch erweichen.

Am Fuß der Treppe bleibt er stehen und sieht zur Oma auf, die, auf den Stock gestützt, kurzsichtig blinzelt. Er ist drauf und dran, sie zu ermahnen: Mach deine Strickjacke richtig zu! Das sieht ja furchtbar aus, als sie ihm leise zuruft: »Sei ein braver Junge, Willem!«

Er beobachtet mit stierem Blick, wie sie in ihr Zimmer zurückweicht und die Tür schließt. Kurz darauf knarren Bettfedern.

Stille. Dunkelheit und Stille. Wilhelm zieht die Nase hoch, besinnt sich, schnäuzt in sein tabakmuffiges Taschentuch. »Diese alte Kuh …«, flüstert er, indem er das Tuch einsteckt. Die Kälte des Steinfußbodens, die seine gestopften Strümpfe durchdringt, veranlasst ihn, die Zehen abwechselnd zu krümmen und auszustrecken, und weckt die Erinnerung an die gut zwanzig Jahre zurückliegende Fahrt nach Peine, wo die Zehen operiert wurden. Damals trug er keine ordentlichen Schuhe, und heute auch nicht, jedenfalls, was die Gummistiefel angeht, weil der Senior ihn zu schikanieren und zu düpieren beliebt. Wilhelm, nun von blanker Wut erfüllt, zerrt die Pistole hervor. Wegschmeißen? Oh, nein, die Oma wird's noch knallen hören, denn er hat die Nase voll.

Im nächsten Moment bricht sich der ganze Hass gegen seinen Vater Bahn. Was bildet sich dieser verfluchte Mistkerl ein? Lässt seinen Ältesten, den Hofnachfolger, am ausgestreckten Arm verhungern, während die stets kuschende Mutter tatenlos zuschaut und die Oma ihn mit »braver Junge, guter Junge« tituliert, als wäre er eine gehorsame Töle wie sein Fritz, der draußen in der Hundehütte liegt. »Guter Junge, braver Junge, guter Willem, braver Willem«, flötet er, während er in die Küche geht, doch der Doppelkorn ist alle. Er macht kehrt und betritt die gute Stube, denn er ist knisternd, brodelnd wach, an Schlaf ist nicht zu denken. Er lässt die Waffe auf das Walnussholzfurnier des Esstisches klackern, geht zum Büfett und reißt die Türen des oberen Fachs auf, weil er Getränke darin zu finden hofft, doch es herrscht Leere. »Auch gut«, brummt er, schnappt sich die Pistole und das Aschenbecherrund mit den Ablagen für Zigarren und Zigaretten und knallt beides auf die Messingplatte des Rauchtisches, lässt sich auf einen Lehnstuhl sacken.

»In die Jauche …«, brummt er. »Die Jauche, die ist hier im Haus, ich wate täglich hindurch.«

Während er raucht, betrachtet er die Möbel, die er seit Jahrzehnten kennt. Falsch zugeknöpft …, geht es ihm durch den Kopf, und er schüttelt sich, um Augenblicke später zu begreifen, dass auch hier alles verquer ist – die Möbel stehen verkehrt, sie bilden kein einträchtiges Ganzes, sondern machen sich gegenseitig den Platz streitig; sie wollen einander übertrumpfen und buhlen um Aufmerksamkeit, vor allem das Büfett, dieses gedrechselte, verschnörkelte Monstrum. Nein, denkt Wilhelm, so geht das nicht, ich muss das richten, immerhin ist es die gute Stube. Sogar die Standuhr, deren Zeiger auf dem mit Blumen verzierten Emailschild tickend vorrücken, sogar sie steht am falschen Platz!

Und Wilhelm macht sich an die Arbeit. In seiner ohnmächtigen Wut beginnt er, alles umzustellen. Er schafft die kleineren Möbel in die Stubenmitte – Kommode, Sekretär, Blumensäule und dergleichen –, um anschließend die großen zu verrücken, indem er auf einer Seite einen Läufer unter die Füße zwängt und entweder zieht oder schiebt. Er entwickelt wahre Bärenkräfte, vermag sogar das Büfett von dem Platz loszueisen, wo es seit Dekaden stand.

Zwischendurch horcht er auf Geräusche im Haus, doch alles bleibt still. Er wischt sich mit dem Taschentuch Schweiß von der Stirn, raucht eine Zigarette, schaut sich prüfend um: Wenn er fertig ist, wird alles austariert sein, dann muss er nur noch das Bild des pflügenden Bauern, das Blumengemälde und die Aufnahmen der Urgroßeltern umhängen, ein Klacks.

Als er schließlich auf den Lehnstuhl sinkt, der mit seinem Pendant und dem Rauchtisch nun am Fenster steht, glüht er förmlich und ist hochzufrieden. Er strahlt das Büfett an, das er an eine Stelle bugsiert hat, wo es die anderen Stücke nicht erdrückt. Und auch die Standuhr fügt sich organischer ein – nur tickt sie nicht mehr ganz so regelmäßig, was vielleicht daran liegt, dass sie etwas schief steht, aber gut, das lässt sich beizeiten richten.

Beizeiten, ha! Wilhelm, eine Zigarette im Mund, lacht leise. Er ist immer noch nicht müde, wer weiß, ob er je wieder schlafen kann. Er nickt bedächtig, wippt mit dem Fuß des übergeschlagenen Beines. Und während er dasitzt und ins Dunkel lächelt, schnürt es ihm Zug um Zug die Brust zu, denn je länger er die neue Ordnung betrachtet, desto klarer wird ihm, dass sich nichts zum Besseren verändert hat. Das Büfett, dieses Trumm, dominiert immer noch alles, und auch der Sekretär steht nicht am richtigen Ort, sondern beißt sich mit dem Sofa. Seine Schufterei war ein sinnloses, geradezu idiotisches Unterfangen. In der Stube herrscht immer noch Zwietracht, und Einträchtigkeit würde sich wohl selbst dann nicht ergeben, wenn er noch einmal alles umstellte. Ein Austausch der Möbel würde vielleicht etwas bewirken, und wenn er der Herr auf diesem Hof wäre, würde er das sofort tun – er würde zeitgemäßes Mobiliar kaufen und all jene Stücke, auf denen sich zu Staub zerfallene Urahnen den Hintern plattgesessen haben, zur Sandkuhle karren.

Andererseits könnte es am Zimmer selbst liegen. Vielleicht stimmen die Maße und Proportionen nicht, denkbar auch, dass man Tür und Fenster versetzen müsste, damit die Möbel so gestellt werden können, dass sie harmonieren. Weitergedacht hieße das jedoch, dass das Haus einen Makel hätte – schon seit der Erbauung –, einen falschen, sogar unguten Grundriss, der es der Unausgewogenheit erlaubt hat, sich in den Stuben einzunisten und das ganze Gebäude mit Widerstreit und Hässlichkeit zu verseuchen.

Ja, das ist es! Im Haus ist der Wurm. Man sollte es abreißen und ein neues errichten, eines, in dem Gleichmaß und Weite walten – Weite, jawohl – und Luft – Atemluft!

Wilhelms Euphorie währt jedoch nicht lange: Alles zwecklos; nichts ändert sich, egal wie sehr er sich bemüht. Man scheint sich gegen ihn verschworen zu haben, niemand steht ihm bei, dem einstigen »Mann im Hause«.

Die Standuhr tickt so unstet, als wäre die Zeit ins Stocken geraten, und als sie schlagen will, ertönt nur ein leises *Ting …!*, danach ein metallisches Surren und ein mürber Knall, als wäre eine Spiralfeder gerissen. Wilhelm wuchtet sich vom Lehnstuhl und geht zum Fenster, reißt es auf. »Ah!«, entfährt es ihm, und dann saugt er die Nachtluft ein, die schweflig riecht, als wäre vor kurzem ein Zug mit Roheisen durchgefahren. Nach einer Weile, er will das Fenster wieder schließen, entdeckt er seine Weggefährtin, die Katze. Auf der Gartenmauer sitzend, beäugt sie ihn, und Wilhelm erwidert ihren Blick. So verharren beide, das Tier und der Mensch, als wollten sie einander ausforschen, bis die Katze auf ihre drei Beine kommt und, indem sie sich streckt, ein fauchendes Gähnen entlässt. Sie springt von der Mauer und verschmilzt mit der Nacht.

Nachdem Wilhelm das Fenster geschlossen hat, sinkt er auf den Lehnstuhl und starrt das Büfett an. Würde es umkippen, dann könnte es ihn glatt erschlagen, dieses Möbel, vor dem er regelrecht zusammenschrumpft: Er fühlt sich erneut wie das brave Bübchen von einst, das mit kurzer Büchs und Holzflinte durch die Gärten tollte. Alles zwecklos, geht es ihm durch den Kopf, alles zwecklos, ich vergeude mein Leben, und ich bin selbst schuld daran, ich allein. In den Hosentaschen kramend, stellt er fest, dass er seinen Kamm in der Jacke vergessen hat. Also streicht er mit der rechten Hand über seine Haare, einmal, ein zweites Mal, ein drittes und viertes Mal.

Ja, ich allein, denkt er wieder. Dennoch kann er Entscheidungen treffen, hat auch den Mut, sie umzusetzen, das werden sie noch merken, diese Leute da, dort draußen, hinter der Stubentür. Wilhelm fischt eine Zigarette aus der Schachtel, entfacht sie und zieht danach die Unique zu sich heran. Er raucht bedächtig, mit Genuss, und schaut zu, wie der Tabakqualm in die nächtliche Stube wölkt. Er denkt an die Katze – sie wird sich schon durchschlagen, die schwarze Vagabundin, sie lässt sich nicht so leicht unterkriegen. Sie hat gelernt, ihr Revier auf drei Beinen zu erkunden und ohne Schwanz von Mauern zu springen. Das nennt man furchtlos.

Wilhelm zieht ein letztes Mal. Pustet ein letztes Mal Rauch aus. Er löscht die Kippe im Aschenbecher und sitzt da, die Beine vor den Bauch gezogen, das Kinn auf seine Knie gebettet. Manchmal huscht ein Lächeln über sein Gesicht, und dann, eine Ewigkeit, vielleicht auch nur einen Wimpernschlag später, die Stube füllt sich mit silbrigem Licht – dann schießt sich jemand ins Dunkel.

Die Familie Leeb

Kinder

Wilhelm (»Willem«) Leeb junior, 1931–1962
Bruno Leeb, * 1939
Grete Leeb, * 1935

Eltern

Käthe Leeb (geb. Kruse), * 1903, und Wilhelm Leeb senior, * 1902

Großeltern

Herta Kruse, 1871–1949, und Gustav Kruse, 1869–1952
Magda Leeb, * 1877, und Carl Wilhelm (»Willi«) Leeb, 1870–1944

Vorfahren

Ludwig Leeb, 1831–1910
August Wilhelm Leeb, 1815–1865
Catharina Sophie Leeb, 1722–1758, und Hans Wilhelm Leeb, 1705–1777

Nachwort und Dank

»Mitgift« erzählt von der Vergangenheit meiner Familie – gewissermaßen. Denn erstens hat Romanpersonal die Neigung, eigene Wesenszüge anzunehmen, verselbständigt sich also. Und zweitens habe ich auf Vorfahren zurückgegriffen, die ich in vielen Fällen nie kennengelernt habe: Die Spanne reicht von meinem Urururururgroßvater (hier Hans Wilhelm Leeb) bis zu meinem Vater (hier Wilhelm Leeb junior). Ort, Beruf etc. entsprechen den Tatsachen, die Romanfiguren dagegen lassen sich nicht ohne weiteres mit ihren Vorbildern gleichsetzen.

Der Suizid, der den Kern dieses Romans bildet, ereignete sich tatsächlich, wenn auch 1989. Ich habe ihn ins Jahr 1962 verlegt, denn eine solche Tat wird von allen Betroffenen anders erlebt und eingeordnet; ich kann mein Erleben/meine Sichtweise deshalb schwerlich literarisch zementieren, hielt es auch nicht für angebracht, nahe Angehörige auftreten zu lassen. Da ein Suizid meist nicht nur eine Ursache hat, habe ich mich auf die (familien-) historische Facette und den Vater-Sohn-Konflikt konzentriert.

Wenn sich meine Familie sonntags zum Kaffeetrinken und Kuchenessen versammelte, wurden gern familiäre Erinnerungen und Anekdoten zum Besten gegeben, von denen ich einige habe einfließen lassen. Die Kapitel, die Leeb seniors »Sonderführer«-Zeit, seine Gefangennahme und Gefangenschaft behandeln, beruhen teils auf Tagebüchern, teils auf Briefen meines Großvaters, aus denen ich auch zitiere. Die Passagen über den Kasernenhof-Drill entstammen einem Textfragment, das mein Urgroßvater (hier Willi Leeb) hinterlassen hat. Das »Christliche Lehrbuch«, das Erwähnung findet, wurde von meinen Vorfahren in der zweiten Hälfte des 18. Jahrhunderts unter pietistischem Einfluss angelegt.

Die Schilderung des Hungergefühls (S. 184) paraphrasiert mangels eigener Erfahrung Sätze aus Heinrich Bölls Roman *Der Engel schwieg*. Die Charakterisierung der Wehrmachtsbürokratie als »papierener Popanz« (S. 60) habe ich Albrecht Goes' Erzählung *Unruhige Nacht* entnommen.

Im Falle dieses Romans habe ich zu danken:

Meinem Onkel, Manfred Ahrens, dem alten Haudegen und Reisenden, und meiner Tante, Almut Ahrens, die dieses Projekt von Beginn an begleitet haben. Viele Szenen hätte ich ohne die Erinnerungen meines Onkels nicht schreiben können. Ich danke ihm auch für die Erlaubnis, aus den Briefen und Tagebüchern seines Vaters zu zitieren.

Meiner Mutter, Edith Ahrens, die mich zuverlässig mit lokalen Wörtern und Wendungen und teils verblüffenden Erinnerungen versorgt hat.

Horst Ahrens, Pastor a.D., unserem Familienforscher, dessen Arbeit eine wichtige Grundlage bildete. Sein mit Alexander Rose verfasstes Buch *Klein Ilsede – die Geschichte eines Dorfes* habe ich oft konsultiert, ebenso Artur Zechels dreibändiges Werk *Die Geschichte der Stadt Peine*.

Dem Deutschen Literaturfonds Darmstadt, der die Arbeit an diesem Roman mit einem Stipendium großzügig unterstützt hat.

»Les Plumes de Léon« bzw. Béatrice Ottersbach, die es mir ermöglicht hat, acht herrlich stille, produktive Wochen an der Vézère zu verbringen.

Und Isabel: Für all die wunderbaren Jahre, die hinter uns und noch vor uns liegen.

Unsere Leseempfehlung

192 Seiten

Ein Unfall führt sie zusammen: Emma, die allein und hochverschuldet auf ihrem Bauernhof lebt, findet eines Nachts in einem schrottreifen Ferrari das, was ihr im Leben fehlt: einen Sack voll Geld und einen Mann. Der junge, aber todkranke Städter Max wollte eigentlich nach Mexiko verschwinden, als seine rasante Fahrt an einem Baum auf Emmas Grundstück ihr abruptes Ende fand. Und nach einer Weile gesellt sich das Glück zu den beiden, wenn auch auf recht ungewöhnliche Weise …